**Max vo**



# Untersuchungen und Beobachtungen über die Verbreitungsart der Cholera

Anatiposi

**Max von Pettenkofer**

# Untersuchungen und Beobachtungen über die Verbreitungsart der Cholera

Unveränderter Nachdruck der Originalausgabe von 1855.

1. Auflage 2023 | ISBN: 978-3-38200-856-7

Anatiposi Verlag ist ein Imprint der Outlook Verlagsgesellschaft mbH.

Verlag: Outlook Verlag GmbH, Zeilweg 44, 60439 Frankfurt, Deutschland
Vertretungsberechtigt: E. Roepke, Zeilweg 44, 60439 Frankfurt, Deutschland
Druck: Books on Demand GmbH, In de Tarpen 42, 22848 Norderstedt, Deutschland

# Untersuchungen und Beobachtungen

über

# die Verbreitungsart der Cholera

nebst

## Betrachtungen über Maßregeln,

derselben Einhalt zu thun.

Von

**Dr. Max Pettenkofer,**

Professor der medizinischen Chemie an der Universität München.

Mit 10 lithographirten Tafeln und 1 Plan von München.

**München, 1855.**

Literarisch-artistische Anstalt

der J. G. Cotta'schen Buchhandlung.

# Vorbemerkung.

Die nachstehenden Untersuchungen und Beobachtungen des kgl. Professors und Leibapothekers Dr. M. Pettenkofer über die Verbreitungsart der Cholera u. s. f. sind als ein Theil derjenigen Arbeiten zu betrachten, welche von dem hohen Staatsministerium des Innern bei dem Wiederaufleben der genannten Epidemie in Bayern veranlaßt wurden.

Die unterzeichnete Commission, mit der Erstattung eines Generalberichtes über die jüngste Choleraepidemie beauftragt, beabsichtigte zuerst, diesem die nachfolgende Arbeit einzuverleiben, da sie einen wichtigen Abschnitt der gesetzten Aufgabe zum Gegenstande hat. Der Generalbericht selbst kann jedoch bei dem Umfange des zu sammelnden und zu ordnenden Materiales erst in einigen Monaten veröffentlicht werden. Das ärztliche wie wissenschaftliche Publikum wird es daher gutheißen, daß diese nach Ansicht der Commission höchst werthvollen Untersuchungen und die darauf gegründete Ansicht des Herrn

Professors Dr. Pettenkofer über die Verbreitungsweise der Cholera noch vor Beendigung des Hauptberichtes der Oeffentlichkeit übergeben werden.

München, den 28. Februar 1855.

Die

**kgl. Commission für wissenschaftliche Untersuchungen über die indische Cholera.**

Dr. v. Ringseis,
als Vorstand der Commission.

Dr. Aloys Martin,
als Schriftführer.

# Vorrede.

Das Auftreten der Cholera in München gegen Ende des Monats Juli 1854 beängstigte und bekümmerte mit Recht so viele Gemüther, daß für jeden Einwohner dieser Stadt die dringendste Aufforderung vorlag, diesem Gegenstande allgemeiner Furcht und Trauer jedwede mögliche Aufmerksamkeit zuzuwenden. Als Mitglied einer vor mehr als 6 Jahren von dem seligen geheimen Rathe Dr. Philipp von Walther in's Leben gerufenen ständigen Commission für wissenschaftliche Erforschung der asiatischen Brechruhr hatte ich eine Veranlassung mehr, mich an der Lösung der allgemeinen Frage nach Kräften zu betheiligen. Einige auffallende Erscheinungen dieser Krankheit in meiner eigenen Familie, welche sich mir gleich beim Beginne ihres Ausbruches in München aufdrängten, veranlaßten mich, mir das Ziel zu stecken, daß ich den Verbreitungswegen der Cholera näher nachforschte. Ich theilte gleich in den ersten Sitzungen, welche die erwähnte Commission im August d. Js. hielt, derselben einige Gesichtspunkte mit, und wurde namentlich von Obermedizinalrath Dr. Pfeufer lebhaft ermuntert, und später von seiner Excellenz dem Minister des Innern Grafen von Reigersberg auf das nachdrucksamste unterstützt, die angenommene Richtung

*

zu verfolgen. — Meine auf diesen Gegenstand der Aetiologie der Cholera bezüglichen Beobachtungen und Erhebungen lege ich nun dem Publikum in der ursprünglichen Form und Reihenfolge dar, wie dieselben entstanden sind, indem ich zeitweise über den Fortgang meiner Untersuchungen an das königliche Ministerium berichtete. Eine strenger nach allgemeinen Gesichtspunkten gegliederte Bearbeitung hoffe ich später in dem Generalberichte geben zu können, welcher über den Verlauf der Epidemie im gesammten Königreiche erscheinen soll. — Einstweilen habe ich diejenigen Momente, auf welche ich ein Gewicht legen zu müssen glaubte, an Stellen meiner Berichte besprochen, wo es sich eben ungezwungen schickte. Ich halte diese Form aus dem Grunde nicht für unpassend, da es sich hier lediglich um die Constatirung von Thatsachen handelt, welche nicht in systematischer Ordnung vorgenommen werden kann, sondern wie sich eben die Gelegenheit dazu ergibt.

Ich verkenne nicht das Schwierige der Aufgabe, die einen Gegenstand betrifft, welcher bereits von den besten Kräften vielfach behandelt worden ist; und eben so wenig verkenne ich das Undankbare des Geschäftes, Dinge zu besprechen, über die bereits Jedermann seine Ansichten zu haben glaubt. Diese Ansichten sind um so verschiedenartig, zahlreich und vielgestaltig, daß es nicht möglich wäre etwas zu sagen, was nicht irgend Jemand bereits gesagt oder doch gedacht hätte, gleichviel ob klar oder unklar, berechtigt oder unberechtigt. Denn wenn es mir gelänge zu beweisen, daß das Choleraübel seine Wurzel in der Luft habe, so würde Alles rufen: das hat man ja längst gewußt. Und eben so würde man rufen, wenn der Beweis vom Gegentheil geliefert würde, daß es nicht in der Luft, sondern im Boden liege — denn wie viele haben nicht das schon vermuthet! — Es sind auch keine Lorbeern zu ärnten, wenn einer den Sitz des Uebels im Trinkwasser auffinden sollte — denn die Annahme einer Vergiftung des Wassers zur Erklärung des Auftretens von Epidemien überhaupt ist seit vielen Jahrhunderten ein stehender Gemeinplatz in der Geschichte der Medizin geworden, und wir wissen, wie viele Grausamkeiten in Folge dieses Wahnes die Christen an den Juden, und die Türken an den Griechen verübt haben. Auch gegenwärtig habe ich in Beziehung auf die Cholera vielfach Ansichten äußern hören, welche von dieser Hydrophobie der Alten starkes Zeugniß geben. Kurz — wie gesagt — alles ist schon behauptet worden, und dennoch ist die ganze Frage noch offen. Ich verzichte deßhalb sehr gerne auf alle Ansprüche alltäglicher Priorität, und begnüge mich vollkommen damit, wenn meine Arbeit dazu beiträgt, daß aus den vielen ausgesprochenen und sich widersprechenden Ansichten weniger, vielleicht nur eine einzige Ansicht wird, und wenn zuletzt an die Stelle von tausend geistreichen Vermuthungen die anspruchlose Erkenntniß einer einfachen und alltäglichen Thatsache gelangt, welche praktische Folgen nach sich zieht. Es hat schon manchem geschienen, als wären bereits hinlänglich viele isolirte Punkte beobachtet worden, so daß es nun an der Zeit wäre, fernere Entdeckungen zu vertagen, bis die bisherigen verarbeitet und benützt worden sind.

Um den Leser darüber zu informiren, ob ich den gegenwärtigen Stand der Frage kenne, erlaube ich mir einige der Ansichten obenhin anzudeuten, welche bis zum Beginne meiner Untersuchungen (August 1854) mehr oder minder allgemein cursirten, indem ich bemerke, daß seit dieser Zeit bereits einiges von meinen Arbeiten und Ansichten theils durch das Correspondenzblatt bayerischer Aerzte und theils durch erlassene Verfügungen des kgl. Staatsministeriums des Innern, obschon sehr unvollständig, zu allgemeinerer Kenntniß gelangt ist. —

Ich bin nach Durchlesung mehrerer Schriften und Schriftchen der Meinung, daß alle bis jetzt cursirenden Ansichten über die Art der Entstehung und Verbreitung der epidemischen Cholera bereits in den Beobachtungen und Bemerkungen der englischen Aerzte enthalten sind, welche theils in den Nachrichten über die Cholera-Seuche, wie sie in Hindostan und in der indischen Halbinsel in den Jahren 1817, 1818 und 1819 geherrscht hat, theils in dem amtlichen Berichte über die Cholera-Seuche im Gebiete der Präsidentschaft von Bengalen in denselben Jahren von Jakob Jameson niedergelegt sind. Beide Schriften sind vorhanden in einer mit zahlreichen Anmerkungen versehenen Uebersetzung von Professor Reuß in Moskau. (Stuttgart und Tübingen. Cotta'sche Buchhandlung 1831 und 1832.) Ueber die Art der ersten Entstehung der epidemischen Cholera ist man heut zu Tage noch so ununterrichtet, wie damals, wo man wußte, daß eine solche Krankheit in den unteren Provinzen von Hindostan während der heißen und während der Regen-Jahreszeit endemisch war, und daß sie 1817 mit einem ausgeprägten epidemischen Charakter auftrat. In dieser Form, welche sich in den einzelnen Erscheinungen bis zum heutigen Tage stets gleich geblieben ist, erschien sie im August 1817 zuerst in Bengalen, wo mehrere Orte sich um die Priorität, die Epidemie zuerst gehabt zu haben, streiten. Gewöhnlich wird Zila Jessore, gegen 100 englische Meilen nordöstlich von Calcutta im Delta des Ganges gelegen, als die erste Stadt von Bedeutung genannt, in der sie ausbrach. Es heißt: „Es war keine besondere Witterungsbeschaffenheit vorhergegangen;

die warmen und heißen Monate und die gewöhnliche Regenzeit waren vergangen, wie auch sonst. Die Ortsobrigkeiten hielten die Krankheit anfangs für ein örtliches Uebel, das man dem unmässigen Genusse fauler Fische und schlechten Reises zuschrieb. Sie wurden aber bald enttäuscht.«

Es folgen nun zahlreiche Beschreibungen des wunderlichen Ganges der Krankheit von einem Orte zum andern, wo von den einen der Fortpflanzung durch Contagion, von andern durch die Atmosphäre das Wort geredet wird. So viel wird jedoch von allen mit Bestimmtheit hervorgehoben, daß die Epidemie vorzüglich den Verkehrswegen und Heerstraßen folgt, in den Niederungen und auf angeschwemmtem Lande größere Verheerungen anrichtet, als auf hoch- und trockengelegenen Orten, daß sie in der Ebene regelmäßig von Ort zu Ort schleicht, in bergigen Gegenden aber einen regelloseren sprungweisen Verlauf befolgt, und daß sie auf felsigem Terrain fast gar keine Geschäfte machen kann, so daß sich Jameson mehrmals zu der Bemerkung gedrungen fühlt, »die Cholera scheint steinigen Boden nicht zu lieben.« Bald geht ihre Wanderung mit dem Winde, bald gegen den Wind, (und die Windrichtungen sind in jenem Klima viel constanter und andauernder als bei uns), dann zieht sie einen Fluß aufwärts, einen andern abwärts. Dann heißt es: alle Klassen und Geschlechter sind ihr auf gleiche Weise ausgesetzt — doch wird wieder bemerkt: obgleich die herrschende Seuche kein Alter und keinen Stand verschont, so sind doch die schwachen und gebrechlichen, durch Alter, Armuth oder andere Ursachen, mehr für sie empfänglich und werden heftiger von ihr angegriffen. Kapitän Sikes berichtet an Dr. Milne: »Das Fortschreiten der Krankheit in einzelnen Kompagnien eines Heerhaufens, oder unter einer

Anzahl von Bedienten, welche einander beistehen und beständig in dem engen Raume eines kleinen Zeltes beisammensitzen oder schlafen, läßt schließen, daß die Krankheit durch Berührung oder durch die Luft in der Nähe des Kranken mitgetheilt wird. Ich sehe jedoch, daß es sehr starke Gründe gegen die Ansteckung gibt, indem Leute davon frei blieben, welche mit den Kranken steten Umgang pflegen, und die Luft der Cholerahospitäler einathmen.“ Der üble Einfluß von Mangel an Reinlichkeit, von schlechten und engen Abtritten, wird in mehreren Fällen von den englischen Berichterstattern hervorgehoben. Auch Temperatur und Feuchtigkeit der Luft vermochten in Indien ebensowenig als bei uns einen entschiedenen Einfluß auf den Gang der Cholera zu äußern, „sie hat mit gleicher Heftigkeit in allen Jahreszeiten geherrscht, bei Temperaturen von 4 und 8° Reaumur bis 40 oder 45°, während des Monate lang anhaltenden, fast unaufhörlichen Regens, und während der Dürre, die kaum eine Spur von Vegetation übrig läßt. Selbst für die wunderbaren und zufälligen Ereignisse, die der Aberglaube des Publikums oft als das wichtigste anstaunt, finden sich mit den unsrigen analoge Erscheinungen aus Indien erzählt. So hatten in der indischen Stadt Delhi große Fliegenschwärme vor dem Ausbruche der Seuche den Ort belästigt, sie verschwanden während derselben und kamen wieder, als sie abzog. Wer denkt hiebei nicht an die Geschichte mit den Dohlen und den Frauenthürmen in München? Alles schon da gewesen!

Obwohl ich kein ausübender Arzt bin, so darf ich mir doch die Neben-Bemerkung erlauben, daß auch die Mittel, womit man dieser Krankheit im Jahre 1817 in Indien entgegen zu treten versuchte, noch heut zu Tage die nämlichen geblieben sind — man findet die gleichen diätetischen Vorschriften damals wie jetzt —

der nachtheilige Einfluß von Gurken- und Melonen-Genuß, vorwaltender Pflanzennahrung, Unmässigkeit jeder Art ꝛc. damals genau so, wie jetzt; — unter den Arzneimitteln lesen wir als die besten Calomel, Opium, Campher, — Pfeffermünzöl wird gerühmt, die Aderlässe empfohlen, warme Bäder ꝛc. Reibungen der Haut mit Flanell im Kältestadium; — einige Anwendungen von Eis und kaltem Wasser und das Heer ephemerer Vorschläge von Charlatanen und grundloser Selbsttäuschungen gutherziger Männer abgerechnet — nicht die Spur eines Zuwachses von medizinischen Waffen gegen den mächtigen, unaufhaltsamen und unerbittlichen Feind. Man hat, wie ich glaube, schon mehrmals berechnet, um wie viel mehr Menschenleben die Cholera seit 20 Jahren Europa gekostet hat, als die blutigsten Kriege irgend einer abgelaufenen gleichlangen Zeitperiode, und in unsern Tagen hat diese Krankheit den verbündeten Heeren der Franzosen und Engländer mehr Soldaten gekostet, als alle Siege, die sie erfochten haben.

Als abweichend von den Wahrnehmungen, die man während des Verlaufes der Cholera in Europa machte, erwähne ich, daß in den Berichten aus Indien an einigen Stellen hervorgehoben wird, daß dort im Verhältnisse mehr Männer erkrankten als Weiber, und daß die Krankheit für erstere überhaupt tödtlicher war. In Europa hat sich meines Wissens überall das umgekehrte Verhältniß gezeigt, so daß durchgehends mehr Frauen als Männer ergriffen wurden. Es hängt dieses vielleicht mit der orientalischen Sitte zusammen, die häuslichen Geschäfte nicht durch Frauen, sondern durch Männer besorgen zu lassen.

Eine neue polizeyliche Maaßregel gegen die Cholera kam in Europa zur Anwendung in Folge der Diskussion über die Contagiosität oder Nicht-Contagiosität der Krankheit; ich meine die

Absperrungsversuche durch sanitätspolizeyliche Sicherheits-Cordone mit Contumaz für alles Passante. — Preußen hat einen solchen Cordon seiner Zeit mit großen Opfern gegen Rußland unterhalten — aber ohne Erfolg — auch Bayern hatte seiner Zeit einen solchen gegen Böhmen gezogen. Es denkt jetzt Niemand mehr daran, den Rathschlag zu einer derartigen kostspieligen Absperrungsmaaßregel zu geben, indem man sich von deren Erfolglosigkeit im Voraus überzeugt hält. Ich werde am Ende meiner Berichte Gelegenheit haben, mich über die Gründe dieser Erfolglosigkeit etwas näher zu verbreiten, da mir bei meinen Untersuchungen mehrere hierauf bezügliche Details aufgestoßen sind. —

Als Anhang habe ich für jene Leser, welchen die erwähnten englischen Berichte eben nicht zu Gebote, oder nicht mehr genau im Gedächtnisse sind, mehrere Stellen excerpiren und am Ende des Buches abdrucken lassen, soweit sie als Belege meiner obigen Angaben zu dienen haben, ebenso einige Stellen aus dem vortrefflichen neuesten englischen Werke: The report on the mortality of cholera in the years 1848 and 1849. London 1852.

Ich glaube die wesentlichsten Gesichtspunkte der gegenwärtigen Cholera-Literatur, soweit sie meinen Gegenstand betreffen, genannt zu haben, und gehe nun zu speziellen Erörterungen über.

München, im Januar 1855.

# München.

# München.*)

München auf lockerem Kalkgerölle am linken Isarufer liegend, sammt den Vorstädten mehr als 100,000 Einwohner zählend, war bereits im Spätherbste und Winter des Jahres 1836 von der Cholera heimgesucht. Die Stadt bedeckt mit den Vorstädten und Gärten eine Fläche von nahezu 500,000 Tagwerken. Die Erhebung der höchsten Theile der Altstadt (Domkirche) über den Wasserspiegel der Isar beträgt durchschnittlich 25 Fuß, was bei der bedeutenden Ausdehnung der Stadt ein sehr geringes Gefälle gibt. Die wichtigsten Nivellements der verschiedenen Straßen der Stadt werde ich bei Besprechung des Ganges der Epidemie nach einzelnen Distrikten und Richtungen einflechten. — Ich habe sie einem sehr sorgfältig gearbeiteten städtischen Niveauplane entnommen, dessen Ausgangs- oder Nullpunkt das Pflaster der Domkirche ist. Nebstdem, daß also die Stadt im allgemeinen gegen die Isar hin abfällt, streicht das Gefälle auch von Süd-West abwärts nach Nord-Ost, und beträgt vom Sendlingerthore an gerechnet bis zum Siegesthore — (eine direkte Entfernung von 8000 Fußen) 27 Fuß. Die Straßenlinie Thalkirchnerstraße, Sendlingergasse, Rindermarkt, Petersfriedhof, Burggasse bis zur königlichen Residenz, Hofgarten, Kö-

*) Hiezu der Plan von München.

niginstraße und Wiesenstraße scheidet die Stadt in einen höher und tiefer gelegenen Theil, indem in dieser Richtung rechts ab ein steiler etwa 10 Fuß betragender Abhang sichtbar ist, von dem aus das Terrain wieder ziemlich eben nach der Isar hin verläuft, während dasselbe links ab sich kaum merklich gegen die westliche Linie der Altstadt und die angränzenden Vorstädte erhebt. München ruht somit mit dem bei weitem größten Theile seiner Häuser auf zwei terassenförmig an einander gesetzten Ebenen, auf welche sodann nach Westen eine ähnliche dritte Stufe folgt. Auf dieser dritten Stufe (auf der das kolossale Standbild der Bavaria steht), befinden sich übrigens nur mehr sehr wenige Häuser von München. Die Gränzen zwischen der zweiten und dritten Terrainstufe bewegen sich in nächster Nähe der Straßenlinie von Sendling über die Theresienhöhe, durch die Herbst- und Sandstraße nach dem östlichen Rande des Artillerie-Exercierplatzes. Nach Angabe dieser Richtungslinien kann man den Umfang der beiden Hauptebenen der Stadt auf dem anliegenden kleinen Plane von München leicht ermessen. —

Die erste Stufe zunächst der Isar ist die tiefst gelegene und in ihr verlaufen zahlreiche Bäche, welche bei Thalkirchen der Isar entnommen und in diesem Theile der Stadt und der Vorstädte vertheilt werden. Auf der zweiten Stufe bewegen sich (entsprechend dem Umkreise der Stadtmauern in frühern Zeiten) halbkreisförmig und concentrisch zwei kleine Wasserfäden, welche dem allgemeinen Strange entnommen sind. Der innere kleinere Halbkreis geht längs den Straßenlinien Rosenthal, Färbergraben, Augustinergäßchen, Schäfflergasse, Schrammergäßchen und endet mit dem Hofgraben; der äußere und weitere Halbkreis geht vom obern Anger nach dem Sendlingerthore, über den Graben nach dem Karlsthore, längs des Karls- und Maximiliansplatzes nach der Briennerstraße und endigt mit der Hofgartenstraße. — Die Bäche auf der ersten Terrainstufe verlaufen großentheils im gleichen Niveau mit dem Grunde der angränzenden Häuserparthien, ja wir treffen sogar ihren Spiegel häufig höher als letztere, (Westenriederstraße, Thal 2c.). Da das Erdreich, in dem diese Bäche verlaufen, nur lockerer Kalkkies ist, so ist selbst verständlich, daß dieser Theil des Stadtgrundes von unten auf stets sehr feucht gehalten seyn muß. Ich kann zwar nicht entscheiden, ob dieses Verhältniß schon in den älteren Zeiten ebenso wie jetzt bestanden hat; aber ich möchte es bezweifeln, indem ich mehrere Beobachtungen gemacht habe, welche dafür zu sprechen scheinen, daß die Aufdämmung der Stadtbäche erst im Laufe der Zeit mit den sich steigernden Anforderungen der Gewerbe, welche eine bewegende Kraft zu benützen suchen, erfolgt sey. Obwohl ich die Geschichte der Münchener Stadtbäche nicht kenne, so möchte ich dennoch behaupten, daß es kaum thunlich gewesen seyn dürfte, die Häuser am Nadelsteg und an der Einschütt zu erbauen, wenn der Spiegel des Katzenbaches, über den nun die Hochbrücke im Thale führt, bereits damals so hoch gelegen hätte, wie jetzt. —

Die beiden Bäche, welche auf der zweiten Terrainstufe halbkreisförmig verlaufen, schneiden überall tief in das Erdreich ein, so daß ihre Spiegel weit unter dem Niveau der Straßen und Häuser liegen, mithin nichts dazu beitragen können, den Grund derselben auf eine schädliche Weise feucht zu erhalten, und die Absickerung von den Wohnplätzen zu verhindern. Alle andern Stadttheile sind ohne fließendes Wasser.

Das Trinkwasser der Stadt wird zum kleinsten Theil aus Brunnen geschöpft — der Hauptbedarf wird durch Röhren theils von Holz, theils von Gußeisen von Brunnstuben aus befriedigt, welche ein durchschnittlich vorzügliches Quellwasser zu billigen Preisen liefern.

Außerdem sind die meisten ältern Straßen der zweiten Terrainstufe mit unterirdischen gemauerten Wasserabzugskanälen versehen, die in die Bäche ausmünden. Der neue westliche und nördliche Theil der Stadt ist hiermit jedoch spärlich bedacht. — Alle diese Straßenkanäle empfangen nur das Abwasser der Straßen und Höfe — und es ist ausdrücklich verboten, den Inhalt von Abtritten und Düngergruben hinein zu bringen, was bei dem geringen Gefälle und dem großen Wassermangel dieser unterirdischen Schläuche als eine weise Maßregel bezeichnet werden muß. — Sonst trifft man theils gepflasterte Straßengossen in der Altstadt, theils gewöhnliche Chausséegräben in den ungepflasterten Straßen der mit den schönsten Häusern prangenden neuern Theile der Ludwigs- und Maxvorstadt. Es ist in baulicher Beziehung seit mehreren Dezennien in München sehr viel, ja außerordentliches geschehen, aber nicht viel für die theils wenig augenfälligen, theils ganz in dem Boden versteckten baulichen Einrichtungen, welche doch wesentlich zur Salubrität einer stark bevölkerten und von lebendigem Verkehre durchwogten Stadt gehören. Man gibt in München ebenso langsam wie anderwärts die Groschen für Dinge aus, die kein Auge sieht und bewundert.

Das Baumaterial in München ist ein durchschnittlich vortrefflicher gebrannter Ziegelstein. Die Bauart der Häuser hat nichts Eigenthümliches. Die neueren Häuser sind nach dem Grundsatze der möglichsten Raumersparniß ausgeführt, die alten theilweise nach demselben Prinzipe umgemodelt worden, so daß der in einem gewöhnlichen Wohnhause eingeschlossene Lustcubus im Verhältnisse zu den Bewohnern stets etwas spärlich ausfällt.

Zur Ablage jener Stoffe, womit der Mensch seine Wohnplätze verunreiniget, dienen fast lediglich mit Ziegelsteinen ausgemauerte Gruben, die, sobald sie überzulaufen drohen, entleert, und deren festerer Inhalt zur Nachtzeit auf Wägen aus der Stadt geschafft wird. Die agricole Industrie hat sich in München noch nicht auf den Standpunkt geschwungen, daß das Räumen dieser Gruben ohne Kosten für die Hauseigenthümer und ohne Belästigung der Einwohner und Beleidigung ihrer Geruchsnerven allgemein geschehen könnte. — Es hat sich in neuerer Zeit zwar eine sogenannte Desinfektions- und Guanofabrik etablirt; diese ist aber auf das verkehrte Prinzip verfallen, für die Räumung einer Grube mit Desinfektion 30 bis 50 Prozent mehr zu verlangen, als ein gewöhnlicher Abtrittsräumer und wird deßhalb nur sehr ausnahmsweise in Anspruch genommen. Der Magistrat von München könnte gewiß, wenn es ihm Ernst wäre, seinen Hauseigenthümern die Kosten für die Grubenräumung, seinen Einwohnern die höchst lästigen und jedenfalls auch ungesunden Ausdünstungen ersparen und für sich vielleicht sogar noch eine Einkommensquelle schaffen, wenn er es so machen wollte, wie es bereits andere größere Städte, z. B. Dresden gemacht haben. —

Einige wenige Häusergruppen in München haben Gelegenheit, sich weniger kostspielig ihres Ballastes zu entledigen, nämlich diejenigen, welche an fließenden Bächen liegen. In der Nähe von diesen befinden sich auch viele Quartiere, welche keine Abtritte und Gruben, sondern nur Nachtstühle haben und diese an die Bäche tragen und dort entleeren. Hie und da trifft man auch solche Kübelquartiere in wasserlosen Theilen der Stadt, wo der Unrath dann in gemeinschaftliche Gruben entleert wird. —

Ich hebe hier hervor, daß die Gruben sämmtlich nicht in der

Art gemauert sind, daß sie das umliegende lockere Erdreich vor Verunreinigung durch ihren flüssigen und gasförmigen Inhalt schützen könnten — man strebt in München sogar nach dem Gegentheile davon: denn was flüssig wird und aussickert, erfordert ja keine Kosten der Fortschaffung — man heißt sie deßhalb auch bezeichnend Schwindgruben. Von diesen Schwindgruben aus muß sich naturgemäß das zur Verbreitung solcher Stoffe so geeignete lockere Erdreich der Häuser und Straßen der ganzen Stadt ansaugen. Dieses Verhältniß ist für menschliche Wohnplätze von größter Wichtigkeit, und ich will deßhalb etwas näher darauf eingehen.

Wir wissen, daß ein menschlicher Leichnam, in ein 6 Fuß tiefes Grab gelegt und mit Erde überdeckt, nach einigen Jahren daraus verschwindet bis auf die Knochen, gerade als ob er verbrannt worden wäre, und Liebig hat jedermann deutlich gemacht, daß die Verwesung wirklich eine langsame Verbrennung ist. Mir scheint, daß zwischen dem Endresultat der Methode der alten Römer, ihre Todten zu verbrennen, und der unserigen, sie zu begraben, kein Unterschied ist, immer bleibt es der Sauerstoff der Atmosphäre, welcher die Leichname verzehren muß. Aus diesem Grunde darf es uns nicht wundern, wenn wir selbst in ziemlicher Nähe unserer Schwindgruben beim Aufgraben des Erdreiches keine Spuren ihres aufgesickerten Inhaltes finden, — wir dürfen das nicht als einen Beweis dafür halten, daß nichts aussickere, so wenig, als wir es etwa für einen Beweis halten, daß man nur die Knochen und nicht den ganzen Leichnam mit Fleisch und allem, was daran ist, begraben habe, weil man nach einiger Zeit nichts mehr als die Knochen, die unverbrennlichen Theile findet. — Ebenso wie der Leichnam verweset jeder organische Stoff, den wir in die Erde bringen, gleichviel ob fest oder flüssig, — je nach seiner chenischen Constitution schneller oder langsamer: und die Stoffe, welche aus Abtritten und Schwindgruben stammen, gehören bekanntlich zu jenen, welche einer sehr raschen Zersetzung unterworfen sind.

Wenn Stoffe in flüssiger Form in die Erde dringen, so erleiden sie eine sehr große Vertheilung, eine Ausbreitung auf einer unendlich großen Oberfläche. Wir kennen hunderte von Beispielen in der Chemie, wo es sich auf das klarste zeigt, wie sehr die Vertheilung — die Oberfläche auf die chemischen Vorgänge einwirkt. — Am gewalzten Platin entzündet sich kein Wasserstoffgas — aber am Platinschwamme. Wenn wir concentrirten Weingeist noch so vielfach mit Luft in Berührung bringen, er verwandelt sich nicht in Essigsäure; — wenn wir ihn aber zugleich mit Platinschwamm in Berührung bringen, so thut er es; — ebenso, wenn wir ihn mit sehr viel Wasser verdünnen, und dann auf einer sehr großen Oberfläche gleichviel ob von Holzspänen oder Holzkohlen unter Luftzutritt vertheilen. Es darf uns deßhalb nicht überraschen, wenn wir die ausgesickerten Kloakenstoffe in geringer Entfernung im Erdreich bereits so verändert finden, daß wir sie nicht mehr als solche zu erkennen vermögen; und es ist naturnothwendig, daß in einiger Zeit nichts von ihnen übrig bleibt, als die unverbrennlichen Theile; alles andere geht theils mehr, theils minder vollständig verbrannt, gasförmig in die Luft. Diese unverbrennlichen oder Mineralbestandtheile finden sich dann oft auch in reichlicher Menge abgelagert, wo zufällige Umstände zusammenwirken, um solches zu ermöglichen. So fand man nach dem großen Brande in Hamburg an manchen Stellen beim Graben des Grundes Lager eines Minerals (Struvit), welches seiner Zusammensetzung nach nur von verwesten thierischen oder menschlichen Auswurfsstoffen herrühren kann, denn es besteht ganz aus phosphorsaurer Ammoniak-Magnesia. Der nicht unbeträchtliche Gehalt unserer Brunnenwasser in München an salpetersauren Salzen, welchen Professor Buchner nachgewiesen hat, zeigt uns zur Evidenz, daß das Wasser, während es die Erdschichte durchdringt, Produkte der thierischen Verwesung in sich aufzunehmen Gelegenheit findet.

Diese Verwesungen im Erdreiche gehen unter verschiedenen Umständen verschieden schnell und vollständig vor sich. — Die Verwesung oder langsame Verbrennung geht ebenso selten in allen Zeitmomenten vollständig vor sich, so zu sagen ohne Qualm und Rauch, als die rasche Verbrennung im Ofen. Gleichwie sich hier mit den Produkten der vollkommenen Verbrennung so gerne noch weiter brennbare Antheile (Gase und Dämpfe) entbinden, so geht bei der Verwesung neben der Kohlensäure- und Wasserbildung auch die Entwicklung zusammengesetzter brennbarer organischer Gase einher, die mit den andern entweichen und sich meistens schon durch eine widerliche Wirkung auf unsere Geruchsnerven zu erkennen geben. Wie sehr solche Gase der Verwesung und Fäulniß organischer Stoffe unserer Gesundheit nachtheilig sind, ist allgemein anerkannt — ja wir halten sie durchschnittlich für mehr oder weniger giftig. Während nun die in einem lockeren Erdreiche aufgesaugten und fein vertheilten Kloakenstoffe der gleichen langsamen Zerstörung unterliegen, wie ein Leichnam im Grabe, müssen sich auch naturnothwendig die gasförmigen Nebenprodukte eines solchen Prozesses bilden, die sodann mit den übrigen Gasen aus dem Boden beständig in die darüber befindliche Luftschichte entweichen, und dort ihre Wirkungen ausüben. Es hängt wieder sehr von Umständen ab, ob die in einen porösen Boden eingedrungenen organischen Stoffe sich schneller oder langsamer zersetzen, und ob sie dieß mit mehr oder weniger Bildung von Rauch und Qualm thun, wir wollen sagen, ob sie mehr faulen oder verwesen, ob sie mehr durch Gährung oder durch direkte Oxydation verändert werden; darauf aber können wir schwören, daß aus dem Boden nach kürzerer oder längerer Zeit alle organischen Substanzen bis auf ihre Aschenbestandtheile wieder vollständig in die darüber befindliche Luft entweichen. Um mein altes Beispiel fest zu halten und möglichst oft zu wiederholen, möchte ich daran erinnern, wie verschieden auf verschiedenen Leichenhöfen die Zeit ist, innerhalb welcher ein Kadaver verwest. In einem lockeren und trockenen Boden geht die Verwesung rascher und mit überwiegender Oxydation vor sich, während in einem dichteren und feuchteren Boden sie langsamer und theilweise mehr als faulige Gährung verläuft.

Ein und derselbe Boden wird sich hienach verschieden für die Verwesung verhalten, je nachdem er trockener oder feuchter ist. Ein trockener Boden ist luftiger als ein feuchter, — denn bringe ich Wasser in denselben, so verdränge ich Luft daraus. — Es wird deßhalb die Zersetzung auf hoch und trocken gelegenem Boden einer Stadt eine vollständigere und jedenfalls andere seyn, als an tiefer gelegenen und feuchten Stellen, wo mehr die faulige Zersetzung vorherrschen wird; aus zwei Gründen werden sich in der Tiefe die Unreinigkeiten mehr ansammeln als auf den Höhen, erstlich weil sie sich von diesen nach der Tiefe senken, und dann weil sie hier langsamer verwesen, als auf der Höhe. Kommen jedoch schlecht gelüftete und feuchte Stellen von imprägnirtem Erdreiche in der Höhe vor, so werden sich diese ebenso verhalten wie in der Tiefe.

Der Grad der Vertheilung im Boden wirkt gleichfalls sehr mächtig bei diesen Prozessen mit, wie ich schon erwähnt habe, so daß man annehmen muß, daß im Boden vertheilte Kloakenstoffe sich ganz anders zersetzen, als wenn dieselben im concentrirten Zustande der Zersetzung überlassen sind. — Wenn wir eine concentrirte Zuckerlösung mit Hefe mischen, so erfolgt keine Gährung; — wenn wir aber dieses Gemisch mit vielem Wasser verdünnen, so erfolgt in Bälde eine stürmische Reaktion. — Bringen wir statt der Hefe andere Stoffe mit der Zuckerlösung zusammen, so geht allerdings auch eine Gährung oder Zersetzung vor sich, — aber unter andern Erscheinungen und unter Bildung anderer Produkte, und wir erhalten so z. B. einmal Alkohol und Kohlensäure, das anderemal Milch- oder Buttersäure aus dem Zucker. Es wird keinem Chemiker unerwartet seyn, wenn durch das Hinzukommen eines spezifischen Fermentes sich auch aus dem Boden einmal andere Gase entbinden sollten, als gewöhnlich.

Diese Prozesse im Boden gehen das ganze Jahr hindurch fort, sowohl Winter als Sommer, denn die Temperaturveränderungen, welche die verschiedenen Jahreszeiten begleiten, und welche etwa durch ihre Höhe oder Tiefe den Prozeß wesentlich modificiren könnten, erstrecken sich in unserm Klima kaum ein paar Fuß tief unter die Oberfläche, und es bleibt z. B. die Temperatur in den Kellern des Observatoriums zu Paris im Winter und Sommer sich völlig gleich. Wenn die Gasentwicklung im Boden auch im Winter fortdauert, so wird auch deren Ausströmung auf der Oberfläche fortdauern, und am meisten an Punkten, wo der Boden nicht gefroren ist, z. B. im Grunde der Häuser. Augenfällige Beweise hievon geben uns die Entweichungen von Leuchtgas aus den im Boden liegenden Gasleitungeröhren zur Winterszeit, wo die gefrorne Oberfläche dieselben nicht zu verhindern vermag. — Wie sich Gase im Boden verbreiten können, auch hievon geben uns die Erfahrungen bei Gasleitungen die interessantesten Beispiele. So wurde in Straßburg vor mehreren Jahren im Winter eine ganze Krämers-Familie getödtet, dadurch, daß das zunächst auf der Straße laufende Gasrohr einen Riß bekam, und die Nacht hindurch Gas in den Boden der Straße ausströmte, welches sich in der zu ebener Erde gelegenen Wohnung, worin sich nicht ein einziges Gasrohr, keine einzige Gasflamme befand, in der Art ansammelte, daß die ganze Familie, aus sechs Köpfen bestehend, Morgens asphyktisch angetroffen wurde, und nur mehr eine einzige Person von diesen allen ins Leben gebracht werden konnte. — Auch erinnere ich mich mehrerer spezieller Vorkommnisse in München, Augsburg und Stuttgart, wo durch Undichtigkeiten von Gasröhren auf der Straße Menschen in den zunächst gelegenen Wohnungen gaskrank geworden sind.

Man rechnet unter der wirklichen Größe, wenn man durchschnittlich für einen Menschen 3 Pfund (1½ Kilogramm) Harn und Excremente täglich rechnet — aber bereits nach einer solchen Annahme ergeben sich für eine Stadt von 100,000 Einwohnern täglich 300000 Pfunde, und jährlich 109½ Millionen, d. i. über eine Million Zentner. — Nehmen wir an, daß wir dieses Gewicht von Auswurfsstoffen nur der Menschen gänzlich aus der Stadt entfernen müßten, so brauchen wir dazu jährlich 54750 Fuhren, wenn wir auf eine zweispännige Fuhre 20 Zentner laden, oder täglich 150 Fuhren. — Ich mache dieses approximative Rechnungsexempel nur aus dem Grunde, um augenfällig zu machen, wie viel in der Stadt zurückbleibt; denn von diesen Stoffen wird nicht der zehnte Theil auf Wägen und durch die Bäche fortgeführt. Der ganze Rückstand muß in der unmittelbaren Nähe unserer Wohnplätze verwesen, und wir ersehen, daß wir durch das Quantum von Auswurfsstoffen jährlich mehr Stoff für die Verwesung in die Erde bringen, als wenn wir jährlich 50000 Leichen in der Stadt begraben würden.

Daß die Verwesung thierischer Stoffe, welche lockeres und feuchtes Erdreich aufgesogen hat, eigene Krankheiten, namentlich Gährungskrankheiten des Blutes erzeugt, ist für die Aerzte eine unbestrittene Thatsache. So liebt z. B. der Typhus solche Orte vorwaltend, und es wurde auch allgemein beobachtet, daß jene Städte, und in diesen wieder jene Quartiere, welche vorzüglich von Typhus heimgesucht sind, auch stets am heftigsten von der Cholera ergriffen werden. Ich verwahre mich hier ausdrücklich gegen die Ansicht, als wären die eben geschilderten Verhältnisse für sich im Stande, eine Cholera-Epidemie zu erzeugen — wenn das wäre, so müßten wir in München das ganze Jahr hindurch Cholera haben — daß sie aber zur Entwicklung einer Cholera-Epidemie wesentlich sind, behaupte ich, und werde die Belege hiefür im Laufe meiner verschiedenen Berichte nachbringen. Einstweilen begnüge ich mich damit, gezeigt zu haben, daß der Grund und Boden einer Stadt, in welchen organische Stoffe, namentlich aber menschliche Auswurfsstoffe eindringen, nicht unthätig bleibt, sondern zu einer Stätte der lebhaftesten Verwesung wird, welche an hoch und trocken gelegenen Orten schneller und vollständiger, an tief und feucht gelegenen aber langsamer und begleitet von einer größern Entwicklung zusammengesetzter organischer Gase, mehr mit dem Charakter der Fäulniß verlaufen muß. —

Nachdem ich diese allgemeinen Betrachtungen über die verschiedenen Wirkungen verschiedener Boden-Verhältnisse vorausgeschickt habe, komme ich zu speziellen Nachweisen über den Gang der Epidemie in München. — Ich bemerke im Voraus, daß ich mich wesentlich auf die Verhältnisse der Stadt München am linken Isar-Ufer beschränken muß, da ich bisher nur von diesem Theile die nöthigen Daten zu Handen bekommen konnte, während sie mir von der am rechten Isarufer gelegenen Vorstadt Au, Giesing und Haidhausen — ich weiß nicht aus welchem Grunde, immer noch fehlen. Ich kann jedoch versichern, daß ich auch in der Au, Giesing und Haidhausen nur Bestätigungen und zwar sehr zahlreiche für die Ansichten gefunden habe, welche ich später entwickeln werde. —

Um eine genaue Verfolgung der Epidemie nicht nur nach Straßen sondern auch nach den einzelnen Häusern zu erzielen, habe ich mir ein Grundbuch für alle Cholera-Todesfälle angelegt, in welchem die Straßen und Plätze in alphabetischer Ordnung folgen. Die Todesfälle in den einzelnen Häusern einer Straße, sind nach den laufenden Nummern der Häuser und nach der Zeitfolge in der sie sich ereigneten für jede einzelne Straße geordnet. Aus diesem Grundbuche ist neben der Straße, Hausnummer und Etage auch noch der Name und Stand, das Alter und der Todestag des einzelnen Falles ersichtlich, so daß ich glaube, die nun abgelaufene Epidemie in der Art fixirt zu haben, daß sie auch späteren Forschungen, welche etwa nach andern Gesichtspunkten als meine gegenwärtigen, geführt werden wollen, leicht zugänglich gemacht worden ist. Die Anfertigung dieses Grundbuches geschah aus den amtlichen Todtenscheinen die mir die königl. Polizeydirektion München zu diesem Behufe auf das Bereitwilligste anvertraute. — Die im allgemeinen Krankenhause behandelten und verstorbenen Cholerakranken sind auf jene Häuser eingetragen, in welchen die betreffenden Individuen bis zu ihrer Erkrankung gewohnt hatten; als im Krankenhause verstorben sind nur diejenigen vorgetragen, welche als Patienten der Anstalt, oder sonst als Angehörige desselben erkrankten, deren Erkrankung und Tod mithin jedenfalls in näherer Beziehung zum Hause steht. Die Todesfälle unter der Garnison von München sind vorläufig außer Betracht gelassen, da ich die Angaben hierüber noch nicht in der nöthigen Exaktheit erlangen konnte. — Das Grundbuch für München links der Isar enthält mit Ausschluß des Militärs 2090 Todesfälle an Cholera. Diese große Anzahl von Fällen beseitigt jede Besorgniß, daß durch einzelne irrige Angaben, die möglicherweise, wenn auch sehr selten, mitunterlaufen mögen, der Werth der aus der Untersuchung sich ergebenden Folgerungen auch nur im mindesten beeinträchtigt werden könnte. — Es würde den Umfang des Raumes für diese Berichte weit überschreiten, wollte ich dieses Grundbuch veröffentlichen. Ich hatte nur der Art und Weise der Anlage desselben Erwähnung zu thun, damit der Leser erfahre, auf welche Weise die Resultate und Zahlen gewonnen worden sind, welche ich ihm im Laufe der Besprechung vorführen werde. In einem Generalberichte können derartige Elaborate passender einen Platz finden. — Die Gründe, weßhalb ich mich nur auf die Todesfälle an Cholera beschränkte, und die einzeln angemeldeten Erkrankungen außer Acht ließ, sind einfach, weil die Anmeldungen nicht nach ein und derselben symptomatischen Skala von Seite der Aerzte geschehen, so daß man sowohl von der Intensität als Extensität der Krankheit nur ein unklares Bild erhalten würde. — Der Tod in Folge einer Krankheit ist aber ein wesentlich gleiches und trotz aller Verschiedenheiten der Individuen nach Alter, Stand und Constitution im allgemeinen gewiß das untrüglichste und sicherste Maaß für die Intensität der Erkrankungen. — Ich werde übrigens in einem meiner Berichte (über Gaimersheim), noch den direkten Beweis liefern, daß sich das Bild der Cholera-Epidemie einer Ortschaft sowohl nach Zeit als Ort vollkommen gleich bleibt, man mag die Erkrankungen, oder die Todesfälle verzeichnen. Im letztern Falle erscheinen sämmtliche Linien nur um ⅓ etwa kürzer, als im erstern.

Nachdem bereits mehrere auffallende Erscheinungen im Befinden der Bevölkerung Münchens vorhergegangen waren, die, wie man nachträglich einsieht, der Cholera bereits nicht mehr fremd waren, starb am 29. Juli im allgemeinen Krankenhause ein Taglöhner, Peter Stopfer, 39 Jahre alt, welcher am 23. Juli an Erscheinungen erkrankt war, die über die Anwesenheit der Cholera in München keinen Zweifel mehr übrig ließen. Dieser Peter Stopfer war ein in sehr dürftigen Umständen lebender Mensch — er wohnte in der Schwanthalerstraße No. 38 auf einem Dachboden, wo man ihn seit mehreren Monaten, da er nichts bezahlen konnte, unentgeltlich sein Nachtlager auf einem Büschel Stroh halten ließ. — Vor seiner Erkrankung am 23. Juli war er beim Planiren eines Theiles der Luitpoldstraße beschäftigt. Nach Aussage mehrerer Bauaufseher litten damals bereits viele Arbeiter auf Bauplätzen an heftigen Durchfällen — eine Erscheinung, die ich namentlich an einigen solchen Plätzen in dem nördlichen Theile von München in Erfahrung brachte, die aber ganz vorzüglich im Industrie-Ausstellungsgebäude in auffallender Weise hervortrat, worauf ich später zu sprechen komme. — Der zweite Cholerafall betraf eine Köchin, Therese Singer, aus der Herzog-Maxburg am 24. Juli, und der dritte eine Pfründnerin des Lorenzonihauses am untern Anger am 28. Juli. Bei diesen 3 ersten Kranken ist keinerlei Verkehr mit Cholerakranken; oder mit Menschen, welche aus Gegenden kamen in denen die Epidemie herrschte, nachzuweisen gewesen, selbst zu einer bloßen Vermuthung der Art hat sich nicht der geringste Anhaltspunkt ergeben. In den letzten Tagen des Juli und im Laufe der ersten Woche des August erfolgten Erkrankungen an exquisiter Cholera in der obern Gartenstraße, auf der Einschütt, am obern Anger, in der Karlsstraße, Landwehrstraße, im Schlossergäßchen, in der Sendlingergasse, auf dem Maximilians- (Dult-) Platze, in der Amalienstraße, Sonnenstraße, Fürstenstraße, Pfandhausgasse, Barrerstraße, Neuhausergasse, Salvatorgasse, am Sendlingerthorplatz, im Augustinergäßchen, in der Glückstraße, Theresienstraße, Arcisstraße, Josephspitalgasse, Frühlingsstraße, Königinstraße, Weinstraße, Mühlstraße, Singstraße, Wurzerstraße, Rosenthal, Adalbertstraße, Theatinerstraße, Schäfflergasse, Fürstenfeldergasse, Türkenstraße, Schützenstraße, Pfluggasse, Bayerstraße, Briennerstraße, St. Annastraße, Knödelgasse, Ludwigsstraße, auf dem Heumarkt, in der Promenadestraße, Luisenstraße, Kasernstraße, Nymphenburgerstraße, Promenadeplatz, Gänsbühel, Veterinärstraße, Mariengäßchen und Müllerstraße. — Auch in der Vorstadt Au ereigneten sich bereits zu dieser Zeit mehrere Fälle.

Abgesehen davon, daß im Ganzen mehr Straßen aus der westlichen, als aus der östlichen Stadthälfte genannt worden sind, wird man keinen Zusammenhang in dieser Aufeinanderfolge wahrnehmen können: es sieht wirklich aus, als wäre plötzlich ein Pesthauch über die unglückliche Stadt gefahren, von dessen Gift die Menschen nun in allen Theilen derselben zu sterben begannen. Ganz anders aber erscheint das Bild, wenn wir den Verlauf der ganzen Epidemie nach einzelnen Quartieren und Straßen gliedern und denselben nach natürlichen Richtungslinien verschieden verfolgen. Mit Zuhilfenahme meines Hauptbuches lassen sich die einzelnen Choleratodesfälle einer Straße, entsprechend den Zeiträumen, in denen sie erfolgten, plannässig auftragen. — Die angehängten Tafeln zeigen diese Verfahrungsweise. So enthält Tafel 1 die Epidemien der Königinstraße, Gartenstraße, Ludwigsstraße ꝛc. ꝛc. Die Vertikallinien versinnlichen die einzelnen Zeitmomente der Epidemie, und es umfaßt der Zwischenraum zwischen 2 Linien je 2 Tage, vom 26. Juli angefangen bis 11. Dezember. — Die einzelnen Todesfälle sind in diesen 2tägigen Zeitrubriken eingetragen mit der Nummer des Hauses, welchem sie angehörten. — So steht z. B. obere Gartenstraße unter dem 28. und 29. Juli zweimal die Zahl 9; damit soll ausgedrückt seyn, daß am 28. und 29. Juli sich zwei Todesfälle an Cholera in dem Hause Nr. 9 in der obern Gartenstraße ereigneten. Ein weiterer Todesfall in in dieser Straße erfolgte am 1/2. August, abermals aus dem Hause Nr. 9. Am 13/14. August erfolgten 3 Todesfälle in dieser Straße und zwar je einer in den Häusern Nr. 16, Nr. 5 und Nr. 14. Am 19/20. August finden sich die zwei letzten Todesfälle dieser Straße in den Häusern Nr 5 und Nr. 1 verzeichnet. — Auf gleiche Weise sind alle Straßen der Stadt behandelt, die ich nun besprechen werde, und aus dem Grundbuche der Todten lassen sich auf diese Weise alle beliebigen Straßenkombinationen mit Leichtigkeit anfertigen. —

Einen Ausgangspunkt für die Epidemie auf der nördlichen Seite der Stadt können wir in der Gartenstraße annehmen. Wenn wir nach Norden sehen, so hat die Gartenstraße nach rechts und östlich eine einzige Parallelstraße — die Königinstraße; nach links aber und in westlicher Richtung gegen die dritte Terrainstufe der Stadt gehend treffen wir zahlreiche Parallelstraßen. — Als solche bezeichne ich die Ludwigsstraße, die Amalien- mit der Fürstenstraße, die Türkenstraße, die Barrerstraße, die Arcisstraße, die Luisenstraße, die Augustenstraße und die Schleißheimerstraße. Wenn man nun auf Tafel 1 blickt, welche diese Parallelstraßen der Reihe nach darstellt, so ist augenfällig, daß in allen jenen Straßen, wo die Epidemie zu einiger Intensität gelangte, diese immer in spätere Zeiträume fällt, je mehr sich die Straßen von von Osten nach Westen rücken, — d. i. während wir in der Ludwigsstraße die Epidemie bereits am 11. August auf ihren Höhenpunkt gelangen sehen, erreicht sie denselben in der Schleißheimerstraße erst am 4. September. So ist sie in der Fürstenstraße entschieden früher auf ihrer Höhe als in der Amalienstraße, von der ein Theil parallel mit dieser verläuft. Man kann darüber streiten, ob die Epidemie in der Türkenstraße gleichzeitig mit der in der Amalienstraße war oder später, keinenfalls jedoch war sie früher; denn bricht man mit 27. August ab, nach welchem Tage die Sterblichkeit in der Amalienstraße constant abnimmt, während sie sich in der Türkenstraße am 29. nochmal bedeutend erhebt, so findet man von den 36 Todesfällen, welche die Amalienstraße betreffen, bereits 22, hingegen von den 37 Fällen der Türkenstraße erst 21 verlaufen, so daß man hierin einen Grund finden könnte, den Höhenpunkt der Epidemie in der Amalienstraße ein paar Tage früher anzunehmen als in der Türkenstraße. Die Barrer- und Arcisstraße lassen sich nicht wohl bei diesem Vergleiche hereinziehen, da in diesen Straßen sich weder zu irgend einer Zeit noch an irgend einem Orte eine den andern Straßen ähnlich starke Entwicklung der Krankheit zeigt.

Während in der Amalienstraße der erste Höhenpunkt auf den 19. August fällt, treffen wir ihn in der Louisenstraße am 23. August. — Wir beobachten allerdings eine ebenso große Sterblichkeit in dieser Straße bereits am 19. August — diesen Zeitpunkt können wir aber nicht als maßgebend ansehen, da sämmtliche Fälle einem einzigen Hause (Nr. 27) angehören, während am 23. die Häuser Nr. 27, 29 und 25 zugleich concurriren. Den Gipfelpunkt der Epidemie in der Augustenstraße setze ich am 31. August, und den in der Schleißheimerstraße am 4. September. Obwohl die Zeit der ersten Todesfälle, die sich in einer Straße ereignen, nicht immer maaßgebend für die Zeitfolge dieser Einzelepidemien seyn darf, da ein einzelner Fall oft sehr bedeutend vorauseilen kann, ehevor sich mehrere ereignen, so darf man es doch nicht außer Acht lassen, daß in diesem Beispiele die ersten Todesfälle die nämliche Zeitfolge einhalten, wie die Höhenpunkte der betreffenden Einzel-Epidemien. Wir sehen den ersten Todesfall in der Amalienstraße am 30/31. Juli verzeichnet, in der Türkenstraße am 5. August, in der Louisenstraße am 9. August, in der Augustenstraße am 19. August, in der Schleißheimerstraße am 21. August.

Bewegen wir uns anstatt in Parallelstraßen von Osten nach Westen in einer fortlaufenden Straßenlinie von Norden nach Süden, so treffen wir ganz das gleiche Verhältniß. Betrachtet man das Bild der Epidemien des Maximilians- (oder Dult-) Platzes, des darauf folgenden Karlsplatzes, der Sonnenstraße bis zum Sendlinger-Thorplatze, so tritt dieses Zurückweichen der Intensität derselben nach der Zeit auf das Klarste hervor. Man kann die mittlere Höhe der Epidemie des Maximiliansplatzes auf den 11. August setzen, die des Karlsplatzes fällt auf den 17., der Sonnenstraße auf den 21. und des Sendlingerthorplatzes auf den 25. August. Die Epidemie des Maximiliansplatzes geht gleichzeitig mit der in der Ludwigsstraße, während die des Sendlingerthorplatzes mit der Augustenstraße zusammenfällt. Die westlich von der Sonnenstraße und mit dieser parallel verlaufende Singstraße erscheint etwas später, ähnlich wie die vorher abgehandelten ostwestlichen Parallelen.

Um weder mich, noch den Leser zu verwirren, will ich, ehe ich zur Betrachtung einer weitern Tafel übergehe, einige Verhältnisse besprechen, welche mir maaßgebend erscheinen und welche sehr oft wiederkehren werden.

Diese Bewegungen der Epidemie scheinen mir von zwei Momenten abzuhängen, erstlich von der Lebhaftigkeit des Verkehres der Bewohner in den Häusern, und dann von den Erhebungen und Senkungen des Terrains. Lebhafter Verkehr und relativ tiefere Lage begünstigen die frühzeitigere Entwicklung der Epidemie. Wir werden durchgehends die Bemerkung machen, daß sich gegen die Ränder der Stadt hin bei gleicher relativer Höhe, die Epidemie später entwickelt als in den Centren des Verkehrs, oder in diesen sehr nahe liegenden Theilen, daß aber bei gleichen Verkehrs-Verhältnissen und ähnlicher Vertheilung der Häuser stets der tiefer gelegene Punkt früher ergriffen wird, als der höher gelegene. Die beiden Punkte, die ich hier für ganze Straßen aufgestellt habe, gelten auch natürlich für die einzelnen Häuser; denn die Gesammt-Epidemie einer Stadt besteht aus den Krankheits-Erscheinungen in den einzelnen Straßen, und das Krankheitsbild dieser entsteht aus den Fällen in den einzelnen Häusern, geradeso, wie ein Wald aus Baumgruppen und diese aus einzelnen Bäumen bestehen.

An diesem allmähligen Vorrücken der Epidemie von Osten nach Westen, soweit sie in Tafel 1 dargestellt ist, haben die Verkehrsverhältnisse jedenfalls einigen Antheil, jedoch dürfte der grössere Theil auf die Terrainverhältnisse fallen. Wir sehen die Epidemie vom tiefsten Punkte ausgehen, und mit einer unbarmherzigen Consequenz nach den höhern fortschleichen, vom östlichen Rande der zweiten Terassenstufe von München nach deren westlichem Ende, gegen die dritte Stufe zu. Dieser Theil der Stadt, wo die Gartenstraße liegt, ist nicht nur der tiefste von Westen nach Osten, sondern auch von Süden nach Norden, in welch letzterer Richtung das Gefäll noch ein viel beträchtlicheres ist. — Wie die Stadt von Westen nach Osten abfällt, ersieht man am klarsten, wenn man auf die in der Ludwigsstraße nivellirten Punkte senkrechte Linien in genau westlicher Richtung zieht, wo diese Linien stets höhere Punkte schneiden. So liegt zum Beispiel das Ende der Ludwigsstraße 19 Fuß tiefer als das Pflaster der Frauenkirche, das Ende der Louisenstraße 15′ und eine Ecke, an der Theresien- und Schleißheimerstraße 12,8′ unter diesem Nullpunkte. Fällen wir eine senkrechte westliche Linie auf einen Punkt an der Hofbibliothek in der Ludwigsstraße, so verbinden wir nahezu mit diesem eine Ecke der Kasern- und Arcisstraße und den Stiegelmayerplatz, und wir haben der Reihe nach eine Tiefe von 14,1′ — 10,8′ und 6,3′ unter dem Nullpunkte Münchens. — Die Ecke des Bazars am Odeonplatze und Galleriestraße, der Karolinenplatz und die Ecke von der Dachauer- und Karlsstraße liegen abermals in einer den vorigen ziemlich parallelen Linie, und man findet diese Stellen 9,8′ — 5,9′ und 5,1′ unter dem Nullpunkte.

Obwohl nun die vorhin erwähnten Parallelstraßen nicht ganz

senkrecht auf diesen Richtungslinien, sondern etwas im Winkel laufen, so ersieht man doch, daß auf dieser Ebene die westlichen Straßen durchschnittlich höher gelegen sein müssen als die östlichen. Da aber die größere oder geringere Empfänglichkeit für Cholera nicht mit der absoluten Höhe oder Tiefe zusammenhängt, sondern nur insoferne die Verwesungserscheinungen im Boden dadurch modifizirt werden, so darf es uns nicht wundern, wenn wir hie und da an absolut tiefern Orten wieder ein Zurückweichen in der Entwicklungszeit der Epidemie beobachten, und Tafel 1 gibt uns bereits ein Beispiel von einem solchen Falle. Wir sehen, daß die Epidemie der Königinstraße entschieden später ist, als die der oberen Gartenstraße. Der rasche Abfall längs der Königinstraße nach dem englischen Garten zu, der steile Uebergang von der zweiten Terrainstufe auf die erste macht die Lage der Königinstraße zu einer relativ hohen, wirkt für diese drainirend. — Diese wohlthätige Wirkung kann sich aber nicht in gleichem Maaße auf die Gartenstraße erstrecken, welche keinenfalls höher, nur in gleicher Ebene mit der Königinstraße, aber viel weiter vom Abhange entfernt als diese, sich befindet.

Wir begegnen der Erscheinung noch sehr häufig, daß die Cholera sowohl in ihrer Entwicklungs- (Incubations-) Zeit zurückweicht, als auch an Intensität verliert, sobald wir uns einem Abhange oder selbst Bache nähern, welcher tief in das Erdreich einschneidet, — wie wir umgekehrt oft die an den Fuß eines Abhanges hingedrängten Häuser, oder diejenigen, welche in der Nähe von hochgelegenen oder aufgedämmten Bächen stehen, auffallend heftig ergriffen sehen werden. Lang gestreckte, dünn mit Häusern besetzte Straßen, von Menschen bewohnt, welche wenig mit dem allgemeinen Verkehre in Berührung kommen, zeigen stets eine spätere Entwicklung, und einen milderen Verlauf als andere mit den entgegengesetzten Merkmalen. Solche Straßen sind die Barrer- und Arcisstraße. Bei der Barrerstraße wirkt noch der Umstand günstig mit, daß gerade der bewohnteste Theil derselben (zwischen Kasernstraße und Karolinenplatz) relativ höher liegt, als die umgebenden Parallelstraßen.

Wo in einem Stadttheile oder Straße die Vertheilung der Häuser, deren Bauart, die Verkehrsverhältnisse, Beschäftigung und Wohlhabenheit der Bewohner derselben sich sehr ähnlich sind, dort wird dann lediglich die Höhe der Lage den Fortgang der Epidemie entscheiden. Einen solchen Stadttheil sehen wir auf Tafel 1 in dem Maximiliansplatze, Karlsplatze, der Sonnenstraße und dem Sendlingerthorplatze vor uns. — Man könnte kaum einen gleichmäßigeren Complex in der ganzen Stadt auffinden, und es erscheint wirklich zufällig, daß man dieser Parthie nicht einen einzigen Namen gegeben hat, sondern vier. Das Terrain streicht fortwährend vom Anfang des Maximiliansplatzes aufwärts nach dem Sendlingerthorplatze, wo sich die Ränder der ersten und zweiten Terrainstufe berühren, und man plötzlich in die tief auf der ersten Stufe gelegene Müllerstraße hinabsteigt. — Ein Punkt am Hause No. 11 des Maximiliansplatzes liegt 5,0′ unter dem Nullpunkt Münchens — ein anderer am Hause No. 1 des Karlsplatzes liegt 3,0 Fuß über dem Nullpunkte, ein Punkt am letzten Hause dieser Reihe (No. 17) liegt 6 Fuß, ein Punkt am Eingange der Schwanthalerstraße aus der Sonnenstraße liegt ebenfalls 5′, und der Punkt, wo man vom Sendlingerthorplatz wieder abwärts über den Stadtgraben nach dem Sendlingerthor geht, 6 Fuß über dem Nullpunkt von München. Wir gewahren in diesem in jeder Beziehung sehr gleichartigen Straßencomplexe somit ein Gefäll von 11 Fuß, welches sich auf die verschiedenen Parthien ziemlich regelmäßig vertheilt. Man sieht die Epidemie dieser Straßentheile unverkennbar in derselben Linie von der Tiefe nach der Höhe streichen. Am Sendlingerthorplatze eilt ein Todesfall im Hause Nr. 9 bedeutend vor. Zu dieser Zeit (am 3. August) war selbst auf dem Maximiliansplatze noch Niemand gestorben. Der zweite Todesfall des Sendlingerthorplatzes aber ereignete sich am 19/20. August ist mithin mehr als 2 Wochen vom ersten getrennt. Ehe auf dem Sendlingerthorplatze der zweite starb, waren am Maximiliansplatze bereits 10 gestorben, und die Epidemie dieses Platzes nahezu beendigt, während sie auf dem Sendlingerthorplatze erst in Gang kam, wo nun bis zum 2. September 5 Menschen starben, während vom 3. bis 19. August nur 1 Mensch (eine Wittwe von 81 Jahren) gestorben war.

Eine andere sehr lehrreiche Straßengruppe ist die Karlsstraße und ihre sämmtlichen südlichen Parallelstraßen, soweit sie auf der zweiten Terrainstufe verlaufen. Diese Straßen sind in Tafel 2 dargestellt. Wir sehen die Epidemie in der Karlsstraße bereits sehr frühe auf eine bedeutende Höhe gelangen, so daß ihr Gipfelpunkt nur zwei Tage später, als der in der wesentlich tiefer gelegenen Ludwigsstraße sich zeigt. — Die Karlsstraße ist eine frequente, an mehreren Stellen dicht mit hohen, stark bewohnten Häusern besetzte Straße, das Haus No. 10 schlägt in der Zeit bedeutend vor, in welchem bereits am 30/31. August ein Todesfall an Cholera erfolgte. Dieses Haus enthielt bei Ausbruch der Epidemie die Bureaus der Beurtheilungs-Commission der deutschen Industrie-Ausstellung, welche am 15. Juli eröffnet worden war, und eine sehr große Anzahl Menschen aus allen Gegenden Europas nach München gezogen hatte. In wie ferne ich die verflossene Cholera-Epidemie mit der Industrie-Ausstellung in Zusammenhang bringe, werde ich später zeigen, wo ich den Gang der Erkrankungen unter 500 Aufsehern der Industrie-Ausstellung im Monate Juli besprechen werde. — Parallel der Karlsstraße laufen die Sophien- und Elisenstraße, die mit wenig Wohnhäusern besetzt sind. Von letzteren gelangt man durch die Luitpoldstraße nach der Schützenstraße, welche allerdings absolut höher gelegen als die Karlsstraße doch relativ tief liegt, indem sie vom Karlsplatze an und von der Bayerstraße her nicht unbeträchtlich gegen das Bahnhof-Gebäude hin abfällt. Wir sehen hier die Epidemie am 15. August auf ihrer Höhe. Die nächstgelegene Bayerstraße verläuft nun wesentlich höher als die Schützenstraße auf der nördlichen und die Schwanthalerstraße auf der südlichen Seite der Bayerstraße. Dieser Bewegung des Terrains folgend entwickelt sich die Epidemie der Bayerstraße wesentlich später, so daß sie ihre Höhe erst am 6. September erreicht. Von der Bayerstraße gelangt man abwärts durch die Singstraße in die Schwanthalerstraße, wo wir den Höhenpunkt der Epidemie am 17/18 August gewahren, 2 Tage später als in der Schützenstraße, aber 18 Tage früher als in der Bayerstraße. Zur langsamern Entwicklung der Epidemie in der Bayerstraße mag neben der höhern Lage noch beigetragen haben, daß die größere Anzahl der Häuser dort einzeln steht, von Gärten und Wiesen begränzt, und daß wenigstens die südwestliche Hälfte ziemlich außer der Verkehrslinie liegt.

Von der Schwanthalerstraße rückt die Epidemie mit Consequenz nach der Landwehrstraße, wo sie sehr wenig Geschäfte macht, über die Sendlingerlandstraße nach der Mai-Straße und Thalkirchnerstraße. Wir können die Gipfelpunkte dieser Epidemien in der Landwehrstraße auf den 27. August, auf der Sendlingerlandstraße auf den 8. September in der Maistraße auf den 10. und in der Thalkirchnerstraße auf den 12. September setzen. Mit dieser letzten Straße sind wir nahe an den östlichen Rand der zweiten Terrainstufe gelangt, und man steigt längs des Gottesackers steil auf die erste Stufe hinab, wo parallel mit der Thalkirchner-Straße zunächst die Geyer-Straße verläuft. Wir finden entsprechend der bedeutenden plötzlichen Senkung der Lage dort die Epidemie bereits am 31. August auf ihrer Höhe. Bewegen wir uns von hier aus nach dem trockner und ferner vom Verkehr liegenden sogenannten Pechwinkel, so treffen wir hier eine Epidemie am 6. September auf der Höhe; wenden wir uns aber von der Geyer-Straße nördlich und abwärts nach der Müllerstraße, so treffen wir die Epidemie in der Baumstraße am 27. in der Frauenhofer-Straße am 19. in der Müllerstraße am 17. August auf ihren einzelnen Höhenpunkten.

Auf Tafel 3 treffen wir den zweiten Haupt-Ausgangspunkt der Epidemie, welcher als gleichzeitig mit dem in der obern Gartenstraße betrachtet werden kann, nämlich in der Herzog Max-Burg und der darnach benannten Gasse. In stetem regelmäßigen Fortschreiten zeigt sie sich auf der einen nördlichen Seite nach der Pfandhausgasse, als deren Fortsetzung der Promenadeplatz angenommen werden muß, nach der Prannersgasse, dem Rochusberge und der Salvatorstraße, auf der andern südlichen Seite nach der Neuhausergasse, nach der Herzogspitalgasse und deren Fortsetzung dem Althammereck und der Josephspitalgasse mit deren Fortsetzung der Brunngasse.

Dieser ganze Stadttheil liegt sehr eben, und obwohl wir von der Herzog Maxburg aus eine regelmäßige Weiterbewegung unverkennbar sehen, so geht dieselbe dennoch nicht in der Regelmäßigkeit mit den Erhebungen und Senkungen des Terrains, wie bei den bisher behandelten Straßen der Tafeln 1 und 2. Wir befinden uns gegenwärtig im innern und ältern Theile der Stadt, wo sowohl die baulichen Verhältnisse als der Verkehr der Menschen complicirter werden. — Von der Herzog-Max-Burg fällt das Terrain schwach gegen die Salvatorgasse hin, und steigt leicht gegen die Josephspitalgasse an. — Die Straßen, welche wir in Tafel 1 und 2 betrachteten, haben fast durchgängig mit einander gemeinsam, daß sie mit Ausnahme der Ludwigsstraße keine Kanäle haben, auch fast durchgehends ungepflastert sind, — und alle sind in der neueren Zeit erst entstanden; im Innern der Stadt aber treffen wir Straßen, welche theilweise mit Kanälen versehen sind, welche, wenn sie einigermassen tief gezogen und nicht mit Unrath überfüllt sind, wie Drainage-Röhren auf ihre Umgebung wirken müssen. Der Ausgangspunkt, die Herzog-Max-Gasse, hat keinen Kanal — aber deren Fortsetzung, die Löwengrube — ebenso haben Pfandhausgasse und Promenadeplatz, die Prannersgasse und die östliche Hälfte der Salvatorstraße unterirdische gemauerte Kanäle. —

Nach der andern Seite hin ist die Neuhausergasse mit einem Kanale versehen, die Herzogspitalgasse nicht, aber deren Fortsetzung das Althammereck, die Josephspitalgasse nicht, aber deren Fortsetzung die Brunngasse, — so daß die scheinbare Unregelmäßigkeit ungezwungen auf den Einfluß der Kanäle gelegt werden kann. Die westlichen Enden dieser Parallelstraßen verbindet halbkreisförmig der tief gezogene alte Stadtgraben, welcher nun an den meisten Stellen überwölbt und darüber eingefüllt ist. Von der Herzog-Max-Burg südlich macht sich ganz constant bis hinauf zum Sendlingerthor ein eigenthümlicher Verlauf der Kranheit sichtbar, der von keiner Zufälligkeit abhängen kann, und wir werden ihm auf Tafel 5 wieder begegnen bei jenen Straßen, welche in diesen Bezirk fallen. Wir treffen nirgends die bedeutende Intensität der tiefgelegenen Stadttheile, keinen durch eine bestimmte und kurze Zeitperiode umschriebenen Verlauf — wir haben durchgehends einen mildern aber in die Länge gezogenen Verlauf, so daß wir fast in allen diesen Straßen im November das Auftauchen einer Nachepidemie gewahren. — Die Epidemie in der Josephspitalgasse allein erhebt sich zu auffallenden Spitzen — aber dieses nur in Folge eines Hauses No. 11 einer Pfründneranstalt, des St. Joseph-Spitales. Nehmen wir die Fälle dieses Hauses heraus, wozu wir ein unbestreitbares Recht in den von einem gewöhnlichen Wohnhause abweichenden Verhältnissen solcher Anstalten haben, so ist der Verlauf analog dem in der parallelen Herzogspitalgasse.

Von der Brunngasse an rückt die Epidemie in ihrem zeitlichen Auftreten entsprechend den Terrainverhältnissen wieder sehr regelmäßig über die Hundskugel durch die Hadergasse nach der Hofstatt vor.

Eine andere interessante Linie bilden a) das Rosenthal, b) der Färbergraben, c) das Augustinergäßchen, d) die Schäffler- und e) Schrammergasse nach f) dem Hofgraben, entsprechend dem Verlaufe des ältesten Stadtgrabens von München. Die Niveau-Verhältnisse dieser Straßen sind

a = 11′ unter dem Nullpunkte Münchens
b = 5′ " " " "
c = 3′ " " " "
d = 7′ " " " "
e = 5′ " " " "
f = 8′ " " " "

Die Länge des Baches, der hier läuft, beträgt circa 3300′ und das Wasser hat sein Gefäll von a nach f, woraus ersichtlich ist, daß derselbe in seinem Verlaufe immer tiefer in's Erdreich einschneiden muß.

Da sich in c gar kein Todesfall, in f zu wenige*) ereigneten, so bleiben uns zur Vergleichung nur a, b, d und e, und da finden wir die Zeit der größten Intensität wieder Hand in Hand mit den Erhebungen und Senkungen des Bodens gehen. Diese Linie hat auch in so ferne ein Recht in die Betrachtung hereingezogen zu werden, als sie sich concentrisch längs eines Wasserfadens bewegt. Wir können die Spitze der Epidemie im Rosenthale auf den 27. August setzen, am höher gelegenen Färbergraben können wir sie keinenfalls vor dem 29. August annehmen, während wir hier wieder den langgestreckten trägen Verlauf gewahren; sobald das Terrain in der Schäfflergasse wieder beträchtlich sinkt, rückt die Spitze der Epidemie auf den 21. August vor, und weicht in der höhern Schrammergasse wieder auf den 25. zurück.

Diese Linie bietet auch noch in anderer Beziehung viel Interesse dar. — Die Häuser der einen Straßenseite sind an den rasch fließenden Bach gebaut, der alle Abfälle derselben in seinem tief gezogenen Beete empfängt, die andere Häuserreihe genießt diesen Vortheil nicht, sondern ist mit gewöhnlichen Abtritten, Schwindgruben und Düngerstätten versehen.

Im Rosenthale stehen die Häuser No. 1 — 7 am Wasser — große stark bewohnte Häuser, gegenüber auf der andern Seite der Straße No. 8 — 20. In No. 1 — 7 starb 1 Mensch; in No. 8 — 20 starben 5. Am Färbergraben stehen die Häuser No. 1 — 19 am Wasser, No. 20 — 35 gegenüber, und die 19 Häuser am Wasser lieferten 9 Todte, die 16 gegenüber liegenden

*) Das Augustinergäßchen hat nur 2, der Hofgraben 3 Wohnhäuser.

Häuser lieferten gleichfalls 9 Todte. — In der Schäfflergasse liegen die Häuser 1 — 11 am Wasser, und aus ihnen starben 4, während in den gegenüber liegenden No. 12 — 22 9 Menschen starben. In der Schrammergasse liegen No. 5 — 11 am Wasser — hier starben 3, und gegenüber No. 1 — 4 starben 8 Menschen. Auf dieser ganzen Linie starben mithin auf der dem Wasser zugekehrten Häuserreihe 17, auf der entgegengesetzten 31 Menschen, so daß die Sterblichkeit auf der einen Seite constant fast nochmal so groß erscheint, als auf der andern.

Tafel 4 enthält mehrere wesentliche Straßen der Altstadt, welche auf der ersten Terrainstufe Münchens, mithin sehr tief, theilweise zwischen aufgedämmten Bächen liegen: das Thal, die Westenrieder-, Marien-, Lederer- und Bräuhausgasse nebst dem Platzl. Die Unterschiede in den Gefällsverhältnissen, in den Charaktern der Straßen und Häuser sind hier so gering, daß wir davon keinen sehr merklichen Einfluß auf den Verlauf der Epidemie im voraus erwarten können, und daß hier die Dichtigkeit der Bevölkerung vor allem maßgebend erscheinen sollte. — Dieser ganze Theil hat keine Kanäle in den Straßen*), da zwischen den aufgedämmten Bächen kein Gefäll dafür zu gewinnen wäre, im Gegentheil wird der östliche Theil des Thales von dem durchströmenden Katzenbache aus in zwei Gossen überrieselt. Das Thal überhaupt ist eine doppelte Mulde; das Terrain fällt vom Rathhausthurme bis zur hl. Geistgasse, und steigt dann wieder nach der Hochbrücke, welche über den bedeutend aufgedämmten Katzenbach führt, fällt von da wieder bis wo die Sterneggergasse einmündet und steigt dann langsam gegen das Isarthor hinan. Der

*) Mit Ausnahme der Mariengasse.

Katzenbach tritt bereits in die Westenriederstraße über den Grund der Häuser aufgedämmt ein, geht so durch den Radelsteg, die Hochbrücke nach der Einschütt, wo er zahlreiche Wasserräder treibt, und dann plötzlich abfällt, so daß er die Lederergasse, Bräuhaus- und Mariengasse in einem Beete erreicht, welches bereits wieder unter dem Niveau der Häuser liegt, wodurch diese Straßen jedenfalls etwas bessere Drainage haben müssen, als das Thal und die Westenriederstraße. Es spricht sich dieses auch im Verlaufe der Epidemie darin aus, daß ihre Entwicklung in jenen Straßen etwas später und mehr in die Länge gezogen erscheint als im Thale und in der Westenriederstraße: wir sehen, daß das Hinabfallen eines Wasserspiegels gleichbedeutend ist mit der Erhebung einer Erdschichte. Das scheint auch die Wirkung der gemauerten unterirdischen Straßenkanäle zu seyn, denn es ist in Tafel 3 auffallend, daß die Epidemie in der Herzogmaxburggasse früher erscheint, als in der Löwengrube, in der Herzogspitalgasse früher, als auf dem Althammereck, in der Josephspitalgasse früher, als in der Brunngasse, Straßen die sich gegenseitig Fortsetzungen in einer Linie sind, wo sich die etwas höher liegenden und früher ergriffenen von den tiefer liegenden und später ergriffenen nur dadurch unterscheiden, daß letztere unterirdische Straßenkanäle haben, erstere aber nicht.

Man kann nicht zwei schlagendere Beispiele für die Unterschiede finden, welche bei gleichem Untergrunde zwischen trockener und hoher, und feuchter und tiefer Lage bestehen, als wenn man den Verlauf der Epidemie im Thale mit dem in der Neuhausergasse vergleicht. Vom Karlsthore kommend zeigt die Neuhausergasse zur Linken allerdings viele öffentliche Gebäude, aber zur Rechten gewahrt man, den aufgedämmten Bach mit seiner Brücke abgerechnet, eine ganz ähnliche Configuration der Straße und der

Häuser, wie im Thale. Ich habe die Epidemie im Thale in 2 Seiten getheilt, die linke von Haus-No. 1—45, die rechte von 46—76, auf beiden aber verläuft die Krankheit sehr gleichmäßig. Der erste Todesfall am 7. August — der letzte am 14. September — im Ganzen 57 Todte. Dauer der Epidemie 39 Tage. In der Westenriederstraße spricht sich dieser gedrängte Verlauf noch präciser aus: in 21 Tagen (vom 11. bis 31. August) starben dort 22 Menschen und dann keiner mehr. — Weder im Thal noch in der Westenriederstraße die Spur einer Nachepidemie. — In der Neuhausergasse währte die Epidemie 51 Tage (vom 3. August bis 22. September) und kostete doch nur 29 Menschenleben. Ende Oktober und im November erfolgten dort noch 3 Todesfälle, zur Zeit als das ganze Segment zwischen Karls- und Sendlingerthor von einer Nachepidemie ergriffen war.

Auf der Tafel 5 erblicken wir die Epidemien einer Anzahl von Parallelstraßen des südwestlichen Theiles der Altstadt, welche theils auf der ersten, theils auf der zweiten Terrainstufe Münchens verlaufen. Der Gang der Epidemie ist hier wieder ganz conform den bisher aufgestellten Richtungspunkten. Sie beginnt am tiefsten Punkte des untern Angers, zieht auf der einen Seite über den obern Anger und Gänsbühel nach der Sendlingerstraße, auf der andern über den Heumarkt, Sebastiansplatz durch die Taschenthurmgasse nach der Blumenstraße, indem sie nach beiden Richtungen hin in immer spätere Zeiträume mit der Ausbildung der größten Intensität einrückt. — Die mit der Blumenstraße parallel laufende Müllerstraße, wesentlich tiefer und feuchter als die Blumenstraße, größtentheils zwischen zwei Bächen gelegen, hat die Epidemie wieder wesentlich früher, als die Blumenstraße, und die Epidemie der Utzschneiderstraße, durch welche man von der Blumenstraße in die Müllerstraße hinabsteigt, liegt der Zeit nach offenbar zwischen den beiden letztgenannten.

Ebenso unverkennbar ist die regelmäßige Bewegung nach der Sendlingerstraße zu, deren Pflaster im Mittel circa 4 Fuß unter dem Nullpunkte von München liegt, während das des obern Angers circa 12, das des untern Angers 13 Fuß unter diesem Nullpunkt ist. Von der Sendlingerstraße an, welche zur Hälfte fast vollständig auf der zweiten Terrainstufe von München liegt, nimmt der Verlauf der Epidemie wieder einen andern Charakter an, indem er sich mehr in die Länge zieht, und wir treffen in der Kreuzgasse, Damenstifts- und Glockengasse eine für die Größe dieser Straßen sehr bedeutende Nachepidemie, wie wir sie auch in der diese senkrecht schneidenden Josephspital-, Brunn- und Herzogspitalgasse gesehen haben. Der Verlauf auf den beiden Seiten der Sendlingerstraße ist wesentlich verschieden. Die Häuserreihe No. 1 bis 46 steht theilweise oben auf dem östlichen Rande der zweiten Terrainstufe, theilweise unten auf der ersten, fast in gleichem Niveau mit dem Anger, so daß die Häuser von rückwärts fast sämmtlich ein Stockwerk höher erscheinen, als von vorne, — somit an den auf dem Anger herrschenden Verhältnissen wesentlich Theil nehmen. Die andere Seite der Sendlingerstraße von Haus-No. 47 bis 89 liegt vollständig oben auf der zweiten Terrainstufe, und nicht nur daß sich auf dieser Seite die Epidemie etwas später entwickelt, verläuft sie auch viel gelinder als auf der entgegengesetzten Seite. Während auf der einen Seite 30 Menschen der Krankheit erlagen, starben auf der andern nur 17. Bei dieser Betrachtung habe ich aus leicht begreiflichen Gründen das Haus No. 64 — die Pfründner-Anstalt zu St. Johannes — außer Acht gelassen, und werde die Epidemie dieses einzelnen Hauses in Tafel 6 eigens aufführen.

Auf Tafel 6 erblicken wir die Epidemien mehrerer Straßen des neuen östlichen Theiles der Stadt, namentlich der St. Anna-Vorstadt.

Die beiden ersten (Frauenstraße und Rumfordstraße) sind Queerfortsätze der Blumen- und Müllerstraße — sie verhalten sich bezüglich der Zeit und Intensität des Verlaufes diesen wieder vollkommen analog; um was die Differenz im Höhenniveau größer zwischen Frauen- und Rumforderstraße ist, als zwischen Blumen- und Müllerstraße, um das ist auch die Differenz in der Intensität der Epidemie größer. Die übrigen Straßen liegen sämmtlich im nordöstlichen Theile der St. Anna-Vorstadt — und bieten eine große Gleichförmigkeit sowohl der Lage als des Verlaufes der Krankheit dar. In diesem Stadttheile treffen wir nicht mehr solche regelmäßige Reihen von Parallelstraßen, wie in den vorigen Tafeln; es bietet deßhalb auch diese Tafel nicht diese zahlreichen und klaren Resultate wie die vorhergehenden. Die Herrnstraße verhält sich zur Kanalstraße in ihrer Lagerung ähnlich, wie die Frauen- zur Rumforderstraße, die Blumen- zur Müllerstraße. Der östliche Theil der Wurzerstraße (wozu die Häuser No. 7—20 gehören) verhält sich zur Kanalstraße, wie die östliche Seite der Sendlingergasse zum obern Anger. — Der Verlauf zeigt auch hier nur Bestätigungen früher entwickelter Regeln, wenn auch minder anschaulich als in den vorhergehenden Fällen.

Sonst finden sich noch einige spezielle Epidemien einzelner Häuser auf der Tafel 6 verzeichnet, die mir zu späteren Besprechungen dienen werden, wenn ich die Disposition einzelner Häuser behandle. In den eingetragenen Epidemien des Krankenhauses und mehrerer Pfründner-Anstalten sind die männlichen Gestorbenen mit einem Kreuze †, die weiblichen mit einem Ringe ○ bezeichnet.

Nach diesem allgemeinen Ueberblick über den Verlauf der Krankheit in einer Stadt von 100,000 Einwohnern und den Resultaten, welche sich hiebei ergeben haben, wird es keinem Unbefangenen mehr zweifelhaft seyn, daß die Terrainverhältnisse bei der Entwicklung einer Cholera-Epidemie jedenfalls eine wesentliche Rolle spielen, und es handelt sich nun noch um die Feststellung einiger speziellerer Punkte, um diesen im allgemeinen unverkennbaren Einfluß der Bodenbeschaffenheit auf einzelne Werthe und Größen zurückzuführen, und zu praktischen Folgerungen zu gelangen. Aus der klaren Erkenntniß dieser wird erst die Möglichkeit praktischer Maßregeln fließen, wenn eine solche Möglichkeit überhaupt vorhanden ist. Es nützt im praktischen Leben noch nicht, richtige allgemeine Anschauungen und Ideen zu haben, es müssen sich zu diesen allerdings unerläßlichen Bedürfnissen des Fortschrittes noch ganz spezielle Kenntnisse und Erfahrungen gesellen. Daß bei der Cholera im allgemeinen ein großer Unterschied zwischen hoch und tief gelegenen Orten besteht, haben bereits die englischen Aerzte im Jahre 1817 in Indien beobachtet, und haben es neuerdings in dem Raport über die Epidemie im Jahre 1848 und 1849 zu London auf eine ebenso elegante als überzeugende Weise entwickelt. Sie vermochten aber mit dieser gewonnenen Ansicht nichts gegen die Krankheit zu unternehmen, denn sie geben ausdrücklich in ihren Schlußfolgerungen als Sitz des Uebels das ganze unbegränzte Gebiet der Luft, des Wassers und der Erde der weiteren Forschung preis, und behaupten nur als feststehend, daß hohe und tiefe Lage einen Einfluß äußert, es mag das Uebel seinen Sitz haben, wo es nur immer will. Ich glaube, daß wir einen Schritt weiter gehen können, wenn ich eine Thatsache herauf ziehe, für welche ich die Belege in meinen folgenden Berichten nachbringen werde.

Es ist gelungen, vielfach zu constatiren, daß Ortschaften, welche auf felsigem Grunde erbaut sind, oder besser gesagt, soweit sie auf felsigem Grunde erbaut sind, durchaus keine Empfänglichkeit für eine Cholera-Epidemie besitzen. Einzelne Fälle können in solchen Orten sich ereignen, und es kann noch ein oder der andere Hausgenosse eines solchen Cholerakranken von der Krankheit befallen werden; — aber nie ist die Bevölkerung eines solchen Ortes epidemisch ergriffen worden. Diese einzige Thatsache nöthigt uns, Luft und Wasser als Heerde des Uebels vorerst aufzugeben, und im Boden allein zu suchen. Wir müssen diese Thatsache obenan stellen, und an diesem Platze lassen, bevor nicht der gewissenhafteste Beweis geliefert ist, daß es auch auf Felsen fundirte Ortschaften gibt, in denen die Cholera epidemisch aufgetreten ist. Ich bitte aber alle meine Leser, in dieser wichtigen Sache nicht leichtgläubig zu seyn, und ein solches Vorkommen auf oberflächliche Wahrnehmungen oder kecke Behauptungen hin anzunehmen — sondern auf gründlichen Beweisen zu bestehen, welche meist nur Leute, welche viel Grund zu Häusern, oder welche viele Brunnen gegraben haben, zu liefern im Stande sind. Man hat mich z. B. darauf aufmerksam gemacht, Nürnberg liege, wie man auf der dortigen Burg sehe, auf Felsen, — und habe doch eine streng ausgesprochene Cholera-Epidemie. Nähere Erkundigungen an Ort und Stelle haben mich belehrt, daß die Epidemie genau so weit gehe, als Nürnberg auf einem Sandlager von 20—30 Fuß Mächtigkeit ruht, und daß die Krankheit als Epidemie zu erscheinen aufhöre, sobald die Häuser den Felsengrund erreichen. Welch auffallendes Beispiel liefert die bei Nürnberg liegende Stadt Fürth, die einen so lebhaften Verkehr mit der andern Stadt unterhält, daß halbstündlich ein Eisenbahnzug hin und zurückgeht, und daß diese Bahn die erste in Deutschland nicht nur dem Alter sondern auch der Rente nach ist, — und Fürth empfängt keine Cholera-Epidemie, obwohl die Krankheit dort mehrfach eingeschleppt wurde. Man sagte mir, Fürth liege auf dem nämlichen Sandlager wie Nürnberg — und hinten nach erfahre ich von besser Unterrichteten, in Fürth gehe theils wirklicher Sandstein, theils ein sandsteinartiges, noch nicht vollkommen hartes Gebilde durchschnittlich bis 2 Fuß unter das Pflaster herauf. — Man hat mir Traunstein bezeichnet, welches wie es schon der Name sagt, auf Stein, auf dem Traunfelsen liege, und dennoch eine Cholera-Epidemie gehabt habe; — als ich mich im Auftrage des Ministers Grafen von Reigersberg an Ort und Stelle begab, fand ich, daß Traunstein die Cholera als Epidemie nur an Stellen hatte, die auf Sand und Kies oder auf feuchter Dammerde liegen, und daß die Epidemie jenen Theil gänzlich verschonte, der auf festem Gesteine ruht. Man hat mir gesagt, der Domberg in Freysing, auf dem die Krankheit entschieden als Epidemie auftrat, bestehe aus Brescien und Nagelfluhe — der dortige Werkmeister aber versichert, daß man bei Gelegenheit, als ein hundert Fuß tiefer Brunnenschacht durch den Berg getrieben wurde, nur durch Sand gekommen sey. Ich könnte noch viel von dem erzählen, was man mir gesagt hat, — aber ich halte das Mitgetheilte für hinreichend, um den Leser etwas vorsichtig gegen hieher bezügliche Aeußerungen und bruske Behauptungen zu machen.

Es erübriget mir nun, jene Unterschiede aufzusuchen, welche sich bei genauer Betrachtung des Verlaufes in einzelnen im allgemeinen gleich situirten Quartieren etwa zeigen, um wieder auf speziellere Momente zu gelangen. Ein dicht mit Häusern besetztes und stark bewohntes Quartier zeigt sich bei sonst gleichen Umständen immer heftiger ergriffen, als wenn die gleiche Anzahl von Häusern und Menschen auf einen größern Distrikt vertheilt ist. Zwei interessante Parallelbeispiele geben für München die Ludwigs- und Briennerstraße ab. Beide Straßen sind vorzüglich von der vornehmeren und wohlhabenderen Klasse bewohnt. Die Ludwigsstraße zählt mit den in ihr enthaltenen öffentlichen Gebäuden 31 Haus-Nummern und verlor durch die Epidemie 30 Menschenleben; — die Briennerstraße zählt 53 Wohnhäuser und hat durch die Epidemie nur 10 Menschen verloren. Während in der Ludwigsstraße Haus an Haus gebaut ist, sind die Häuser der Briennerstraße vielfach einzeln stehend, mit Gärten umgeben. (Ueberdieß liegt die Briennerstraße auch etwas höher als die Ludwigsstraße.) Wenn nun — wie allgemein angenommen, — das Zusammenleben vieler Menschen auf einem schmalen Raume, für Cholera empfänglicher macht, worin liegt der Grund hievon? Er könnte in der Luft liegen, vielleicht auch im Trinkwasser, das aus auf solchen Plätzen gegrabenen Brunnen geschöpft wird: aber alle Bemühungen, in der allgemeinen Luft-Beschaffenheit und im Trinkwasser eine Ursache zu finden, haben bis heute nur negative Resultate gegeben. Es liegt sehr nahe, den lokalen Einfluß der Verwesungsprocesse im Boden näher in's Auge zu fassen, und Beobachtungen nach dieser Richtung hin anzustellen. Die Richtungspunkte für derartige Beobachtungen sind alle jene Orte, von denen eine Verunreinigung des Erdreiches, auf dem wir wohnen, ausgehen kann, z. B. Abtritte, Schwindgruben, Düngerstätten jeder Art. — Es hat sich auffallend oft ergeben, daß in den Vorstädten Münchens, namentlich in Giesing und Haidhausen jene Häuser sich am meisten von der Cholera ergriffen zeigten, welche entweder in Mulden lagen, oder deren Abtrittgruben so situirt waren, daß ihr Inhalt, so weit er in das umgebende lockere Erdreich aussickert, den Wohnhäusern zuzieht. Professor Thiersch, der an diesen Untersuchungen das lebhafteste Interesse nahm, weil sie in einer natürlichen Beziehung zu seinen Infektionsversuchen mit Cholera-Stühlen an Thieren standen, begleitete mich mehrmals auf solchen Wanderungen, und wir eigneten uns bald eine solche Fertigkeit im Gebrauche dieser einfachen Gesichtspunkte an, daß wir bei einer gewissen Gleichartigkeit des Terrains ohne alle weitere Anhaltspunkte diejenigen Häuser herausfinden konnten, welche entweder von der Krankheit sehr arg ergriffen, oder wesentlich verschont waren. — Ich hoffe in einem später erscheinenden Berichte über den Verlauf der Epidemie in der Vorstadt Au, Giesing und Haidhausen eine große Anzahl derartiger Details vorbringen zu können, einstweilen beschränke ich mich darauf, anzugeben, daß sich diese Verhältnisse in und um München, ebenso in Augsburg und Umgebung, sowie in Nürnberg ziemlich gleichmäßig bemerkbar gemacht haben; sie bestätigten die Annahme, daß an bewohnten Stellen, deren lockeres und feuchtes Erdreich mehr von verwesenden Excrementenstoffen imprägnirt war, sich die Epidemie mit größerer Intensität zeigte, als an Stellen von entgegengesetzter Beschaffenheit. — Manche haben die Glaubwürdigkeit dieser Angaben deßhalb in Zweifel gezogen, weil man die Krankheit auch an, nach meiner Ansicht, gut situirten Stellen traf, hie und da an sehr schlecht gelegenen auffallender Weise nicht. Man darf bei einer derartigen Untersuchung nie vergessen, daß man bei der Beschaffenheit des Terrains um München weder für irgend eine Stelle eine gänzliche Immunität erwarten darf, noch daß man zu der Annahme berechtigt ist, als hätte der Keim der Krankheit an alle empfänglichen Stellen gebracht werden oder überall empfängliche Menschen treffen müssen: wir können im Resultate nur auf ein mehr oder weniger rechnen. — So hat mir z. B. Dr. Nußbaum, der als Arzt die Cholerakranken in dem 3 Stunden von München gelegenen Dorfe Unterhaching und in Taufkirchen zu behandeln hatte, die werthvolle Mittheilung gemacht, daß die Häuser in denen er die meisten und schwersten Fälle hatte, die von mir bezeichnete Lagerung der Dünger- und Abtrittstätten gegen das Wohnhaus hatten, daß in allen Häusern, wo diese Verhältnisse entschieden entgegengesetzter Art waren, die Krankheit sich gar nicht, oder doch nur in wesentlich gelinderer Form zeigte, — daß er aber allerdings viele Häuser gewahrte, welche nach meiner Ansicht sehr disponirt für Cholera gewesen wären, aber verschont blieben. — Es wird hierin Niemand etwas auffallendes finden, der nach dem gegenwärtigen Standpunkte der Thatsachen und Beobachtungen annehmen muß, daß die epidemische Cholera bei uns nicht spontan entsteht, sondern daß wenigstens der Keim zu dieser Krankheit von außen zugetragen werden muß. — Im Dorfe Taufkirchen beschränkte sich die Krankheit lediglich auf einige Häuser am tiefsten Punkte des Ortes, in einer flachen feuchten Mulde gelegen. Ganz analoge Thatsachen werde ich in den Berichten über Augsburg und Nürnberg erwähnen.

Für den, welcher die Verschiedenartigkeit des Verlaufes der Epidemie an hohen und trocken-gelegenen und an tiefen und feuchten Distrikten im allgemeinen wahrgenommen hat, können die eben erwähnten Erscheinungen, welche an einzelnen Häusern beobachtet werden, nur als consequente Folgerungen aus einem allgemeinen Satze erscheinen. Denn was die Häuser, welche in Mulden liegen, für Cholera empfänglicher macht, ist der nämliche Grund, den ich Eingangs für tiefere und feuchtere Lagen überhaupt angegeben habe. Ich werde mehrmals Gelegenheit haben zu zeigen, daß sich auch auf bedeutender relativer Höhe ein Kloakensumpf bilden, und daß auch in der Tiefe am Wasser gelegener Grund und Boden der Häuser rein erhalten werden kann. — Dadurch daß sich durch ein Zusammenwirken seltener Umstände an hoch und im allgemeinen trocken gelegenen Stellen die nämlichen Verhältnisse im Boden entwickeln, als gewöhnlich sonst nur in der Tiefe, ergeben sich viele scheinbare Ausnahmen von dieser Regel. So hatten wir in dem hoch gelegenen Giesing und Haidhausen bei München Stellen, wo die Cholera mit auffallender Heftigkeit wüthete; z. B. in der Nipfelstraße, in der Grube und Greppe, bei S. Wolfgang. Die Nipfelstraße liegt queer auf einer von Südwest nach Nordwest abfallenden Hochebene. Die Straße hat nur eine Häuserreihe, deren Rückseite, mithin auch deren Höfe mit Zugehör, gegen den ansteigenden Theil der Ebene gelegen sind. Die Häuser sind sonst gut gebaut, ihre Bewohner durchschnittlich nicht arm zu nennen. In dieser ganzen Reihe von circa 15 Häusern blieb auch nicht ein einziges verschont. — Die Höfe dieser Häuser enthalten zahlreiche Abtrittgruben und Brunnen, und sind sämmtlich so schlecht drainirt, daß ich während des schönsten Wetters überall stehendes Wasser in den in die Erde gegrabenen Abzugsrinnen derselben fand, welches nicht versitzen wollte. — Wenn wir einen aufgedämmten Bach dort laufend hätten, würden wir über das heftige Auftreten der Cholera nicht erstaunt seyn. Wenn aber ein aufgedämmter Bach nur dadurch schädlich wirkt, daß er das lockere mit thierischen Verwesungsstoffen imprägnirte Erdreich auf einem schädlichen Grade von Feuchtigkeit hält, so daß die Verwesung mit einem vorwaltenden Charakter der Fäulniß einhergeht, warum sollte ein Unterschied seyn, wenn das Wasser nicht aus dem Beete eines Baches sickert, sondern von Menschen aus Brunnen geschöpft und über die Erde bis zu einem Grade ausgegossen wird, daß es weder leicht vom Boden mehr absorbirt werden, noch sonst abfließen kann. In Haidhausen sind ferner 2 Häusergruppen bemerkenswerth, die Grube und die Greppe, zwei tiefe Mulden, die sich in jeder Beziehung ähnlich scheinen. In der Grube, wo mit Ausnahme eines einzigen alle Häuser ihre Abtritte und Düngerstätten gegen die Ränder der Mulde, mithin erhöht haben — blieb nur dieses eine Haus verschont, welches keine derartige Situation hatte. In der Greppe, wo das Gefäll mehrerer Abtritte von den Häusern weg geht, haben wir eine nicht völlig geschlossene Mulde, welche auf einer Seite einen ergiebigen Abzug nach dem Brunnthale hat, und in der Greppe trat die Epidemie mit viel geringerer Intensität auf, als in der Grube. —

Wo einzelne Häuser oder Häusergruppen heftig ergriffen werden, welche an sonst gelinde ergriffenen Stellen stehen, dürfen wir in der Regel das Vorhandenseyn eines stark imprägnirten lockeren Erdreiches und den Mangel an Drainage voraussetzen, und wir werden bei genauer Untersuchung stets Bestätigung für die Voraussetzung erhalten. — So hatten wir in Stadttheilen Münchens, wo die Cholera im ganzen sehr gelinde auftrat, auffallender Weise einige Häuser, die auf das heftigste ergriffen waren. Solche waren z. B. die Häuser No. 15, 16, 17 und 18 in der Herbststraße, deren Epidemie auf Tafel 3 dargestellt ist. Diese Straße liegt am äußersten westlichen Rande der 2. Terrainstufe, wo sich steil die dritte Stufe erhebt. Sie zählt 25 Wohnhäuser, in denen 27 Todesfälle an Cholera erfolgten. Da aber 17 Wohnhäuser ganz frei von Cholera-Todesfällen geblieben sind, so vertheilen sich die 27 Todesfälle auf nur 8 Häuser, und zwar 3 auf No. 4, 2 auf No. 14, 8 auf No. 15, 4 auf No. 16, 4 auf No. 17, 1 auf No.

17*, 4 auf No. 18 und 1 auf No. 19. Unmittelbar hinter den Häusern 15, 16 und 17 etwa wo es die punktirte Linie anzeigt,

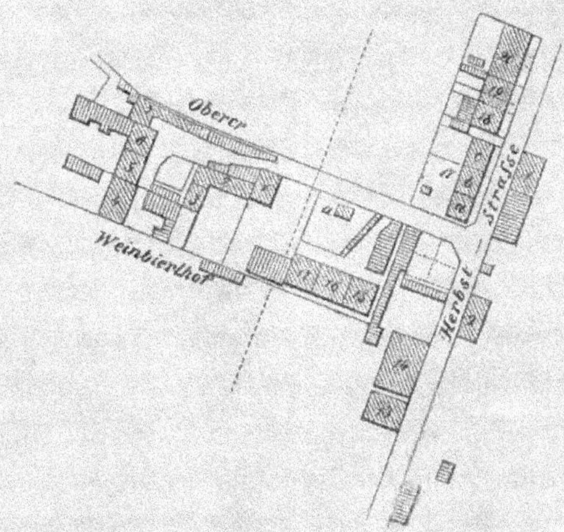


erhebt sich die dritte Terrainstufe, auf welcher eine Gruppe von 7 Wohnhäusern, der obere Weinbierlhof genannt, steht, während die Häuser 15, 16 und 17 gewöhnlich der untere Weinbierlhof genannt werden. Der untere Weinbierlhof liegt 2 Fuß über dem Nullpunkte von München, der obere 13 Fuß. — Auf dem oberen, wo Unreinlichkeit und Armuth keinesfalls in geringerem Grade hausen, als im untern, starben 4 Menschen einzeln in den Häusern No. 1, 2, 3 und 5. Dieser Stelle hat die Natur selbst für eine Drainage durch den Abhang nach den Häusern 15, 16 und 17 zu gesorgt, in deren Grund und Boden nicht nur der eigene Unrath zur Vergährung kommt, sondern auch ein großer Theil der 7 darübergelegenen Häuser des obern Weinbierlhofes. — Die Häuser 15, 16 und 17 haben keine Abtritte und Abtrittgruben, sondern die Einwohner bedienen sich hölzerner Nachtstühle, welche sämmtlich in die im Hofe befindliche Schwindgrube a entleert werden. — Der untere Weinbierlhof ist in dieser Rücksicht, was man in München in etwas derber Weise ein Kübel-Quartier nennt. Häuser, in welchen man diese Methode der Defökation anzuwenden gezwungen ist, kehren mehrfach wieder — namentlich sind alle bayerischen Gefängnisse in ähnlicher Lage. — Wenn die Cholera auf irgend eine Art in solche Quartiere kommt, welche gemeinsame Plätze haben, wo die Kübel entleert werden, so wüthet sie regelmäßig stärker in diesen, als bei sonst gleichen Umständen in Quartieren mit Abtritten, die in Gruben münden. Ich werde in meinem Berichte über das Zwangsarbeitshaus Kloster Ebrach das Weitere dieser Verhältnisse besprechen, wo ich auch die Epidemie auf Schiffen näher ins Auge fassen will. Kübelquartiere sind in München in größerer Anzahl noch auf dem Anger, im Thale, auf dem Platzl u. s. w. und einzeln kommen sie fast in allen Stadttheilen vor. —

Auf Tafel 3 befindet sich auch die Epidemie der Tattenbachstraße (in der St. Anna Vorstadt) verzeichnet, welche gerade am entgegengesetzten Ende Münchens von der Herbststraße liegt. Es waren dort 2 Häuser No. 8 und 9 auffallend stark ergriffen, so daß in diesen beiden binnen wenigen Tagen 11 Menschen von der Krankheit getödtet worden sind. Im übrigen verlor diese Straße, welche 15 Wohnhäuser umfaßt nur noch 6 Menschen. Selbst bei sehr genauem Vergleiche konnte ich als wesentliche Unterschiede zwischen den Häusern No. 8 und 9 von den übrigen nichts entdecken, als daß beide Häuser Kübelquartiere sind und eine gemeinschaftliche Schwindgrube in einem muldenförmigen theilweise versumpften Hofe haben.

Da wir eben bei Tafel 3 stehen, so will ich der Epidemie in der Adelgundenstraße Erwähnung thun. Diese Straße durchzieht eine von 2 Isar-Bächen gebildete ovale Insel, deren langer

Durchmesser etwa 1500′, und deren kurzer etwa 650′ beträgt. — Sie ist an ihrem untern und obern Ende mit 13 Häusern besetzt, in der Mitte noch unbebaut. — Am obern südlichen Theile liegen die Häuser etwas zerstreut und merklich über dem Wasserspiegel erhaben, am untern Ende liegen 6 Wohnhäuser No. 1 bis 6 unmittelbar an einander gebaut, zwischen den beiden Wasserarmen, welche hier in einem sehr spitzen Winkel zusammen gehen; das Pflaster der Höfe liegt, wenn nicht tiefer doch gleich hoch mit den Wasserspiegeln — die Straße höher als die Höfe. — Es ist klar, daß diese Höfe, welche die Schwindgruben enthalten, keine Drainage haben können, und ihr sandiger Boden schon durch die unmittelbare Nähe des Wassers stets sehr feucht gehalten seyn muß. — Die Häuser der südlichen höhern Inselspitze haben meist Abtritte in eigenen Häuschen am Bache, die der nördlichen tiefern deponiren in den Schwindgruben ihrer Höfe. In den 7 Häusern der südlichen Spitze starb Niemand, in den 6 Häusern der nördlichen starben binnen 2 Wochen 12 Personen.

Ueberblickt man den Gang der Epidemie in München, so drängt sich gewiß jedem unwillkührlich die Ansicht auf, als wäre der Keim der Krankheit ziemlich gleichzeitig über die ganze Stadt verbreitet worden, hätte sich aber an den einzelnen Stellen früher und später, oder stärker und schwächer entwickelt. — Durchschnittlich tritt die Seuche an tiefer gelegenen Stellen früher auf, entwickelt sich rasch und heftig, und verschwindet so plötzlich wieder, als sie gekommen; an hoch gelegenen Punkten erscheint sie später, entwickelt sich langsamer und milder, aber verschwindet nur sehr allmählig, so daß man bei sonst nahezu gleichen Verhältnissen auf der Höhe oft einen dreimal längeren Verlauf, als in der Tiefe gewahrt. — Obwohl dieses im ganzen als richtig angenommen werden kann, so ergeben sich im einzelnen doch viele Ausnahmen, welche nur zu klar aussprechen, daß man die Höhe und Tiefe nicht als den eigentlichen Grund der Erscheinung gelten lassen kann, sondern daß dieser mehr in Verhältnissen liegen müsse, welche sich häufiger und ausgebildeter in tiefen als in hohen Lagen finden.

Daß Höhe und Tiefe keinen absoluten Ausschlag geben kann, ersieht man schon, wenn man nur die Niveau-Verhältnisse der drei Ausgangspunkte der Epidemie mit einander vergleicht. So liegt der Ausgangspunkt auf dem untern Anger 13′ unter dem Pflaster der Frauenkirche, der zweite in der Herzog Maxburg 2′, und der dritte in der obern Gartenstraße 23′ unter diesem Nullpunkte. Viel gleichartiger wird das Resultat, wenn wir uns nach dem Grad der Imprägnirung des Bodens mit verwesenden Auswurfsstoffen und dessen Feuchtigkeitsgehalt richten. — Hiezu bietet namentlich die Herzog Maxburg trotz der hohen Lage ein gewichtiges Beispiel. Ich wollte, ich könnte alle Leser in den Hof des Gebäudes führen, dessen Eingang zunächst dem Wilhelms-Gymnasium ist. — Ich habe in diesem ziemlich stark bewohnten Hofe nicht weniger als 4 Schwindgruben gezählt, welche seit mehreren Jahren nicht mehr geräumt worden sind. Der Sonne wenig zugänglich, in Folge der umliegenden hohen Gebäude, ohne unterirdische Kanäle und sonstige drainirende Einflüsse müssen wir eine ähnliche Bodenbeschaffenheit voraussetzen, wie auf dem Anger, da der Untergrund vollkommen der gleiche ist. — Diese Annahme erklärt aber nur, warum die Epidemie in der Herzog Maxburg ebenso früh erscheinen konnte, als auf dem Anger — sie läßt uns aber völlig im Unklaren, warum sie zu dieser Zeit nicht an allen ähnlich beschaffenen Stellen erschienen ist. — Für diese

Fälle bleibt uns nur die Annahme, daß der Keim der Krankheit nicht ganz gleichmäßig und nicht ganz gleichzeitig über die Stadt ausgebreitet worden ist. —

Die Wege einer solchen Verbreitung können wir nur aufsuchen in der Luft, im Wasser und im Verkehr der Menschen.

## Verbreitung durch die Luft.

Die Verbreitung der Cholera durch die Luft ist schon aus dem Grunde nicht möglich, weil sie entweder eine sehr gleichmäßige Entwicklung der Krankheit in allen Stadttheilen, welche analoge Beschaffenheit besitzen, bedingen würde, namentlich wenn wir eine allgemeine Verbreitung im Luftkreise annehmen, oder die Verbreitung müßte eine geradlinige, strichweise seyn, wenn man sich das Phänomen etwa ähnlich wie einen Hagelschlag vorstellen wollte. — Wir beobachten weder das erste, noch das zweite in München. Die Punkte a b c auf nebenstehender Figur versinnlichen das Verhältniß der Lage und Entfernung der drei Ausgangspunkt der Epidemie. c liegt gegen das nördliche Ende der Max-Vorstadt, b gegen das westliche und a gegen

das südliche Ende der Altstadt. Bei jeder nur immer denkbaren Windrichtung fallen zwischen die Punkte a b c zahlreiche andere, welche mit diesen bezeichneten alle Merkmale theilen, so daß man der Ausbreitung durch Windrichtungen unmöglich ein Gewicht beilegen kann, und es sind alle hierauf gebauten Schlüsse nach der in der gesammten Medizin so häufigen Analogie: cum hoc — ergo propter hoc construirt. — Seit 1817 sind die Belege dafür, daß sich die Cholera-Epidemien auch den constantesten Windrichtungen entgegen verbreiten, so zahlreich geworden, daß ich mich nicht bemüßiget fühle, auf die Möglichkeit einer Verbreitung durch Luftströmungen weiter einzugehen.

## Verbreitung durch das Wasser.

Die Frage der Verbreitung durch das Wasser ist meines Wissens noch nie Gegenstand erschöpfender Erörterungen geworden, wohl lediglich aus dem Grunde, weil jeden die Resultatlosigkeit der Bemühungen abschreckte, die sich gleich bei den ersten Schritten nach einem solchen Ziele offenbar machten. Aber dennoch wird diese Art der Verbreitung privatim vielfach behauptet, oder doch nicht für ganz unwahrscheinlich gehalten.*) —

Ein spezifischer Einfluß des Wassers könnte zweierlei seyn; er könnte herrühren von der Beschaffenheit des Wassers überhaupt, welches eine lockere Erdschichte durchdringt, oder von der Beschaffenheit des Trinkwassers insbesondere Die erste Möglichkeit anlangend bemerke ich, daß der Theil von München, dessen Epidemie ich behandle, lediglich von Isarwasser durch-

*) Sieh in den angehängten Noten das Resultat der Untersuchungen des Trinkwassers in Breslau.

drungen ist. Es ist kein Zweifel, daß die Isar im Thalkirchner-Becken angelangt, nur zum Theile im offenen Rinnsale ihren Lauf fortsetzt; ein Theil verläuft unter dem von ihr gebildeten Schuttkegel durch das permeable Gerölle. (Südbayerns Oberfläche nach ihrer äußern Gestalt — München 1820 — von Weiß.) So gehen z. B. fast unmittelbar außerhalb des Siegesthores in einem Garten westlich von der Schwabinger-Landstraße Quellen auf, deren Spiegel circa 25 Fuß tiefer liegt, als die Isar an den Thalkirchner Ueberfällen. Würde diese allgemeine unterirdische Inundation des Bodens maaßgebend seyn, so hätte die St. Anna Vorstadt und das Thal vor allen von der Epidemie ergriffen seyn müssen, wenigstens gleichzeitig mit Anger und andern Theilen, und die Krankheit hätte nicht zugleich am südlichen, nördlichen und westlichen Theile der Stadt beginnen und erst später den zunächst der Isar gelegenen östlichen Theil befallen können. Auch an andern Orten dürften sich keine Anhaltspunkte zur Lösung der Frage über die Verbreitungswege der Cholera durch allgemeine Wasserzüge ergeben. In England hat man bei der großen Epidemie der Jahre 1848 und 1849 die Beobachtung gemacht, daß die Cholera dort im allgemeinen an den Flüssen aufwärts gehe — und England ist ein Küstenland; in der Epidemie des verwichenen Sommers haben wir die Beobachtung gemacht, daß die Krankheit an der Isar und Donau regelmäßig abwärts bis Wien gezogen ist — und Deutschland ist ein Binnenland, wo der Verkehr nicht vorwaltend von den Mündungen der Flüsse und den Verbindungspunkten der Küste ausgeht und abhängig ist. Wenden wir uns nun zur Betrachtung des Trinkwassers von München.

Bei jeder Epidemie taucht die Vermuthung auf, als könnte sie von einer Verunreinigung des Trinkwassers herrühren. Obwohl dieser Glaube an den Einfluß des Wassers bei Epidemien vielleicht weniger in wissenschaftlichen Schriften ausgesprochen wird, und mehr nur als Privatansicht der Laien cursirt, so halte ich es dennoch für nützlich, näher auf die Sache einzugehen. Auch bei der Cholera hat diese Hypothese nicht ermangelt, ihre Anhänger und Vertreter zu finden. — Da ich in München eben gute Gelegenheit gefunden habe, einer solchen Annahme etwas näher auf den Grund zu sehen, so will ich nicht versäumen, meine hierauf bezüglichen Wahrnehmungen mitzutheilen. Es scheint mir an der Zeit zu seyn, alle Annahmen, die einige Verbreitung und Anhänger gefunden haben, näher zu untersuchen, so oft sich eine Gelegenheit dazu ergibt. — Kein Zustand ist trauriger, als der der Unentschiedenheit, der alle Widersprüche nebeneinander hausen läßt; aus ihm entspringt die Rath- und Thatlosigkeit im Ganzen, und die Willkühr und Freibeuterei des Einzelnen. — Man soll darnach streben, wo möglich nur Eine Ansicht haben zu können.

Viele Straßen von München werden lediglich mit Trinkwasser aus den Röhrenleitungen der Brunnhäuser versorgt, in andern Straßen benützt man Trinkwasser aus gegrabenen Brunnen und aus diesen Röhrenleitungen zugleich, dann treffen wir an manchen Enden der Stadt einzelne Strecken, wo nur Wasser aus gegrabenen Brunnen getrunken wird. Das Wasser für die Brunnenhäuser liefern Quellen theils am rechten, theils am linken Isar-Ufer. Die Verwaltung und der Betrieb dieser Brunnhäuser ist theils königlich, theils städtisch. Die königlichen Brunnenhäuser am rechten Isarufer sind Brunnthal — das bedeutendste von allen, welches seine Röhren fast in der ganzen Stadt verzweigt; der Freifluß, welcher wesentlich die St. Anna Vorstadt versorgt, und der Lilienberg in der Au, welcher auf diesseitigem Ufer die

Zweibrückenstraße, Herrnstraße und einige anliegende kleinere versorgt. Das städtische Brunnhaus, welches Wasser vom rechten Isarufer vertreibt, liegt auf der sogenannten Kalkinsel, und wird von 2 Quellen gespeist, welche mit Brunnthal und Lilienberg vollkommen gleichwerthig sind. Die Leitungen dieser 4 Brunnenhäuser gehen auf Brücken über die Isar nach der Stadt. — Aus gegrabenen Quellen auf dem diesseitigen Isarufer werden gespeist das kgl. Hofgarten- und Residenz-Brunnhaus am nördlichen Ende der Stadt und am Anfang des englischen Gartens, — ferner der Jungfernthurm am nördlichen Ende des Maximilians-Platzes, das Herzog Max-Brunnhaus und das Brunnhaus am Karlsthor, dann folgt das städtische Brunnhaus am Glockenbach zwischen dem Sendlinger- und Anger-Thor, auf dieses das städt. Brunnhaus am Katzenbache in der Westenriedergasse, und endlich das städt. Brunnhaus hinter dem ehemal. Bruderhause, am südwestlichen Ende der Baumstraße gelegen. — Für den Wasserbedarf des allgemeinen Krankenhauses besteht ein eigenes Brunnhaus in der Müllerstraße. Diese weitern Brunnhäuser versorgen ihre nächsten Umgebungen, doch kreuzen sich die Arme vielfach, so daß oft in ein und derselben Straße 2 und 3 verschiedene Quellen das Trinkwasser liefern.

Der mineralische Gehalt der Quellen diesseits und jenseits der Isar ist wesentlich verschieden. Während eine bayr. Maaß Wasser der Quellen jenseits der Isar (Brunnthal, Freifluß, Lilienberg und Kalkofen-Insel) 6 Gran festen Rückstand läßt, geben die Quellen und Pumpbrunnen diesseits der Isar per Maaß Wasser 10 Gran Rückstand.*) — Während der Rückstand des Brunnthaler-Wassers

*) Man vergleiche: Ueber die Natur des Münchener Wassers von Prof. Buchner. Kunst und Gewerbeblatt für Bayern. Jahrgang 1846. Seite 24.

fast kreideweiß aussieht, und selbst lange der Luft ausgesetzt trocken bleibt, sieht der Rückstand der Wässer diesseits der Isar und der Pumpbrunnen der Stadt gelblich bis bräunlich aus, und zieht bald Feuchtigkeit aus der Luft an. — Die Quellen vom jenseitigen Ufer zeigen nur Spuren von schwefelsauren und salpetersauren Salzen, während die Quellen diesseits merklich größere Mengen davon enthalten. Man heißt in München durchschnittlich alles Röhrenwasser, welches von den königlichen Brunnhäusern bezogen wird, Brunnthaler-Wasser, mithin auch das Wasser des Brunnenhauses am Jungfernthurm, am Karlsthor rc. rc. — und so mag es denn kommen, daß die Angaben über die Zusammensetzung des Brunnthaler-Wassers oft schon verschieden ausgefallen sind, indem man Wasser von Brunnthal vor sich zu haben glaubte, während man Wasser vom königl. Brunnhause am Karlsthor analysirte. — Alle Quellen liefern ein sehr wohl trinkbares, ja die meisten vortrefflich mundendes Wasser, und das Wasser der einzelnen Brunnhäuser kann im Geschmacke nicht unterschieden werden. Nur hie und da macht sich bei sehr langer Leitung ein Temperatur-Unterschied bemerklich, so daß z. B. im Hochsommer das Brunnthalerwasser in der Ludwigsvorstadt wärmer, als im Thal, und als das Wasser vom näher gelegenen Karlsthorbrunnhause ist; — aus denselben Gründen kommt diese Temperatur-Differenz in umgekehrter Reihe auch im Winter zum Vorschein.

Ich habe mir von der Verwaltung der kgl. Hof-Brunnhäuser das Wasserzins-Cataster vom Jahre 1854 erbeten, nach welchem im verwichenen Sommer d. J. der Wasserzins von den einzelnen Hauseigenthümern, welche Abnehmer sind, erhoben worden ist. Ebenso konnte ich einen genauen städtischen Plan über die Vertheilung des Wassers der einzelnen Brunnhäuser in Straßen und

Häusern der Stadt benützen. Hiedurch ist mir eine ganz detaillirte und sichere Einsicht gestattet, von welchen Quellen nicht nur einzelne Straßen, sondern sogar die einzelnen Häuser ihr Trinkwasser beziehen. Wenn nun das Trinkwasser einen Einfluß auf Entwicklung und Verbreitung der Cholera hat, so muß sich dieses sowohl der Zeit, als der örtlichen Intensität nach in dem Verlaufe der Epidemie bemerkbar machen. Straßen welche gleiches Trinkwasser haben, müssen die Epidemie in ziemlich gleichen Zeiten haben; in Straßen wo Röhrenwasser aus Brunnthal und andern Brunnhäusern und zugleich theilweise aus gegrabenen Brunnen getrunken wird, müssen die Bewohner der einzelnen Häuser zu verschiedenen Zeiten, und verschieden zahlreich von der Krankheit ergriffen werden; denn man kann nicht annehmen, daß Quellen, welche in den verschiedensten Höhen und Lagen der Stadt entspringen, sämmtlich zu gleicher Zeit gleich vergiftet seyn sollten. Jedenfalls müßte sich für München ein Unterschied zwischen den Quellen des rechten und linken Isarufers herausstellen. Die Quellen des linken Isarufers liegen sämmtlich im Bereich des Wasserspiegels der Isar, weßhalb sie mit diesem steigen und fallen. Namentlich im Winter sinkt der Wasserspiegel oft sehr herab, und zu dieser Zeit stehen dann auch die Quellen der k. Brunnhäuser diesseits am tiefsten. Die Quellen des rechten Isarufers hingegen sind gänzlich unabhängig von diesem Flusse und entspringen auch bedeutend höher als der Wasserspiegel der Isar gelegen ist, so daß z. B. die tiefest gelegenen unter diesen, der sogenannte Freifluß, einen ganzen Stadttheil mit Wasser versorgt, ohne daß es nöthig wäre, dasselbe zuerst auf einen Thurm zu heben; von diesem Umstande hat auch das Brunnhaus seinen Namen Freifluß erhalten.

Wir wollen nun untersuchen, ob die Straßen, oder die einzelnen Häuser in den Straßen, welche gleiches Trinkwasser haben, in nahezu gleichen Zeiten und mit gleicher Heftigkeit von der Krankheit ergriffen worden sind oder nicht. — Wir wollen mit dem Thale beginnen. In dieser frequenten Straße von 76 Haus-Nummern wird vorwaltend Wasser von Brunnthal, von der Kalkofen-Insel und vom Katzenbache getrunken; einige wenige Häuser haben auch Wasser vom Hofgarten-Brunnhause und vom Lilienberg. — Brunnthaler-Wasser wird eingeleitet in die Häuser Nr. 3, 5, 8, 10, 13, 17, 18, 20, 26, 27, 33, 38, 39, 60 und 61. — Wasser vom Lilienberg hat Nr. 42, — und Wasser vom Hofgartenbrunnhause die Häuser Nr. 10, 14, 29. — Wasser von der Kalkofen-Insel haben die Häuser Nr. 2, 4, 6, 21, 24, 31, 36, 49, 51, 52, 53, 54, 55, 56, 58, 62, 66, 67, 72, 73 und 76, und Wasser vom Katzenbache die Häuser Nr. 1, 2, 5, 6, 7, 9, 11, 12, 13, 21, 22, 28, 29, 30, 31, 37, 54, 55, 56, 58, 59, 62, 64, 65, 66, 67, 69, 73, 74, 75, 76. Wo sich ein und dieselben Häuser mit Wasser aus mehreren Quellen versehen finden, wird meist nur das Brunnthaler- und Kalkofeninsel-Wasser zum Trinken benützt. Doch wird besonders im Sommer oft wieder das Wasser der diesseitigen Quellen dem einer langen Leitung vom jenseitigen Ufer unterworfenen vorgezogen. In der nachfolgenden Betrachtung ist angenommen, daß in jenen Häusern, wo zwei laufende Brunnen sind, vom Wasser des jenseitigen Ufers getrunken worden sey — was auch durchschnittlich fast immer der Fall seyn wird. — Todesfälle an Cholera ereigneten sich in den Häusern Nr. 3, 4, 5, 7, 10, 12, 14, 17, 24, 25, 26, 28, 30, 31, 33, 34, 35, 39, 40, 41, 46, 47, 48, 51, 65, 67, 68, 70, 71, 73. Unter den 15 Häusern, deren Bewohner Brunnthalerwasser trinken, hatten 6 Häuser 10 Todte an Cholera, und 9 derselben blieben frei. Von den 3 Häusern, welche Hofgarten=Brunnwasser haben, hatte 1 davon 2 Todte an Cholera, das Haus Nr. 42, welches Wasser vom Lilienberg hat, ist freigeblieben. Von den 21 Häusern des Thales, welche Kalkofeninsel=Wasser haben, was dem Brunnthaler vollkommen gleich steht, hatten 6 davon 10 Todte. — Katzenbach=Wasser haben 14 Häuser, deren 3 davon 7 Todte hatten, und mithin 11 freigeblieben sind. Setzen wir die ergriffenen*) und freigebliebenen Häuser nach den verschiedenen Wasserquellen auf ein gleiches Verhältniß, so haben wir

a) für Brunnthaler=Wasser 6 : 9 = 1 : 1,5
b) „ Hofgarten= „ 1 : 2 = 1 : 2.
c) „ Lilienberg= „ 0 : 1 = —
d) „ Kalkofeninsel= „ 6 : 15 = 1 : 2,5
e) „ Katzenbach= „ 3 : 11 = 1 : 3,6

Wir beobachten hier einen bedeutenden Widerspruch gegen den Einfluß gleichen Wassers, indem Brunnthal und Kalkofeninsel eine sehr verschiedene Anzahl von Häusern versehen, welche aber gleichviel Todte geliefert haben, — das Verhältniß der ergriffenen Häuser bei Brunnthaler=Wasser zu den freigebliebenen ist 1 : 1,5 während es bei Kalkinsel=Wasser 1 : 2,5 ist. Daß die Quellen Brunnthal, Freifluß und Kalkofen=Insel die gleichen sind, geht schon daraus hervor, daß der Freifluß eine große Quantität Wasser verlor, als vor einigen Jahren die städtische Miene, aus der das Wasser nach dem Brunnhause auf der Kalkofeninsel fließt, verlängert wurde. — Von den 25 Häusern, welche im Thale kein Röhrenwasser, sondern entweder gegrabene Brunnen haben oder auch hie und da am Wasser nebenstehender Häuser

*) Ergriffene Häuser nenne ich solche, in denen ein Cholera=Todesfall vorgekommen ist, gleichviel ob ein einziger oder mehrere.

Theil nehmen, hatten 10 davon 12 Todte, was das nämliche Verhältniß zwischen ergriffenen und frei gebliebenen Häusern ergibt, wie bei Wasser von der Kalkinsel, nämlich 1 : 2,5. Es wäre somit ganz gleichgiltig, ob man Wasser vom jenseitigen oder diesseitigen Ufer, ob man Röhrenwasser oder Brunnenwasser trinkt, mit andern Worten es zeigt sich nicht im mindesten ein Einfluß des verschiedenen Wassers. Das Verhältniß bleibt sich gleich, auch wenn man die Zeit berücksichtigt, binnen welcher die Epidemie im Thale verlaufen ist. Auch da zeigt sich keine gleichzeitige Wirkung bei gleichem, oder ungleichzeitige bei ungleichem Trinkwasser. Die Epidemie des Thales ist im Gegentheil troß des verschiedenen Trinkwassers so gleichmäßig begränzt verlaufen, wie kaum die Epidemie eines einzelnen größeren Hauses — und ich bitte deßhalb nochmal einen Blick auf Tafel 4 zu werfen.

Begeben wir uns in die Kanalstraße, wo 16 Häuser von Brunnthal aus und 9 Häuser aus dem Freifluß versorgt werden, die übrigen Häuser gegrabene Brunnen haben.

Das Wasser vom Brunnthal und Freifluß kann sowohl dem örtlichen Ursprunge als auch der Länge und dem Wege seiner Leitung nach als völlig gleichwerthig angenommen werden.

Die Kanalstraße hat 50 Hausnummern, mithin haben 25 Häuser kein Röhrenwasser. Von den 25 Häusern mit Röhrenwasser haben 11 Häuser Cholera-Todte gehabt, von den 25 übrigen haben nur 8 davon Cholera-Todte gehabt. — Wir erhalten hienach die Verhältniß-Zahlen für Röhrenwasser 1 : 2,27, für Wasser aus gegrabenen Brunnen 1 : 3,12. In der Kanalstraße sind somit die Häuser mit gutem Röhrenwasser bedeutend im Nachtheil.

Begeben wir uns in die Müllerstraße, wo wir 53 Hausnummern haben, von denen 17 mit Brunnthaler-Wasser und 27, welche von der Kalkofeninsel mit einem dem vorigen ganz gleichen Wasser versehen sind, so treffen wir dort 25 Häuser, welche Choleratodte geliefert haben, und unter diesen 10, welche mit Brunnthaler Wasser, und 10, welche mit Kalkinsel-Wasser versehen werden. Wir haben somit für die Häuser mit Brunnthaler-Wasser 10 : 7, für die mit Kalkinselwasser 10 : 17 und für 14 Häuser ohne Röhrenwasser 5 ergriffene. In der Müllerstraße sind es nun gerade die mit Brunnthaler-Wasser versehenen Häuser, welche die größte Anzahl von Todten geliefert haben, z. B. das Haus Nr. 14 mit 4 Todten, das Haus Nr. 37 mit 4 Todten, das Haus 38 mit 4 Todten, während von den mit Kalkinselwasser versehenen Häusern im Verhältnisse weniger ergriffen waren. Die mit Brunnthaler-Wasser versehenen Häuser des Thales zeigen sich ergriffen und frei im Verhältnisse von 1 : 1,5 — in der Müllerstraße wie 1 : 0,7, so daß das Brunnthaler-Wasser in der Müllerstraße nochmal so verderblich gewesen wäre, als im Thal. — Ebenso zeigt sich auch das Kalkinselwasser, welches im Thale bedeutend im Vortheil erscheint (1 : 2,5), als verderblich in der Müllerstraße (1 : 1,7). Da das Röhrenwasser in der Kanal- und an vielen Stellen der Müllerstraße wesentlich das nämliche ist, und da dieses eher die Kanal- als die Müllerstraße durchläuft, so muß die Epidemie in der Kanalstraße, wenn nicht früher, doch gleichzeitig auftreten, was aber, wie aus den Tafeln ersichtlich, nicht der Fall ist.

Die gleiche Resultatlosigkeit beobachten wir, wenn wir uns nach dem entgegengesetzten Ende der Stadt begeben, auf dem Maximiliansplatz, wo wir dreierlei Röhrenwasser im Gebrauche finden, in den Häusern Nr. 2 und 24 vom Brunnthal-, in den Häusern Nr. 5 bis 11 vom Jungferthurm-, in den Häusern Nr. 1,

21, 22 und 23 vom Herzog-Max-Brunnhause. In den mit Brunnthaler-Wasser versehenen Häuser starb Niemand, von den vom Jungfernbrunnen mit Wasser versorgten 7 Häuser hatten 4 davon Todte an Cholera, und von den 4 vom Herzog-Max-Brunnhause versorgten hatten 2 davon Todte — von den übrigen 12 Häusern waren 3 ergriffen.

Am Karlsplatze trinken die Häuser Nr. 1, 2, 3, 5, 6, 7, 8, 10 und 26 Brunnthaler-Wasser, das Haus Nr. 30 vom Herzog-Max-Brunnhause und die Häuser Nr. 20, 21, 25, 26 und 27 vom Karlsthor-Brunnhause. Das Haus-Nr. 26 hat zweierlei Röhrenwasser. Die Häuser Nr. 11, 14, 19, 22 und 24 trinken vom städtischen Brunnhause am Glockenbach. — Von den mit Brunnthaler-Wasser versehenen Häusern haben 3 Todte gehabt, ebenso das Haus Nr. 30 mit Herzog Maxbrunnen, von den Häusern mit Karlsthorbrunnwasser hatten 2 Todte, von denen mit Glockenbachwasser 2. Von den 9 Häusern ohne Röhrenwasser mit Brunnen hatten 4 Todte an Cholera, so daß wir am Karlsthorplatze folgende Verhältnißzahlen erhalten:

| | | |
|---|---|---|
| für | Brunnthaler-Wasser | 1 : 2 |
| „ | Karlsthorbrunnhaus | 1 : 1,5 |
| „ | Glockenbachbrunnhaus | 1 : 1,5 |
| „ | gegrabene Brunnen | 1 : 1,25, |

nach welchen im Widerspruch mit den Ergebnissen in der Müllerstraße das Brunnthaler-Wasser das günstigste Resultat zeigt, während sich die übrigen Quellen nahezu gleichstehen, — und es wird Niemand annehmen wollen, daß ein Wasser, welches sich in der Müllerstraße verderblich erweist, diese Eigenschaft verlieren sollte, während es nach dem Karlsplatze läuft.

Ich könnte die Beispiele, wo sich der Genuß verschiedenen

Wassers nicht im Mindesten bemerkbar macht, noch sehr bedeutend ausdehnen — aber ich fürchte die Leser zu ermüden und halte auch das bisher Vorgetragene für hinlänglich beweisend. — Zum Schluß erwähne ich noch, daß die beiden Parallelstraßen Theatinerstraße und Residenzstraße vollständig und gleichheitlich theils mit Brunnthaler- und Kalkofeninsel-, theils mit Residenzbrunnhaus-Wasser versorgt sind, welch letzteres auch der Ludwigs- und Amalienstraße zufließt, daß aber die Epidemien dieser Straßen, wie aus den Tafeln ersichtlich ist, unter einander nicht die geringste Analogie zeigen. Ich halte es für erwiesen, daß im Trinkwasser kein ursächliches Moment für die Cholera gesucht werden könne. — Damit will ich aber nicht ausgesprochen haben, daß es bei einer Choleraepidemie gleichgiltig ist, ob die Bevölkerung gutes oder schlechtes Wasser zu trinken habe — im Gegentheile halte ich schlechtes Wasser immer und ebenso verderblich, als schlechte Nahrung anderer Art. Daß aber eine heftige Cholera-Epidemie sich beim besten Trinkwasser und unabhängig von verschiedener Lage und Beschaffenheit der Quellen entwickeln könne, davon hat München einen traurigen, aber schlagenden Beweis geliefert.

## Verbreitung durch den persönlichen Verkehr.

Nachdem wir weder in der Luft, noch im Wasser Anhaltspunkte für die Verbreitungsart der Cholera finden konnten, bleibt uns nur der menschliche Verkehr noch übrig. Da der gewöhnliche Verkehr der Bewohner einer Stadt nicht der mindesten Beaufsichtigung oder Controle unterliegt, und nur jeder einzelne darüber Aufschluß geben könnte, und auch jeder einzeln gefragt werden müßte, so liegt es fast gänzlich im Bereiche der Unmöglichkeit, die Verbreitung der Krankheit durch eine Stadt zu verfolgen. Mehr

Resultate könnte man sich versprechen, wenn es gelänge, Punkte aufzufinden, wo sich die Krankheit zuerst entwickelte und wo eine größere Anzahl von Menschen regelmäßigen täglichen Verkehr hatte. Alle Aerzte stimmen darin überein, daß der Choleraepidemie einer Ortschaft in der Regel eine epidemische Diarrhöe vorausgeht: Pfeufer thut dieses Sachverhaltes in seinem Berichte über die Choleraepidemie in Mittenwald im Jahre 1836 ausdrücklich Erwähnung, ebenso Kopp in seinem Berichte über München; die gleiche Beobachtung hat man auch in Augsburg und Nürnberg und anderwärts, in Preußen bereits i. J. 1831 gemacht. — Diese Diarrhöen steigern sich zu Brechdurchfällen, bis dann eigentliche Cholerafälle mit tödtlichem Ausgange erscheinen. Von diesen letztern an wird dann in der Regel das Erscheinen der Epidemie amtlich und nicht amtlich datirt. Wir sehen, daß die ganze Bevölkerung die Epidemie im Großen ebenso durchmacht, als ein einzelnes Individuum im Kleinen. Wir sehen aber auch, daß wir die erste Bewegung jener Ursachen, welche die Cholera zur Entwicklung bringen, meist übersehen und für den Fall, daß die Verbreitung der Krankheit wirklich durch den Verkehr der Menschen geschehen sollte, mit unsern Nachforschungen meistens zu keinem Resultate gelangen werden, wenn wir uns nur um die Verkehrsverhältnisse des ersten ausgebildeten asphyktischen Cholerafalles interessiren. Es zeigt sich da in der Regel, daß die sogenannten ersten Cholerafälle in gar keiner nachweisbaren Beziehung zu Personen gestanden haben, welche die Krankheit möglicherweise eingeschleppt haben konnten, etwa dadurch, daß sie aus Ortschaften kamen, in denen die Seuche eben herrschte. — Da sich aber seit der Zeit, als wir Choleraepidemien in Europa haben, sich doch jedem Unbefangenen nach und nach die Ansicht aufgedrängt hat, daß die Krankheit durch den Verkehr der Menschen von einem Orte nach dem andern verschleppbar ist, so haben sich oft die wunderlichsten und schreckhaftesten Ansichten über die schnelle Verbreitung und Tödtlichkeit dieser Pest gebildet. Mir wurde z. B. folgender interessante Fall erzählt. Ein an Cholera krankes Regiment kam zur Einquartierung in eine Stadt, in welcher sich zuvor kein Cholerafall ereignet hatte. In dem Augenblicke, wo die einquartierten Soldaten ihre Tornister öffneten, um Kleider und Wäsche auszupacken, zeigten sich die ersten Cholerafälle in der Stadt, und viele glaubten, es wäre, wie einst aus der geöffneten Büchse der Pandora, so nun aus den Tornistern der Soldaten die Krankheit plötzlich durch die ganze Stadt gefahren. — Man hatte aber vergessen, was einem solchen Heereszuge stets vorausgeht an Quartiermachern, Frauen, Kindern, Bedienten u. s. w. — In Nürnberg brach dießmal die Cholera aus, unmittelbar nachdem ein dort allgemein geachteter Maschinenfabrikant cholerakrank aus München zurückgekehrt war. Dieser Mann wohnte aber gar nicht in Nürnberg, sondern auf seiner 1½ Stunden entfernten Maschinenfabrik Dutzendteich, wohin er sich direkt vom Eisenbahnzuge weg begab. — Da man einmal an Verschleppung glaubte, so sagte man, Herr Späth habe die Cholera nach Nürnberg gebracht, — denn die Krankheit sey unmittelbar nach seiner Zurückkunft von München ausgebrochen. — Man hat diejenigen Personen, welche damals vielleicht 10 bis 12 Tage früher von München mit Diarrhöen nach Nürnberg zurückgekehrt waren, ganz außer Acht gelassen.

Es hat sich in München Gelegenheit ergeben, darüber Untersuchungen anzustellen, ob und in wie weit die den Choleraepidemien vorausgehenden Diarrhöen mit der spätern Entwicklung der Krankheit zusammenhängen. — Unter dem Aufsichtspersonale des Glaspallastes der allgemeinen deutschen Industrie-Ausstellung zeigten sich bereits Mitte Juli zahlreiche Diarrhöen und Brechdurchfälle von einer Art, daß man sie später unbedenklich für Cholerinen oder leichtere Choleraanfälle erklärt haben würde. Ich habe mich wegen dieser interessanten und mir wichtigen Erscheinung an den kgl. Polizei-Inspektor Weber, unter dessen unmittelbarer Respicienz die 500 Aufseher des Glaspalastes waren, gewendet und von diesem folgende Auskunft erhalten: „Es zeigte sich bei den Aufsehern schon zu Anfang Juli ein heftiges Abweichen; es wurde aber an das Erscheinen der Cholera nicht im Mindesten gedacht, sondern der Grund des in so großer Heftigkeit auftretenden Uebels, so zwar daß die Leute in $\frac{1}{2}$ Tage oft zwanzigmal und noch mehr zu Stuhl gehen mußten, manchmal sogar $\frac{1}{2}$ bis 1 Stunde gar nicht wegkamen, wurde in der veränderten Lebensweise, im Biere, in der nassen Witterung, Hitze, Zugluft ꝛc. gesucht, und bei mehreren trat sogar Erbrechen und so große Mattigkeit ein, daß sie am Platze umfielen und nur so weit wieder aufgerichtet werden konnte, daß man sie heimführen oder fahren konnte. Der Verlauf der Krankheit war gewöhnlich ein schneller, denn die meisten kehrten in 4 — 6, höchstens 8 Tagen gesund zurück. Sehr wenige von 500 waren, welche von der Krankheit nicht ergriffen wurden, manche sogar zu wiederholtenmalen. Die Erkrankungen ergeben sich nach den täglichen Rapporten vom 17. Juli an in folgenden Zahlen (wobei zu bemerken ist, daß die Erkrankungen meist einen Tag früher stattgefunden, als sie angemeldet sind):

| Datum. | Kranken-Zahl. | Datum. | Kranken-Zahl. | Datum. | Kranken-Zahl. | Datum. | Kranken-Zahl. |
|---|---|---|---|---|---|---|---|
| am 17. Juli | 2 | am 1. Aug. | 19 | am 1. Sept. | 8 | am 1. Okt. | 8 |
| „ 18. „ | 2 | „ 2. „ | 20 | „ 2. „ | 14 | „ 2. „ | 7 |
| „ 19. „ | 2 | „ 3. „ | 19 | „ 3. „ | 12 | „ 3. „ | 5 |
| „ 20. „ | 2 | „ 4. „ | 17 | „ 4. „ | 12 | „ 4. „ | 10 |
| „ 21. „ | 2 | „ 5. „ | 13 | „ 5. „ | 8 | „ 5. „ | 7 |
| „ 22. „ | 2 | „ 6. „ | 9 | „ 6. „ | 7 | „ 6. „ | 2 |
| „ 23. „ | 2 | „ 7. „ | 12 | „ 7. „ | 6 | „ 7. „ | 1 |
| „ 24. „ | 2 | „ 8. „ | 13 | „ 8 „ | 4 | „ 8. „ | 2 |
| „ 25. „ | 25 | „ 9. „ | 13 | „ 9. „ | 5 | „ 9. „ | 3 |
| „ 26. „ | 22 | „ 10. „ | 13 | „ 10. „ | 6 | „ 10. „ | 2 |
| „ 27. „ | 19 | „ 11. „ | 12 | „ 11. „ | 10 | „ 11. „ | 2 |
| „ 28. „ | 16 | „ 12. „ | 11 | „ 12. „ | 8 | „ 12. „ | 3 |
| „ 29. „ | 10 | „ 13. „ | 11 | „ 13. „ | 7 | „ 13. „ | 3 |
| „ 30. „ | 18 | „ 14. „ | 13 | „ 14. „ | 5 | „ 14. „ | 2 |
| „ 31. „ | 18 | „ 15. „ | 12 | „ 15. „ | 6 | „ 15. „ | 5 |
| | | „ 16. „ | 12 | „ 16. „ | 7 | „ 16. „ | 2 |
| | | „ 17. „ | 18 | „ 17. „ | 5 | „ 17. „ | 2 |
| | | „ 18. „ | 24 | „ 18. „ | 6 | „ 18. „ | 1 |
| | | „ 19. „ | 20 | „ 19. „ | 6 | „ 19. „ | 2 |
| | | „ 20. „ | 29 | „ 20. „ | 7 | „ 20. „ | 2 |
| | | „ 21. „ | 32 | „ 21. „ | 7 | „ 21. „ | 2 |
| | | „ 22. „ | 32 | „ 22. „ | 7 | „ 22. „ | 2 |
| | | „ 23. „ | 37 | „ 23. „ | 7 | „ 23. „ | 2 |
| | | „ 24. „ | 29 | „ 24. „ | 8 | „ 24. „ | 2 |
| | | „ 25. „ | 28 | „ 25. „ | 10 | „ 25. „ | 2 |
| | | „ 26. „ | 20 | „ 26. „ | 10 | „ 26. „ | 2 |
| | | „ 27. „ | 12 | „ 27. „ | 9 | „ 27. „ | 1 |
| | | „ 28. „ | 17 | „ 28. „ | 11 | „ 28. „ | 1 |
| | | „ 29. „ | 19 | „ 29. „ | 10 | „ 29. „ | 1 |
| | | „ 30. „ | 16 | „ 30. „ | 8 | „ 30. „ | 2 |
| | | „ 31. „ | 8 | | | „ 31. „ | 1 |

Wir sehen in obiger Tabelle die Erkrankungen an diesen heftigen Diarrhöen und Brechdurchfällen etwa eine Woche vor dem unzweifelhaften Ausbruche der Krankheit in der Stadt plötzlich mit gewaltigem Sprunge von 2 auf 25 steigen. Der am 24. abgestattete Krankenrapport enthält noch 2, welche Zahl sich vom 17. Juli an täglich gleich geblieben war, — am 25. Juli werden plötzlich 25 als krank gemeldet. Die tägliche Krankenzahl sinkt und steigt dann später in dem Maaße, als die Reconvalescenten wieder eintreten und neue Erkrankungen sich ergeben. Da diese Aufseher ziemlich gleichmäßig zerstreut in der ganzen Stadt wohnten, so scheinen sie von Mitte August an Theil an dem Gange der Gesammtepidemie Theil genommen zu haben. Ebenso war die absolute Sterblichkeit unter diesen 500 Männern nicht größer, als die Sterblichkeit an Cholera im Allgemeinen; es starben von 500 vom 20. August bis 7. September 11, mithin 2,2 pCt. —

Da unter den Aufsehern aber nur Männer von 30—60 Jahren waren, bei der allgemeinen Sterblichkeit aber die zahlreichsten Fälle das Kindes- und Greisenalter und namentlich das weibliche Geschlecht betreffen, so ist auch der Verlust von 2,2 pCt. ein bedeutender zu nennen. Diejenigen, welche einmal von einem Brechdurchfalle ergriffen worden, sind in der Regel von der eigentlichen Cholera verschont geblieben. — Ich selbst, als einer der Referenten bei der Beurtheilungskommission viel im Glaspallaste beschäftigt, erlitt bereits in der Nacht am 27. Juli einen heftigen Brechdurchfall mit Krämpfen und theilweiser Kälte der Haut. — Obwohl ich damals keine Ahnung von der Gegenwart der Cholera in München hatte, erwiderte ich doch meiner geängstigten Frau auf ihre Frage, was mir wohl fehle: „ich könne mir diesen Zustand nicht erklären — aber wenn die Cholera in München wäre, würde ich glauben, diese Krankheit zu haben.“ Ich bin später sowohl in München, als Augsburg und Nürnberg jeder Möglichkeit einer neuen Infektion ausgesetzt gewesen — bin aber stets vollkommen gesund geblieben. — Die Annahme, daß ein einmal erlittener Anfall meist gegen fernere schütze, stimmt auch ganz gut mit der verhältnißmässigen Seltenheit von Recidiven in Cholera. In dieser Beziehung ist ein von Dr. Loder in Traunstein beobachteter Fall von auffallendem Interesse, wo ein Mädchen binnen 4 Wochen zweimal die Cholera bekam, beidemal asphyktisch wurde und auch das zweitemal genas. —

Da es keinem Zweifel unterliegt, daß unter den Aufsehern des Glaspallastes jene Diarrhöe, welche den Choleraepidemien eines Ortes meist unmittelbar vorausgeht, bereits frühe sehr ausgebildet war, so muß sich die Verschleppung von dort aus nach den Wohnplätzen dieser Leute mehr oder minder kund geben, wenn überhaupt ein Keim zur Entwicklung und Weiterverbreitung der Cholera in den mit solchen Diarrhöen behafteten Personen liegt. Ich verschaffte mir deßhalb das Namensverzeichniß dieser 500 Aufseher und übergab es der hiesigen k. Polizeidirektion, welche die Angabe der Wohnung bei allen jenen Individuen hinzufügte, wo dieselbe mit Genauigkeit zu ermitteln war. — Mehrere von diesen Aufsehern wohnten jenseits der Isar in Au, Haidhausen und Giesing, — welche ich außer Betracht lassen muß, da ich mich vorerst nur mit der Verbreitung der Cholera diesseits der Isar genauer beschäftigt habe, — von vielen andern konnte die Wohnung während der Monate Juli und August nicht mehr mit der gehörigen Sicherheit ermittelt werden. Die genaue Wohnungsangabe in München habe ich von 253 Aufsehern erhalten und begnüge mich vorläufig damit. Ich gestehe allerdings, daß es mir sehr lieb gewesen wäre, diese Gruppe von Individuen sämmtlich bis zum einzelnen Mann verfolgen zu können, da die Resultate, welche sich aus den 253 ergeben werden, jedenfalls noch viel glänzender und schlagender hätten werden müssen, wenn mir z. B. 150 Fälle mehr zu Gebote gestanden wären: übrigens glaube ich Ursache zu haben, auch mit dem Ergebniß von den

5*

253 Fällen recht wohl zufrieden zu seyn, indem sich bereits hierin der Einfluß des Verkehrs auf die Entwicklung der Epidemie auf eine überraschende Weise ausspricht.

Die durch das Verzeichniß der Aufseher und ihrer Wohnungen gegebenen Anhaltspunkte lassen sich nach zwei Richtungen hin ausbeuten: — erstlich kann man untersuchen, ob die Häuser, in welchen Industrie-Ausstellungs-Aufseher wohnten, mehr von der Krankheit gelitten haben, als der gewöhnliche Durchschnitt ist, und zweitens, ob an den Stellen der verschiedenen Straßen, wo diese Leute wohnten, die Epidemie durchschnittlich früher begonnen hat, als an andern. Fallen die Resultate bejahend aus, so dürfte der Einfluß des Verkehrs auf das klarste bewiesen seyn. —

Ich habe zu diesem Behufe die nachfolgende Tabelle angelegt. Die erste Rubrik enthält den Namen der Straße, die zweite die Gesammtzahl der Wohnhäuser, die dritte die Zahl der durch Todesfälle bezeichneten (ergriffenen) Häuser, die vierte die Gesammtzahl der Todten bis zum 11. Dezember, die fünfte das Datum der ersten 2 oder 3 Todesfälle in der Straße, die sechste die hierauf bezüglichen Hausnummern; — die siebente Rubrik enthält die Hausnummern, wo in den einzelnen Straßen Aufseher wohnten, die achte, neunte und zehnte Rubrik entsprechen den Rubriken 2, 3 und 4 und geben an, in wie vielen Häusern einer Straße Aufseher gewohnt hatten, wie viele von diesen Häusern ergriffen waren und wie viele Todte die ergriffenen Aufseherhäuser je einer Straße geliefert haben.

| Benennung der Straße. | Anzahl der Häuser | ergriffenen Häuser | Todten in diesen. | Datum der ersten Todesfälle in der Straße. | Hausnummern d. ersten Todesfälle. | Haus-Nummern, wo **Aufseher** wohnten. | Anzahl der Häuser der Aufseher. | ergriffenen Häuser | Todten in diesen |
|---|---|---|---|---|---|---|---|---|---|
| Adelgundenstr. * | 16 | 5 | 17 | 21. August<br>21. „ | 5<br>6 | 1. 4. 6. | 3 | 3 | 7 |
| Althammereck * | 20 | 8 | 14 | 11. August<br>17. „<br>21. „ | 20<br>14<br>11 | 11. 13. | 2 | 2 | 14 |
| Amalienstraße * | 79 | 22 | 36 | 31. Juli.<br>7. August<br>13. „<br>13. „ | 71<br>76<br>19<br>46 | 10. 12. 21. 34. 36. 37. 42. 44. 77. | 9 | 3 | 3 |
| Am Bach | 5 | — | — | — | — | 2. | 1 | — | — |
| Anger oberer * | 56 | 27 | 45 | 30. Juli<br>6. August<br>7. „ | 10<br>47<br>51 | 5. 6. 7. 11. 46. 47. 51. 55. | 8 | 5 | 6 |
| Anger unterer * | 35 | 16 | 34 | 28. Juli<br>9. August<br>9. „<br>10. „ | 33<br>3<br>23<br>25 | 3. 20. 25 | 3 | 3 | 8 |
| Arcisstraße * | 16 | 3 | 3 | 19. Septbr.<br>9. Oktober<br>4. Novbr. | 16<br>10<br>5 | 5. 7. 10. | 3 | 2 | 2 |
| Augustenstraße * | 60 | 8 | 17 | 20. August<br>20. „ | 31<br>58 | 4. 11. 27. 28. 31. 32. 60. | 7 | 3 | 6 |
| Badstraße | 16 | 1 | 1 | 13. August | 15 | 11. | 1 | — | — |
| Barrerstraße * | 31 | 4 | 5 | 21. August<br>24. „ | 11<br>25 | 12. 20. 22. | 3 | — | — |
| Baumstraße * | 18 | 5 | 8 | 9. August<br>14. „ | 8<br>6 | 5. | 1 | — | — |
| Bayerstraße | 62 | 21 | 36 | 10. August<br>21. „ | 42<br>46g | 30. 32. | 2 | — | — |
| Blumenstraße * | 32 | 9 | 15 | 16. August<br>18. „ | 11<br>8a | 8a. 11. 20. | 3 | 2 | 5 |
| Bogenhauserstr. * | 16 | 4 | 9 | 23. August<br>5. Septbr. | 9<br>11 | 10. 12. | 2 | 2 | 3 |

| Benennung der Straße. | Anzahl der Häuser. | Anzahl der ergriffenen Häuser. | Anzahl der Todten in diesen. | Datum der ersten Todesfälle in der Straße. | Hausnummern d. ersten Todesfälle. | Haus-Nummern, wo Aufseher wohnten. | Anzahl der Häuser der Aufseher. | Anzahl der ergriffenen Häuser der Aufseher. | Anzahl der Todten in diesen der Aufseher. |
|---|---|---|---|---|---|---|---|---|---|
| Bräuhausgasse * | 11 | 6 | 13 | 21. August<br>21. „ | 9<br>3 | 7. 9. | 2 | 2 | 7 |
| Briennerstraße * | 53 | 5 | 10 | 10. August<br>24. „ | 13<br>2 | 14. 20.<br>39. | 3 | — | — |
| Brunngasse * | 12 | 6 | 7 | 3. Septbr.<br>7. „ | 4<br>11 | 11. 11. | 2 | 1 | 2 |
| Dachauerstraße * | 46 | 14 | 31 | 10. August<br>13. „<br>13. „<br>23. „ | 2<br>7<br>8<br>37 | 6. 37. | 2 | 1 | 2 |
| „ äußere | 15 | 5 | 6 | 26. August | 2 | 5. | 1 | — | — |
| Damenstiftsgasse | 16 | 7 | 16 | 10. August<br>14. „<br>17. „ | 10<br>13<br>6 | 4. | 1 | — | — |
| Dienersgasse * | 23 | 3 | 4 | 18. August<br>19. „<br>23. „ | 5<br>7<br>14 | 7. 11. | 2 | 1 | 1 |
| Dultgasse * | 6 | 2 | 2 | 23. August<br>30. „ | 6<br>4 | 3. | 1 | — | — |
| Einschütt * | 12 | 3 | 3 | 25. August<br>31. „<br>9. Septbr. | 1<br>6<br>4 | 4. | 1 | 1 | 1 |
| Elisenstraße * | 8 | 2 | 2 | 7. August<br>24. „ | 4<br>1 | 1. | 1 | 1 | 1 |
| Färbergraben * | 36 | 13 | 18 | 10. August<br>24. „<br>26. „ | 25<br>9<br>17 | 9. 18. 32.<br>35. | 4 | 2 | 4 |
| Falkenthurmg. * | 6 | 1 | 1 | 25. August | 4 | 4. 4. | 1 | 1 | 1 |
| Frauenplatz | 15 | 3 | 4 | 22. August | 7 | 2. | 1 | — | — |
| Frühlingsstraße * | 30 | 6 | 10 | 6. August<br>18. „<br>20. „ | 23<br>25<br>28 | 1. 24.<br>28. | 3 | 1 | 1 |
| Hl. Geistgasse * | 8 | 1 | 3 | 1. Septbr. | 2 | 3. | 1 | — | — |

| Benennung der Straße. | Anzahl der Häuser. | Anzahl der ergriffenen Häuser. | Anzahl der Toden in diesen. | Datum der ersten Todesfälle in der Straße. | Hausnummern d. ersten Todesfälle. | Haus-Nummern, wo Aufseher wohnten. | Anzahl der Häuser der Aufseher. | Anzahl der ergriffenen Häuser der Aufseher. | Anzahl der Toden in diesen der Aufseher. |
|---|---|---|---|---|---|---|---|---|---|
| Gewürzmühlg. * | 10 | 3 | 5 | 24. August | 7 | 8. | 1 | — | — |
| Glockenstraße | 17 | 5 | 9 | 19. August | 12 | 16. | 1 | — | — |
| | | | | 30. „ | 8 | | | | |
| Glücksstraße | 12 | 5 | 7 | 5. August | 6 | 8. | 1 | — | — |
| | | | | 12. „ | 4 | | | | |
| Grubenstraße | 61 | 10 | 14 | 22. August | 22 | 59. | 1 | — | — |
| | | | | 31. „ | 15 | | | | |
| | | | | 10. Septbr. | 57 | | | | |
| | | | | 16. „ | 58 | | | | |
| Hackengäßchen * | 2 | 2 | 2 | 15. August | 2 | 1. | 1 | 1 | 1 |
| Hadergasse * | 9 | 5 | 10 | 16. August | 8 | 7. | 1 | — | — |
| | | | | 21. „ | 3 | | | | |
| Hebammengßch. | 2 | — | — | — | — | 2. | 1 | — | — |
| Herrnstraße * | 39 | 6 | 7 | 16. August | 30b | 23. 24. | 2 | 1 | 1 |
| | | | | 25. „ | 23 | | | | |
| Herzogspitalg. * | 23 | 9 | 12 | 6. August | 3 | 12. | 1 | — | — |
| | | | | 15. „ | 13 | | | | |
| Heumarkt * | 14 | 10 | 32 | 16. August | 10 | 7. | 1 | 1 | 5 |
| | | | | 20. „ | 7 | | | | |
| Hofstatt * | 8 | 4 | 5 | 10 August | 7 | 2. 4. | 2 | 1 | 1 |
| | | | | 15. „ | 3 | | | | |
| | | | | 27. „ | 2 | | | | |
| Holzstraße | 22 | 2 | 2 | 2. Septbr. | 23 | 2. 2. | 1 | — | — |
| | | | | 6. „ | 11 | | | | |
| Hundskugel * | 8 | 2 | 4 | 27. August | 1 | 1. 1. | 1 | 1 | 1 |
| Insel | 5 | — | — | — | — | 4. | 1 | — | — |
| Isarstraße äußere | 12 | 4 | 5 | 21. August | 7½ | 10. | 1 | — | — |
| Josephspitalg. * | 17 | 10 | 26 | 17. August | 7 | 7. 15. | 2 | 1 | 2 |
| | | | | 19. „ | 16 | | | | |
| Kanalstraße * | 61 | 18 | 22 | 19. August | 41 | 3. 19. 24. | 6 | 3 | 3 |
| | | | | 21. „ | 3 | 28. 34. | | | |
| | | | | 20. „ | 13 | 44. | | | |
| | | | | 23. „ | 24 | | | | |

| Benennung der Straße. | Anzahl der Häuser. | Anzahl der ergriffenen Häuser. | Anzahl der Toten in diesen. | Datum der ersten Todesfälle in der Straße. | Hausnummern d. ersten Todesfälle | Haus-Nummern, wo Aufseher wohnten. | Anzahl der Häuser der Aufseher | Anzahl der ergriffenen Häuser der Aufseher | Anzahl der Toten in diesen der Aufseher |
|---|---|---|---|---|---|---|---|---|---|
| Karlsstraße * | 59 | 21 | 30 | 31. Juli<br>18. August<br>21. „ | 10<br>50<br>20 | 20. 29.<br>51. 55. | 4 | 2 | 2 |
| „ äußere | 28 | 3 | 4 | 25. August | 16 | 28. 28. | 1 | — | — |
| Kasernstraße | 60 | 13 | 22 | 8. August<br>14. „<br>14. „ | 65<br>30<br>49 | 6. 8. 24.<br>42. 44. 52.<br>59. 59. | 7 | 3 | 3 |
| Kaufingergasse * | 37 | 9 | 15 | 15. August<br>19. „<br>21. „<br>24. „ | 3<br>26<br>14<br>21 | 14. 21. | 2 | 2 | 5 |
| Knödelgasse * | 7 | 3 | 3 | 6. August<br>23. „ | 5<br>4 | 5. 7. | 2 | 1 | 2 |
| Kreuzgasse * | 34 | 10 | 18 | 3. August<br>12. „ | 11<br>29 | 29. | 1 | 1 | 3 |
| Küchelbäckerg. * | 3 | 1 | 1 | 22. August | 3 | 3. | 1 | 1 | 1 |
| Landschaftsgasse* | 13 | 6 | 9 | 17. August<br>18. „ | 10<br>4 | 2. 10. | 2 | 1 | 2 |
| Lederergasse * | 27 | 8 | 15 | 23. August<br>25. „ | 23<br>17 | 15. 16.<br>18. 18. | 3 | — | — |
| Löwengrube | 23 | 9 | 14 | 12. August<br>20. „<br>23. „ | 13<br>17<br>1 | 4. 5. 9. | 3 | 1 | 2 |
| Löwenstraße * | 53 | 12 | 21 | 13. August<br>19. „ | 53<br>49 | 43. 46. 49. | 3 | 2 | 4 |
| Ludwigsstraße | 31 | 18 | 30 | 6. August<br>7. „<br>7. „<br>10. „ | 16<br>29<br>13<br>25 | 6. 27. | 2 | — | — |
| Luisenstraße * | 31 | 7 | 14 | 9. August<br>18. „<br>24. „<br>23. „ | 11<br>27<br>25<br>29 | 25. 27.<br>28. | 3 | 2 | 8 |

| Benennung der Straße. | Anzahl der Häuser. | Anzahl der ergriffenen Häuser. | Anzahl der Todten in diesen. | Datum der ersten Todesfälle in der Straße. | Hausnummern d. ersten Todesfälle. | Haus-Nummern, wo Aufseher wohnten. | Anzahl der Häuser der Aufseher | Anzahl der ergriffenen Häuser der Aufseher | Anzahl der Todten in diesen der Aufseher |
|---|---|---|---|---|---|---|---|---|---|
| Magazingasse | 15 | 4 | 6 | 4. Septbr. | 3 | 13. | 1 | — | |
| | | | | 6. „ | 2 | | | | |
| | | | | 10. „ | 12½ | | | | |
| Mariengasse | 24 | 10 | 17 | 16. August | 24 | 4. 8. | 2 | 2 | 2 |
| | | | | 16. „ | 2 | | | | |
| | | | | 17. „ | 12 | | | | |
| | | | | 29. „ | 8 | | | | |
| Mathildenstraße | 10 | 1 | 32 | 9. August | 1 | 7. | 1 | — | — |
| Moraßigäßchen * | 8 | 2 | 2 | 17. August | 4 | 5. 7. | 2 | — | — |
| Mühlgasse * | 5 | 3 | 8 | 5. August | 3½ | 5. | 1 | 1 | 6 |
| | | | | 26. „ | 5 | | | | |
| Mühlstraße | 17 | 6 | 8 | 10. Septbr. | 11 | 9. 9. | 1 | — | — |
| Müllerstraße | 61 | 24 | 43 | 6. August | 49 | 6. 53. | 2 | — | — |
| | | | | 9. „ | 38 | | | | |
| | | | | 12. „ | 51 | | | | |
| Münzgasse | 7 | 1 | 1 | 8. Septbr | 5 | 2. | 1 | — | — |
| Neuhausergasse * | 53 | 20 | 32 | 4. August | 45 | 1. 5. 9. 22. | 7 | 4 | 10 |
| | | | | 7. „ | 3 | 22. 22. 22. | | | |
| | | | | 8. „ | 31 | 25. 28. 31. | | | |
| | | | | 20. „ | 22 | | | | |
| Nymphenburger-Straße * | 46 | 7 | 9 | 12. August | 18 | 33. | 1 | — | — |
| | | | | 15. „ | 32 | | | | |
| Ottostraße * | 14 | 3 | 3 | 14. August | 8 | 7. | 1 | — | — |
| Pfarrgasse | 7 | — | — | — | — | 3. | 1 | — | — |
| Platzl * | 9 | 7 | 12 | 20. August | 2 | 2. 9. | 2 | 2 | 2 |
| | | | | 21. „ | 9 | | | | |
| Promenadegasse * | 15 | 3 | 4 | 19. August | 13 | 13 | 1 | 1 | 1 |
| Promenadeplatz * | 21 | 10 | 18 | 9. August | 6 | 15. | 1 | 1 | 3 |
| | | | | 11. „ | 14 | | | | |
| | | | | 14. „ | 15 | | | | |
| Radlsteg | 2 | — | — | — | — | 2. | 1 | — | — |

| Benennung der Straße. | Anzahl der Häuser. | Anzahl der ergriffenen Häuser. | Anzahl der Todten in diesen. | Datum der ersten Todesfälle in der Straße. | Hausnummern d. ersten Todesfälle. | Haus-Nummern, wo Aufseher wohnten. | Anzahl der Häuser der Aufseher. | Anzahl der ergriffenen Häuser der Aufseher. | Anzahl der Todten in diesen der Aufseher. |
|---|---|---|---|---|---|---|---|---|---|
| Residenzgasse | 27 | 7 | 11 | 14. August<br>17. " | 24<br>4 | 7. | 1 | — | — |
| Rindermarkt * | 23 | 7 | 10 | 12. August<br>13. " | 20<br>6 | 20. | 1 | 1 | 1 |
| Rochusgasse * | 5 | 1 | 2 | 11. August | 5 | 2. 4. | 2 | — | — |
| Rosengasse * | 13 | 5 | 8 | 19. August<br>21. " | 11<br>4 | 4. | 1 | 1 | 2 |
| Rumforder-Straße * | 14 | 7 | 14 | 19. August<br>21. " | 13<br>3 | 4. 8. | 2 | 1 | 1 |
| Salvatorstraße * | 22 | 6 | 9 | 7. August<br>21. "<br>23. " | 10<br>9<br>4 | 6. 9. | 2 | 1 | 1 |
| Salzstraße | 27 | 4 | 5 | 13. August<br>25 " | 17<br>6 | 4. 25. | 2 | | — |
| Sandstraße | 43 | 11 | 13 | 10. August<br>16. " | 20<br>22 | 4. 10. | 2 | — | — |
| Schleißheimer-Straße * | 34 | 5 | 8 | 21. August<br>31. " | 12<br>22 | 6. 22. | 2 | 1 | 1 |
| Schrammergasse | 11 | 4 | 8 | 13. August<br>24. " | 2<br>10 | 8. | 1 | — | — |
| Schrannen- nun Marienplatz * | 29 | 12 | 14 | 7. August<br>17. " | 3<br>26 | 2. 11. 17.<br>28. 28. | 4 | 1 | 1 |
| Schützenstraße * | 24 | 5 | 11 | 7. August<br>7. " | 10<br>11 | 11. | 1 | 1 | 1 |
| Schwabinger-Landstraße | 21 | — | — | | — | 11. | 1 | — | — |
| Schwanthaler-Straße | 94 | 15 | 19 | 29. Juli<br>3. August<br>8. " | 38<br>1<br>86 | 23. 31. 57. | 3 | — | — |

| Benennung der Straße. | Anzahl der Häuser. | Anzahl der ergriffenen Häuser. | Anzahl der Todten in diesen. | Datum der ersten Todesfälle in der Straße. | Hausnummern d. ersten Todesfälle | Haus-Nummern, wo Aufseher wohnten. | Anzahl der Häuser der Aufseher. | Anzahl der ergriffenen Häuser der Aufseher. | Anzahl der Todten in diesen der Aufseher. |
|---|---|---|---|---|---|---|---|---|---|
| Sebastiansplatz * | 11 | 5 | 11 | 16. August<br>22. " | 7<br>5 | 5. 7. | 2 | 2 | 7 |
| Sendlinger-Straße * | 89 | 33 | 64 | 1. August<br>5. "<br>9. "<br><br>11. "<br>17. " | 64<br>23<br>{18<br>{34<br>55<br>15<br>4 | 9. 16. 26.<br>40. 41. 41.<br>44. 45. 47.<br>55. 56. 66<br>83. 84. | 13 | 8 | 9 |
| Sendlinger-Landstraße * | 54 | 9 | 14 | 8. August<br>19. "<br>21. " | 2<br>34<br>52 | 52. | 1 | 1 | 1 |
| Singstraße * | 38 | 10 | 14 | 16. August<br>18. " | 38<br>7 | 6. 35. | 2 | — | — |
| Sonnenstraße | 27 | 7 | 12 | 9. August<br>14. " | 27<br>22 | 24. | 1 | — | — |
| Sternstraße | 42 | 12 | 19 | 16. August<br>21. "<br>25. " | 34<br>26<br>13 | 8. 13. 40. | 3 | 2 | 4 |
| Tattenbach-Straße * | 15 | 6 | 18 | 26. August<br>29. "<br>4. Septbr.<br>6. " | 9<br>7<br>8<br>4 | 4. 4. 10. | 2 | 1 | 2 |
| Thal * | 79 | 31 | 51 | 8. August<br>11. "<br>14. " | 73<br>25<br>30 | 9. 25. 30.<br>51. 64. 67.<br>70. | 7 | 5 | 11 |
| Theatinerstraße | 52 | 16 | 17 | 8. August<br>18. " | 40<br>49 | 5. | 1 | 1 | 1 |
| Theresienstraße * | 91 | 20 | 44 | 9. August<br>12. "<br>12. "<br>12. " | 88<br>90<br>52<br>18 | 14½. 50.<br>76. 91. | 4 | 2 | 3 |

| Benennung der Straße. | Anzahl der Häuser | Anzahl der ergriffenen Häuser | Anzahl der Todten in diesen | Datum der ersten Todesfälle in der Straße. | Hausnummern d. ersten Todesfälle. | Haus-Nummern, wo Aufseher wohnten. | Anzahl der Häuser der Aufseher | Anzahl der ergriffenen Häuser der Aufseher | Anzahl der Todten in diesen der Aufseher |
|---|---|---|---|---|---|---|---|---|---|
| Türkenstraße * | 82 | 24 | 37 | 6. August<br>9. "<br>10. "<br>15. " | 5<br>42b<br>18<br>59 | 23. 42b. 42b. 42b. 45. 47. 49. 49. 58. 59. | 7 | 5 | 8 |
| Türkengraben | 50 | 5 | 12 | 18. August<br>29. " | 49<br>12 | 7. 18. 45. | 3 | — | — |
| Utzschneider-Straße * | 12 | 8 | 18 | 9. August<br>14. " | 3<br>2 | 2. | 1 | 1 | 3 |
| Veterinärstraße | 10 | 2 | 2 | 12. August | 10 | 4. | 1 | — | — |
| Viktualien-Markt * | 10 | 4 | 5 | 17. August<br>19. " | 5<br>8 | 7. | 1 | — | — |
| Weinstraße | 20 | 8 | 13 | 5. August<br>14. " | 7<br>13 | 10. | 1 | — | — |
| Westenrieder-Straße * | 34 | 15 | 22 | 11. August<br>12. "<br>19. "<br>19. " | 19<br>22<br>5<br>32 | 1. 12. 22. 32. | 4 | 2 | 2 |
| Wiesenstraße | 14 | 2 | 3 | 7. August<br>10. Septbr. | 1<br>2 | 5. | 1 | — | — |
| Wittelsbacher-Platz * | 4 | 2 | 4 | 18. August<br>23. " | 3<br>4 | 4. | 1 | 1 | 1 |
| Wurzerstraße * | 20 | 7 | 14 | 16. August<br>23. " | 8½<br>14 | 8½. | 1 | 1 | 1 |
| Zweibrücken-Straße * | 27 | 2 | 4 | 31. August<br>2. Septbr. | 1<br>2 | 2. | 1 | 1 | 1 |
| Summen der einzelnen Rubriken | 2969 | 843 | 1453 | | | | 242 | 112 | 206 |

Wenn wir diese Tabelle überblicken, so überrascht uns vor allem, daß ein paar hundert Menschen ein gleichheitliches Netz über eine große Stadt bilden können. Diese 253 Industrie-Ausstellungs-Aufseher haben fast in allen Straßen Münchens gewohnt, man wird kaum eine einzige wesentliche Straße vermissen, viel weniger irgend einen Stadttheil. Die Anzahl der Straßen-Namen, wo diese 253 Menschen gewohnt, beträgt 110, die Anzahl der Häuser, in denen sie wohnten, 242 (Rubrik 8); es haben sonach selten mehr als einer in einem Hause gewohnt. Die 110 Straßen begreifen 2969 Häuser in sich (Rubrik 2), von denen 843 (oder 28,4 pro Cent) (Rubrik 3) solche waren, in denen Cholera-Todesfälle vorgekommen sind, während solches in den 242 Häusern, wo Aufseher wohnten, 112 mal vorkommt (Rubrik 9), was 46,2 pro Cent entspricht. — Es ist unverkennbar, daß die Häuser, in denen besagte Aufseher wohnten, ungleich häufiger ergriffen worden sind, als andere, welche Thatsache noch dadurch ein besonderes Gewicht erhält, daß die Sterblichkeit unter den Aufsehern keine absolut größere war als die allgemeine, und sie mithin lediglich zur Verbreitung des Krankheitskeimes gedient haben konnten, ohne selbst von ausgebildeter Cholera ergriffen zu werden. — Wer etwa denken sollte, daß die Thatsache, daß die Häuser der Aufseher viel öfter ergriffen wurden als die übrigen, aus dem Umstande zu erklären sey, daß diese als zur wenig bemittelten Klasse gehörig stets in Häusern gewohnt hätten, welche minder gesunde Wohnungen enthalten, der wird sich augenblicklich enttäuscht sehen, wenn er an eine Detailuntersuchung dieser Häuser geht, welche ich für diesen Zweck in der Tabelle Rubrik 4 alle einzeln mit ihren Hausnummern bezeichnet habe. — Das nämliche erweist sich, wenn man die summarischen Resultate der Rubriken 3 und 4, ebenso der Rubriken 9 und 10 vergleicht, wo sich ergibt, daß in den ergriffenen Häusern der Aufseher im Verhältniß nicht mehr Menschen gestorben sind, als in den ergriffenen Häusern von München überhaupt.

Es spricht sich dieser Einfluß als Aufseher auch aufs klarste dadurch aus, daß das Verhältniß der summarischen Endresultate sich unverändert gleich bleibt, wenn man die Tabelle in 6 Abschnitte nach den alphabetisch fortlaufenden Straßen abtheilt. So finden wir von der Adelgunden- bis Blumenstraße 46 Häuser, in denen Aufseher wohnten, und 23 davon haben Todesfälle gehabt; wir finden von der Bogenhauser- bis Holzstraße 42 Aufseher-Häuser, darunter 18 ergriffen, von der Hundskugel bis Löwengrube 37 und 18 ergriffen, von der Löwen- bis Salzstraße 45 und 19 davon ergriffen, von der Sandstraße bis Thal 45 und 23 davon ergriffen, von der Theatiner- bis Zweibrückenstraße 27 und 14 davon ergriffen, so daß in diesen 6 einzelnen Parthien sich stets das Verhältniß nahezu gleich mit dem summarischen Resultate verhält.

Der Einfluß dieser Aufseher spricht sich auch noch auf das prägnanteste aus, wenn man Zeit und Ort in den einzelnen Straßen beachtet, wo die Epidemie zuerst tödtlich aufgetreten ist. — Sie konnte möglicher weise in jedem der 2969 Häuser dieser 110 Straßen beginnen. Nun nehme ich aber nur die 242 Häuser der Aufseher, resp. bloß 8 pro Cent der ganzen Häuser-Menge, und will sehen, wie oft in den 110 Fällen der Anfang der Epidemie in den einzelnen Straßen, so weit sie sich durch Todesfälle kundgegeben hat, mit den Wohnplätzen dieser 253 Aufseher oder ihrer unmittelbaren Nähe zusammenfällt. Bei einer solchen Untersuchung muß man die Gränzen möglichst eng und scharf ziehen, um sich gegen ein zufälliges Spiel mit Zahlen zu sichern. Meine

Verfahrungsweise war folgende: Ich habe in Rubrik 5 das Datum der ersten Todesfälle in der Straße bezeichnet, in Rubrik 6 die Hausnummern, wo sie erfolgten. Vergleicht man die Ziffern der Rubrik 6 mit denen der Rubrik 7, so wird man ersehen, ob die Wohnplätze der Aufseher beim Anfange der Epidemie der Straße betheiligt sind, oder nicht. Jene Straßen, wo sie mir betheiligt erscheinen, habe ich in Rubrik 1 mit einem Sternchen bezeichnet. — Als Entscheidungsmomente habe ich nur die ersten 2 — höchstens 3 Todesfälle in einer Straße gelten lassen, bei denen sich entweder das Haus eines Aufsehers, oder das Haus unmittelbar daneben betheiligte. Alle übrigen Fälle habe ich unberücksichtigt gelassen, obwohl sie oft augenscheinlich den nämlichen Zusammenhang verrathen. Trotz dieser Beschränkung habe ich diese 8 Procente der Häuser sich in 110 Fällen 72mal bei den ersten Todesfällen der einzelnen Straßen betheiligen sehen, woraus mir ein unbestreitbarer Einfluß der Aufseher auch auf die Zeit des Ausbruches in den einzelnen Straßen hervorzugehen scheint. Privatim habe ich noch viele andere Fälle in Erfahrung gebracht, wo der erste Fall in einer Straße sich in die nämliche Beziehung zu diesem Ausgangspunkte stellt — habe aber keinen Gebrauch davon gemacht, um das Bild unalterirt zu lassen, so wie es sich aus offiziellen Angaben ergibt. — Nur das Haus Nr. 10 in der Karlsstraße, welches die Bureaus der Beurtheilungs-Commission enthielt, habe ich hereingezogen. Ich habe wenige gesprochen, welche viel in diesem Hause verweilten, die nicht die ernstlichsten Andeutungen von der Gegenwart der Cholera erhielten. — Von den Bewohnern dieses Hauses sind 5 an der Cholera gestorben.

Es steht uns noch eine Methode zu Gebote, um die Richtigkeit der Annahme, als hätten die Aufseher der Industrie-Ausstellung wesentlich auf die Verbreitung der Cholera in München und zwar gleich zu Anfang der Epidemie eingewirkt, näher zu erproben. — Wir kennen 242 Häuser aus den verschiedensten Theilen der Stadt, in welchen Aufseher gewohnt haben. So gut wir die Epidemie der Stadt nach Straßen, und einzelnen Häusern und Todesfällen planmäßig in 6 Tafeln betrachtet haben, ebenso können wir die Epidemie dieser 242 Häuser auf Tafel 7 betrachten. Die Anordnung ist die ganz gleiche, wie bei den vorausgehenden 6 Tafeln, mit Ausnahme der Bedeutung der unter den fortlaufenden Zeitrubriken eingetragenen Nummern, welche hier nicht Hausnummern sondern Straßen bezeichnen sollen. Alle hieher gehörigen Häuser ein und derselben Straße führen die gleiche Nummer, und diese Nummern beziehen sich fortlaufend auf die in der Tabelle über die Aufseher fortlaufende Reihe der 110 Straßen, in welchen diese 242 Häuser vertheilt waren, so daß alle Todesfälle der Adelgundenstraße mit 1 und die der Zweibrückenstraße mit 110 bezeichnet sind. Da diese 242 Häuser überall zerstreut liegen, und durch kein anderes Band als den Verkehr der 253 Aufseher unter einander verbunden seyn konnten, so muß es sich in dieser Tafel zeigen, ob die Epidemie in denselben auch einen Verlauf hatte, der dem postulirten Einflusse dieser Verkehrsverbindung nicht widerspricht. Bei dem ersten Blick auf die Tafel 7 ist das Resultat ein überraschendes. — Wir sehen die Epidemie dieser 242 Häuser, die doch in allen Stadttheilen zerstreut liegen, in einem höchst concentrirten Bilde vor unsern Augen, so daß selbst die Epidemie ein und desselben Ortes nie so gedrängt und regelmäßig verläuft. — Vergleiche damit den Verlauf der Epidemie von Gaimersheim und Ingolstadt in den folgenden Berichten: ja es kann die Krankheit in einer ununterbrochen zusammenhängenden, eng gedrängten Häuserreihe nicht regelmäßiger verlaufen.

Ebenso wie wir die Aufseher-Häuser durchschnittlich sich stets am Anfange der Epidemie in den einzelnen Straßen betheiligen sehen, tritt uns auch der Gipfelpunkt der Epidemie dieser 242 Häuser namhaft früher vor Augen, als der der Gesammt-Epidemie von München. Wir beobachten die größte Sterblichkeit in diesen Häusern am 19/20 August, während sie sich in der Gesammt-Epidemie erst am 23/24 August zeigte, wie aus einer graphischen Darstellung erhellt, die mit dem Generalberichte erscheinen wird. Die Epidemie dieser Aufseher-Häuser eilt unverkennbar der Gesammt-Epidemie um volle 4 Tage voraus. — Am 19/20 August starben in diesen Häusern, welche etwa in rundem Verhältniß nicht viel über 5 pCt. — oder $^1/_{20}$ der gesammten Häuser-Zahl beträgt, 21 Menschen, während an diesen beiden Tagen in der ganzen Stadt nur 144 Menschen an Cholera starben. Das ist nun ein Verhältniß etwa nicht wie 1 : 20, sondern wie 1 : 7, so daß wir eine fast 3 mal größere Sterblichkeit in den Aufseher-Häusern an diesen Tagen haben, als wir aus dem Durchschnitt erwarten können. — Erst im September sinkt das Verhältniß der Todesfälle aus den Aufseher-Häusern unter das Verhältniß von 1 : 20, wo wir dann aber auch Verhältnißzahlen wie 1 : 30 und selbst 1 : 40 gewahren können. — Die Thatsache, daß die Epidemie der über die ganze Stadt gleichmäßig zerstreuten Aufseher-Häuser entschieden voraneilt, und sich in früheren Stadien der Epidemie in denselben plötzlich eine unverhältnißmäßige Sterblichkeit zeigt, scheint mir der triftigste Beweis dafür zu seyn, daß diese Leute wirklich und unbestreitbar einen Einfluß auf die Verbreitung und Entwicklung der Krankheit ausgeübt haben.

Obwohl dieses Resultat der Aufseherhäuser viele in Erstaunen setzen wird, so bietet es doch nicht im mindesten etwas Neues;

es ist eine nothwendige Folge der Erfahrung, welche man über die Verschleppbarkeit der Cholera durch Menschen von einer Ortschaft zur andern bereits gemacht hat, wie sie z. B. französische Aerzte im Elsaß constatirt haben. Ich habe denselben Satz nur an einem complicirteren Beispiele, wie der Verkehr an ein und demselben Orte ist, erläutert. Bei der Epidemie Münchens im Jahre 1836 hätte sich vielleicht vom allgemeinen Krankenhause aus, wo sich die ersten Fälle zeigten, die Epidemie durch entlassene Patienten ebenso verfolgen lassen, wie nun durch die Aufseher im Glaspallaste. In dieser Beziehung ist es sehr interessant, den Bericht des damaligen Kreis-Physikus Dr. Kopp von Seite 36 bis 49 zu lesen.

Das wissenschaftliche Interesse des Resultates der Aufseher liegt darin, daß dargethan wird, daß in jenen Häusern, wohin diese Leute mit ihren Diarrhören gelangten, die Cholera sowohl früher als auch häufiger auftrat, als nach dem allgemeinen Durchschnitt erwartet werden darf. — Wir können dieses Factum wohl ohne Anstand dahin erklären, daß der Keim der epidemischen Cholera bereits von Menschen verschleppt werde, welche nicht wirklich cholerakrank sind, und etwa nur an leichteren Erscheinungen dieser Krankheit leiden.

Ich habe mich noch über die etwas ungewöhnliche Art, die Anzahl der Wohnhäuser als Mortalitäts-Maaßstab zu benützen, zu rechtfertigen. Ich habe dieses aus zwei Gründen gethan. Erstlich wird sich aus den Schlußbetrachtungen ergeben, daß die Erkrankung einer Bevölkerung vorzüglich häuserweise erfolgt, und dann ist es zweitens bei einer gewissen Anzahl von Häusern ein und desselben Ortes vollkommen gleichgiltig, ob man die Häuserzahl oder die Einwohnerzahl berücksichtiget, indem in verschiedenen

Straßen bei einer Anzahl von 20—25 Häusern, die man vermischt unter einander vergleicht, sich stets nahezu die gleiche Einwohnerzahl vorfindet. Es weist sich dieses in einem detailirt behandelten Beispiele in einem folgenden Berichte (über Gaimersheim) deutlich in Zahlen aus.

Ich hätte noch vieles zu sagen über die lokale Entwicklung und Verbreitung der Cholera in München, — ich habe aber bereits die Aufmerksamkeit des Lesers für diese Stadt so sehr in Anspruch genommen, und durch meine zahlreichen Tabellen ohne Zweifel so ermüdet, daß er es nicht ungerne sehen wird, wenn ich hiemit meinen Bericht über München schließe, da ich bei den Schlußfolgerungen ja manches nachholen kann, was etwa hier noch mangeln sollte, um so mehr, da ich mich bereits in der Vorrede der Verpflichtung entschlagen habe, mich an eine streng schulgerechte systematische Verarbeitung meines Gegenstandes zu binden.

Als Haupt-Resultate können einstweilen festgehalten werden:

1) Die Verbreitung der Cholera geschieht durch den Verkehr der Menschen;
2) es kann von einem Punkte der Keim der Krankheit in kurzer Zeit ziemlich gleichmäßig über eine ganze Stadt durch verhältnißmäßig sehr wenige Menschen vertheilt werden;
3) die frühere oder spätere, heftigere oder schwächere Entwicklung der Epidemie und deren längere oder kürzere Dauer in den einzelnen Straßen ist von der Beschaffenheit des Bodens eben so sehr, als von den Fluktuationen des Verkehrs abhängig.

---

# Nürnberg.

# Nürnberg.

In Folge eines allerhöchsten Auftrages vom 15. Sept. begab ich mich am 16. d. Mts. nach Nürnberg — wohin sich zu gleicher Zeit auch Obermedicinalrath Dr. Pfeufer begeben hatte. Wir erfuhren zuvörderst auf dem Bürgermeisteramte, daß die durch ihre Zahl auffallendsten Cholerafälle in dem vor der Stadt hinter der Veste ganz frei gelegenen Grundherrngarten und ferner in dem Hause des Mauthoberbeamten Ziegler in der Königsstraße nächst dem Frauenthore sich ereignet hatten. — Wir begaben uns begleitet von einigen Aerzten dahin.

## a) Befund im Grundherrn-Garten.

Der ergriffene Complex von Wohnungen hat seine Lage am tiefsten Punkt einer Sandmulde. Abtritt und Schwindgrube sind so situirt, daß die Flüssigkeiten beider theils stagniren, theils nach

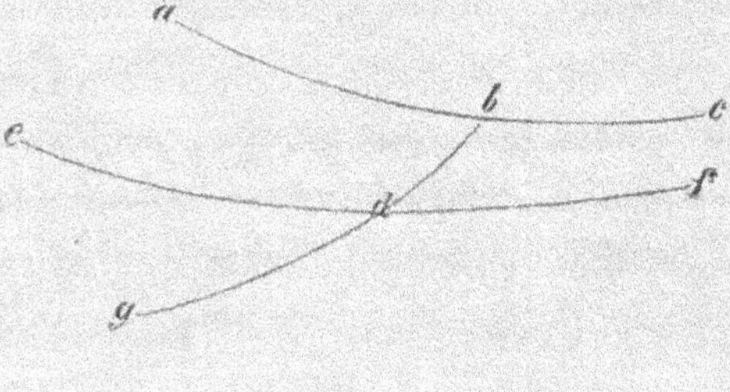


den Wohnungen hinziehen. Die nebenstehende Linie abcversinnlicht annähernd das Gefäll der Straße, welche von der Umgebungsstraße der Stadt nach dem Grundherrn-Garten führt. Das in Rede stehende Haus liegt an dem Punkte d der Linie bd, die Linie bde bezeichnet die Senkung des Terrains von b nach d und dessen Steigung von d nach e, welche nahezu gleich ist der Steigung von d nach f und von d nach g. Das Haus steht mit der etwas höher liegenden ganz unbedeckten Düngergrube bei d, somit am relativ tiefsten Punkte dieser geschlossenen Mulde: — Verhältnisse, welche den in Giesing und Haidhausen beobachteten Cholerahäusern vollkommen gleichen. — Die meiste Aehnlichkeit bietet dieser Grundherrngarten mit dem sogenannten Fockenhause auf der Giesinger Höhe bei München. Das Erdgeschoß des Hauses fanden wir im Innern sehr unreinlich und feucht — den unmittelbar an der Düngergrube liegenden Theil mit den übelriechenden Dünsten derselben angefüllt. Dieser Theil war von 3 Menschen bewohnt (Mann, Frau und Kind), welche sämmtlich der Cholera erlagen. — Außer diesen starben noch 3 Personen im Hause. In den zunächst höher liegenden Häuser zwischen b und e wurde eine verdächtige Diarrhöe beobachtet.

### b) Befund im Zieglerischen (Zoll-) Hause nächst dem Frauenthore.

In diesem Hause starben 5 Personen an Cholera — und fast alle Einwohner erkrankten an Diarrhöe. Die Terrain- und Gefällsverhältnisse im Hofe ließen nichts Ungünstiges erkennen. Die Abtritte mündeten in eine gemauerte Schwindgrube, die sehr voluminös zu seyn schien. Wir untersuchten den zu ebener Erde gelegenen Abtritt — fanden ihn rein und vollkommen geruchlos, was uns überraschte, da er dem Niveau der Schwindgrube zunächst gelegen seyn mußte. — Ich vermuthete daher, es möchte der Zug der Luft in den obern nach Süden gelegenen Abtrittröhren so bedeutend seyn, daß derselbe alle Ausdünstungen der Schwindgrube in die Wohnungen der obern Stockwerke führt.

Am folgenden Tage besichtigte ich das Haus wiederholt. Die Hauptwahrnehmung war die Bestätigung meiner Vermuthung, daß in den Abtrittröhren ein bedeutender Luftzug von der Schwindgrube nach den Wohnungen der obern Stockwerke stattfinde. Mit dem Rauche einer brennenden Cigarre ließ sich der Zug der Luft aus den Abtrittschläuchen nach den Wohnungen augenfällig darthun. — An den mit weißgrauer Oelfarbe angestrichenen Abtrittdeckeln zeigte es sich auch, daß die Grube vor Kurzem bedeutende Emanationen gemacht haben mußte; ich sah ganz unzweifelhaft frische Beschläge von Schwefelblei an denselben.

Die hölzerne Abtrittröhre des je obern Stockwerks geht nicht hinter einer gemauerten Wand, sondern frei, bloß mit Kalk übertüncht, durch die Abtritte des je untern Stockwerkes. Diese Röhren sind der Art vermodert angetroffen worden, daß sie die in ihnen rinnenden Flüssigkeiten nicht mehr zu halten im Stande waren, sondern dieselben an verschiedenen Stellen durchschwitzen ließen. Der Geruch in den Abtritten sehr bedeutend. — Die Einwohner zeigten uns auch das neben dem Abtritte liegende Zimmer, welches sie wegen penetranten Abtrittgeruches seit Jahren nicht mehr bewohnen konnten, ein sicheres Zeichen, daß ein Theil des Mauerwerks von Kloakenflüssigkeiten imprägnirt ist.

Ich besuchte mit dem Baurathe Solger auch mehrere Häuser, wo die Cholera minder zahlreiche Opfer gefordert hatte. Sie lagen in der Richtung von der Frauenthorgasse nach der polytechnischen Schule. Abtritte und Schwindgruben in mangelhaftem Zustande. In den Wohnungen meist nur Kübel, die entweder in Dunggruben oder in den Fischbach entleert werden. Ferner besuchte ich die sogenannte Wäsche, ein Quartier in der Nähe des Bahnhofes vor der Stadt, welches vom Fischbach durchströmt und großentheils von Wäschern bewohnt ist, und wo sich zahlreiche Cholerafälle zeigten. Diese Wäsche ist ganz ähnlich wie das Dorf Unterhaching bei München situirt, eine doppelte Mulde. Die

Linie ab ist der Spiegel des hier in lockerem Erdreich aufgedämmten Fischbaches. Rechts und links davon liegen die Häuser meist an den tiefsten Punkten der Linien b d und a c. — Nach den Bahnhofgebäuden biegt der Fischbach rechtwinkelig nach der Stadt ein und fließt nun auf der linken Seite der Straße. — Von da an sind die Häuser rechts der Straße auffallend weniger von der Cholera ergriffen, als die dem aufgedämmten Fischbache zunächst liegenden auf der linken Seite.—

Höchst auffallend war mir die Mittheilung der Aerzte, daß die Cholera in Nürnberg sich auf die Lorenzer Seite (links der Pegnitz) bisher wesentlich beschränkte und auf der Sebalder Seite (rechts der Pegnitz) fast nur sporadisch aufgetreten sey. — Die Aerzte glaubten, daß die Lorenzer Seite deßhalb ungesunder sey, weil sie von dem sogenannten Fischbache durchströmt sey, welcher den Unrath aller Abwasser, Nachtstühle ꝛc. aufnehme. Die Mehrzahl der Erkrankungen und Todesfälle durch die Cholera gingen auch entlang dem Laufe dieses Baches, und ebenso zeigt sich auch das Nervenfieber (Typhus) vorwaltend in diesen Quartieren. — Auf meine Erkundigung, ob sich der Baugrund der Sebalder und Lorenzer Seite unterscheide, meinten mehrere Aerzte, daß die

Häuser in beiden Stadttheilen meist auf Felsen fundirt sehen, — was sich jedoch bei näherer Erkundigung nicht bestätigte. — Von dem Baurathe Solger erfuhr ich, daß zwar fast der ganze Sebalder Stadttheil auf Felsengrund ruhe, hingegen der Lorenzer Theil größtentheils auf einer 20 bis 40 Fuß mächtigen Sandschichte: — Nürnberg hat somit entschieden zweierlei Grund, und es wird sich nach Ablauf der Epidemie ermitteln lassen, in wie weit felsiger Grund die epidemische Entwicklung der Cholera zu verhindern vermag.

Am 18. Sept. begab ich mich nach dem 2 Stunden von Nürnberg entlegenen und mit diesem durch eine besondere Eisenbahn verbundenen Fürth, wo bereits 6 Cholera=Todesfälle vorgekommen seyn sollten — die Krankheit sich aber nicht epidemisch zu verbreiten schien. — Ich hoffte Anhaltspunkte dafür zu gewinnen, warum die Krankheit an manchen Orten, wohin sie offenbar verschleppt wird, nicht haftet. Fürth ist auf einer Sandstein-Platte gelegen, und viele Häuser haben dort, obwohl sie auf einer Ebene ruhen, Felsenkeller.

Nach einer Mittheilung des Rektors Beg geht der Sandstein in Fürth durchschnittlich bis gegen 2 Fuß unter das Pflaster herauf, — die oberste Schichte soll jedoch so zerreiblich seyn, daß sie nicht als Baustein benützt werden kann, was aber bei tiefern Lagen der Fall ist.

Der Verkehr zwischen Fürth und München im Monate Juli und August ist nicht geringer gewesen als zwischen Nürnberg und München, der Verkehr zwischen Nürnberg und Fürth ist aber Jahr aus Jahr ein ein ganz ungewöhnlich lebhafter. In Fürth sind viele Fabriken mit ihrem sehr zahlreichen Proletariate, ferners zahlreiche Judenfamilien der ärmeren Klasse angehörig: die socialen und diätetischen Verhältnisse sind in Fürth der Art, daß die Cholera dort eine zahlreichere Ernte erwarten durfte als in München: — aber siehe da, es entsteht keine Epidemie daselbst. — 4 der in Fürth vorgekommenen Fälle sollen nachweisbar aus Nürnberg und München eingeschleppt gewesen — 2 ohne nachweisbare derartige Ursache entstanden seyn. — Die Häuser, in denen die beiden letzteren vorgekommen waren, besuchte ich in Begleitung des dortigen Gerichtsarztes. Diese Häuser sind allerdings ungünstig situirt, das eine am Abhange hinter dem Armenhause, nach der Pegnitz zu, — das andere, (einem Bäcker gehörig und nicht sehr ferne vom ersten) hatte einen hochgelegenen Hof mit Abtritt- und Schwindgrube nebst einem Schweinstalle auf dem höchsten Punkte. — Man möchte annehmen, daß es dem nach Fürth gebrachten Cholerastoffe an allen Lebensbedingungen gemangelt haben müsse, weil er sich von diesem Bäckerhofe aus nicht weiter entwickelt hat.

Interessant war mir in Fürth auch eine eben schwebende sanitätspolizeiliche Tagesfrage, nämlich: ob man das auf den nächsten Sonntag fallende Fürther-Kirchweihfest abhalten soll oder nicht. Dieses Fürther-Kirchweihfest ist ein Erntetag von großer Bedeutung und Tragweite für viele kleinere Familien der Stadt: — es versammelt mehrere Tage lang den größten Theil der umliegenden Bevölkerung, auch von Nürnberg, auf diesem Platze, wo dann das der Lebsucht und Heiterkeit geopferte Geld in vielen bedürftigen Händen zurückbleibt. — Es wäre ein harter Schlag für viele gewesen, das Fest nicht abzuhalten. — Von der andern Seite aber mußte hervorgehoben werden, daß Fürth durch einen solchen Zusammenfluß von Menschen möglicher Weise die Cholera als Epidemie bekommen konnte, und daß auch die Sanitäts-Interessen von Nürnberg gefährdet erschienen, indem die Bewohner dieser Stadt, in deren einer Hälfte die Cholera als Epidemie herrschte, verleitet würden, ihrer jährlichen Gewohnheit zu folgen, und sich in Fürth Diätfehlern und Erkältungen auszusetzen. — Zuletzt wog das Lokalinteresse hin, Fürth beschloß, sich als eine Stadt ohne Cholera-Epidemie zu geriren, und keine Furcht vor der Krankheit zu zeigen, — das Kirchweihfest wurde in üblicher Weise und in aller Heiterkeit abgehalten, Fürth erhielt auch darnach keine Epidemie und der Zustand in Nürnberg, dessen Bewohner gleichfalls sehr zahlreich sich eingefunden hatten, blieb völlig unalterirt durch die Vorgänge in Fürth.

# Augsburg.

# Augsburg.

Am 19. Sept. begab ich mich nach Augsburg. Dort begann ich sogleich mit der Aufsuchung jener Häuser, in welchen die Cholera auffallend viele Opfer gefordert hatte und noch forderte. — Nachdem ich die nöthigen Anhaltspunkte erhalten, verfügte ich mich vorerst in die Distrikte G. und H. In dem Distrikte G. waren mir die Häuser 102, 132, 142, 184, 211, 241 und 276 bezeichnet. In 132 sollen in einer Nacht 6 Personen gestorben seyn, im Ganzen beträgt der Verlurst an Todten in diesem Hause 10. Es ist zweistöckig, von allen Seiten freistehend, von Außen gut aussehend. Der Hof desselben liegt höher als die Hausflur. In den Wohnungen sind keine Abtritte — sondern Nachtkübel, welche in die im Hofe befindliche, gemeinschaftliche Düngergrube entleert werden. Diese hat ihr Gefäll gegen das Haus. — Die Grube war bis vor wenigen Tagen unbedeckt. Ganz ähnlich sind die Verhältnisse der Häuser 142 und 211.

In 241 starben von 9 Personen 5 — die übrigen erkrankten. — Weder Hof noch Abtritt; zu ebener Erde in einem Winkel stand ein unsauberer Nachtkübel. Alle 9 Bewohner gehörten zu einer Familie. Der 16jährige Sohn war Schlosser-Arbeiter in der Fabrik des Ingenieur Haag am vordern Lech und erkrankte dort nebst vielen andern dieser Fabrik. Er wurde von seiner Mutter gepflegt, welche zunächst an heftiger Cholera erkrankte. — Es starben dieser Sohn, dann der Vater und noch drei Kinder, — die Mutter genas wieder, ebenso die übrigen 3 Kinder, welche nur Diarrhoe hatten. — Aus dem mit der Frau gepflogenen Examen geht unzweifelhaft hervor, daß bei den zahlreichen Erkrankungen die Reinlichkeit in der Pflege von vorneherein eine sehr mangelhafte war. Als die Frau genas, fand sie in der Wohnung noch sämmtliche verunreinigte Wäsche, welche von den Cholerakranken herrührte, in feuchtem Zustande in ein Schäffel gehäuft vor, worein sie selbst noch vor ihrer Erkrankung die unreine Wäsche des zuerst erkrankten Sohnes gelegt hatte. —

276 steht an einem Bache, der täglich Abends austritt, wenn in einer nahen Fabrik die Arbeit endet, wo das Wasser in Folge des plötzlichen Wechsels in seinem Laufe auf kurze Zeit den Stadt-Bach überfüllt. Das Haus hat einen Brunnen im Hofe, der nach der Aussage des Besitzers bei starken Regengüßen sich theilweise mit der Mistjauche der Schwindgrube des etwas höher gelegenen Nachbarhauses füllt — wobei unzweifelhaft auch das Gebäude 276 mit dieser Flüßigkeit imprägnirt wird. — Das Haus ist ohne Abtritt. Die Kübel werden in dem nahen Bache entleert.

In der Fuggerei sollen zahlreiche Erkrankungen stattgefunden haben; nähere Notizen habe ich vorläufig nicht erhalten; — in mehreren Wohnungen, wo ich anfragte, zeigte sich der Gesundheitszustand befriedigend. — Die Fuggerei hat keine Abtritte sondern Kübel.

In dem Distrikte G. habe ich die Straßen sehr unreinlich und feucht gefunden. — Die Häuser sind dicht zusammengedrängt und stark bevölkert. In dem ganzen Distrikte scheint der Gebrauch der hölzernen Nachtkübel vorherrschend zu seyn.

Für eine Wanderung in dem Distrikte H. waren mir die Häuser 11, 57, 139, 206, 207 und 214, ferner 296, 344 und 368 bezeichnet. Das ganze Quartier hat die größte Aehnlichkeit mit G. — ist so zu sagen die andere Hälfte von diesem. Nr. 11 ist der tiefste Punkt einer Kloake, welche von den höher liegenden Häusern nach dem nächsten Kanal führt, aus dem das Wasser bis Nr. 11 sichtbar oft entgegenströmt. Der Sohn des Hauses sagte mir unaufgefordert, daß vor ihrem Hause aller Unrath in dieser Kloake liegen bleibe. — Das Haus selbst hat Abtritte mit hölzernen Röhren in den Bach.

57 ist ein Haus ohne Abtritte — die Nachtkübel werden in einer in einem Stall befindlichen Düngergrube entleert, die nach dem obern Stockwerke zu nur lose mit Brettern bedeckt ist.

139 ohne Abtritte.

206, 207 und 214 liegen an dem anscheinend tiefsten Punkte des Sächsengäßchens sich gegenüber — höchst unreinliche Häuser.

In 368 sind von 25 Personen 8 erkrankt, und 3 gestorben. Eine Familie von 6 Köpfen zu ebener Erde hat den Nachtkübel in einem im Hofe befindlichen Gärtchen, in einem hölzernen Abtritt-Häuschen, — sie blieb völlig gesund. — Die Mutter beklagte sich unaufgefordert über die Unreinlichkeit der Nachbarschaft. Diese Erhebungen machte ich in Begleitung theilweise des Medicinalrathes Haus, theils des Dr. Schatz aus Würzburg und der treffenden Assistenzärzte.

Eine andere Excursion machte ich in Begleitung des Dr. Girl in den Distrikten D. E. und F. — Interessante Ergebnisse lieferte die Untersuchung mehrerer Häuser des Frohnhofes. In einer ganzen Häuserreihe des Frohnhofes blieb ein einziges Haus von der Cholera verschont. Dieses eine war auch das einzige, welches günstige Abtrittverhältnisse hatte, wo für Ventilation gesorgt und eine Verunreinigung des Bodens von dem Aborte aus vollkommen unmöglich gemacht war. Es war das Haus des Dr. Girl selbst — welcher zuletzt selber erstaunt war, bei dieser Gelegenheit so tiefe Blicke in das Innerste seiner Nachbarn gethan zu haben. — Der so genannte Zech'sche Hof in der Nähe des Maurerberges hat viele Cholerafälle gehabt — er ist eine Mulde welche an einer ihrer Seiten sehr rasch ansteigt, und deren Häuser auf der Höhe die Schwindgruben haben. Die von der Maximilian- und Karolinen-Straße nach dem Lech hin stark abfallenden Quartiere, z. B. Hunoldsgraben, Bäckergasse, Schmiedgasse, sind sehr stark ergriffen gewesen, ebenso die von dem Frohnhofe nach der Wertach hin sich senkenden. Eine spezielle Untersuchung der höher gelegenen Stadttheile, wo manche Quartiere so hart mitgenommen waren, wie die tiefst gelegenen verspare ich mir bis nach Ablauf der Epidemie. Bis dahin werde ich auch über die Terrainverhältnisse von Augsburg weitere Aufschlüsse erhalten. Einstweilen habe ich von dem städtischen Baurathe Kollmann die wichtige Aufklärung erhalten, daß Augsburg großentheils auf einem Lehm-Hügel ruht, der etwa nur 3 Fuß hoch mit Dammerde bedeckt ist. — Die Schichte von plastischem Thon ist zwischen 15 und 30 Fuß tief und auf sie folgt eine Schichte Geröll. Alle Gruben in Augsburg, welche wirkliche Versitzgruben seyn sollen, müssen deßhalb durch die Lehmschichte durchgegraben werden. Die meisten Abtrittsgruben sind nach der Aussage des Baurathes Kollmann nur in den Thonboden gelegt. — Es ist auch in der That wahrzunehmen, daß fast alle Erdgeschosse der Häuser selbst in den hohen

Stadttheilen feucht sind. Augsburg hat mithin wesentlich zweierlei Lage — eine höhere auf dem Lehmhügel, und eine tiefere auf dem aus Geröll bestehenden alten Flußbeete des Lechs, wodurch dieser Theil sich ebenso verhält, wie der auf der ersten Terrainstufe zunächst der Isar gelegene Theil von München. Gleichwie der gesammte Grund und Boden des höher gelegenen Stadttheiles durch das darunter befindliche Lehmlager, so wird der tiefer auf Geröll gelegene Theil durch zahlreiche aufgedämmte Bäche stets feucht erhalten.

Nicht umhin kann ich, den Befund bei Besichtigung des Haag'schen Etablissements zu erwähnen, aus welchem der junge Schlosser die Krankheit nach G 241 gebracht hatte. Dasselbe liegt am vordern Lech — in der Nähe des Hunoldgrabens A 479. Es ist das rühmlich bekannte Etablissement, woraus die Heißwasserheizungen hervorgehen. Das Etablissement hat einen einzigen kleinen unreinlichen Abtritt am Bache unmittelbar neben dem Radkasten, dessen Thüre sich in die Werkstätte öffnet, wo die Dreh- und Bohrbänke aufgestellt sind, und wo etwa 16 bis 20 Personen durchschnittlich arbeiten. — Alle Arbeiter dieses Raumes erkrankten bis auf einen, — und in den anliegenden Werkstätten verringerte sich die Zahl der Erkrankungen mit der Entfernung von diesem Lokale. Haag und seine Familie wurden auch in dem anliegenden Wohnhause ergriffen, so daß er, seine Frau und seine 13 jährige Tochter auf einer schnell unternommenen Reise nach Wien in Linz von der Cholera befallen wurden. Die Tochter erlag der Krankheit, die Eltern genasen wieder.

Ich besuchte auch die von der Cholera ergriffenen Dörfer Oberhausen und Stadtbergen in Begleitung des Dr. Achatz. — In Oberhausen trat die Krankheit bisher vorwaltend an 3 Plätzen auf — in 2 vollkommen ausgebildeten Mulden und entlang einem Bache, der den Ort durchzieht. Auffallend war mir ein Verhältniß, das ich schon bei dem Fischbach in Nürnberg beobachtet hatte. Wenn a b und c d Häuserreihen vorstellen, so fließt der

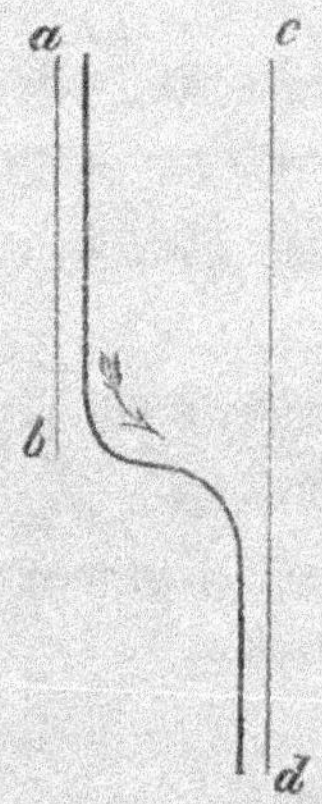


Bach in Oberhausen anfangs zunächst a b und wendet sich dann bei b rasch nach der Häuserreihe c d. — So viel mir der seit kurzem dort stationirte Assistenzarzt Dr. Reipold, der einen erkrankten Collegen ablöste, mittheilte, zeigte sich die Häuserreihe c d erst von jenem Punkte an ergriffen, wo sich der Bach derselben nähert.

Nach Stadtbergen wurde die Krankheit zuerst von 2 Knaben, welche in Oberhausen als Hüterbuben dienten und dort erkrankten, gebracht. — Das elterliche Haus derselben liegt nahe beim Wirthshause in einer vollkommen geschlossenen Mulde und an deren tiefstem Punkte. In diesem Hause hat die Cholera bereits 4 Opfer genommen. — In einem andern Theile des Dorfes sind 5 gestorben. Dieser Theil bildet eine enge tiefe Mulde mit 6 Häusern, und die dortigen Verhältnisse ähneln sehr denen in der Grube und Greppe zu Haidhausen. — Das übrige Dorf war bisher frei.

Noch einen wichtigen Umstand, den ich in Augsburg bei der k. Regierung in Erfahrung brachte, muß ich hier erwähnen, nämlich einen in der Strafanstalt zu Kaisheim bei Donauwörth einzeln vorgekommenen Cholerafall. Das vereinzelte Vorkommen eines Falles in Kaisheim, einem durchschnittlich mit tausend Arbeitshaussträflingen angefüllten und überfüllten Gefängnisse, hat mich in hohem Grade überrascht — besonders im Gegenhalte zur Zwangsarbeits-Anstalt Ebrach; ich habe sofort eine Requisition Seitens der k. Regierung veranlaßt, ob die Ausleerungen des in der Strafanstalt zu Kaisheim an der Brechruhr verstorbenen Büßers im desinficirten oder nicht desinficirten Zustande in die allgemeine Schwindgrube gebracht worden sind. Der Bericht des dortigen Hausarztes Dr. Schmid ergibt nun, daß mit diesen Ausleerungen die vollständigste Desinfection vorgenommen worden war. Falls dieß in Ebrach unterlassen worden seyn sollte, so gebührt nach meiner Ansicht dem Dr. Schmid das Verdienst, durch freiwillige Vorsicht die Calamität von Kaisheim abgewandt zu haben, die Ebrach betroffen hat. Ich werde in meinem Berichte über Ebrach wieder auf diesen Fall in Kaisheim zurückkommen.

Hiemit schließe ich einstweilen den Bericht über meine Wahrnehmungen in Nürnberg und Augsburg.

Die Schlüße, welche ich damals aus meinen Beobachtungen in München, Nürnberg und Augsburg ziehen zu dürfen glaubte, waren folgende:

1) Muldenartiges Terrain begünstigt im Allgemeinen die Erkrankungen und Todesfälle an Cholera. Namentlich stark werden die in den Mulden am tiefsten gelegenen Häuser und solche ergriffen, welche Abtritte und Düngergruben so angebracht haben, daß die aus diesen sickernden Flüssigkeiten nicht vom Hause weg, sondern nach diesem hinziehen.

2) Lockerer Grund der Häuser, der Flüssigkeiten anzufangen vermag, vermehrt die Empfänglichkeit eines Ortes für Cholera. Ein Untergrund von felsigem Gesteine erscheint viel weniger empfänglich.

3) Nebstdem steigert ein gewisser Grad von Feuchtigkeit des Erdreichs diese Empfänglichkeit.

4) Der materielle Träger der Disposition des Bodens für das Cholera-Miasma scheinen die Zersetzungsprodukte menschlicher und thierischer Excremente zu seyn, die in denselben eindringen und sich in ihm vertheilen.

5) In Städten sind bewohnte Abhänge oder Tiefen, deren Grund von obenerwähnter Beschaffenheit ist, stets mehr von der Cholera ergriffen, als die denselben vorangehenden bewohnten Höhen — ganz abgesehen und unabhängig von der absoluten Höhe über dem Wasserspiegel oder der Meeresfläche.

6) In unsern Abtritten, Schwindgruben, namentlich in den hölzernen Abtrittröhren und Nachtkübeln sind ähnliche Bedingungen gegeben, wie in dem von faulenden Excrementen angesaugten lockeren Erdreich der Mulden.

7) In den Städten scheinen jene Quartiere von der Cholera stärker ergriffen, welche keine Abtritte und nur Nachtkübel haben, die sie an gemeinsamen Stellen entleeren, und hierunter wieder jene Häuser am meisten, welche im Hofe gemeinsame Mistgruben besitzen, die wenig Abzug oder sogar Gefäll gegen die Häuser haben.

8) Die mit Auswurfsstoffen der Cholerakranken verunreinigte Wäsche gibt im Zustande der Zersetzung und Fäulniß fruchtbare Herde zur Weiterverbreitung der Krankheit in den Familien.

Das k. bayr. Staatsministerium hat sich diese Folgerungen großentheils angeeignet und in Rücksicht darauf einige Verfügungen an die betreffenden Behörden erlassen, über deren Erfolg ich mich am Schlusse meiner Berichte weiter verbreiten werde.

# Würzburg.

# Würzburg.

Einer Einladung des Stadt-Magistrats von Würzburg vom 7. Okt. zufolge begab ich mich am 19. Okt. dahin, und begann dort, begleitet vom städt. Baurathe Scherpf, die Untersuchungen über die Verhältnisse des Terrains und der Häuser der Stadt Würzburg, soweit es die anderwärts gewonnenen Gesichtspunkte über die Verbreitung der Cholera-Epidemie erforderten.

Würzburg erfreut sich eines bedeutenden Gefälles im Terrain. Vom Rennweger-Thor bis zum Nullpunkte des Maines, eine Entfernung von nicht ganz 3000 Fuß in gerader Richtung, ist ein Gefäll von 60 Fuß, welches sich in der Art vertheilt, daß z. B. der Residenzplatz circa 50 Fuß, der Domplatz 35, der Vierröhren-Brunnen 20 Fuß über dem Nullpunkt des Maines liegen. — Noch stärker ist das Gefäll in dem Stadttheile links des Maines. — Das tiefstgelegene Haus Würzburgs in der Nähe des Pleicher-Thors (Nr. 395) liegt noch 6 Fuß über dem Spiegel des nächsten Baches, (Pleichach) und circa 15 Fuß über dem Nullpunkt des Maines. Der Quai von Würzburg liegt 10 Fuß über dem Nullpunkt des Maines. In so ferne das Gefäll eines Ortes die Drainage und die Fortschaffung der Unreinigkeiten aus Straßen und Häusern wesentlich erleichtert, muß dieses Verhältniß bei

Würzburg als sehr günstig bezeichnet werden. Wie mit dem Zunehmen der Erhebung eines Ortes über den nächsten Wasserspiegel die Intensität der Cholera abnimmt, davon hat London ein sehr instructives Beispiel geliefert, indem die Sterblichkeit mit der Höhe über der Themse in regelmäßiger mehr als arithmetischer Progression abnahm. (Report on the mortality of Cholera in the years 1848 und 1849 London 1852.) Es spricht nicht eine einzige genau untersuchte Thatsache dafür, daß die Erhebung im Luftkreise auch nur einigen Einfluß bei der Cholera je geäußert habe, und wir sind deßhalb gezwungen, die großen Unterschiede der Intensität der Krankheit an tief und hoch gelegenen Orten lediglich mit den Bodenverhältnissen in Zusammenhang zu bringen.

Was den Grund und Boden anbelangt, auf welchem Würzburg steht, so ist derselbe großentheils felsiger Art. Die meisten Häuser sind auf Felsen fundirt, die kleinere Menge auf eine angeschwemmte tragfähige Sandschichte. Letztern Grund haben die meisten Häuser, welche weniger als 20 Fuß hoch über dem Nullpunkt des Maines liegen. Aber auch bei diesen Lagen kann man darauf rechnen, in einer Tiefe von 12—15 Fuß auf Felsen zu kommen, so daß man annehmen kann, daß in Würzburg fast überall 6 Fuß über dem 0 Punkt des Maines der Felsen beginne. In den obern Stadttheilen, wo der Felsen nicht unmittelbar unter dem Pflaster anhebt, traf ich öfter eine mit vielen plattenförmigen Bruchstücken vermischte etwas lehmige Erde, welche einen sehr compakten Grund bildet, so daß man Schachte in dieselbe treiben kann, ohne sie mit Brettern und Balken gegen das Nachfallen stützen zu brauchen, wie ich mich bei der eben stattfindenden Anlage eines Kanales in der Semmelgasse und bei mehreren

Fundamentarbeiten in der Gasfabrik überzeugte. Doch auch an diesen Stellen kommt man sehr bald auf wirkliche Felsen, und es war der benannte Kanal auch fast zur Hälfte in Felsen eingehauen.

Welch' große Wichtigkeit felsiger Grund der Häuser für die Empfänglichkeit eines Ortes für Cholera habe, ist in mehreren Beispielen bereits auf das Entschiedenste hervorgetreten. So hat Nürnberg die Cholera vorwaltend auf der Lorenzer-Seite links der Pegnitz, während die Sebalder-Seite rechts der Pegnitz fast gänzlich frei geblieben ist. — Die Stadt Traunstein ist soweit von der Cholera verschont geblieben, soweit sie auf Felsen steht, ebenso die Stadt Aarau in der Schweiz rc. Auch in den älteren Berichten über die Cholera-Epidemien in Ostindien in den Jahren 1817—18 und 19 finden sich Andeutungen hierüber.

So erzählt Jameson Beispiele, wo die englischen Truppen unter den ungünstigsten Verhältnissen keine Cholera bekamen, so lange sie auf felsigem Boden lagerten, und andere, wo eine kranke Heeresabtheilung rasch genas, sobald sie in Orte kam, die auf felsigem Grunde lagen, ohne die Krankheit den Bewohnern derselben mitzutheilen.

Jameson macht deßhalb auch, trotzdem daß er strenger Miasmatiker und Anticontagionist ist, die allgemeine Bemerkung: „Die Cholera scheint felsigen Boden nicht zu lieben.“

Mir ist bis jetzt kein Ort bekannt geworden, welcher von der Cholera epidemisch ergriffen worden wäre, soweit derselbe auf Felsen liegt, obwohl Cholerakranke häufig an solche Orte gelangt und dort gestorben sind.

Nach meiner Ansicht kann Würzburg seine Thore gastfreundlich den Choleraflüchtlingen öffnen, ohne besorgen zu müssen, eine Epidemie unter ihre Bewohner zu bringen. Es können einzelne

Erkrankungen von Einheimischen in Häusern vorkommen, in denen sich eingewanderte Cholerakranke befinden, namentlich in Folge von mangelhafter Sorgfalt in Behandlung der Auswurfsstoffe und der Wäsche dieser Kranken, — aber die Krankheit wird in Würzburg nie zur Epidemie werden.

Es war mir interessant, während meines Aufenthaltes in Würzburg zu vernehmen, daß Professor Schönlein bereits vor Jahren den Ausspruch gethan, die Stadt Würzburg würde nie von der Cholera heimgesucht werden, weil sie auf einem eigenthümlichen Felsen liege.

Was die Natur des Felsens anlangt, so habe ich bei meinen Untersuchungen es gleichgiltig gefunden, welcher Art und Formation derselbe angehöre — so daß (wie auch andere noch anzuführende Thatsachen erhärten) in der vorliegenden Frage lediglich die physikalische Aggregation und nicht die chemische Zusammensetzung des Bodens entscheidend ist. Eben so wenig macht bei Cholera-Epidemie die Natur des Sandes — der dem Felsen entgegengesetzten Aggregation des Bodens einen Unterschied, — man sah die Krankheit auf dem Kalksande Münchens und dem Keuper-Sande Nürnbergs heftig auftreten, und der Domberg in Freysing, der fast aus reinem Quarzsande besteht, und sich über 100 Fuß über die vorbeifließende Moosach erhebt, hat den nämlichen Beweis geliefert.

Meine Ansicht, warum felsiger Grund der Häuser vor der epidemischen Entwicklung der Cholera schütze, geht dahin, daß sich in einem solchen Boden diejenigen Stoffe, womit der Mensch seine Wohnplätze verunreinigt, nicht einsaugen und ausbreiten können, und daß der Felsen weder Feuchtigkeit empfängt, noch abgiebt. Letzteres unterscheidet ihn wesentlich von einer Lehmunterlage, welche keinen Schutz gegen epidemische Cholera bietet, wie die traurigen Erfahrungen in Augsburg und Gaimersheim beweisen.

In Würzburg habe ich auch vergeblich nach einem Uebelstande gesucht, den ich an fast allen von der Cholera stark heimgesuchten Orten gefunden habe, nämlich nach einem aufgedämmten Bache oder sonstigen Wasser, wodurch die zunächst und tiefer gelegenen Theile des Terrains stets in einem schädlichen Grade von Feuchtigkeit erhalten würden. Alle Bäche, Kanäle rc. liegen wesentlich tiefer als das Niveau der Häuser. Bloß zwischen der Stifthaugergasse und dem Julius-Spitale zeigt sich ein aufgedämmter Bach. Dieser findet sich aber in ein vollkommen wasserdichtes Bett von Stein gefaßt, so daß jede Wirkung auf das zunächst und tiefer gelegene Terrain unmöglich wird. — Die ungünstigste Stelle in dieser Beziehung sind einige Theile des Pleicher-Viertels, welche auf sandigem Grunde und mit dem stagnirenden Wasser des Stadt- und Festungsgrabens so ziemlich in gleichem Niveau liegen. Diese Theile sind es auch, welche jährlich vom Wechselfieber und theilweise selbst vom Typhus heimgesucht werden. Häufiges und intensives Auftreten von Typhus ist meist ein sehr schlimmes, aber sicheres Prognosticon für Cholera, und ich stimme jenen Männern vollkommen bei, welche ein großes Gewicht darauf legen, daß der betreffende Festungsgraben baldmöglichst trocken gelegt werde.

Was die Kanalisirung Würzburgs anlangt, so ist bei dem bedeutenden und ziemlich gleichmäßigen Gefälle der Stadt dieses keine schwierige Aufgabe, und es ist hierin theils in älteren Zeiten, theils in neueren Vieles und Zweckmässiges geschehen, namentlich unter Leitung des Stadtbaumeisters Scherpf, der im Gegensatze zu den meisten unserer Architekten den äußerlich unsichtbaren theils unter dem Boden theils hinter den Façaden befindlichen Theilen des Baues einer Stadt oder Wohnung eine besondere Wichtigkeit beizulegen scheint. Die Kanäle sind sämmtlich in bedeutender Tiefe gezogen, gewölbt und ihre Sohle liegt fast an allen Punkten in Felsen. So weit der Felsen nicht ist, sind sie mit Mauerwerk aus großen Bruchsteinen ausgeführt und die Sohle mit großen Steinplatten belegt. In der obern Stadt gehen diese Kanäle durchschnittlich 15—17 Fuß unter dem Pflaster der Straßen. Alle Zuführungen zu diesen Kanälen aus den Häusern sind mit Rinnsteinen ausgeführt, in welche Falz und Nute eingehauen sind, so daß sie unter gleichzeitiger Anwendung von hydraulischem Kalke an den Verbindungsstellen sich leicht wasserdicht zusammenfügen lassen. Alle Wasserablaufröhren, Durchzüge, Gossen 2c., die in vielen Städten häufig aus Holz gemacht werden, sind in Würzburg lediglich aus Stein. Es mag dieses altherkömmlich seyn, seit dem Jahre 1774 ist es aber durch eine städtische Bauverordnung ausschließlich befohlen. Würzburgs Häuser entbehren dadurch alle jene Nachtheile, welchen sonst Häuser ausgesetzt sind, die von hölzernen, mit der Zeit verwesenden Rinnen durchzogen sind.

Der Versumpfung der Häuser durch Abwasser der Brunnen in den Höfen 2c. tritt in Würzburg auch noch ein Umstand entgegen, nämlich der, daß alle Höfe — selbst der ärmlichsten Häuser gepflastert sind. — Ich war sehr erstaunt, bei meinen zahlreichen Besuchen einen einzigen ungepflasterten Hof anzutreffen, und noch dazu da, wo es nicht zu erwarten war, nämlich in dem k. Poststalle, wo nur die Gossentheile des Hofes gepflastert waren. — Da Würzburg so billiges und vortreffliches Material zum Pflastern hat, so wird die Lokalbaupolizei gut thun, einen so löblichen

Gebrauch nicht abkommen zu lassen, im Gegentheil darauf zu dringen, daß er recht allgemein beobachtet werde.

Wichtig für die Empfänglichkeit einzelner Häuser für die Cholera ist nach zahlreichen Beobachtungen, die in England während der Epidemie von 1848 und 49 und ebenso von mir während der gegenwärtigen Epidemie in Bayern gemacht worden sind, die Construktion der Abtritte und der Abtritt- und Dünger-gruben. Es hat sich in München, Augsburg und Nürnberg gezeigt, daß in Verwesung begriffene, mit Excrementen durchtränkte Bretter, halbvermoderte Abtrittröhren, daß Abtrittgruben, welche ihren Inhalt in das lockere feuchte Erdreich nach den Häusern zusickern lassen, für dieselben intensive Choleraherde abgeben.

Die Abtritte Würzburgs entleeren sich entweder in eigens gemauerte Gruben, sogenannte Abtrittkästen, oder durch einen kleinen Kanal mit starkem Gefälle in die Straßenkanäle. Letzteres wird nur dann gestattet, wenn sich der Hauseigenthümer dazu versteht, zugleich das Dachwasser in den obersten Abtritt des Hauses einzuleiten, so daß derselbe gleichsam bei jedem Regen gefegt wird. In Folge der bereits erwähnten Bauordnung vom Jahre 1774 ist festgesetzt, daß in Würzburg keine hölzernen Abtrittröhren angewendet werden dürfen, sondern es müssen alle die Excremente aufnehmenden und abführenden Theile der Häuser aus Stein (theils Bohr- theils Rinnstein) hergestellt werden. In neuerer Zeit werden mit bestem Erfolge Abtrittröhren aus gebrannter Krugmasse (Steinzeug) verwendet, welche nach Art der gußeisernen construirt, aber leichter und glatter als diese, und der Zerstörung durch den Rost nicht ausgesetzt sind. Sie haben vor den Bohrsteinen auch noch den Vorzug der vollkommenen Undurchdringlichkeit für Flüssigkeiten, denen der Randesackererstein nicht gänzlich Widerstand zu leisten vermag. Die Abtritt- und Dunggruben müssen nach der nämlichen Bauordnung alle aus dichtem Hausteine gemauert und nach allen Seiten hin von dem umgebenden Erdreich durch eine Lehmschichte iselirt werden. Ich habe auf diese Art im größten Maaßstabe ausgeführte Dungstätten gesehen, z. B. in dem Oekonomie-Hofe der Wittwe Bauch links des Maines. Es ist selbstverständlich, daß theils durch den Felsengrund, theils durch die Art der Anlage der Abtritt- und Dunggruben, der Bodenrinnen rc. rc. das Umsichgreifen einer jeden Verunreinigung des Grundes und Bodens der Stadt Würzburg durch Föcal- und Kloaken-Stoffe unmöglich gemacht ist.

Interessant war mir auch, in Würzburg die wiederholte Erfahrung zu machen, daß eine üble Nachrede länger dauert, als der beste Nachruhm. Schon in München hatte man mir von den lästigen Abtritt-Verhältnissen Würzburgs erzählt, daß namentlich ganze Straßen seyen, in denen es keine Abtritte, sondern nur sogenannte Butten gäbe. — Da mir in dieser Beziehung namentlich die Schustergasse bezeichnet worden war, so erkundigte ich mich nach dieser. — Baurath Scherpf gab mir die Versicherung, daß in dieser Straße dieses Verhältniß nicht mehr bestehe, da dort seit mehr als 5 Jahren ein Kanal angelegt sey, in welchen die Abtritte der Häuser einmünden; er höre jedoch, daß auf einer Seite der Domgasse noch solche Butten-Anstalten beständen, auf der Seite nämlich, wo noch kein Kanal gezogen sey. Ich begab mich mit Baurath Scherpf dahin — erkundigten uns der Reihe nach bei mehreren Hauseigenthümern, welche uns Abtritte mit Rohrsteinen und Abtritt-Kästen nach der Bauordnung von 1774 ausgeführt zeigten, und versicherten, daß die Butten wohl schon seit 10 Jahren nicht mehr existirten. Mich interessirte dieses Verhältniß deßwegen, weil an den von einer Cholera-Epidemie betroffenen Orten die Quartiere ohne Abtritte, mit Nachtkübeln stets besonders heftig ergriffen worden sind. (Siehe Bericht über Augsburg und Nürnberg.) Daß die mit verwesenden Excrementen-Theilen imprägnirten Nachtstühle, und die Stellen der Wohnungen, wo sie gewöhnlich stehen, bei der Cholera nicht gefahrlos sind, hat sich mir durch mehrere auffallende Beispiele, namentlich aber durch Beobachtung des Verlaufes der Cholera in Gefängnissen erwiesen.

Wenn die Nachtstühle nicht von ausgezeichneter Construktion, mit Wasserschluß und überaus sauber gehalten sind, so möchte es gerathener seyn, dieselben aus den Wohnungen gänzlich zu entfernen.

In Würzburg wird den Hauseigenthümern gestattet, wie bereits oben erwähnt worden ist, daß sie ihre Abtritte in die Straßen-Kanäle ausmünden laßen. Dieses möchte ich für keine Stadt empfehlen, deren Kanäle ein geringeres Gefäll und nicht bedeutend mehr Wasser haben, als Würzburg. — Auch für Würzburg ist es nöthig, mehr Wasser in die Straßenkanäle zu bringen, und die Ausspülung derselben nicht lediglich den Regengüßen zu überlassen. Da meines Wissens der Magistrat die Ausführung einer größeren und umfangreichern Wasserleitung als bisher beschlossen hat, so steht in Aussicht, daß auch die Straßenkanäle dadurch künftig von mehr Wasser bespült werden als gegenwärtig geschieht.

Nimmt man diese verschiedenen Momente zusammen, so gewahrt man fast nur solche, welche für Würzburgs Salubrität günstig sprechen. Da diese Verhältnisse theils im Grund und Boden der Stadt, welcher weder durch die Zeit, noch durch die Menschen eine merkliche Aenderung zu befürchten hat, theils in Einrichtungen ruhen, welche durch eine wachsame Sanitäts- und

Bau-Polizei aufrecht erhalten werden können, so kann diese Stadt auch ferner darauf rechnen, daß sie in künftigen Cholera-Epidemien die nämliche Immunität genießen werde, wie bisher.

# Kloster Ebrach.

# Kloster Ebrach.

Dem Allerhöchsten Auftrage vom 18. Okt. 1854 zufolge, die Brechruhr-Epidemie in der Zwangsarbeits-Anstalt Kloster Ebrach betreffend, verfügte ich mich nach Beendigung meiner Untersuchungen in Würzburg am 24. Okt. von Bamberg ab nach Kloster Ebrach.

Was mich zuerst beschäftigte, war die lokale Ausdehnung der Epidemie. An Cholera erkrankten dort lediglich die Gefangenen, sowohl der männlichen als weiblichen Abtheilung, — hingegen Niemand von den Beamten, und dem Aufsichtspersonal, auch Niemand von der Wachmannschaft, welche aus einer Kompagnie Soldaten (100 Mann) besteht; ebenso wenig wurde Jemand von den Bewohnern des Ortes Kloster Ebrach ergriffen. Beamte, Geistlichkeit und Wachmannschaft wohnen in ein und demselben Gebäude-Complexe, dem ehemaligen Kloster, mit den Gefangenen. Da die Epidemie so ganz abgegränzt verlaufen ist, so sieht man klar, daß man hier die Untersuchung vorzüglich nicht auf jene Punkte zu lenken hat, welche bei der Epidemie einer ganzen Ortschaft maßgebend sind, sondern zuvörderst auf jene, welche die Disposition einzelner Häuser betreffen. Die Epidemie unter den Gefangenen in Ebrach muß nach Analogie jener Fälle betrachtet werden, die sich in Orten wie Stuttgart, Würzburg, Fürth rc. ereignet haben, wo Menschen aus einem von der Cholera epidemisch ergriffenen Orte angekommen, von der Krankheit befallen wurden, worauf sich dann noch ein oder der andere Fall bei den Bewohnern desselben Hauses ereignen kann, ohne daß sich deßhalb eine Epidemie im Orte entwickelt. Beim Verlaufe der Epidemie in einem einzelnen Hause haben sich, abgesehen von der örtlichen Lagerung bisher 2 Gesichtspunkte als wichtig ergeben: 1) die Beschaffenheit der Abtritte rc. rc. und Behandlung der Entleerungen der Cholera-Kranken; 2) die Behandlung der Wäsche Cholera-Kranker oder daran Verstorbener. (Siehe Bericht über Nürnberg und Augsburg.)

Die Abtritts-Verhältnisse zu Ebrach sind ähnlich denen aller Gefängnisse — die hölzernen Nachtkübel spielen auch hier eine große Rolle. — Was an Abtritten für die Gefangenen vorhanden ist, mündet größtentheils in einen die Anstalt durchfließenden Bach, welcher auf der Abtheilung für die weiblichen Gefangenen ein- und auf der männlichen Abtheilung austritt. Die Abtritte auf der weiblichen Abtheilung sind in einem ganz schlechten Zustande; das Mauerwerk ist durch alle Stockwerke tief hinein von Kloakenstoffen imprägnirt, und dadurch selbst auf den Außenseiten braun gefärbt; der Gestank derselben ist ein pestilenzialischer. Namentlich jener am westlichen Ende der weiblichen Abtheilung ist von sehr eckelhafter Beschaffenheit. Durch alle Stockwerke geht unmittelbar neben der Abtrittthüre eine Thüre in einen Arbeits- oder Schlafsaal. — Ebenso verhält sich auch der alle Stockwerke durchsetzende Abtrittsschlauch am entgegengesetzten Ende der weiblichen Abtheilung (neben dem Handschuh-Nähsaale.) — Hier ist nicht anders zu helfen, als das imprägnirte Mauerwerk auszunehmen, mit neuem zu ersetzen und die Abtritte und Abtrittschläuche dann so anzulegen, daß keine Imprägnirung des Mauerwerkes mehr stattfinden kann. — Es dürfte die Baureparatur um so dringlicher seyn, als bei der starken Füllung dieser einzigen bayerischen Zwangs-Arbeits-Anstalt in Zeiten, wo auch keine Cholera herrscht, unter den obwaltenden Umständen Typhus-Epidemien kein überraschendes Ereigniß zu Kloster Ebrach seyn würden.

Die Abtritte auf der männlichen Abtheilung sind sämmtlich in besserer Condition. — Hingegen sind die Abtritte auf dem Flügel, wo die Beamten wohnen und die Besatzung liegt, ebenfalls dringlich einer Verbesserung bedürftig.

Als die Cholera in Ebrach ausgebrochen war, wurden Versuche gemacht, die Abtritte mit Eisenvitriol zu desinficiren, jedoch ohne Erfolg, woran die Art und Weise der Anwendung Schuld trug, — man hatte den Eisenvitriol nämlich unaufgelöst in Stücken hineingeworfen. Als ich eine Auflösung (1 Theil Eisenvitriol in 10 Theilen Wasser) anwenden ließ, verschwand der Geruch fast augenblicklich, kehrte jedoch in wenigen Stunden, wenn auch in minderem Grade, wieder. Einen Abtritt auf der weiblichen Abtheilung versuchte ich mit brennendem Schwefel zu desinficiren. So lange der Schwefel brannte, war der Geruch sehr gering, nach einiger Zeit sogar gänzlich verschwunden. Sobald der Schwefel aber verbrannt war, kam der Geruch wieder; es wurden mehrmals neue Portionen verbrannt, und das Gefäß mit brennendem Schwefel jederzeit so tief hinabgelassen, daß die Abtrittsröhre in ihrer ganzen Länge von der schwefligen Säure getroffen werden mußte, Umstände, unter denen sonst brennender Schwefel aus den Abtritt-Röhren den Geruch sicher entfernt. — Aber vergeblich: — sobald die Schwefelflamme erlosch, kehrte der Geruch wieder — ein Zeichen daß die durch diesen Abtritt ziehende Luft bereits mit Kloaken-Gasen gemischt seyn mußte, ehe sie eintrat. Bei diesem Experimente wurden die Anwesenden in Erstaunen gesetzt durch die große Menge Luft, welche durch einen Abtrittschlauch ziehen und sich den Gängen und Sälen mittheilen kann. Es bildet sich nämlich durch Verbindung der beim Verbrennen des Schwefels entstehenden schwefligen Säure mit dem Amoniak der Kloaken-Luft schwefligsaures Amoniak, welches als Nebel im Luftstrome suspendirt bleibt, und man kann so die Geschwindigkeit sehen, mit welcher die Luft aus der Abtrittöffnung ausströmmt, und darnach ihre Menge beurtheilen. — In kurzer Zeit war der Vorplatz des Abtritts dergestalt mit Amoniaknebeln erfüllt, daß das Auge keinen Gegenstand in der Entfernung einiger Schritte mehr unterscheiden konnte.

Die Anwendung von Eisenvitriol vertrieb den Geruch — aber nur für einige Stunden, bis eben diejenigen Theile davon, die an den Wandungen hafteten, wieder gesättigt waren.

Die Abtritte werden von den Gefangenen nur bei Tage benützt; während der Nacht bedienen sie sich wie in allen bayerischen Gefängnissen, der hölzernen Nachtstühle in den Sälen, in welchen die Gefangenen während des Schlafes eingesperrt sind.

Die Nachtstühle der weiblichen Abtheilung werden in die beiden Abtritte, die der männlichen in eine gemeinsame Mistgrube im Garten entleert.

Ich kann an dieser Stelle nicht umhin, auf die arge Verpestung aufmerksam zu machen, welche die ohnehin karg zugemessene Luft unserer Untersuchungs- und Strafgefängnisse durch die Excremente der Gefangenen, durch die Leibstühle erfahren. Ich hege die Ueberzeugung, daß der Aufwand, den ein Leibstuhl durch

Geruchloshaltung mittels etwas Eisen-Vitriollösung verursacht, sich reichlich decken würde durch einen geringern Medikamenten-Aufwand für die Erkrankungen, welche in Folge dieser verdorbenen Luft entstehen, — und möchte es der reiflichen Erwägung eines hohen Staatsministeriums empfehlen, ob eine allgemeine Desinfektion in dieser Richtung nicht durchzuführen wäre. Man könnte versuchsweise mit einigen Arrestlokalen Münchens, die man unter besondere Respicienz nehmen könnte, den Anfang machen.

Die Strafanstalt Kloster Ebrach, im Steigerwalde gelegen, ist meines Wissens der einzige Ort in Oberfranken, wo sich die Cholera als Epidemie zeigte, und diese ist dort so lokal verlaufen, daß, wie schon erwähnt, nur die beiden Abtheilungen der Gefangenen davon ergriffen wurden. Es ist auffallend, daß von der gegen 100 Mann betragenden Wachmannschaft nicht ein einziger an Cholera erkrankte. Der Arzt der Anstalt und die Offiziere wissen davon zu erzählen, daß die Mannschaft etwa nicht durch Furchtlosigkeit die Empfänglichkeit für Cholera verringerte, sondern daß im Gegentheil sehr viele von einem derartigen Schrecken ergriffen waren, daß sie als sehr disponirt erscheinen mußten. — Ich lege auf dieses Faktum einstweilen ein großes Gewicht und werde es bei den Schlußfolgerungen im Zusammenhalte mit andern That-Sachen weiter verwerthen.

Man wird durch den Ausbruch der Cholera in Ebrach von vornherein an das gemahnt, was man Verschleppung nennt. Die Recherche ergibt, daß der erste Cholerakranke dort ein gewisser Lorenz Graßl war, welcher am 20. August in die Anstalt eingeliefert wurde. Derselbe kam aus der Untersuchungshaft in Moosburg und wurde über München transportirt, wo er ein paar Tage, (bis zum 16. August inclusive) im Polizei-Arrest

Lokale detinirt war. — In diesem Lokale waren schon vor Graßls Ankunft mehrere an Cholera erkrankt. Derselbe gab an, bereits in München mit Diarrhoe abgegangen zu seyn. Er traf, nachdem er auch in Nürnberg im Arrest übernachtet hatte, am 20. August, (einem Sonntage) in Ebrach ein, wo er nach der ärztlichen Visitation die Hauskleidung empfing, und da er ein Rückfälliger war, in den Arrest zu noch 3 andern Arrestanten abgeliefert wurde. Nach einigen Tagen meldete er sich krank an Abweichen, wurde ins Spital aufgenommen, erlitt da einen Cholera-Anfall, von dem er aber vollkommen und schnell genas. Am 27. erkrankte der Wärter dieses Graßl an Cholera und starb, und nach wenigen Tagen war die Epidemie sowohl auf der männlichen als weiblichen Abtheilung verbreitet. Beide Abtheilungen haben unter sich keine andere Communikation als durch die Beamten und Wachmannschaft, welche aber beide gesund geblieben sind. Die erste Kranke auf der weiblichen Abtheilung war am 28. August eine gewisse Anna Maria Maier, welche heftige Cholerine bekam, aber ebenso wie Graßl wieder genas. Die Epidemie erreichte ihre Höhe auf der männlichen Abtheilung am 11. auf der weiblichen am 13. September.

Bei diesem isolirten Auftreten einer Cholera-Epidemie wird kaum bezweifelt werden, daß der Krankheitsstoff durch den Lorenz Graßl von München aus dem Arrestlokale nach Ebrach verschleppt worden sey und dort auf irgend eine Art Verbreitung unter den Gefangenen gefunden habe.

Betrachtet man zuerst die Verbreitung auf der männlichen Abtheilung, so sieht man, daß der 2. Cholerakranke der Wärter des ersten war. Hiebei könnte man an Ansteckung im gewöhnlichen Sinne denken, welche Art der Verbreitung sich aber bei

Betrachtung des weitern Verlaufes als völlig unzureichend erweist. — Die Anstalt zählte damals etwa 600 männliche Büßer, die streng nach Arbeitscategorien, Schlafsälen 2c. geschieden waren, und unter sich in keine Berührung kamen, wenigstens nicht in der Weise, als sich die Erkrankungen folgten. Der besagte Lorenz Graßl war jedenfalls schon in einem Cholera-Stadium, als er noch im Arrestlokale mit 3 andern Gefangenen zusammengesperrt war. Von diesen wurde keiner, weder damals als sie mit Graßl in einer Keuche waren, noch später im Verlaufe der Epidemie von der Krankheit ergriffen.

Man kann auch nicht annehmen, daß die Mitarrestanten des Graßl die Cholera unter die andern Büßer gebracht hätten, weil diese bereits in allen Sälen aufzutreten begonnen hatte, ehe jene ihrer Sonderhaft entlassen waren. Ich forschte genau nach dem Gange der Erkrankungen, konnte aber nichts entdecken, was einen Faden gezeigt hätte, der Hand in Hand mit dem persönlichen Umgange gelaufen wäre: — auf unerklärliche Weise war eben nach wenig Tagen die Cholera unter allen Kategorien der Büßer verbreitet und raffte circa 10 Procent derselben in wenigen Wochen dahin.

Man möchte vielleicht annehmen, daß die allgemeine Luftbeschaffenheit des Hauses der Träger des Krankheitsstoffes gewesen wäre. Wenn dieses Vehikel ausreicht zur Erklärung, so mußten auch jene Abtheilungen des Hauses, wo die Beamten wohnen, und die Wachmannschaft casernirt ist, von Cholera ergriffen werden, was aber nicht geschah. Bei den Beamten und Aufsehern könnte man noch eine zufällige individuelle Resistenz, eine Indisposition annehmen, aber eine solche Annahme für eine Kompagnie Soldaten würde absurd sein, da nach der übereinstimmenden Erfahrung in allen Choleraepidemien die Soldaten nichts weniger als eine Immunität genießen. Bei der großen Choleraphobie der Besatzung von Ebrach und dem Umstande, daß mancher Soldat täglich einige Stunden auf Gängen des Gefängnisses Wache zu stehen hatte, bleibt das Freibleiben einer ganzen Kompagnie Soldaten an Cholera unerklärlich, sobald man als Ursache ihrer Verbreitung unter den Gefangenen nur die allgemeine Luftbeschaffenheit des Hauses annimmt. — In anderer Hinsicht kann man behaupten, daß die Kaserne in Ebrach eben so sehr für Cholera disponirt gewesen wäre, wie die Lokale der Gefangenen; sie haben ganz gleichen Grund und Boden, ganz gleiche Bauart, gleiches Baumaterial, beide schlechte Abtritte (die der Gefangenen Abtheilung haben noch den Vortheil, daß sie unmittelbar in den fließenden Bach münden), — beide werden mit Trinkwasser aus ein und derselben Wasserleitung versorgt; die Nahrung der Soldaten ist, wie die der Gefangenen, vorwaltend Brodnahrung; es besteht der einzige Unterschied, daß unter die Gefangenen einer gebracht wurde, in dem sich nach einigen Tagen die Cholera entwickelte, unter die Soldaten aber nicht.

Ich halte die große Düngerstätte im Garten, wohin alle Leibstühle der männlichen Abtheilung entleert werden, wohin somit auch mehrere Tage lang die Entleerungen des bereits inficirten Graßl als Keim oder Ferment getragen wurden, und ferner die schlechten Abtritte der weiblichen Abtheilung, in welche alle Leibstühle derselben entleert werden, für die großen gemeinschaftlichen Infektionsherde des Hauses, von denen aus durch Uebertragung des eigenthümlichen Zersetzungsprocesses auf die nach diesen Orten gebrachten Leibstühle die Krankheit ihre Verbreitung in allen

Abtheilungen und Kategorien der Gefangenen gefunden hat. Dieser Zusammenhang fehlt für die freigebliebenen Theile des Hauses.

Diese Ansicht findet analoge Stützen in den Thatsachen, welche ich in meinen frühern Berichten über München, Augsburg und Nürnberg aufgeführt habe, wo allgemein ausgedrückt ist, daß in epidemisch ergriffenen Städten die Quartiere ohne Abtritte, mit bloßen Nachtstühlen stärker ergriffen seien, und daß unter diesen wieder jene Häuser am stärksten mitgenommen werden, welche ihre Leibstühle nicht in Bäche oder Kloaken, sondern auf eine gemeinsame, meist schlechtverwahrte Dungstätte entleeren. Solche Häuser, von denen ich im Generalberichte eine große Anzahl auffallender Beispiele namhaft zu machen gedenke, haben an diesen Düngerstätten wohlgefüllte gemeinschaftliche Infektionsheerde für ihre Leibstühle, die sie dann inficirt, d. i. mit dem specifischen Ferment oder Keime versehen, zurück in ihre Wohnungen tragen, wo der Proceß dann weiter geht. Ebrach unterscheidet sich in dieser Beziehung in nichts von dem Hause Lit. G No. 132 in Augsburg, dem Grundherrngarten in Nürnberg, den Häusern No. 15, 16 und 17 in der Herbststraße, den Häusern 8 und 9 in der Tattenbachstraße ꝛc. ꝛc. zu München.

Bezüglich Ebrach, oder Gefängnisse überhaupt lege ich das meiste Gewicht auf die Effluvien der Leibstühle in den Sälen während des Schlafes der Gefangenen, da anerkannt ist, daß der Organismus im Schlafe eine viel geringere Widerstandskraft hat als im wachen Zustande. — Wir kennen die Gefahr, welche die Ausdünstungen vieler Blumen in einem Salon oder Zimmer dem Schlafenden verursachen, während sie der Wachende ohne Nachtheil erträgt, und sprüchwörtlich ist der Rath der Italiener geworden, in den pontinischen Sümpfen nicht zu schlafen. Auffallend ist, daß in Ebrach Niemand vom Aufsichtspersonal an Cholera erkrankte — (nur ein paar leichte Cholerinen sind vorgekommen) da dieses doch unter und mit den Gefangenen den ganzen Tag verbringt, — es genießt den einzigen Vortheil besserer Nahrung am Tage und eigener geräumiger Schlafzimmer während der Nacht.

Es erübriget mir noch anzugeben, wie weit sich die Desinfektions-Maaßregeln nach dem Ausbruch der Epidemie in Ebrach erstreckt haben. — Sie beschränkten sich auf die Entleerungen der Cholerakranken und ihrer Leibstühle im Spital, und auf die Anwendung von Chlorkalk beim Waschen der Wäsche, welche von Cholerakranken herrührte. Nachdem die Cholera auf der männlichen Seite unzweifelhaft ausgebrochen war, wurde auch die Vorsicht angewandt, keinerlei Wäsche zum Reinigen auf die weibliche Abtheilung zu bringen, sondern sie von Männern besorgen zu lassen. In allen Räumen der Anstalt ließ man auf Papierflächen aufgestrichenes Terpentinöl reichlich verdunsten.

Bei dem Umstande, daß die Soldaten von der Cholera verschont geblieben sind, ist es eine sehr auffallende Erscheinung, daß die weibliche Abtheilung, aus circa 200 Köpfen bestehend, fast gleichzeitig mit der männlichen ergriffen worden ist, obschon beide Abtheilungen unter sich auf das vollkommenste getrennt sind, die weibliche Abtheilung am Einflusse des Baches in die Anstalt, die männliche nach dem Ausflusse desselben zu gelegen ist. — Die einzige Kommunikation der beiden Abtheilungen geht durch die Beamten und die Wachmannschaft. — Mein erster Gedanke war, die Cholera sey durch die Wäsche, welche gewöhnlich von den Weibern besorgt wird, auf deren Abtheilung gebracht worden, da ich hievon bereits auffallende Beispiele in München und Augsburg wahrgenommen hatte, nebstdem, daß selbst die Engländer unter die Schlußfolgerungen, welche sie aus den Epidemien im Jahre 1848 und 1849 gezogen (Report on the mortality of Cholera etc. London 1852) aufgenommen haben: „Es ist nicht gefahrlos die Wäsche von Cholerakranken zu waschen.“ Es wurde mir jedoch sogleich eingeworfen, daß seit dem Ausbruch der Epidemie kein Stück Wäsche mehr auf die weibliche Abtheilung gebracht worden sey, und ich hatte keinen Grund, diese bestimmte Erklärung des Vorstandes der Strafanstalt im mindesten in Zweifel zu ziehen. — Ich ging nun zurück auf den Tag der Einlieferung des Lorenz Graßl, die am 20. August erfolgt war, und fragte, ob die Leibwäsche, die derselbe mitgebracht, und bei seinem Eintritte mit der Hauskleidung vertauscht hatte, auch bereits auf der männlichen Abtheilung gereinigt worden sey. — Man erwiederte, daß dieses allerdings nicht geschehen, sondern dieselbe auf die weibliche Abtheilung gebracht worden sey, — weil man natürlich damals nicht geahnt habe, daß dieser Lorenz Graßl die Cholera im Leibe habe. — Ich suchte nun zu erfahren, ob die erste Kranke auf der weiblichen Abtheilung, (eine gewisse Anna Maria Maier) vielleicht die Reinigung der Wäsche dieses Graßl, der ja bereits mit Diarrhöe ankam, und damit sein Hemd verunreinigt haben mußte, zu besorgen hatte. — Ich ließ in den Arbeits-Büchern nachsehen, wo diese Maier am 20. August bis zu ihrer Erkrankung beschäftigt war, — es ergab sich, daß sie in der Waschküche arbeitete. — Um näheres zu erfahren, ließ der Vorstand die betreffende Aufseherin rufen, welche ich befragte, wie die Reinigung der Wäsche der neu zugegangenen Büßer vollzogen würde. Ich erhielt zur Antwort, daß solche Wäsche jederzeit mit einem Zettel versehen in die Waschküche abgeliefert, dort

9

einzeln in einem kleinen Schäffel eingeweicht, nach Umständen gleich oder nach mehrern Stunden ausgewaschen, getrocknet, und einzeln wieder abgeliefert werde, da sie als Eigenthum des Gefangenen bis zu seinem Austritt separat aufbewahrt werden müsse. Auf Befragen, ob vielleicht gewisse Personen mit der ständigen Besorgung dieser Wäsche beauftragt seyen, erklärte die Aufseherin, daß dieses Geschäft in einem wöchentlichen Turnus von je einem Waschtische, an welchem sich je 2 Wäscherinnen befinden, besorgt werde. — Da der 20. August ein Sonntag war, so erkundigte ich mich, ob man erfahren könne, welchen Tisch und welche 2 Personen in der Woche vom 20. an die Reihe getroffen hätte. Die Aufseherin erklärte, diese Frage aus dem Gedächtnisse nicht beantworten zu können, sie wolle aber ihr Arbeits-Journal nachsehen, wo es aufgeschrieben stünde. Sie kam zurück mit der Erklärung, daß in der fraglichen Woche jener Tisch die Tour gehabt habe, an welchem damals eine gewisse Maria Aschenbrenner und die Anna Maria Maier gewaschen habe, welche später ins Spital gekommen sey.

Mir scheint, daß hier der unverfänglichste Nachweis geliefert sey, daß die erste, welche an Cholera-Symptomen auf der weiblichen Abtheilung erkrankte, in unmittelbare Berührung mit der durch Diarrhöe verunreinigten Wäsche desjenigen gekommen war, welcher die Krankheit nach Ebrach geschleppt hat. Ich komme auf die Art und Weise, in welcher solche Wäsche gefahrbringend ist, noch in einem spätern Bericht näher zu sprechen.

Nach Aussage der Aufseherin mußte die Reinigung der fraglichen Wäsche auf den 21. August fallen. Die Maier erkrankte am 28. August.

Warum die 3 Mitarrestanten des Graßl zu Ebrach, die doch

auch den Effluvien seiner in Zersetzung begriffenen Excremente im hölzernen Leibstuhl ausgesetzt waren, nicht erkrankten, scheint in der zufälligen Nicht=Disposition dieser 3 Büßer einen Grund gehabt zu haben; denn dieselben erkrankten auch nicht, nachdem sie ihrer Sonderhaft entlassen sich auf der Höhe der Epidemie unter den gewöhnlichen Verhältnissen mit den übrigen Büßern befanden.

An dieser Stelle erlaube ich mir auf den Parallel=Fall mit Kaisheim nochmal zu verweisen, den ich bereits in meinem Berichte über Augsburg erwähnt habe. Beide Strafanstalten sind sehr wohl mit einander zu vergleichen. Beide sind Klöster gewesen, haben eine relativ tiefe muldenförmige Lage, ähnliche Bauart, beide sind gewöhnlich überfüllt und Kaisheim hat z. B. durchschnittlich 1000 Arbeitshaussträflinge, — der Gesundheitszustand in Kaisheim ist bekanntlich viel ungünstiger als der von Ebrach, was wohl vorzüglich damit zusammenhängt, daß die Detentions=Zeit in Kaisheim als einem Strafarbeits=Hause viel länger ist, als in einem bloßen Zwangsarbeits=Hause wie Ebrach. Nach Kaisheim wurden aus dem Zuchthause in Au bei München am 12. August d. J. mehrere Arbeitshaussträflinge abgegeben. Von diesen erkrankte ein Mann (Georg Weindl) am 3. September an heftiger Cholera ohne vorausgegangenes Unwohlsein und starb nach 7 Stunden. — Die Cholera griff in dieser Strafanstalt nicht weiter um sich — es blieb bei diesem einzelnen Falle.

In einem meiner früheren Berichte habe ich bereits erwähnt, daß ich am 20. September von diesem auffallenden Ereignisse während meiner Anwesenheit in Augsburg Kenntniß erhielt, und eine Recherche veranlaßte, ob die Entleerungen des Kranken im desinficirten oder nicht desinficirten Zustande in die allgemeine Kloake gebracht worden sind. Das für mich nicht unerwartete

Resultat dieser Recherche ist bekannt, und in dem Berichte des k. Hausarztes in Kaisheim Dr. Schmid vom 22. September 1854 an die k. Regierung von Schwaben und Neuburg enthalten. — Was einige andere Momente betrifft, welche zur Beurtheilung des Sachverhaltes in Kaisheim wesentlich sind, so finden sich solche in einem Briefe des Hausarztes an mich, welchen ich hier wörtlich wiedergebe:

„Bezüglich Ihrer an mich gestellten Fragen, den in unserer Anstalt an Cholera verstorbenen Büßer betreffend, beeile ich mich Ihnen dieselben in nachstehenden Zeilen, wenigstens skizzirt zu beantworten, und bin mit Freuden bereit, diese Andeutungen, falls es gewünscht würde, in größerer Ausdehnung auszuarbeiten. Ich erlaube mir die Bemerkung vorauszuschicken, daß ich die mir von Ihnen gestellten Fragen bereits in 2 Berichten an die k. Regierung von Schwaben und Neuburg dd. 10. und 22. September ihrer Mehrzahl nach bereits beantwortet habe.

„Der Büßer Georg Weindl, verheiratheter Weber von Neumünster, wurde am 12. August l. J. mit noch 2 andern Büßern **aus der Strafanstalt Au bei München** in dießseitige Strafanstalt eingeliefert. — Sämmtliche 30 aus der Strafanstalt Au neuangekommenen Büßer (und unter ihnen Weindl) wurden, wie auch alle andern aus inficirten oder verdächtigen Gegenden neu eingelieferten Sträflinge in der ehemaligen für diesen Zweck geräumten Spitalabtheilung untergebracht, welche wie Ihnen bekannt, von den übrigen Räumlichkeiten der Strafanstalt absolut getrennt ist. Dort arbeiteten, aßen und schliefen sie gemeinsam, **ohne mit einem der übrigen Büßer in irgend eine Berührung oder Annäherung zu kommen.** Ihre Kost war die **gewöhnliche** Gefangenenkost der Gesunden, welche seit ihrer Anwesenheit in Kaisheim in eisernen Kufen gekocht wird. Ein eigener Aufseher, früherer Krankenwärter, wurde denselben beigegeben, und hatte derselbe von mir den strengsten Auftrag, jedes wenn auch anscheinend noch so unbedeutende Unwohlsein unter den Neuangekommenen mir augenblicklich zur Anzeige zu bringen. — Ich selbst besuchte diese Contumacisten täglich wenigstens zweimal und überzeugte mich von ihrem Wohlbefinden. Weindl, den ich bereits von früher her kannte, (er wurde im Monate Mai von unserer Anstalt zu neuer schwurgerichtlicher Handlung abgegeben, und ward nach seiner Verurtheilung, wenn ich nicht irre, Mitte Juni, in die Strafanstalt Au abgeführt) versicherte mich tagtäglich wie alle übrigen, daß sie sich ganz wohl befinden, nur einmal klagte Weindl über Zahnschmerzen und wurde ihm von dem Haus-Wundarzte ein cariöser Zahn ausgezogen. Die Beschäftigung dieser Neuangekommenen (also auch des Georg Weindl) bestand in Spinnen.

„Ich setze voraus, daß Ihnen die Krankengeschichte des nach nur 7 stündiger Dauer des Leidens verstorbenen Weindls, sowie der Umstand bekannt ist, daß derselbe in einem eigens für eventuelle Cholerafälle eingerichteten Zimmer, meinem ehemaligen Arbeitszimmer behandelt wurde und starb, und daß alle Entleerungen des Kranken sogleich mit Chlorkalklösung vermischt in den Nachtstuhl und aus diesem nach wiederholter Desinfektion mit Chlorkalk in einen wenig benützten Abtritt, der aber mit der allgemeinen Schwindgrube in Verbindung steht, geschüttet wurden, endlich daß gleichzeitig Terpentinräucherungen im Krankenzimmer und im anstoßenden Gange ins Werk gesetzt wurden.

„Bezüglich der Leib- und Bettwäsche habe ich Ihnen mitzutheilen, daß dem Verstorbenen Halsbinde, Vorleib, Hemd und Socken mit in das Grab gegeben wurden; Hose, Weste und

Spenser, ferner das Bettzeug (Leintuch, Kopfpolster und Strohsack nebst Wolldecken) dem Hausmeister übergeben wurden, welcher

1) das Stroh des Strohsackes und Kopfpolsters in eine weit vom Hause entfernte Grube, in welche die Strohsäcke der Krätzigen und der Verstorbenen jedesmal entleert werden, schütten ließ;

2) den entleerten Strohsack und Kopfpolster, ferner die Wolldecke und die übrigen Kleidungsstücke des Verstorbenen aber in einem abgelegenen Winkel des Gartens auf den Boden ausbreiten ließ, wo sie wochenlange dem Regen und Luftzuge ausgesetzt liegen blieben; dann erst kamen die Wollteppiche in die Walke. Die übrigen Kleidungsstücke, ferner der Strohsack und Ueberzug des Kopfkissens wurden nicht mit der allgemeinen Wäsche gewaschen, und sind bis zur Stunde noch nicht in Gebrauch gesetzt worden.

Dampfwaschapparat besitzen wir nicht.

„Da Sie hochverehrtester Herr Professor mich auffordern, meine Ansicht auszusprechen: „warum die Cholera in Kaisheim keine weitere Verbreitung gefunden?“ so darf ich ohne den Schein des Eigenlobes auf mich zu laden, es sagen, daß ich die feste Ueberzeugung habe, daß nur der gründlichen und augenblicklichen Desinfektion der von dem Kranken entleerten Stoffe in erster Linie, sodann aber auch die Entfernung des Kranken aus der bisherigen Umgebung die glückliche Abwendung der Weiterverbreitung der Brechruhr zu danken ist.

„Indem ich mich auf meinen (auf Ihre gütige Anregung hin) an die k. Regierung erstatteten Bericht vom 22. September berufe, füge ich hier nur noch bei, daß der Gedanke der Desinfektion auch der Egesta bei einem Cholerakranken durch den glücklichen

Zufall in mir erwachte, daß ich wenige Tage zuvor einen exquisiten Fall von Dysenteria (und diesen gleichfalls im abgesonderten Zimmer) zu behandeln hatte, bei welchem ich wie schon aus früherer Praxis gewöhnt, die Excreta jedesmal desinficiren ließ. Eine Erfahrung, daß die Egesta eines Cholerakranken die Weiterverbreitung der Krankheit veranlassen können, stund mir damals (3. Sept.) noch nicht zu Gebote; ich wählte den sichern Weg und ließ desinficiren.

„Es bedarf wohl kaum der Versicherung, daß, und dieß schon vor dem Erscheinen des Allerhöchsten Regierungsrescriptes, alle und jede nur irgendwie durchführbaren Vorsichtsmaßregeln, insbesondere die Desinfektion der Nachtstühle mittels Chlor (später mit Eisenvitriol) mit ängstlichster Sorgfalt ins Werk gesetzt wurden.

„Indem ich Ihnen diese Skizze mit der Versicherung der vollsten, ungetrübtesten Wahrheit ihres Inhaltes zusende, erkläre ich mich mit Freuden bereit, jedweden weitern gewünschten Aufschluß zu geben.“ —

Nach beiden Strafanstalten kamen also je 1 Büßer aus einem inficirten Orte, beide erkrankten mehrere Tage nach ihrer Ankunft, der in Ebrach nach vorausgegangener Diarrhöe, der in Kaisheim plötzlich ohne sogenannte Vorläufer. Diese beiden Fälle werfen sehr interessante Lichter auf die mögliche Dauer des Incubations-Stadiums und auf die Bedeutung der einem wirklichen Choleraanfalle vorausgehenden Diarrhöe bezüglich der Weiterverbreitung der Krankheit. Bei dem aus dem Zuchthause Au abgelieferten brach die Krankheit volle 22 Tage nach seiner Ankunft in Kaisheim aus. Das Zuchthaus in Au hatte zur Zeit, wo es die 30 Gefangenen nach Kaisheim ablieferte, noch keinen einzigen Cholerafall gehabt — und es erregte überhaupt Staunen, daß diese nichts weniger als salubre Anstalt so lange von Cholera verschont blieb, während die Krankheit bereits längst in der Au wüthete. Die erste Choleraerkrankung im Zuchthause Au erfolgte am 31. August. Es fällt dieses in die Zeitperiode, in welcher auch der früher ihm angehörige Weindl in Kaisheim erkrankte.

In Kaisheim wurden die möglicher Weise inficirt angekommenen Büßer außer aller Berührung mit den übrigen erhalten, die Desinfektion ihrer Leibstühle auf's vollständigste bewerkstelligt, so daß diese keine Einzelherde abgeben konnten, und dieselben wurden auch nicht an jenem Orte entleert, wo die der übrigen Gefangenen hingebracht wurden, denn der Theil, in welchem diese neu Angekommenen in Contumaz gehalten wurden, kann als ein Gefängniß für sich betrachtet werden. Als der Erste erkrankte, und zwar ohne vorausgegangene Cholera-Diarrhöe — wurde er von den andern völlig abgetrennt, alle seine Entleerungen auf das sorgfältigste desinficirt, und seine Wäsche, Bettzeug und Kleider in einer Art und Weise behandelt, daß keine Weiterverbreitung dadurch möglich war.

In Ebrach hatte man versäumt, den neu zugegangenen Graßl von Anfang an von den übrigen Gefangenen zu isoliren, seinen Leibstuhl von dem Augenblicke an, wo er Diarrhöe hatte (er kam schon damit an) zu desinficiren, oder nicht in die gemeinsame Kloake zu entleeren. Man hat in Ebrach mit absperrenden und desinficirenden Maßregeln erst begonnen, nachdem die Epidemie schon ausgebrochen war — hat letztere Maaßregel auch dann lediglich auf das Spital beschränkt, und auf diese Weise mußte die Epidemie ihren Verlauf nehmen. Ich sage dieses durchaus nicht als Vorwurf für den dortigen Arzt (welcher sich beim Ausbruch der Epidemie ohnehin gar nicht dort sondern in Urlaub befand) oder für die Administration der Anstalt — ich trage im Gegentheile alle Achtung für beide — es sind dieses Verhältnisse, die man bisher eben nicht gewußt und gewürdigt hat, — die man aber künftig nie mehr unberücksichtigt lassen wird. — Wenn einerseits Ebrach ein Beleg dafür ist, wie eine Cholera-Epidemie in eine Strafanstalt eingeschleppt werden kann, so ist andererseits Kaisheim ein Beleg dafür, wie man sich vor der Möglichkeit einer Einschleppung sichern kann.

Als eine mit der Gefangenen-Epidemie in Ebrach zusammenhängende Thatsache erwähne ich noch, daß ein von dort während der Epidemie entlassener Sträfling trotz dem, daß er vor seiner Entlassung in einem Nebengebäude der Anstalt in Quarantaine, die jedoch nicht über 14 Tage dauerte, gehalten worden war, in seiner Heimath Kulmbach am Main angekommen, an Cholera erkrankte. In demselben Hause in Kulmbach erkrankte dann noch nach ihm seine Mutter und starb an Cholera, weiter aber verbreitete sich die Krankheit dort nicht.

Der Weg von Ebrach nach Kulmbach führte durch keinen einzigen von der Cholera ergriffenen Ort. Sowohl dieser Fall als das Vorkommniß in Kaisheim geben Winke über die mögliche Zeitdauer des Incubations-Stadiums in dieser Krankheit, welches keiner zu engen und regelmäßigen Zeitperiode unterworfen zu seyn scheint.

Wie die Epidemie eines einzelnen Hauses, etwa wie die Epidemie in einem Gefängnisse, müssen auch die Cholera-Epidemien auf Schiffen betrachtet werden; — erscheinen wir uns doch alle auch in anderen Beziehungen mehr oder weniger als Gefangene, so lange wir uns an Bord eines Schiffes befinden, und sehen uns gezwungen, gegen Meutereien auf Schiffen mit der nämlichen Strenge und Erbarmungslosigkeit zu verfahren, wie gegen Meutereien in Gefängnissen. Die Galeeren sind schwimmende Gefängnisse der schlimmsten Art, und ihre Gräuel mögen noch weit ärger seyn, als die aller andern Arten von Kerkern. Ich habe in meinem Berichte über München in Aussicht gestellt, daß ich bei Gelegenheit von Ebrach den Ausbruch und Verlauf der Cholera auf Schiffen näher besprechen werde, — aber ich sehe ein, daß ich dieses füglicher und mit Vermeidung vieler Wiederholungen am Schluße bei den allgemeinen Betrachtungen und Folgerungen thun kann.

---

# Ingolstadt.

# Ingolstadt.

Ingolstadt hat als Festungsort eine ziemlich regelmäßige Kreis-Contur, auch die innern Terrainverhältnisse der Stadt sind einfach: sie hat entsprechend den Richtungen der 4 Himmelsgegenden 4 Thore; dem südöstlichen Donau-Thore liegt auf der nordwestlichen Seite der Stadt das Harder-Thor gegenüber, während in der andern Linie westlich das Kreuzthor und etwas nordöstlich das Feldkirchner-Thor liegt. Von den 4 Thoren gehen in ziemlich geraden Richtungen nach den bezeichneten Himmelsgegenden die Hauptstraßen, welche sich in der Mitte der Stadt kreuzen. Durch die ostwestliche Straßen-Linie (vom Kreuz-Thor nach dem Feldkirchner-Thor) wird die Stadt nicht nur in eine nördliche und südliche Hälfte, sondern zugleich auch in eine höher und tiefer gelegene getrennt. Es springt dieses sehr in die Augen, wenn man das Nivellement der 4 Thore betrachtet. (Siehe Fig. a b c d) Nach einer Mittheilung des Festungsbau-Direktors Schmauß liegt das Kreuzthor (a) 35 Fuß, das Harderthor (b) 37¼ Fuß, das Feldkirchnerthor (c) 34³/₇ Fuß, das Donauthor (d) 14½ Fuß, über dem Nullpunkt des Donau-Pegels. Die innerhalb der Punkte a b c liegenden Theile von Ingolstadt haben sämmtlich wenig Unterschied im Niveau: längs der Linie a c fällt südlich das Terrain meist sehr steil um circa 16 — 20 Fuß und verläuft dann wieder eben gegen die Stadtmauern und das Donauthor zu. Die beiden

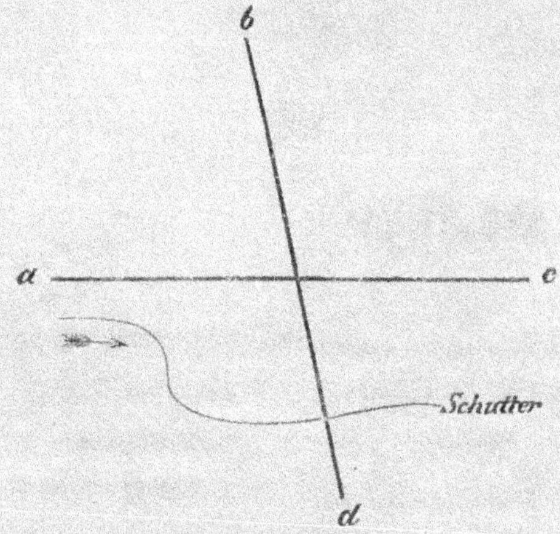


sich kreuzenden Haupt-Straßen der Stadt, welche die 4 Thore verbinden, theilen dieselbe in 4 Viertel, von denen das 1. (ab) das gelbe, das 2. (ad) das rothe, das 3. (dc) das grüne und das 4. (cb) das weiße Viertel genannt wird. Die großentheils in der Niederung liegenden beiden Viertel sind von einem langsam strömenden Flüßchen, der Schutter, durchzogen, welche als der tiefste Punkt der Stadt bezeichnet werden kann. Die Schutter tritt in der Nähe des Kreuzthores mit einer Höhe der Sohle von 9½′ über dem Nullpunkt des Donau-Pegels ein, durchströmt in einer Länge von circa 2400 Fuß das rothe und in einer Länge von 600 Fuß das grüne Viertel, wornach sich ein mittleres Gefäll von 3 Dez. Zollen auf 100 Fuß für den Lauf der Schutter ergibt. Wo sie sich in die Donau ergießt, liegt ihre Sohle 2 Fuß 8 Zoll unter dem Nullpunkt der Donau. Der Grund und Boden in der ganzen Peripherie der Stadt Ingolstadt wurde in neuerer Zeit beim Bau der jetzigen Fortifikations-Werke aufgegraben, — und es ließe sich eine sehr vollständige Einsicht in diese für eine Stadt wichtigen Verhältnisse erwarten, — leider aber finden sich keine systematischen Aufzeichnungen mehr über die Befunde, welche sich bei den Fundament-

Arbeiten an den verschiedenen Punkten ergeben haben. Was ich hierüber theils erfahren theils gesehen habe, läßt sich in wenigen Worten wiedergeben. Der Grund des höhern Stadttheiles ist etwa 7 Fuß Dammerde, auf welche sodann eine Mergel- oder Degelschichte folgt. In der Anlage befindet sich ein Verzeichniß der verschiedenen Bodenschichten und ihrer Mächtigkeit, durch welche man beim Graben eines artesischen Brunnens vor dem Harder-Thor gekommen ist. Ein solcher Boden wie der bezeichnete bedingt keine Immunität gegen die Cholera, wie aus bereits früher angeführten Thatsachen erhellt, und es war auch die Epidemie in dem sogenannten weißen Viertl, welches diesen Boden hat, keine unbedeutende.

Der Grund des tiefern Stadttheiles ist Dammerde, Kalk-Geröll mit Sand, und an einigen Stellen in der Nähe der Schutter gegen die alte Festungsmauer zu Moorboden. — An zwei Wasserspiegeln, dem der Donau und der Schutter gelegen, muß dieser Theil der Stadt bei dem lockern Boden in geringer Tiefe auch fortwährend sehr feucht gehalten seyn. — Da diese Feuchtigkeit nicht bloß reines Wasser, sondern mit in Zersetzung begriffenen organischen Stoffen aus Abtritten und Kloaken verunreinigt ist, so ergibt sich von selbst, daß man von einem solchen Terrain nicht den mindesten Schutz gegen Cholera erwarten kann, wie ihn etwa der Felsen darbietet. — Auf diesem Terrain liegt auch das Haupt-Cholera-Schlachtfeld in Ingolstadt.

Das Trinkwasser von Ingolstadt ist, so weit wenigstens ich davon zu kosten bekam, durchweg unschmackhaft, ja nicht einmal farblos: in einem Glase von etwa 4 Zoll Durchmesser ist dasselbe bereits von deutlich wahrnehmbarer gelblicher Farbe. Die Kanalisirung der Straßen ist für eine kleine nicht dicht bevölkerte Stadt nicht schlecht zu nennen. Es durchziehen die 4 Hauptstraßen Kanäle — nebst dem haben noch einige kürzere Straßen nach der Schutter zu solche unterirdische Ableitungen. In den Nebenstraßen sowohl der höhern als tiefern Stadttheile, welche ohne Kanäle sind, zeigen sich gepflasterte Gossen, welche übrigens oft sehr geringes Gefäll haben. So fand ich z. B. im gelben Viertel, Johannisgasse, in großer Ausdehnung eine braune Brühe in der Gosse stehend, namentlich vor dem dort gelegenen Militärspitale, welches Haus auch gleich beim Ausbruch der Cholera eine bedeutende Anzahl von ihm angehörigen Cholerafällen aufzuweisen hatte, worauf ich noch später zu sprechen komme. — Die beiden obern Stadttheile genießen den Vortheil, nirgend einen aufgedämmten Bach zu besitzen. Der um die obere Stadt gehende alte Festungs-Graben ist theilweise eingefüllt, und wo das auch nicht der Fall, liegt sein Niveau weit unter dem der Häuser, ja fast gleich mit dem Nullpunkte des Donaupegels.

Die Bauart und Drainage der Häuser, Anlage der Abtritte und Düngerstätten ist die gewöhnliche; sie schützt den Boden nicht vor Verunreinigung in größerer Ausdehnung. Ein für eine Stadt nicht gewöhnlicher Anblick der Straßenfaçade wird dadurch herbeigeführt, daß selbst in der Hauptstraße (namentlich im gelben Viertel) fast alle Häuser einzeln stehen und von den nächstfolgenden durch 2 — 3 Fuß breite Gäßchen getrennt sind; sie sind gegen die Straße zu meist mit einem hölzernen Thürchen abgesperrt. — Diese Gäßchen empfangen in der Regel die Abwasser des Hauses, und führen sie in die nächste Straßengosse oder Kanal. Es ist schwer zu sagen, ob diese Art, die Straßen einer Stadt zusammenzusetzen, von einer wachsamen Sanitätspolizei zu ermuntern oder zu verbieten sey. Es ist wahr, solche enge Zwischenräume werden gerne Sammelplätze für allerlei Unrath; von der andern Seite aber muß anerkannt werden, daß die Ventilation der Häuser und Straßen wesentlich unterstützt wird, wenn die Gebäude einzeln stehen, so daß der erstere Nachtheil durch diesen Vortheil vielleicht mehr als aufgewogen wird. Zu verwerfen wäre jedenfalls, wenn man nachträglich, etwa einer ununterbrochenen Façade zu lieb, diese Zwischenräume gegen die Straße hin ausmauern und so von außen unsichtbar machen wollte. In unserer Zeit, wo die Architekten der schönen Façade alle möglichen Opfer bringen, halte ich eine derartige Nebenbemerkung nicht für ganz überflüßig.

Betrachtet man den Verlauf der Cholera-Epidemie in Ingolstadt näher, so findet man, daß er auch hier ein streng örtlicher war. Am Ende der lithographirten Tafel von Ingolstadt zeigt sich der Verlauf nach Häusern, so weit er sich durch Todesfälle kund gegeben hat. Das gelbe Viertel (I) umfaßt die Hausnummern 1—198; das rothe Viertel (II) die Hausnummern 199—554; das grüne Viertel (III) die Hausnummern 555—696; das weiße Viertel (IV) die Hausnummern 697—983*). Die Tafel Fig. 1 zeigt den Verlauf der Epidemie nach der Zeit mit Beziehung auf den Ort, indem unter den einzelnen Tagen die Todesfälle mit der Nummer der Häuser eingetragen sind, in denen sie erfolgt sind. Ich habe sie, wie die von München, aus den amtlichen Todtenscheinen anfertigen lassen; etwaige Ungenauigkeiten, welche diese enthalten, wird eine bereits veranlaßte Revision bis zum Erscheinen des Generalberichtes noch gänzlich zu eliminiren gestatten. In der dem Text beigedruckten Tabelle sind die Namen der einzelnen Todesfälle aus allen 4 Vierteln nach Häusern aufgeführt mit Be-

*) Diese Zahlen sind dem neuesten Stadtplane von Ingolstadt entnommen.

zeichnung des Todestages, des Alters und Standes. Die im Krankenhause erfolgten Todesfälle müßen nachträglich auf jene Häuser repartirt werden, wo die einzelnen Kranken gewohnt hatten, ehe sie cholerakrank ins Spital gebracht wurden. Diese und noch einige andere Correktionen, die übrigens am ganzen Bilde nichts ändern, sollen im Generalbericht nachgeholt werden. — Einstweilen sind die Fälle des Krankenhauses mit dem Buchstaben K unter den treffenden Tagen auf der lithographirten Tafel eingetragen, und diejenigen, bei denen die Angabe der Hausnummer fehlt, mit 0.

Von den 4 Stadttheilen ist allerdings nicht ein einziger ganz frei geblieben, jedoch waren nicht sämmtliche epidemisch von der Krankheit ergriffen. In dem höchst gelegenen, dem gelben Viertl, Fig. 2 sind während der ganzen Epidemie nur 4 Todesfälle verzeichnet, der 1. im Hause Nr. 182 am 12. August, der 2. im Hause Nr. 43 am 4. September, der 3. am 20. September im Hause Nr. 87, und der 4. im Hause Nr. 5 am 28. Oktober. Die Fälle sind in so bedeutenden Zwischenräumen sowohl an Ort als Zeit erfolgt, daß man sie als sporadisch erklären muß. In diesem Viertel zeigte sich jedoch das Phänomen einer entschiedenen Epidemie eines Hauses. Das in der Johannisgasse gelegene Militär-Spital verlor kurz, nachdem die ersten Cholerakranken dort eingebracht worden waren, sehr viele Kranke, welche sich wegen anderer, oft sehr geringfügiger Leiden daselbst befanden. Die ersten Erkrankungen unter den Patienten des Hauses erfolgten in Sälen, welche den sehr schlechten Abtritten dieser Anstalt zunächst gelegen waren; nach mehreren Tagen erkrankten sie in allen Sälen, und zwar in dem Maaße, daß von den einigen 40, welche die gesammte Garnison Ingolstadts verlor, nahezu die Hälfte Patienten des

Militär-Spitals mit leichten innerlichen oder chirurgischen Leiden waren. Die Erkrankungen der Garnison sind mir noch nicht so genau bekannt gegeben, daß ich sie in den anliegenden Plan hätte mit aufnehmen können — ich werde sie aber im Generalberichte nachtragen. Dieselben bieten keine neuen Gesichtspunkte.

Ich habe schon öfter von Aerzten versichern hören, daß Wechselfieber sehr zu Cholera disponiren. — Da diese Krankheit in und um Ingolstadt endemisch ist, so erwartete ich unter der Garnison eine größere Sterblichkeit, die sich nicht zeigt, namentlich wenn man die Patienten des Militär-Spitals in Abzug bringt.

Die Wohnungsverhältnisse der dortigen Garnison lassen vieles zu wünschen übrig. Es kann unmöglich der Gesundheit der Mannschaft unschädlich seyn, wenn sie theilweise in den bombenfesten Kasamatten ihre ganze Kapitulation (6 Jahre) zu verbringen haben. Mangel an Licht und besonders an Ventilation müßen sich auf das entschiedenste bemerkbar machen. Ich erinnere ferner daran, daß solche Lokalitäten, denen es an Trockenheit und Ventilation mangelt, mit dem Alter, ja mit jedem Jahre ungesunder werden.

Das rothe Viertel (II) großentheils in der Tiefe an der Schutter gelegen, war das am stärksten ergriffene. Es ist dieser Theil auch derjenige, welcher im Vergleich zu seinem Flächeninhalte am stärksten und großentheils von einer nicht sehr wohlhabenden Bevölkerung bewohnt ist. — Den Verlauf der Epidemie des rothen Viertels nach Zeit und Ort versinnlicht Fig. 3, mit Ausschluß des in diesem Viertel gelegenen hl. Geist-Spitals. Darin ist ersichtlich, daß die Epidemie 2 Höhenpunkte hatte, den ersten vom 31. August bis 10. Sept. und den zweiten vom 28. Sept. bis 5. Oktober. Der erste Höhepunkt gehört der Häusergruppe von 400—558 an, der zweite kleinere der Häuserreihe von 200 bis 400. Dieses wird deutlich, wenn man die Fig. 3 in 2 auflöst (Figur 4 und 5). Vorzüglich sind es die Häuser 440—480, welche am meisten zu der ersten Spitze beigetragen haben, während die zweite vorzüglich aus den Häusern von Nr. 287—373 gebildet wird. Zur 2. Gesammtspitze haben aus der ersten nur die Häuser Nr. 458, 474 und 519 Beiträge geliefert; darunter aber das Haus Nr. 474 allein 3 Todesfälle. So viel zeigt sich aufs klarste, daß die Epidemie in der Häusergruppe 400—588 bereits auf der Höhe stand, als in der Gruppe 200—400 sich erst einzelne Todesfälle ereigneten.

Die Epidemie im grünen Viertel (III) betrifft vorwaltend die in der Inundationslinie der Schutter gelegenen Häuser Nr. 564—596; und ihre Intensität fällt zwischen die Spitzen der beiden Epidemien des vorhergehenden Viertels, wie aus Figur 6 ersichtlich ist. — Dieses Viertel ist das kleinste sowohl dem Flächenraume als der Einwohnerzahl nach. Figur 7 zeigt den Verlauf der Epidemie im weißen Viertel (IV), welches durchweg auf der Höhe zwischen dem Feldkirchner- und Harder-Thor liegt. Die vorwaltende Intensität dieser Epidemie fällt auf den 10. bis 30. Sept. Dieses Viertel ist nach dem rothen das am meisten bevölkerte, und auch hier bewegte sich die Krankheit großentheils in dem ärmeren Theile der Bewohner, wie aus der Tabelle ersichtlich ist. Ebenso wie in München sehen wir die Entwicklung in dem t i e f e r n Stadttheile (rothes Viertel) wesentlich früher als in dem höhern (weißes Viertel).

Der lokale Verlauf macht sich selbst in einem einzelnen großen Hause bemerkbar, nämlich in dem hl. Geist-Spitale, einer im rothen Viertel gelegenen Pfründner-Anstalt, wo zuerst die Männer der Krankheit erlagen und viel später erst die Weiber. Dem ersten Todesfalle auf der männlichen Abtheilung am 1. Sept., dem sich weitere am 3. und 9. anreihen, folgte der erste auf der weiblichen Abtheilung erst am 20. Sept. Es starben in dieser Pfründner-Anstalt 4 Männer und 6 Weiber. Fig. 8 versinnlicht den Gang der Epidemie dieses Hauses; die männlichen Fälle sind durch ein Kreuz †, die weiblichen durch einen Ring ○ bezeichnet. Zur Deutlichkeit bemerke ich noch, daß die folgende gedruckte Tabelle durchweg dazu benützt werden kann, um zu erfahren, welches Individuum der in der lithographirten Tafel verzeichnete Todesfall betrifft. Man nimmt aus dieser Tafel die Hausnummer und den Todestag und ersieht dann hiemit den Namen, das Alter ꝛc. ꝛc. aus der gedruckten Tabelle.

Der Verlauf der Cholera in Ingolstadt stimmt vollkommen mit dem, was hierüber an andern epidemisch ergriffenen Orten beobachtet worden ist, überein, und ich werde im Verlauf meiner übrigen Berichte noch öfter Gelegenheit haben, das gleiche Ergebniß unter gleichen Umständen darzuthun. — Darüber, wie die Cholera nach Ingolstadt gebracht worden ist, kann kein Zweifel seyn, daß sie nämlich von München aus dahin verschleppt worden ist — und es wird mir möglich werden, im Generalberichte hierüber noch nähere Nachweise zu liefern.

# Tabelle
## über die Cholera-Todesfälle zu Ingolstadt.

| Haus-No. | Todestag. | Tauf- und Familien-Name. | Stand. | Alter. |
|---|---|---|---|---|
| 5 | 28. Okt. | Johanna Lindemaier, | Bräuin, | 49 J. |
| 43 | 4. Sept. | Theres Schells, | Näherin, | 72 J. |
| 87 | 20. „ | Karl Riehl, ill., | | 3/4 J. |
| 182 | 12. Aug. | Joseph Webel, | Korbmacher, | 42 J. |
| 202 | 29. Sept. | Eva Thuffel, | Hofbauernkind, | 9 Mt. |
| 244 | 28. Okt. | Theres Brandl, | Taglöhnerskind, | 14 T. |
| 249 | 8. „ | Theres Eckmaier, ill., | | 1/2 J. |
| 250 | 27. Aug. | Emmeran Bauer, | Pferdmetzgerskd. | 17 T. |
| 287 | 2. Sept. | Karl Bolz, | Beamtenskind, | 9 Mt. |
| 298 | 3. Okt. | Katharina Nißl, | Hausbesitzerin, | 34 J. |
| 300 | 16. Sept. | Anton Heilmaier, | Baumannskind, | 9 J. |
| 300 | 18. „ | Walburga Heilmaier, | Baumannskind, | 10 J. 10 M. |
| 305 | 29. „ | Maria Binder, ill., | | 6 J. |
| 339 | 30. „ | Jakob Bell, ill., | | 11 W. |
| „ | 4. Okt. | Walburga Göttl, | Zimmermansw., | 61 J. |
| 347 | 27. Spt. | Franziska Kugler, | Maurersfrau, | 56 J. |
| „ | 2. Okt. | Franz Regel, ill., | | 10 W. |
| 355 | 19. Spt. | Walb. Schmidhammer, | Hausbesitzersw., | 72 J. |
| 357 | 9. „ | Anna Heiß, | Söldnersfrau, | 65 J. |
| 373 | 30. „ | Krescenz Igelhaut, ill., | | 7 W. |
| 409 | 23. „ | Anton Böschele, | Taglöhner, | 69 J. |
| 411 | 21. Aug. | Eva Müller, | Taglöhnerstoch., | 65 J. |
| 413 | 23. „ | Ursula Müller, | „ | 57 J. |
| 417 | 7. Spt. | Michael Jakob, | Obstlerskind, | 10 J. |
| „ | 13. „ | Michael Jakob, | Obsthändler, | 40 J. |
| 418 | 23. „ | Rosina Simon, | Maurerskind, | 4 W. |

| Haus-No. | Todestag. | Tauf- und Familien-Name. | Stand. | Alter. |
|---|---|---|---|---|
| 419 | 11. Spt. | Karl Steinmaier, | Schleifmüllersk., | 3 M. |
| 431½ | 12. Okt. | August Striegl, ill., | | 9 W. 3 T. |
| 434½ | 2. Spt. | Therres Wagner, ill., | | 2½ J. |
| 440 | 3. " | Cäcilie Kölbler, | Taglöhnerswitt., | 68 J. |
| " | 18. " | Anna Kölbl, ill., | | ½ J. |
| 442 | 31. Aug. | Agnes Köppel, | Austräglerin, | 70 J. |
| 444 | 24. " | Michael Leipold, | Maurerskind, | 2½ J. |
| " | 24. " | Barbara Weinzierl, | Taglöhnerin, | 76 J. |
| " | 29. " | Michael Leipold, | Maurer, | 42 J. |
| 450 | 3. Spt. | Michael Horn, | Rothgergergeh., | 40 J. |
| 454 | 1. " | Xaver Obermaier, | Baumann, | 45 J. |
| 458 | 28. " | Maxim. Preittner, ill., | | 13 T. |
| 460 | 10. " | Franz Sal. Bauer, ill., | | 1¼ J. |
| 464 | 2. Spt. | Regina Stollnreuter, | Oekonomenskd., | ½ J. |
| 474 | 1. Okt. | Johann Widner, | Regimentsmetzkd. | 1 J. 8 M. |
| " | 4. " | Katharina Widner, | " | 5 J. |
| " | 5. " | Viktoria Widner, | Reg.-Metzgsgatt | 36 J. |
| 481 | 8. Spt. | Joseph Mißlbäck, | Schuhmacher, | 60 J. |
| 509 | 21. " | Maria Schneider, ill., | | 6 M. |
| 519 | 3. Okt. | Krescenz Beinrucker, | Zimmermansw., | 63 J. |
| 532 | 18. Aug. | Johann Kipfelsberger, | Maurer, | 27 J. |
| 539 | 14. Okt. | Walburga Kammerer, | Söldnerin, | 51 J. |
| 541 | 11. " | Mathias Gschwandner, | Lohnkutscher aus Hetzendorf b. Wien | 38 J. |
| 552 | 12. " | Magdalena Braun, | Webermeisterst., | 24 J. |
| 553 | 31. Aug. | Georg Kock, | Aufseher, | 67 J. |
| " | 8. Spt. | Elise Kock, ill., | | 1½ J. |
| " | 11. Okt. | Walburga Bauer, | Taglöhnerin, | 51 J. |
| 559 | 23. Spt. | Michael Widmann, | Metzgerskind, | ¾ J. |

| Haus-No. | Todestag. | Tauf- und Familien-Name. | Stand. | Alter. |
|---|---|---|---|---|
| 564 | 15. Okt. | Margareth Knies, | Musikmeisterskd., | 4½ J. |
| 565 | 6. „ | Mathias Steiner, | Taglöhner, | 73 J. |
| 580 | 26. „ | Martin Spung, ill., | | 9 T. |
| 583 | 7. Spt. | Joseph Feigel, | Metzger, | 23 J. |
| „ | 20. „ | Maria Frank, | Metzgerskind, | 6 J |
| 584 | 7. „ | Johann Gruber, | Schiffmeister, | 65 J. |
| „ | 17. „ | Kunigunde Schmid, | Inwohnerin, | 67 J. |
| 592 | 21. „ | Anton Meissimel, | Baderskind, | 1¼ J. |
| 594 | 13. „ | Friederike Hummel, | Kaufmannskind, | ¼ J. |
| 607 | 12. Aug. | Theres Hörhammer, | Bräuerswittwe, | 62 J. |
| 678 | 7. Okt. | Regina Pauer, ill., | | ¾ J. |
| 696 | 29. Spt. | Jakob Hold, ill., | | ½ J. |
| 707 | 21. Spt. | Maria Knor, | Taglöhnerskind, | 9 W. |
| 716 | 9. „ | Walburga Maillinger, | Taglöhnerin, | 84 J. |
| 729 | 11. „ | Maria Reitmaier, | Wirthskind, | 4 W. |
| 774 | 16. „ | Xaver Pettenkofer, | Weberskind, | ½ J. |
| 787 | 11. „ | Robert Haindl, | Mühlarzt, | 54 J. |
| 806 | 26. Aug. | Ludwig Steinbeiß, ill., | | 3 W. |
| „ | 15. Spt. | Friederich Steinbeiß, | ehem. Maler, | 76 J. |
| 809 | 16. Spt. | Kreseenz Bauer, | Kindsmagd, | 63 J. |
| 812 | 18. Okt. | Joseph Bohner, ill., | | 1½ J. |
| 824 | 16. „ | Anna Maria Heilmaier, | Taglöhnerin, | 36 J. |
| „ | 16. „ | Anna Maria Eisenhofer, | Gerichtsdienersfr. | 59 J. |
| 843 | 10. „ | Ursula Hoennester, | Maurerskind, | 6 W. |
| 854 | 18. „ | Christ. Krachenwitzer, | Weber, | 50 J. |
| 861 | 21. Spt. | Sebastian Huber, | Zimmermann, | 68 J. |
| „ | 30. „ | Michael Huber, | Zimmermanskd. | ¼ J. |
| 891 | 21. Okt. | Walb. Brunner, ill., | | 13 T. |

| Haus-No. | Todestag. | Tauf- und Familien-Name. | Stand. | Alter. |
|---|---|---|---|---|
| 894 | 27. Spt. | Joseph Langenmaier, | Taglöhnerskind, | 1/4 J. |
| 899 | 10. „ | Walburga Bauer, | Näherin, | 58 J. |
| 908 1/2 | 26. Okt. | Magdal. Zinsmeister, | Schreinergef.kd., | 1/6 J. |
| 931 | 30. Spt. | Theres Moser, | Taglöhnerin, | 45 J. |
| 932 | 24. „ | Walburga Ilninger, | Schuhmachersw., | 67 J. |
| 962 | 17. Okt. | Anna Hanauer, ill., | | 3 W. |
| 979 | 21. Spt. | Katharina Braun, | Baumannsfrau, | 59 J. |
| „ | 30. „ | Xaver Braun, | Baumann, | 54 J. |
| 981 | 20. „ | Anton Götz, | ehem. Müller, | 51 J. |
| „ | 21. „ | Anna Jobst, | Dienstmagd, | 35 J. |
| 983 | 13. „ | Elise Knerr, | Bräuerin. | 72 J. |
| 476 | Im heil. Geist-Spital Verstorbene. | | | |
| — | 1. Spt. | Jakob Reisach, | Armenpflegling, | 67 J. |
| — | 3. „ | Michael Bauer, | ehem. Schneidm. | 78 J. |
| — | 10. „ | Benno Scherzer, | Pfründner, | 78 J. |
| — | 20. „ | Anna Maria Schopper, | Pfründnerin, | 68 J. |
| — | 24. „ | Katharina Unruh, | Armenpflegling, | 68 J. |
| — | 4. Okt. | Klara Hotz, | „ | 68 J. |
| — | 10. „ | Anna Mar. Neumaier, | Pfründnerin, | 76 J. |
| — | 12. „ | Krescenz Bauer, | ehem. Todtengrb. frau, Armenpflgl. | 80 J. |
| — | 12. „ | Adam Bauer, | ehm. Todtengräb. | 84 J. |
| — | 16. „ | Anna Kramer, | Pfründnerin, | 90 J. |
| | Im Krankenhaus Verstorbene. | | | |
| — | 17. Aug. | Karl Hegner, | Rothgerbergesell, | 40 J. |
| — | 23 „ | Anton Geißner, | | 29 J. |

| Haus-No. | Todestag. | Tauf- und Familien-Name. | Stand. | Alter. |
|---|---|---|---|---|
| — | 28. Spt. | Anna Köppel, | Führerswittwe, | 26 J. |
| — | 28. „ | Anna Köppel, | Führerskind, | 3 J. |
| — | 29. „ | Willibald Burger, | Knecht, | 54 J. |
| — | 2. Spt. | Martha Falkner, | barmh Schwester, | |
| — | 4. „ | Johann Brems, | Dienstknabe, | 14 J. |
| — | 6. „ | Leonhard Knabel, | Arrestant, | 26 J. |
| — | 6. „ | Johann Knaufel, | Dienstknecht, | 40 J. |
| — | 7. „ | Adam Thomas, | Schneidergeselle, | 44 J. |
| — | 10. „ | Theres Noauer, | Taglöhnerin, | 30 J. |
| — | 10. „ | Agnes Blonhofer, | Dienstmagd, | 61 J. |
| — | 17. „ | Franziska Waldherr, | Magd, | 24 J. |
| — | 17. „ | Simon Neff, | Taglöhner, | 56 J. |
| — | 18. „ | Josepha Koller, | Magd, | 32 J. |
| — | 19. „ | Maria Horn, | Taglöhnerin, | 37 J. |
| — | 20. „ | Sebastian Faltenberger, | Taglöhner, | 33 J. |
| — | 20. „ | Joseph Trenbacher, | „ | 44 J. |
| — | 21. „ | Barbara Weindl, | Taglöhnerin, | 55 J. |
| — | 24. „ | Veronika Moosburger, | Magd, | 28 J. |
| — | 25. „ | Walburga Schuhgraf, | Armenpflegling, | 67 J. |
| — | 4. Okt. | Mathias Welser, | Taglöhner, | 47 J. |
| — | 12. „ | Anton Watter, | „ | 35 J. |
| — | 18. „ | Konrad Utz, | „ | 66 J. |
| — | 20. „ | Katharina Fellner, | Schneiderstocht., | 22 J. |
| — | 21. „ | Franz Bengesser, | Dienstknecht, | 62 J. |
| | | **In Feldkirchen Verstorbene.** | | |
| — | 12. Spt. | Anna Maria Schöberl, | Baumannskind, | 1½ J. |
| — | 8. Okt. | Marianna Sonner, | Austräglerin, | 63 J. |
| — | 12. „ | Reginna Sonner, | Baumannskind, | 5 W. |

| Haus-No. | Todestag. | Tauf- und Familien-Name. | Stand. | Alter. |
|---|---|---|---|---|
| Todesfälle in Häusern mit nicht bezeichneten Haus-No. | | | | |
| — | 12. Aug. | Anna Mar. Hölzlmaier, | Seelnonne, | 68 J. |
| — | 10. Spt. Morgens 3 Uhr. | Kreszenz Emmer, | Privatiersgattin, | 66 J. |
| — | 10. „ Abends 7 Uhr. | Anna Romer, | Taglöhnerin, | 71 J. |
| — | 28. „ | Magdalena Breitschaft, | Dienstmagd, | 30 J. |
| — | 14. Okt. | Walburga Winkelmaier, | Thorwartsfrau, | 56 J. |

# Tabelle

## über die Erdschichten, welche bei Bohrung des artesischen Brunnens vor dem Harderthor (Cavalier Spreti) durchstossen wurden im Jahre 1848.

| Höhe der Schichten. | | Boden-Gattung. |
|---|---|---|
| Fuß | Zoll | |
| 7 | — | Gewöhnliche Erde, deren Oberfläche 29′ über 0 Donaupegel. |
| 22 | — | Gewöhnliche Degel. |
| 11 | — | Weicher, blauer mit Flußsand gemischter Degel. |
| 1 | — | Fester blauer Stein-Degel. |
| 4 | — | Fester wasserdichter Degel. |
| 2 | — | Weicher blauer Degel. |
| 6 | — | Blauer fester Degel. |
| 7 | — | Weicher mit Sand gemischter Degel. |
| 1 | — | Brauner Degel. |
| 6 | — | Fester wasserdichter Degel. |
| 11 | — | Weicher mit Sand gemischter Degel. |
| 2 | — | Fester guter Degel. |
| 6 | — | Weicher sandiger Degel. |
| 4 | — | Fester harter Degel. |
| 5 | — | Weicher mit viel Flußsand gemischter Degel. |
| 5 | — | Fester guter blauer Degel. |
| 5 | — | Weicher mit Sand gemischter Degel. |
| 7 | — | Fester blauer Degel. |
| 2 | 6 | Weicher mit Schwefelkies gemischter Degel. |
| 1 | 6 | Fester brauner Degel. |
| 24 | — | Weicher mit viel Flußsand und Schwefelkies gemischter Degel. |
| 6 | — | Grobsandiger Degel. |
| — | 10 | Mit Schwefelkies gemischter Degel. |
| 146 | 10 | |

| Höhe der Schichten. | | Boden-Gattung. |
|---|---|---|
| Fuß | Zoll | |
| 146 | 10 | |
| — | 4 | Sandstein. |
| 1 | — | Blauer fester Degel. |
| 3 | — | Grobsandiger gelber Degel. |
| — | 10 | Blauer Degel. |
| 4 | — | Grobsandiger gelber Degel. |
| 3 | — | Blauer sandiger Degel. |
| 6 | — | Schwarzer Degel. |
| 1 | — | Blauer fester Degel |
| 8 | — | Mit Sand vermischter Degel |
| 8 | — | Weicher blauer Degel mit Flugsand. |
| 5 | — | Fester Degel mit viel Schwefelkies. |
| 2 | — | Blauer fester Degel. |
| 7 | — | Braunkohlen. |
| 4 | — | Blauer fester Degel. |
| 5 | — | Grauer Degel. |
| 8 | — | Schwarzer, etwas weicher Degel. |
| 18 | — | Weicher, mit viel Flugsand und Schwefelkies gemischter blauer Degel. |
| 1 | — | Weicher mit Sand gemischter Degel. |
| 5 | — | Weicher gelber Degel mit Sand untermischt. |
| — | 6 | Brauner fester Degel. |
| 1 | 6 | Blauer fester Degel. |
| 10 | — | Braunkohlen. |
| 9 | — | Blauer fester lehmartiger Degel. |
| 3 | — | Braunkohlen mit Schwefelkies vermischt. |
| 1 | — | Quarzsand, dann fester Sandstein. |
| 262 | — | |

# Gaimersheim.

# Gaimersheim.

Gaimersheim, ein Marktflecken mit 175 Wohnhäusern liegt 2 Stunden von Ingolstadt, rechts ab von der Straße nach Eichstädt; es zählte unmittelbar vor Ausbruch der Epidemie 974 Einwohner. Der Markt liegt in einer sehr flachen Mulde, welche ihrer Längsrichtung nach äußerst geringes Gefäll hat. Die Höhenränder dieser Mulde sind mergelreiche Felder, zum üppigsten Waizenbau geeignet, die Thalsohle bilden Wiesen, die großentheils vermoort sind. Der Ort selbst liegt mit wenigen Ausnahmen auf Lehmboden oder auf einer nassen, nicht durchlassenden sogenannten Silbersandschichte. Wir treffen hier zum zweitenmale einen sehr heftig von der Cholera ergriffenen Ort, welcher auf Lehmboden liegt, ja man kann sagen, die beiden in Bayern am ärgsten von der Cholera mitgenommenen Orte, Augsburg und Gaimersheim liegen auf Lehmboden.

Den meisten Menschen ist eine Eigenschaft des Lehmbodens bekannt, nämlich die, das Wasser zu halten. Da diese Eigenschaft auch dem Felsenboden zukommt, von dem ich schon mehrmals behauptet habe, daß er die Cholera-Epidemie gänzlich ausschließe, so halte ich Gaimersheim für den geeigneten Ort, um die Unterschiede zwischen Lehmboden und Felsengrund zu besprechen.

Felsengrund vermag von dem darüberliegenden und was aus diesem kommt, nichts aufzunehmen — vermag aber auch nichts abzugeben, er ist ein ganz starres Gebilde. Ganz anders verhält es sich mit dem Lehmboden, der alle Bewegungen des Wechsels um ihn und über ihm gleichsam mitempfindet, so lange bis er mit Wasser ganz übersättigt, bis die Oberfläche überschwemmt ist. Thon nimmt verschiedene Stoffe in sich auf — und gibt Wasser an alle mit ihm in Berührung kommende Körper ab. Wir wissen seit den ältesten Zeiten, daß wir durch Bestreichen mit feuchtem Thone Schmutzflecken aus Gegenständen entfernen können, welche wir auf jede andere Weise kaum zu beseitigen im Stande sind, — auch die Anwendung der Walkererde beruht darauf: andererseits ist allgemein bekannt, wie leicht Thon an Stoffe Wasser abgiebt, welche solches aufzunehmen im Stande sind, ja daß feuchter Thon das beste Mittel ist, um einen Körper sehr gleichmäßig feucht zu erhalten. Man hat lange in den Zuckerraffinerien die Melasse aus den in Hutform gegossenen Zuckerbroden mit dem Wasser ausgelaugt, welches feuchter Thon, womit die Formen gedeckt wurden, absorbirt hatte. — Deutlicher wird dasjenige, was ich hier ausdrücken will, vielleicht noch wenn ich darauf hinweise, daß eine Thonunterlage im Terrain unter gewissen Verhältnissen eine Moorbildung bedingt, während unter gleichen Verhältnissen bei Felsenunterlage kein Moor entsteht. Professor Sendtner in München hat in seinem Werke: die Vegetations-Verhältnisse Südbayerns — (München. Liter.-artist. Anstalt 1854 pag. 620—622) den Nachweis geliefert, daß unsere Moore (auch die Hochmoore) sich lediglich auf einer thonigen Unterlage finden, oder auf einer Substanz, welche die bezeichneten Eigenschaften des Thones besitzt, auf Alm — (der amorpher kohlensaurer Kalk ist.)

Durch diesen Alm kann Moorboden selbst auf lockerem Geröll sich bilden. Nur die Sicker=Moore entstehen ohne Thon=Unterlage.

Es werden deßhalb die Stoffe, welche auf von Menschen bewohnten Plätzen in einen Thonboden gelegt werden, sowohl theilweise von diesem angesogen, als auch von ihm in beständiger Feuchtigkeit erhalten. Lehmboden wirkt aus diesem Grunde ebenso auf die Gebäude und ihre Umgebung, wie ein in lockerem Erdreich aufgedämmter Bach; er wird diese beständig feucht erhalten. Es verhalten sich Thonboden und Felsengrund bezüglich der Disposition für Cholera=Epidemie ebenso und vielleicht aus gleichen Gründen verschieden, als für Bildung eines Moores, — und gleichwie die Felsenunterlage Sumpf= und Moorbildung ausschließt, so schließt sie auch die Disposition für epidemische Cholera aus.

Ich halte die Thon=Unterlagen je nach ihrer Mischung für sehr verschieden in Beziehung auf die Empfänglichkeit für Cholera. Der Mergel — ein Gemenge aus Thon und kohlensaurem Kalk, der stets viel trockener als eigentlicher Thon ist, und sehr leicht in festes Gestein — in Mergelschiefer ꝛc. ꝛc. übergeht — wird sich auch viel weniger günstig für Cholera erweisen, als ein fetterer Thonboden. Dieß scheint mir auch der Grund zu seyn, warum z. B. Stuttgart keine Cholera=Epidemie erhalten hat, trotzdem daß von München und Augsburg aus mehrfache Verschleppungen stattgefunden haben. Es liegt auf einem Mergellager, welches großentheils bereits in steinartige Aggregation übergegangen ist. So hat auch das nicht sehr ferne von Gaimersheim gelegene Eichstädt, welches tief in einem Kesselthale der Altmühl, aber auf felsigem Grunde, dem lithographischen Schiefer gebaut ist, — keine Cholera=Epidemie erhalten, obschon die Krankheit dahin verschleppt worden ist; und in den höher gelegenen Theilen von Ingolstadt, welche auf sandigem Mergel gebaut sind, ist die Epidemie im Ganzen gelinde verlaufen, und hat das gelbe Viertel fast gänzlich verschont.

Was nun den Verlauf der Cholera-Epidemie in Gaimersheim anlangt, so war er ein höchst intensiver. Todesfälle erfolgten vom 2. Sept. bis 12. Okt. 80 an der Zahl. — Dieses Gaimersheim hat auch schon in frühern Zeiten eine traurige Berühmtheit erlangt, indem es zu Zeiten der Pest fast gänzlich ausgestorben seyn soll. In gegenwärtiger Epidemie war der Verlauf ein sehr lokaler, indem große Häuserpartien gänzlich freigeblieben sind, wie aus der lithographirten Tafel Figur 1, welche alle Erkrankungen an eigentlicher Cholera enthält, ersichtlich ist. Die sämmtlichen Häuser, in welchen Cholerafälle vorkamen, haben zusammen vor Ausbruch der Epidemie 291 Bewohner gezählt, von diesen erkrankten 111 und starben 80 an Cholera.

Die höchst dankenswerthen und genauen Mittheilungen des dortigen praktischen Arztes Dr. Schwarzmaier haben es mir ermöglicht, ein genaues Bild von der Bösartigkeit der Cholera in Gaimersheim zu geben. Figur 1 zeigt nach Hausnummern in erster Linie mit Punkten die Anzahl der Bewohner des Hauses vor Ausbruch der Epidemie, in zweiter Linie mit Punkten die Anzahl der Erkrankungen, in dritter Linie ebenso mit Punkten die Anzahl der Todesfälle an Cholera.

In dieser Tafel erblickt man die betrübende Wahrheit, daß in Gaimersheim von den Bewohnern jener Häuser, in welchen Cholera-Erkrankungen vorkamen, nicht weniger als 38$^{1}/_{10}$ Prozent von der Krankheit ergriffen und 27$^{1}/_{10}$ Prozent — fast je der dritte Mann — innerhalb weniger Wochen getödtet worden sind. Rechnet man die von der Cholera freigebliebenen Häuser mit ihren Bewohnern dazu, so ergibt sich allerdings kein so ungünstiges, aber auch kein wahres Resultat. Auf die 974 Einwohner vertheilt, hat Gaimersheim nur $8^{2}/_{10}$ Prozent durch die Epidemie verloren. Ich möchte hier auf den geringen Werth von statistischen Angaben aufmerksam machen, welche auf zufällig gegriffenen Verhältnißzahlen beruhen. Hieher rechne ich alle Angaben der medicinischen Statistik, welche die örtlichen Erkrankungen auf größere Distrikte austheilen. Wenn Gaimersheim noch eine Anzahl gut situirter und gut gebauter Häuser mehr gehabt hätte, so würden diese, (angenommen, daß sie von Cholera freigeblieben wären,) die Einwohnerzahl beträchtlich vermehrt, das Sterblichkeits-Verhältniß vielleicht bis auf 2 Prozent herabgedrückt, und so die beispiellose Intensität der Cholera in Gaimersheim gänzlich verborgen haben. Man rechnet viel zu viel mit zu allgemeinen Maaßstäben, und sieht auf diese Weise, wie das Sprüchwort sagt, den Wald vor Bäumen nicht. Sollen die statistischen Zahlen eine Bedeutung für die Erforschung der Ursachen der Krankheiten gewinnen — und dieses wird doch lediglich als ihr Zweck angegeben — so müßen die Erhebungen viel mehr ins Einzelne gehen, um richtigere Verhältnißzahlen zu gewinnen, welche uns dann bei Erforschung der Ursachen als Leitfaden dienen können. Die Untersuchung des Gesundheitszustandes eines Ortes ist ein höchst complicirtes, aber auch höchst wichtiges Problem. Man wird damit anfangen müssen (wie überall in den Naturwissenschaften), ganz einzelne Thatsachen mit unumstößlicher Gewißheit festzustellen und von diesen gewonnenen fixen Punkten aus wieder einen weiteren zu erreichen suchen; eine vollkommen erkannte Wahrheit befähigt erst zur Erkenntniß einer weitern. — Man darf sich nicht entmuthigen lassen dadurch, daß man nur Stückwerk weiß und nicht das Ganze kennt, — es werden mit der Zeit der Stücke immer mehr werden. — Die Chemie ist eine große und angenehme Wissenschaft geworden durch eine große Anzahl einzelner genau untersuchter und unumstößlich gewordener Thatsachen. Die Zusammensetzung unserer Mineralwasser z. B. ein unendlich einfacherer und zugänglicherer Gegenstand, ist uns nur sehr allmählig bekannt geworden. Der eine hat den kohlensauren Kalk, ein anderer die Bittererde darin nachgewiesen; eine spätere Zeit erkennt, wodurch diese Körper sich darin gelöst befinden und beim Kochen ausscheiden, später findet man Kochsalz, Glaubersalz, Chlorkalium und Chlormagnesium, ja sogar die Spuren von Lithion-Salzen, und Jod- und Brom-Verbindungen bis herab zu den geringsten Spuren von Arsenik; das hat aber nicht Einer gethan, daran haben viele Generationen von Chemikern gearbeitet.

Die Medicin als Wissenschaft hat in Beziehung auf Krankheits-Ursache und Heilung noch wenig festgestellte, sichere Thatsachen, so daß sie dem Publikum gegenüber oft in die unangenehme Lage kommt, mehr scheinen zu müßen als sie ist, und selbst der gebildete Theil des Publikums ist noch nicht allgemein auf dem Standpunkte, das wissenschaftliche Bekenntniß eines Arztes über einen speziellen Fall hören zu können, ohne ihm theilweise das Vertrauen zu entziehen. Diese Schwachheit des Publikums verdirbt die besten Kräfte des ärztlichen Standes, indem es sie zwingt, der Schwachheit zu huldigen, sie ist das größte Hinderniß für die Fortschritte der internen Medicin, und die Quelle des unwürdigsten Charlatanismus.

Betrachtet man die auf der Tafel Figur 1 aufgezeichneten Hausnummern von Gaimersheim, so fällt auch hier die strenge lokale Abgrenzung der Epidemie auf; — man sieht eine stark ergriffene Häuserparthie von Nr. 17—37; die Fälle verlaufen dann ganz einzeln bis nach Nr. 80; wir sehen in Nr. 92 ein isolirt stehendes Choleranest, wo unter 9 Bewohnern 6 von der Cholera ergriffen wurden; von einiger Intensität zeigen wieder Haus-Nr. 106—111. Ein intensives Choleraquartier liegt zwischen den Häusern Nr. 141 und 149.

Die in diesen verschiedenen Theilen ergriffenen Familien gehörten theils der armen, theils der mittelmäßig wohlhabenden, selten der wohlhabenden Klasse an. — Ich bemerke jedoch, daß auch in den frei gebliebenen Theilen von Gaimersheim die arme und wohlhabende Bevölkerung nicht anders vertheilt ist, als in den von der Krankheit ergriffenen, und daß z. B. das hart betroffene Haus Nr. 36 das Anwesen eines sehr wohlhabenden Bauers ist. Im Ganzen liegen die verschont gebliebenen Parthien etwas trockener und freier, während die ergriffenen entweder absolut tiefer oder in kleinen engen Mulden, oft an einen Abhang hingedrängt liegen. In der unmittelbaren Nähe eines von der Cholera stark ergriffenen Theiles liegt eine aufgestaute Pfütze, welche ganz mit brauner Flüssigkeit aus den Mistgruben angefüllt ist. Auf mein Befragen, warum eine so sanitätswidrige Anstalt nicht längst entfernt worden, erfuhr ich, daß dieselbe bei dem großen Mangel des Ortes an laufendem Wasser für die Eventualität einer Feuersbrunst in Bereitschaft gehalten werde. — Die gesammte Drainage ist bei der natürlichen Ungunst des Ortes die mangelhafteste. Ich habe von Herrn Dr. Schwarzmaier eine genaue Ortsbeschreibung zu erwarten, welche sodann im Generalberichte folgen wird.

Figur 2 versinnlicht den Verlauf der Erkrankungen nach Zeit und Ort, wie er bereits von Ingolstadt angegeben wurde, und

Figur 3 denselben Verlauf der Epidemie nach Todesfällen. Wenn man in Figur 1 die Todesfälle und Erkrankungen vergleicht, so sieht man klar, daß das allgemeine Bild des örtlichen Verlaufes der Epidemie nach Häusern der nämliche bleibt, man mag das Augenmerk auf die Erkrankungen oder auf die Todesfälle richten; ebenso ist unleugbar, daß der zeitliche Verlauf der Epidemie nach Tagen sich ebenso gleich bleibt, man mag die Erkrankungen oder Todesfälle verfolgen (Fig. 2 und 3). Bei dem Bilde aus den Erkrankungen sind nur die Linien etwas länger als bei dem aus den Todesfällen.

Dieses ist für mich ein sehr wichtiges Ergebniß, weil es mich vollständig hierin beruhigt, wenn ich bei andern Orten zur graphischen Darstellung der Epidemien nur die aus den amtlichen Todtenscheinen ersichtlichen Fälle notire. Es würde schlechterdings unmöglich seyn, vergleichbare Darstellungen der einzelnen Orts-Epidemien in Bayern anzufertigen, wenn die Todesfälle allein nicht schon ein richtiges Bild des Verlaufes sowohl nach Ort als Zeit geben würden, und hiezu etwa die von den einzelnen Aerzten angemeldeten Erkrankungen nöthig wären; denn die Aerzte bedienen sich bei ihren Anmeldungen stets eines nach der individuellen Ansicht sehr verschiedenen diagnostischen Maaßstabes, so daß verschiedene Orte, oder die von verschiedenen Aerzten behandelten Fälle immer nur eine sehr zweifelhafte Vergleichung zulassen würden. Dieses Bedenken fällt bei Gaimersheim weg, weil die Anmeldungen dort nur durch einen einzigen Arzt, mithin jedenfalls nur nach einer Skala geschehen sind. Es wäre sehr interessant und sogar sehr nützlich, wenn man auch leichtere Fälle (z. B. alle Cholerinen) verzeichnet hätte, namentlich von größern Orten; aber dann müßten sich zuvor die Aerzte auf das gewissenhafteste über eine strenge Symptomenskala einigen, nach der sie anmelden. Ehe das nicht geschehen, kann man Intensität und Ausdehnung der Cholera an den einzelnen Orten nur nach Todesfällen bemessen. In dieser Beziehung hat Gaimersheim gerade sehr viel Vertrauen erweckendes, indem man sieht, daß der dortige Arzt Dr. Schwarzmaier bei seinen Anmeldungen durchaus nicht darauf ausgegangen ist, seiner Heilkunst nur im geringsten zu schmeicheln.

Betrachtet man den Verlauf der Epidemie in Gaimersheim nach Zeit und Ort (Fig. 2 und 3), so springt in die Augen, daß sich dort gleich Anfangs 2 Hauptheerde gebildet hatten. Wir sehen in Fig. 2 einen Fall im Hause Nr. 148 am 1. Sept., einen fernern im Hause Nr. 17½ am 4. Sept. Von diesen Häusern in nächster Nähe auf- und abwärts bewegte sich vorzüglich die Epidemie, so daß die Häuser Nr. 142—153 allein 24 Todte und die Häuser von Nr. 13—37 allein 44 Todte geliefert haben. Es ist der Gang dieser Einzelepidemien durch die Figur 4 und 5 versinnlicht. Bei näherer Betrachtung der Figur 4 zeigt sich, daß diese sich wieder durch 2 Gipfelpunkte ausgezeichnet, den ersten am 8. Sept., den 2. am 20. Sept., und daß auch hier wieder ganz bestimmte Häusergruppen an dieser Erscheinung Antheil nahmen. Der erste Gipfel wird durch die Häuser Nr. 17—25 gebildet, der zweite von den Häusern von Nr. 26 aufwärts bis No. 37. Figur 4a und Figur 4b versinnlichen den Gang der Epidemie in abermaligen Unterabtheilungen. Figur 6 zeigt den Verlauf in den Häusern Nr. 106—118 oder eigentlich in den einzelnen Häusern 106, 108, 110 und 117, — Fig. 7 den Verlauf im einzelnen Hause Nr. 92, von einer Schäfflerfamilie bewohnt. — Sämmtliche Figuren sind nach den angemeldeten Erkrankungen entworfen. Vorwaltende Intensität beim Verlauf der Gesammt-Epidemie zeigt sich (Fig. 2) am 8. Sept. Hiezu tragen die Häuser Nr. 17 bis 25 (Fig. 4 a) und die Häuser 142—153 (Fig. 5) bei. In diesen beiden Gruppen hat der Prozeß auch gleichzeitig begonnen (siehe Fig. 2). Die Höhe am 19. und 20. Sept. wird vorzüglich durch die Häuser 26—37 (Fig. 4 b) und durch die Erkrankungen im Hause Nr. 92 (Fig. 7) gebildet; die Intensität der Fig. 6 vertheilt sich zwischen den 16. und 25. September.

Ich glaube, daß man durch dieses Auflösen einer Ortsepidemie in einzelne natürliche Gruppen den örtlichen Verlauf der Cholera und damit das Vorhandensein lokaler ursächlicher Momente besser dokumentirt, als durch alles Raisonnement, und ich wünschte nur, daß die gleiche Arbeit für größere Orte, wie München und Augsburg, nicht mit so großem Zeitaufwande und Schwierigkeiten verbunden seyn möchte.

Dieses lokale ursächliche Moment bei der Cholera manifestirt sich auch noch ganz entschieden dadurch, daß die Erkrankungen in jenen Häusern, wo überhaupt einmal ein Cholerafall vorkommt, sich ganz unverhältnißmäßig im Vergleiche mit der Bevölkerung des gesammten Ortes mehren. — Während von den 974 Einwohnern Gaimersheims 11³/₁₀ Prozent (111) an Cholera erkrankten, erkrankten von den 291 Einwohnern, welche in jenen Häusern wohnten, in denen sich überhaupt Cholerafälle ereigneten, 38 Prozente, mithin durchschnittlich mehr als der 3te Mann. Das nämliche Resultat ergibt sich, wenn man die Fälle nach Häusern austheilt. Es lieferten die 175 Häuser von Gaimersheim 111 Erkrankungen und 80 Todte, die aber sämmtlich aus 49 Häusern stammten, so daß 126 Häuser ganz frei von der Cholera geblieben sind. Die Erkrankungen, auf 49 Häuser vertheilt, betragen 226⁵/₁₀ Prozent, auf sämmtliche 175 Häuser vertheilt nur 63⁴/₁₀ Prozent. Dieß ist nahezu das gleiche Verhältniß, welches sich bei der Vertheilung nach der Gesammteinwohnerzahl von Gaimersheim und nach der Einwohnerzahl der ergriffenen Häuser ergibt, wo wir die Verhältnißzahlen 11,3 : 38,1 haben, während sich hier 63,4 : 226,5 ergibt, d. h. man hat nach den Einwohnerzahlen 1 : 3 $^{38}/_{100}$, nach Häusern 1 : 3 $^{57}/_{100}$.

Diese Verhältnißzahl hat in so ferne eine Bedeutung, als sie uns zeigt, daß die von der Cholera ergriffenen Häuser etwa nicht in einem stärkeren Grade bewohnt waren, als diejenigen, welche frei geblieben sind, was sich auch sehr deutlich dann sehen läßt, wenn man beachtet, wie viele Einwohner durchschnittlich auf eins von den ergriffenen Häusern kommen, und wie viel auf die freigebliebenen. Die 49 ergriffenen Häuser hatten zusammen 291 Einwohner, wonach auf 1 Haus durchschnittlich 5 $^{9}/_{10}$ Einwohner kommen, während für die 126 freigebliebenen Häuser 683 Einwohner bleiben, wornach für 1 Haus als Durchschnitt 5 $^{4}/_{10}$ Einwohner sich beziffern.

Die Häuser Gaimersheims haben unter sich große Aehnlichkeit, — die kleinern und größern Anwesen sind ziemlich gleichmäßig zerstreut, wie es an kleinern Orten fast stets der Fall zu seyn pflegt, wo es keine eigenen Häusergruppen für die Reichen und für die Armen gibt, so daß mithin das obige Resultat als in jeder Beziehung maßgebend betrachtet werden kann. Die Dächer der neuern Häuser in Gaimersheim sind (nebenbei bemerkt) häufig nach einem unzweckmäßigen usus construirt, indem sie nicht über die Giebelmauern hervorragen, sondern mit denselben bündig abschließen. Dadurch geht ein Hauptzweck des Daches für das Gebäude, die Wände möglichst vor Benetzung zu schützen, verloren, was bei dem stets feuchten Lehmgrund in Gaimersheim gerade eine doppelte Wichtigkeit hat. Der Landrichter von Ingolstadt, machte mich speciell auf dieses Verhältniß aufmerksam, und ich konnte ihm in seiner Absicht, auf rationellere Bedachung zu dringen, nur beistimmen. Die meisten Häuser in Gaimersheim sind mit Hausteinen, seltener mit Ziegelsteinen gebaut — hölzerne Wohnhäuser sind mir kaum einige aufgefallen.

Als Beilagen füge ich noch 2 Verzeichnisse hier an, welche die Erkrankungen und Todesfälle in den einzelnen Häusern nach Namen, Stand und Alter enthalten. Ich werde solche Verzeichnisse wenigstens der Todesfälle wo möglich von allen epidemisch ergriffenen Orten in Bayern nebst einem genauen Ortsplane anfertigen lassen, um das Material dieser verwichenen intensiven Epidemie späteren statistischen Forschungen, die etwa nach andern Gesichtspunkten gehen als die meinigen, möglichst offen zu halten.

Aus diesen Tabellen ist auch leicht ersichtlich, wie lange die Zeit gewährt hat, innerhalb welcher mehrfache Erkrankungen in den einzelnen Häusern erfolgten; es ergibt sich das nämliche Resultat wie anderwärts, daß dieselben in der Mehrzahl in einen ziemlich kurzen Zeitraum eingeschlossen sind. — Es erfolgten in 29 Häusern mehrfache Erkrankungen — in den wenigsten Fällen zeigt sich für ein Haus eine größere Zeitdifferenz als 10 Tage. Einmal kommt im Haus Nr. 108 eine Differenz von 17 Tagen, im Haus Nr. 26 von 23 Tagen und im Haus Nr. 142 sogar von 28 Tagen vor. Bei so einzelnem Auftreten kann man zur Erklärung der Anomalie ungezwungen entweder eine Einschleppung aus andern Häusern, oder eine ungewöhnlich lange Inkubations-Zeit annehmen, wie sie bei dem Georg Weindl (siehe Bericht über Kloster Ebrach) nachgewiesen ist. Stellt man die 29 Häuser zusammen, in denen mehrfache Erkrankungen erfolgten, und nimmt die mittlere Zeitdifferenz aus diesen, so ergibt sich eine mittlere Dauer für die Erkrankungen in einem Hause in Gaimersheim von $6^{4}/_{10}$ Tagen.

## Verzeichniß

### der im Markte Gaimersheim im Jahre 1854 an Cholera Erkrankten.

| Haus-No. | Anzahl der Hausbew. | Tag der Erkrankung. | Tauf- und Familien-Name. | Stand. | Alter. |
|---|---|---|---|---|---|
| 1 | 8 | 3. Okt. | Andreas Schlamp, ill., | | 2½ J. |
| " | | 5. " | Anton Hofmaier, | Hirtensohn, | 15 J. |
| 2 | 6 | 24. Spt. | Anna Mar. Wittmann, | Zimmermsweib., | 89 J. |
| 13 | 6 | 10. " | Johann Maier, | Taglöhner, | 40 J |
| 17 | 4 | 7. " | Genovefa Kämmerer, | Handelmannsfr., | 20 J. |
| " | | 8. " | Karl " | Handelmnsknab., | 5 W. |
| " | | 12. " | Bruno " | Handelsmann, | 31 J. |
| 17½ | 6 | 4. " | Anna Maria Hackner, | led. Taglöhnerin, | 54 J. |
| " | | 8. " | Marianna " | conscr. Arme, | 87 J. |
| " | | 8. " | Viktoria " | Taglöhnerin, | 34 J. |
| " | | 12. " | Martin " | Taglöhnersknabe, | 6 J. |
| " | | 14. " | Kunigunde " | Taglöhnersweib, | 42 J. |
| " | | 15. " | Joseph " | Taglöhner, | 23 J. |
| 18 | 4 | 18. " | Katharina Köstler, | Schneiderswittw. | 60 J. |
| 19 | 6 | 10. " | Walburga Ampferl, | Söldnersweib, | 38 J. |
| " | | 13. " | Marianna Koller, | Söldnerstochter, | 35 J |
| 20 | 3 | 19. " | Joseph Mayerhöfer, | Schneidermeister, | 55 J. |
| 21 | 4 | 14. " | Kreszenz Maier, | Maurersweib, | 74 J. |
| " | | 16. " | Rosalia " | Maurerstochter, | 38 J |
| 22 | 3 | 17. " | Joseph Steinbigl, | Taglöhner, | 68 J |
| Latus | 50 | | | | |

| Haus-No. | Anzahl der Hausbew. | Tag der Erkrankung. | Tauf- und Familien-Name. | Stand. | Alter. |
|---|---|---|---|---|---|
| Trlts. | 50 | | | | |
| 22 | 3 | 24. Spt. | Maria Steinbigl, | Taglöhnersweib, | 52 J. |
| 23 | 8 | 24. „ | Magdalena König, | „ | 49 J. |
| 24 | 5 | 19. „ | Katharina Sibl, | „ | 37 J. |
| 25 | 11 | 7. „ | Walburga Sollbeck, | Bauersfrau, | 31 J. |
| „ | | 9. „ | „ „ | Bauerskind, | 1 J. |
| 26 | 11 | 9. „ | Apollonia „ | Austräglerin, | 66 J. |
| „ | | 2. Okt. | Johann Hauer, | Bräuknecht, | 52 J. |
| 27 | 7 | 29. Spt. | Katharina Scharrer, | verm Sattlermst. | 56 J. |
| „ | | 5. Okt | Franziska „ | Sattlerstochter, | 21 J. |
| 29 | 7 | 2. „ | Martin Nußer, | Webermeister, | 73 J. |
| 31 | 9 | 20. Spt. | Georg Striegl, | Glaserknabe, | 2 J. |
| „ | | 26. „ | Maria Bick, | verm. Glaserin, | 63 J. |
| 33 | 7 | 4. Okt. | Josepha Konz, | Schlossersmädch., | 4 J. 5 M. |
| 34 | 6 | 15. Spt. | Anton Büttel, | Maurer, | 20 J. |
| 36 | 7 | 20. „ | Maria Nißl, | Austräglersweib, | 63 J. |
| „ | | 22. „ | Joseph Auer, | led. Dienstknecht, | 37 J. |
| „ | | 22. „ | Anna Maria Bickl, | Dienstmagd, | 22 J. |
| „ | | 23. „ | Joseph Schmid, | Bauer, | 35 J. |
| „ | | 24. „ | Krescenz Kirmaier, | Dienstmagd, | 17 J. |
| „ | | 25. „ | Mathias Ostermaier, | verm Söldner, | 63 J. |
| „ | | 25. „ | Anna Maria Sprößler, | verm Söldnerin, | 68 J. |
| 37 | 7 | 20. „ | Stephan König, | Söldner, | 28 J. |
| „ | | 20. „ | Balbina „ | Söldnerskind, | 2½ J. |
| „ | | 21. „ | Joachim „ | Söldnerssohn, | 37 J. |
| „ | | 21. „ | Magdalena „ | Söldnersweib, | 24 J. |
| „ | | 22. „ | Johann Georg Gerer, | Schäfer, | 54 J. |
| „ | | 23. „ | Katharina „ | Schäfersweib, | 54 J. |
| Latus | 136 | | | | |

| Haus-No. | Anzahl der Hausbew. | Tag der Erkrankung. | Tauf- und Familien-Name. | Stand. | Alter. |
|---|---|---|---|---|---|
| Trlts. | 136 | | | | |
| 44 | 2 | 16. Spt. | Martin Donaubauer, | Söldner, | 55 J. |
| 49 | 8 | 24. Aug. | Katharina Zipf, | Söldnerskind, | ¾ J. |
| 59 | 6 | 12. Spt. | Andreas Bergmeister, | Bauer, | 43 J. |
| " | | 13. " | Franziska Stampfer, | Dienstmagd, | 30 J. |
| 61 | 9 | 21. " | Bartholomäus Lautner, | Meßner, | 82 J. |
| 69 | 5 | 20. " | Katharina Ostermaier, | Taglöhnersweib, | 41 J. |
| 81 | 2 | 8. Okt. | Michael Gäßl, | Taglöhner, | 63 J. |
| 81½ | 4 | 29. Spt. | Margareth Ostermaier, | Söldnersweib, | 62 J. |
| " | | 29. " | Simon Knöpferl, ill., | | 1½ J. |
| " | | 1. Okt. | Thekla Trini, | Söldnerstochter, | 25 J. |
| 83 | 3 | 29. Spt. | Walburga Schippl, | Taglöhnersweib, | 52½ J. |
| 92 | 9 | 15. " | Katharina Schermer, | Schäfflerstochter, | 13 J. |
| " | | 19. " | Joseph " | Schäfflersknabe, | 19 W. |
| " | | 19. " | Johann " | " | 1½ J. |
| " | | 19. " | Franziska " | Schäfflersfrau, | 35 J. |
| " | | 20. " | Jakob Huber, | Schäfflerssohn, | 27 J. |
| " | | 21. " | Jakob Schermer, | Schäfflermeister, | 47 J. |
| 96 | 8 | 10. " | Magdalena Blank, | Dienstmagd, | 34 J. |
| 106 | 6 | 22. " | Anna Maria Wesiner, | Schuhmachersfr., | 27 J. |
| 108 | 9 | 17. " | Rosina Geisl, | Taglöhnerin, | 54 J. |
| " | | 20. " | Katharina Raith, | Taglöhnersweib, | 60 J. |
| " | | 25. " | Marianna Geisl, | led. Taglöhnerin, | 26 J. |
| " | | 4. Okt. | Monika Raith, | Taglöhnerstocht., | 27 J. |
| 110 | 6 | 19. Spt. | Martin Heimerer, | verh. Taglöhner, | 48 J. |
| " | | 24. " | Ursula " | Näherin, led. | 32 J. |
| " | | 24. " | Apollonia " | Taglöhnersweib, | 45 J. |
| 111 | 3 | 20. " | Martina Maier, | Maurersweib, | 23 J. |
| Latus | 216 | | | | |

| Haus-No. | Anzahl der Hausbew. | Tag der Erkrankung. | Tauf- und Familien-Name. | Stand. | Alter. |
|---|---|---|---|---|---|
| Trlts. | 216 | | | | |
| 117 | 9 | 13. Spt. | Valentin Hagn, | Zimmerm.knabe, | 7 J. |
| „ | | 16. „ | Severin „ ill, | | 2 J. |
| 118 | 10 | 27. „ | Georg Kornhammer, | Gärtnersknabe, | 4 J. |
| 123 | 4 | 11. „ | Theres Leinfelder, | led. Taglöhnerin, | 67 J. |
| 129 | 3 | 3. Okt. | Franz Sterner, | Söldnerssohn, | 23 J. |
| „ | | 6. „ | Johanna „ | Söldnersweib, | 56 J. |
| 131 | 4 | 17. Spt. | Johann Minder, | vorm. Söldner, | 82 J. |
| „ | | 20. „ | Michael Prosinger, | Maurer, | 43 J. |
| 142 | 5 | 10. „ | Markus Nithaler, | Metzgerssohn, | 14 J. |
| „ | | 2. Okt. | Michael „ | „ | 23 J. |
| „ | | 7. „ | Joseph „ | „ | 19 J. |
| „ | | 8. „ | Michael Albert, | led. Maurer, | 32 J. |
| 143 | 4 | 8. Spt. | Joseph Staudacher, | Seilermeister, | 44 J. |
| „ | | 14. „ | Vitus „ | Seilersknabe, | 4 J. |
| 144 | 3 | 7. „ | Martha Donaubauer, | Taglöhnerstocht. | 29 J. |
| „ | | 14. „ | Magdalena „ | „ | 26 J. |
| 146 | 5 | 8. „ | Theres Kornbigler, | Schuhmachersfr., | 69 J. |
| „ | | 13. „ | Matthäus Strigl, | Taglöhner, | 54 J. |
| „ | | 15. „ | Anna Mar. Ostermaier, | led. Taglöhnerst., | 44 J. |
| „ | | 15. „ | Walburga Strigl, | Taglöhnersweib, | 43 J. |
| „ | | 20. „ | Marianna Ostermaier, | Söldnerstochter, | 41 J. |
| 147 | 8 | 5. „ | Alois Geier, | Söldnerssohn, | 48 J. |
| „ | | 8. „ | Joseph „ | verh. Söldner, | 48 J. |
| „ | | 11. „ | Franz „ | Söldnerssohn, | 21 J. |
| 147½ | 3 | 7. „ | Stephan Hirmaier, | Schmidmeister, | 34 J. |
| „ | | 9. „ | Marianna „ | Schmidsfrau, | 28 J. |
| „ | | 13. „ | Marianna Werle, | Söldnersfrau. | 68 J. |
| Latus | 274 | | | | |

| Haus-Nr. | Anzahl der Hausbew. | Tag der Erkrankung. | Tauf- und Familien-Name. | Stand. | Alter. |
|---|---|---|---|---|---|
| Trlts | 274 | | | | |
| 148 | 4 | 1. Spt. | Thomas Koller, | verm. Taglöhn., | 69 J. |
| „ | | 8. „ | Emerentia „ | „ | 72 J. |
| „ | | 8. „ | Aegus „ | Schneidermeister, | 34 J. |
| 153 | 3 | 18. „ | Anna Mar. Hamberger, | Taglöhnerstocht | 10 J. |
| „ | | 21. „ | Joseph „ | verh. Taglöhner, | 57 J. |
| 164 | 4 | 11. Okt. | Johann Schermer, | Hirt, | 46 J. |
| 168 | 4 | 14. Spt. | Krescenz Böhm, | Seelnonne, | 68 J. |
| „ | | 15. „ | Anna Maria Hackner, | Taglöhnerin, | 45 J. |
| 170 | 3 | 22. „ | Josepha Auernhammer, | Hafnersfrau, | 35 J. |
| Latus | 292 | | | | |

# Verzeichniß

## der in Gaimersheim an Cholera im Jahre 1854 Verstorbenen.

| Haus-No. | Todestag. | Tauf- und Familien-Name. | Stand. | Alter. |
|---|---|---|---|---|
| 1 | 4. Okt. | Andreas Schlamp, ill. | Dienstmagdknabe, | 2½ J. |
| 2 | 24. Spt. | A. Maria Wittmann, | Zimmermannsw. | 80 J. |
| 13 | 11. „ | Johann Maier, | Taglöhner, | 40 J. |
| 17 | 8. „ Morg. 7 U. | Karl Kämmerer, | b. Handelsmansk. | 5 W. |
| „ | 8. Spt. M. 10½ U. | Genovefa Kämmerer, | b. Handelsmnsg. | 21 J. 8 M. |
| 17½ | 9. Spt. | Marianna Hackner, | Taglöhnerswitt. | 77 J. |
| „ | 11. „ | „ „ | Taglöhnerstocht., | 54 J. |
| „ | 16. „ | Joseph „ | led. Taglöhner | 23 J. |

Anmerkung. Differenzen in den Angaben der Lebensalter zwischen diesen und der vorhergehenden Tabelle rühren von ungleichen Angaben in den Krankenrapporten und Todtenscheinen her.

| Haus-No. | Todestag. | Tauf- und Familien-Name. | Stand. | Alter. |
|---|---|---|---|---|
| 18 | 20. Spt. | Katharina Köstler, | Schneidermeistw. | 60 J. |
| 19 | 24. „ Morg. 2 U. | Marianna Koller, | Söldnerstochter, | 35 J. |
| „ | 24. Spt. Mitt. 12 U. | Walburga Ampferl, | Söldnersweib, | 38 J. |
| 20 | 19. Spt. | Joseph Mayerhöfer, | Schneidermeister, | 55 J. |
| 21 | 14. „ | Crescenz Maier, | Maurersweib, | 69 J. |
| „ | 23. „ | Rosalie „ | Maurerstochter, | 15 J. |
| 22 | 18. „ | Joseph Steinbigl, | Taglöhner, | 68½ J. |
| 23 | 24. „ | Magdalena König, | Taglöhnersweib, | 49 J. |
| 24 | 20. „ | Katharina Sibl, | „ | 36 J. |
| 25 | 9. „ Vor. 10 U. | Apollonia Sollbeck, | vor. Baumansfr. | 66 J. |
| „ | 10. Spt. Morg. 4 U. | Walburga „ | Baumannskind, | 1 J. 3 M. |
| „ | 10. Spt. Vorm. 9 U. | Walburga „ | Baumannsfrau, | 31 J. |
| 27 | 2. Okt. | Katharina Scharrer, | Sattlermeistersfr., | 56 J. |
| 29 | 2. „ | Martin Nußer, | Webermeister, | 73 J. |
| 31 | 20. Spt. | Georg Striegl, | Glasermeisterskn. | 2 J. 1 M. |
| 33 | 7. Okt. | Josepha Konz, | Schlossermeistkd. | 4 J. 5 M. |
| 34 | 19. Spt. | Anton Büttel, | led. Maurer, | 20 J. |
| 36 | 23. „ Morg. 2 U. | Anna Maria Bickl, | Dienstmagd, | 22 J. |
| „ | 23. Spt. Morg. 5 U. | Joseph Auer, | Dienstknecht, | 36 J. |
| „ | 23. Spt. M. 8½ U. | Joseph Schmid, | Baumann, | 35 J. |
| „ | 26. Spt. Morg. 4 U. | Mathias Ostermaier, | Söldner, | 63 J. |
| „ | 26. Spt. Morg. 6 U. | Anna Maria Sprößler, | Söldnersweib, | 68 J. |

| Haus-No. | Todestag. | Tauf- und Familien-Name. | Stand. | Alter. |
|---|---|---|---|---|
| 37 | 20. Spt. Morg. 8 U. | Stephan König, | Söldner, | 28 J. |
| " | 20. Spt. Nachm. 4 U. | Valbina König, | Söldnerskind, | 2½ J. |
| " | 21. Spt | Magdalena König, | Söldnerswittwe, | 24 J. |
| " | 25. " | Katharina Gerer, | Schäfersweib, | 54 J. |
| " | 3. Okt. | Georg Gerer, | Schäfer, | 57 J. |
| 44 | 16. Spt. | Martin Donaubauer, | Söldner, | 55 J. |
| 59 | 13. " | Andreas Bergmeister, | Baumann, | 45 J. |
| 69 | 21. " | Katharina Ostermaier, | Taglöhnersweib, | 41 J. |
| 81½ | 1. Okt. | Simon Knöferl, ill. | Taglöhnertoch.kd. | 1½ J. |
| " | 30. Spt. | Margaretha Ostermaier, | Söldnersw. | 62 J. |
| " | 1. Okt. | Thekla Trini, | Söldnerstochter, | 25 J. |
| 83 | 29. Spt. | Walburg Schippl, | Taglöhnersweib, | 52 J. |
| 92 | 19. " Vor. 10 U. | Joseph Schermer, | Schäfflermeist.kn. | 19 W. |
| " | 19. Spt. Nachts 11 U. | Johann Schermer, | " | 1½ J. |
| " | 19. Spt. Nachts 11 U. | Franziska Schermer, | Schäfflermeist.g., | 35 J. |
| " | 20. Spt. | Jakob Huber, | Schäfflermeisters. | 27 J. |
| " | 22. " | Jakob Schermer, | Schäfflermeister, | 47 J. |
| 95*) | 8. " | Xaver Schmid, | Baumannsknabe, | 42 W. |
| 96 | 11. " | Magdalena Blank, | Dienstmagd, | 34 J. |
| 106 | 22. " | Maria Westner, | Schuhmachermfr. | 27 J. |
| 108 | 18. " | Rosina Geisl, | led. Taglöhnerin, | 54 J. |
| " | 20. " | Katharina Reith, | Taglöhnersweib, | 60 J. |
| " | 29. " | Anna Maria Geisl, | led. Taglöhnerin, | 54 J. |

*) Dieser Fall fehlt in der Tabelle, welche die angemeldeten Erkrankungen enthält.

| Haus-No. | Todestag. | Tauf- und Familien-Name. | Stand. | Alter. |
|---|---|---|---|---|
| 110 | 19. Spt. | Martin Helmerer, | verh. Taglöhner, | 48 J. |
| " | 26. " | Apollonia Helmerer, | Taglöhnerswitt., | 45 J. |
| 117 | 16. " | Severin Hagn, ill., | Zimmermstrchild. | 2 J. |
| 118 | 28. " | Georg Kornhammer, | Gärtnersknabe, | 1 J. |
| 123 | 12. " | Anna Leinfelder, | Taglöhnerin, | 67 J. |
| 129 | 4. Okt. | Franz Xaver Sterner, | Söldnerssohn, | 23 J. |
| " | 6. " | Johanna Sterner, | Söldnersw. | 56 J. |
| 131 | 19. Spt. | Johann Minder, | vorm. Söldner, | 82 J. |
| " | 20. " | Michael Brosinger, | Maurer, | 43 J. |
| 142 | 9. Okt. | Michael Albert, | " | 32 J. |
| 144 | 7. Spt. | Martha Donaubauer, | Taglöhnerstocht., | 29 J. |
| 146 | 9. " | Theres Kornbigler, | Schuhmachersw., | 69 J. |
| " | 13. " | Mathäus Strigl, | Taglöhner, | 54 J. |
| " | 15. " | A. Maria Ostermaier, | led. Taglöhnerin, | 44 J. |
| " | 20. " | Marianna Ostermaier, | Söldnerstochter, | 41 J. |
| 147 | 6. " | Alois Gaier, | Söldnerssohn, | 49 J. |
| " | 8. " | Joseph Gaier, | Söldner, | 48 J. |
| 147½ | 7. " | Stephan Hirmaier, | Schneidermeister, | 34 J. |
| " | 13. " | Marianna Werle, | Söldnersfrau, | 68 J. |
| 148 | 2. " | Thomas Koller, | vorm. Taglöhner, | 69 J. |
| " | 9. " | Aegus (?) Koller, | Schneidermeister, | 34 J. |
| 153 | 18. " | A. Maria Hamberger, | Taglöhnerstocht., | 9 J. |
| " | 22. " | Joseph Hamberger, | Taglöhner, | 57 J. |
| 161 | 12. Okt. | Johann Schermer, | Hirt, | 46 J. |
| 168 Krankenhaus. | 14. Spt. | Crescenz Böhm, | Taglöhnerswitt., und Seelnonne, | 67 J. |
| " | 23. " | Anna Maria Hackner, | Taglöhnerstocht., | 46 J. |
| 170 | 22. " | Josepha Auernhammer, | Hafnermeistersfr. | 35 J. |

# Regensburg.

# Regensburg.

Regensburg am rechten Donauufer gelegen, formirt wesentlich ein Dreieck, dessen nördliche Basis a b am Fluße gelegen nahezu eine Ausdehnung von 7000 Fuß, dessen Seiten a c und c b circa 5000 und 4000 Fuß messen.

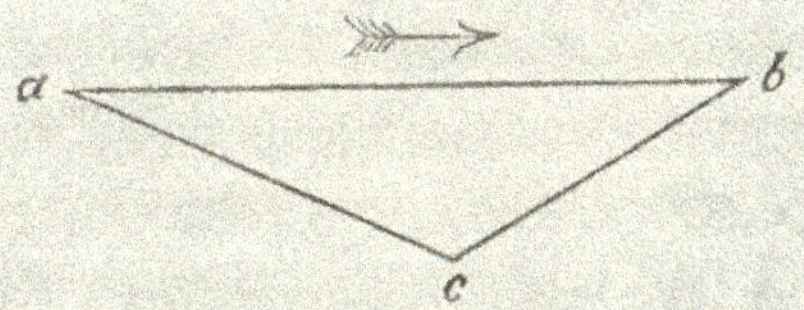


Das Beit der Donau ist dort großentheils felsiger Grund, und es erhebt sich an ihrem rechten Ufer der Grünsandstein bis in die Mitte der Stadt, jedoch überdeckt von einer Lage mergelhaltigen Sandes und Erde, welche eine Mächtigkeit von 10 — 20 Fuß besitzt. Dieser Boden ist sehr compakt — ich habe beim Graben einer Senkgrube im Garten des Taubstummen-Instituts (Lit. A. Nr. 159) ganz frische Schichten durchstoßen gesehen. In einer Tiefe von etwa 6 Fuß begann eine mergelhaltige Erde mit sehr vielen Bruchstücken plattenförmigen Gesteins untermengt; — in einer Tiefe von 18 Fuß erschien der Grünsandstein. Die Erde war so compakt, daß die runde Grube ohne Unterstützung des Erdreichs durch hölzerne Beschlächte ausgeführt werden konnte. Eine ähnliche Beobachtung machte ich vor dem Ostenthore, wo eben ein Sommerpalais für Seine Majestät den König Max gebaut wird: ich habe dort einen circa 30 Fuß tiefen Schacht in solche schwarzgraue Erde getrieben gesehen, dessen Wände ohne die mindeste Stütze senkrecht wie Felsen standen. Der Dom in Regensburg ist auf Grünsandstein fundirt.

Die oberen Theile der Stadt liegen auf angeschwemmtem Lande, das bis in beträchtliche Tiefen reicht. In südlicher, südöstlicher und südwestlicher Richtung von Regensburg zeigt sich allseitig ein wenn auch geringes Gefälle abwärts, welche Bewegung der Fläche aber dann rasch gegen die Hügelreihe des rechten Donau-Ufers ansteigt, wo wieder felsiges Gestein zu Tage steht: man kann somit den Punkt c der Stadt, (hinter St. Emmeran) als die Spitze eines Hügels betrachten, welcher rasch gegen die Donau hin abfällt. Dieses ganze Gefäll beträgt circa 40 Fuß. — Die Stadt ist auf den Seiten a c und b c durchweg von einem sehr tiefen Stadtgraben umgeben, der fast wasserleer und meist in Gärten umgewandelt ist. Ein kleiner Graben, der sich durch dieselben zieht und verschiedene Abwasser empfängt, hat ein kaum merkliches Gefäll gegen die Donau zu, ein Zeichen, wie wenig sich die Sohle des Stadtgrabens über den Donauspiegel erhebt. — Bei Hochwassern staut sich auch die Donau weit in diesen Stadtgraben hinauf. Die Stadt empfängt 2 kleine Bäche — den Vitusbach und Sterzenbach, welche über den Stadtgraben in Fassungen weggeführt sind. — Der größte Theil des Vitusbaches geht von St. Emmeran in gerader Linie durch die obere und untere Bachgasse mit bedeutendem Gefälle nach der Donau, — der Sterzenbach zieht sich östlich gegen das Ostenthor. — Die Bäche sind nirgends aufgedämmt, das Erdreich in dem sie verlaufen, ist sehr compakt. Seit mehreren Jahren ist die Stadt ziemlich vollständig mit gemauerten Straßenkanälen durchzogen, wobei das nicht unbedeutende Gefäll der Stadt sehr behilflich, hingegen die ungewöhnlich große Anzahl von Straßen und Sträßchen wieder erschwerend einwirkt.

Regensburg bietet ein auffallend zerrissenes Straßenbild dar; für einen Fremden ist es deßhalb eine schwierige Aufgabe, sich dort zurecht zu finden. Die Stadt (die Insel zwischen ihr und Stadtamhof nicht mitgerechnet) zählt gegen 200 öffentliche Straßen und Plätze. Sie besitzt nur sehr wenige ununterbrochene Häuserstöcke, welche aus mehr als 20 Häusern bestehen. — Ganz München zählt bei fast 4mal stärkerer Bevölkerung nur etwa 250 öffentliche Straßen und Plätze, hat aber dabei oft ununterbrochene Häuserstöcke von 60 aneinander gebauten Häusern (z. B. die von der Sendlingergasse, Kreuz- und Brunngasse, Hundskugel und dem Hackengäßchen eingeschlossene Parthie). Diese Bauart Regensburgs ist allerdings nicht wohlthuend für das Auge, aber sie erleichtert sehr die Ventilation und Entwässerung der Stadt und vermeidet alle jene Nachtheile, welche durch das unmittelbare Aneinanderliegen einer großen Anzahl von Häusern bedingt werden.

Wenn ich zusammenfasse, was ich bisher an andern von der Cholera sowohl epidemisch ergriffenen als auch freigebliebenen Orten auf Terrain-Verhältnisse Bezügliches beobachtet und hervorgehoben habe, so fällt Regensburg in eine Mittelklasse. — Obwohl felsiger Grund an manchen Stellen der Oberfläche sehr nahe ist, so ruht doch ein großer Theil der Stadt auf einer tiefen Schichte angeschwemmten Landes, dieser Theil aber ist gerade der höher gelegene. — Wir wissen aus dem englischen Berichte, daß in London mit der Erhebung über den Wasserspiegel die Intensität der Cholera mit sehr geringen Ausnahmen constant und sehr beträchtlich abgenommen hat, so daß der höher gelegene Theil von Regensburg, obwohl weit von einer compakten Felsenunterlage entfernt, eben durch seine höhere Lage, welche ein stärkeres Gefäll aller sich in dem Boden bewegenden Flüßigkeiten bedingt, schon mehr geschützt erscheint. Der tiefer gelegene Theil der Stadt hingegen steht einer compakten Unterlage, dem Grünsandstein schon bereits sehr nahe, welcher am Ufer der Donau sogar zu Tage geht, so daß die Nachtheile der tiefern Lage durch die Nähe der Felsen und die Compaktheit der darüber liegenden Erdschichte gewiß theilweise aufgewogen werden. Ich habe allerdings schlagende Beweise dafür gefunden, daß der felsige Grund der Häuser die Cholera als Epidemie ausschließe, aber ich habe keine Anhaltspunkte darüber gewinnen können, in welcher Nähe der Felsen dem Grunde der Häuser seyn müße, um vor epidemischer Entwicklung der Cholera zu schützen; — der Verlauf der Krankheit in Regensburg veranlaßt mich jedoch zu glauben, daß die unteren Stadttheile von Regensburg dieser Grenzlinie bereits nahe gerückt seyen. Die schädlichen Momente, welche ich an andern von der Cholera epidemisch ergriffenen Orten hervorgehoben habe, z. B. in lockerem Erdreich aufgedämmte Bäche, Lehmunterlage, Mangel an Drainage, fehlen für Regensburg gänzlich, so daß man, ohne sich durch Spitzfindigkeiten und Hypothesen zu compromittiren, aussprechen kann, daß nach dem gegenwärtigen Standpunkte der Erfahrungen der Stadt Regensburg nur ein geringer Grad der Empfänglichkeit für Cholera zukomme. Den nicht mit Wasser erfüllten längs der Linien ac und cb tief um die ganze Stadt gezogenen Stadtgraben halte ich gleichfalls für ein günstiges Moment, was auf die Entwässerung des gesammten Erdreiches, auf dem die obere Stadt steht, nur günstig wirken kann. Durch solche tief gezogene Gräben legt man selbst Moore trocken, und umgekehrt können durch aufgedämmte hochgelegte Gewässer künstlich Moor und Sumpf geschaffen werden.

Der Gang der Cholera-Epidemie in Regensburg ist in vieler Beziehung von größtem Interesse. Die Anzahl der einzelnen Fälle (45) ist sehr gering im Verhältniß zur Einwohnerzahl (circa 26000), die Aerzte waren mithin nicht in einem solchen Grade durch Hilfsbedürftige und Hilfesuchende in Anspruch genommen, daß ihnen die nöthige Zeit zur Beobachtung des Ganges und Zusammenhanges der einzelnen Fälle gemangelt hätte; es ist dort das Verschleppen der Krankheit von einem Hause in ein anderes bei einer großen Anzahl von Fällen nachgewiesen, und andererseits ist das Auftreten von Fällen, bei denen sich kein direkter Verkehr mit inficirten Häusern nachweisen ließ, wieder so an örtliche Momente geknüpft, daß in Regensburg die an andern Orten gewonnenen Gesichtspunkte abermals ihre Bestätigung finden.

Ich verdanke der Güte des Herrn Stadtgerichtsarztes Dr. Herrich-Schäffer werthvolle Mittheilungen, aus denen die Tabellen angefertigt wurden, welche diesem Berichte beiliegen. — Wesentliche Aufklärungen erhielt ich auch vom Herrn Medicinalrath Dr. Schreyer und Dr. Popp, welch letzterer die meisten Cholerafälle in der Stadt behandelt hatte. — Ein Verzeichniß jener Fälle, welche im Krankenhause vom Herrn Dr. Stöhr behandelt wurden, nebst den hiebei angeführten Notizen findet sich gleichfalls dem Berichte angeschlossen.

Am auffallendsten dürfte die Geschichte des Hauses L. A. Nr. 160, einer Porzellanfabrik seyn, in welchem die Krankheit zuerst ausbrach, und welches sich für viele, die mit ihm verkehrten, verderblich erwies. Der erste Kranke in diesem Hause, welches im tiefern Theile der Stadt nahe an der Donau liegt, war der Buchhalter der Fabrik, Anton Aimöder, ein Mann von 45 Jahren, welcher am 15. August mit Diarrhöe von München zurückgekehrt am 16. August an exquisiter Cholera erkrankte und starb. Die Krankheit ergriff als Angehörige dieses Hauses am 19. August die in der Brennerei beschäftigten Arbeiter Franz Eckert und Michael Wack, ebenso die Gattin des Besitzers der Fabrik Frau Regina Schwerdtner; am 20 August erkrankte abermals ein in der Brennerei beschäftigter Arbeiter, Johann Jungruber, am 21. Margaretha Fischer, die Köchin des Hauses, am 24. August die daselbst wohnende Schwester des Fabrikbesitzers Frau Henriette Stirner, am 28. August abermals ein Arbeiter, Friedrich Rausch, und am 31. August die Schwester und Wärterin der Köchin — Justina Fischer. — Von diesen 9 Erkrankungen binnen 15 Tagen nahmen 6 einen tödtlichen Ausgang. Zunächst zeigt sich ein Fall mit tödtlichem Ausgange in Lit. A Nr. 142, eine 60jährige Frauensperson, welche die Wärterin eines in Nr. 160 aufgeführten cholerakranken Fabrikarbeiters (Johann Jungruber) war.

Am 23. August erkrankte in dem Hause Lit. B Nr. 52 das 1jährige Kind eines Buchdruckerei-Faktors und am 27. auch die Mutter und Tante dieses Kindes. — Kind und Mutter sind der Krankheit erlegen. — Die Erkrankungen in diesem Hause blieben auf eine Familie beschränkt, welche nicht den mindesten Verkehr zuvor mit Cholerakranken gepflogen hatte, so daß das isolirte Erscheinen der Krankheit in diesem Hause und in dieser Familie sehr auffallend war. Bei näherer Untersuchung stellte sich jedoch ein sehr nahe gelegener Zusammenhang mit dem im Distrikte A gelegenen Hause Nr. 160 der Porzellanfabrik heraus. Es wohnte in dem Hause Nr. 52 des Distriktes B über 1 Treppe die Freundin des Buchhalters, welche mit diesem in München gewesen war, und von ihm am 16. August Morgens besucht wurde. Derselbe wurde während seines Besuches von den ersten Anzeichen des wirklichen Ausbruches der Cholera, einem heftigen Brechdurchfalle ergiffen, und sodann in seine Wohnung gebracht. Was der Kranke in diesem Hause entleerte, wurde ohne alle Vorbereitung in den Abtritt geschüttet, welche für die Wohnungen im 1. und 2. Stocke, wo die Faktorsfamilie Auer wohnte, gemeinsam ist. — Derselbe mündet mit hölzernem Schlauche in eine Schwindgrube — das Kabinet selbst ist ein sogenannter Bretterverschlag und liegt zwischen dem 1. und 2. Stocke. Die Freundin des Ainöder nebst Tochter und Schwester blieb völlig gesund, während in der Familie Auer 3 Personen erkrankten. Ein Verkehr zwischen diesen beiden Familien hat nicht bestanden.

Am 23. August erkrankte im Hause Nr. 140 Lit. A ein junger Mann von 21 Jahren, dessen Mutter Arbeiterin in der Porzellanfabrik war, die aber selbst gesund geblieben ist. Es kann nicht nachgewiesen werden, daß der Sohn einen direkten Verkehr etwa mit Haus Nr. 160 gehabt habe. In diesem Hause ereigneten sich noch weitere Erkrankungen am 31. August, am 1. und 2. Sept. welche sämmtlich tödtlichen Ausgang nahmen.

Am 24. August ereignete sich ein Fall im Hause Nr. 4 Lit. B, dem Gesellschafts- und Theater-Hause von Regensburg, wo der von München bereits mit Diarrhöe angekommene Buchhalter den Abend nach seiner Zurückkunft (am 15. August) im Kreise einiger Bekannten zugebracht hatte. Am nämlichen Tage erkrankte in Nr. 86 Lit. B in einem Hause, welches Nr. 52 gegenüber liegt, eine Frau, welche mit der Familie Auer in Verkehr stand.

Am gleichen Tage (24. August), ergriff die Krankheit in

Nr. 168 Lit. C, dem städtischen Krankenhause, den Hausknecht dieser Anstalt. Am 19. August war in das Krankenhaus der erste Cholerakranke (Michael Wack, Arbeiter aus Nr 160 Lit. A) eingebracht worden. Mithin erkrankte 5 Tage nach diesem Zeitpunkte der erste Angehörige dieses Hauses, und ihm folgten am 6. Sept. die Dienstmagd der Anstalt, am 8. Sept. eine an febris gastrica bereits früher zugegangene Patientin, am 9. Okt. ein mehrere Tage früher an contusio femoris zugegangener Patient. Letzterer hatte vor seinem Eintritte ins Krankenhaus in einem Steinbruche bei Winzer gearbeitet, und in diesem Dorfe, wo sich bereits mehrere Cholerafälle mit tödtlichem Ausgange ereignet hatten, auch gewohnt. Es muß sonach unentschieden bleiben, ob dieser Fall dem Verlaufe der Epidemie in dem Krankenhause angehört oder ob er bereits inficirt von Winzer aus eingebracht wurde. Hieher ist auch noch eine Recidive am 9. Sept. zu zählen, welche im Verzeichnisse des Krankenhauses unter den laufenden Nummern 8 und 14 vorgetragen ist.

Am 28. August erkrankte eine Frauensperson im Hause Nr. 163 Lit. A, welche mit Nr. 160 Lit. A in Verkehr stand, und die Cholera-Wäsche des Buchhalters und der Fabrikbesitzersgattin der Porzellanfabrik gewaschen hatte. Am 31. August erkrankte deren Magd. Beide Fälle hatten einen tödtlichen Ausgang.

Am gleichen Tage erkrankte im Hause No. 176 Lit. A eine Frauensperson, welche die Wärterin eines am 22. August in No. 142 Lit. A erfolgten Falles (der Katharina Kalchgruber) war. In demselben Hause erkrankte am 1. September des vorigen Falles Wärterin und Hausgenossin. Beide starben.

Diese eben vorgetragenen 27 Fälle (mehr als die Hälfte der ganzen Epidemie in Regensburg) sind unverkennbar dem

Verkehr zwischen den Bewohnern einzelner Häuser gefolgt. Sie liegen sämmtlich in den Distrikten A, B und C, vorwaltend in A.

In den Distrikten A, B und C ereigneten sich im Ganzen 27 Cholerafälle, und unter diesen ist ein einziger im Hause No. 27 Lit. C, der mit den übrigen in keine Verbindung gebracht werden kann. Er steht mit diesen sicherlich auch in keinem Zusammenhang schon der Zeit nach, zu welcher er erfolgte. Derselbe ist angemeldet unter dem 17. August. — Nehmen wir die Ankunft des Buchhalters in der Porcellanfabrik (den 15. August Nachmittags) als die erste Gelegenheit zur Verbreitung der Cholera in Regensburg, so ist es höchst unwahrscheinlich, daß die Krankheit bei dem Falle in No. 27 Lit. C bereits am 17. August zum Ausbruch gekommen wäre; — da wir sonst immer eine viel längere Zeit zwischen der Gelegenheit der Infektion und dem Ausbruche der Krankheit verstreichen sehen. Ich beziehe mich hier auf dasjenige, was ich in meinem frühern Berichte über Ebrach und Kaisheim angeführt habe, und bemerke, daß man ja nicht glauben dürfe, es hätte dieser Buchhalter allein von allen Regensburgern, die zu jener Zeit in München waren, den Keim zur Krankheit nach Hause gebracht.

Wir treffen in dem Hause No. 160 Lit. A die erste dem Hause angehörige Erkrankung am 19. August, nachdem der Buchhalter am 15. August sich dort eingefunden hatte, und wesentlich später in allen andern Häusern, wohin die Krankheit von diesem Centrum aus geschleppt worden ist. So wurde der erste Cholerakranke am 19. August in das Krankenhaus eingebracht; der erste Angehörige dieses Hauses erkrankte am 24. August, mithin nach 5 Tagen. In den Pfründhof wurde die erste Cholerakranke, wie ich gleich erwähnen werde, am 31. August eingebracht, die erste Pfründnerin der Anstalt erkrankte 17 Tage später. Nach meinen derartigen Erfahrungen, die ziemlich zahlreich sind, kann ich nicht wohl ein kürzeres Incubationsstadium annehmen als mindestens 5 Tage. Ich habe gegen diese Annahme bisher nicht einen einzigen genau untersuchbaren und untersuchten Fall verlaufen sehen.

Außer allem nachweisbaren Zusammenhange mit der bisher abgehandelten Epidemie der Stadttheile A, B und C steht der Verlauf in den übrigen Stadttheilen Lit. D bis H; er umfaßt 15 Erkrankungen, welche fast sämmtlich einzeln in Häusern der tiefer gelegenen östlichen Hälfte von Regensburg erfolgten, während die obigen Fälle der tiefer gelegenen westlichen Hälfte der Stadt angehörten.

Daß auch diese Fälle einen gemeinsamen Herd gehabt haben mögen, von dem aus der Keim zur Krankheit sich vertheilt hat, ist nicht unwahrscheinlich — aber ich konnte ihn nicht nachweisen. So viel ist gewiß, daß dieser Keim wo er auch hingebracht wurde, auf ziemlich unempfänglichen Boden gefallen ist, denn mit Ausnahme der Pfründner-Anstalt erkrankten in einem einzigen Hause mehr als eine Person. In dem hochgelegenen Distrikte E ereignete sich ein einziger Fall in dem Hause No. 53 am 27. August, von dem es sogar zweifelhaft ist, ob er überhaupt der Regensburger Epidemie angehörte, denn er betraf eine eben von Augsburg zugereiste Person (Joseph Gallhuber, 25 Jahre alt).

Das Gleiche gilt von dem Fall in Lit. F No. 114, welcher am gleichen Tage mit dem vorhergehenden sich ereignete, und ein von Augsburg bereits mit Diarrhoe angelangtes Mädchen von 6 Jahren betraf. Ebenso wenig kann man auf Rechnung Regensburgs einen Fall vom 4. September nehmen, welcher im

Krankenhause zur Behandlung kam: es war ein Schiffsknecht, der auf der Wasserfahrt von Deggendorf nach Regensburg bereits erkrankt war. — Wir haben es somit bloß mehr mit 13 der Stadt angehörigen Fällen zu thun. So viel zeigt sich klar, daß diese kleine Epidemie der Distrikte D bis H etwas später begann, als die der westlichen Stadtdistrikte. (Vergleiche die Tafel, welche die Erkrankungen nach Tagen und Häusern versinnlicht.) Wir treffen den ersten Fall in der Weingasse Lit. D No. 91 (?) am 19. August und den letzten (die Fälle der Pfründner-Anstalt ausgeschlossen) am 4. September, während in dem Distrikte A, B und C der erste Fall am 16. August, der letzte (mit Ausschluß der Angehörigen des Krankenhauses) am 2. Sept. erfolgte. (In größeren Anstalten, wie Pfründen und Krankenhäusern, ist der Verlauf stets mehr in die Länge gezogen, als in gewöhnlichen Wohnhäusern, und ich habe aus diesem Grunde diese beiden Häuser unberücksichtigt gelassen.)

Der lokale Verlauf der Epidemie hat sich auch wieder speziell in dem Pfründhofe markirt, wo zuerst auf die weibliche Abtheilung die cholerakranke Marx (aus Nr. 94 Lit. F) am 31. August eingebracht wurde, und wo 17 Tage später der erste weitere Cholerafall eine Angehörige der Anstalt betraf. Auf die männliche Abtheilung wurde am 4. Sept. (5 Tage später als auf die weibliche Abtheilung) gleichfalls ein Cholerakranker (Joseph Wildfeur aus Nr. 156 Lit. H) eingebracht, und am 23. Sept. (6 Tage später als der erste Fall auf der weiblichen Abtheilung) erkrankte der Pfründner Michael Hartenberger.

Es ist ganz unzweifelhaft, daß die Cholera sich in verschiedenen Theilen von Regensburg zeigte, ja daß sie namentlich über die untere Stadt ziemlich gleichmäßig ausgetheilt war, so daß nach dem Erscheinen der ersten Fälle die Besorgniß der Regierung und der Aerzte, es möchte zu einer ebenso bedeutenden Epidemie wie in München und Augsburg kommen, vollkommen gerechtfertigt war. — Daß es aber wider alles Erwarten bei so vereinzelten Fällen blieb, muß einen besondern Grund gehabt haben. — So sehr ich anerkenne, daß die Sorgsamkeit der Behörden und der Aerzte viele Opfer dieser schrecklichen Seuche vorenthalten kann, so ist es mir doch unmöglich zu glauben, daß hierin der Grund gelegen habe, daß die kaum begonnene Epidemie in Regensburg wieder erlosch; namentlich wenn ich bedenke, daß nahezu die gleichen Maßregeln auch in andern schwer heimgesuchten Orten ohne diesen Erfolg in Anwendung gekommen sind, und daß z. B. in Nürnberg dieselben auf der einen Hälfte der Stadt fast überflüßig erschienen, während sie auf der andern das Uebel nicht zu bekämpfen vermochten: das nämliche gilt für Diät, Kleidung, Wohnung und andere Beziehungen der bürgerlichen Verhältnisse, die nun und nimmermehr so different sind, daß sie nur im mindesten erklären könnten, warum die Cholera nach Regensburg gebracht erlosch, während sie in Augsburg und München so zahlreiche Opfer dahinraffte. Ebenso wenig kann ich in der allgemeinen Luftbeschaffenheit einen Grund für diese Erscheinung finden, denn wer möchte behaupten, daß die über Regensburg wehende Luft eine andere Beschaffenheit haben sollte, als etwa die über Kelheim, oder die Luft des Isar- und Lechthales? Wer möchte annehmen, daß die meteorologischen Verhältnisse Nürnbergs auf der Lorenzer- und Sebalder-Seite verschieden seyen, oder in Fürth anders als in Nürnberg? Ich kann wirklich nicht begreifen, wie man trotz aller Resultatlosigkeit meteorologischer Hypothesen und ihrer Anwendung auf das Kommen und Verschwinden der Cholera-

Epidemien einzelner Orte immer noch ängstlich auf die Windfahne sehen und von ihren Wendungen auch eine Wendung in dem unerbittlichen Gange der Krankheit erwarten kann. Bald hat es 25 Grade R. Wärme im Schatten, wenn in einem Orte x die Krankheit ihre ersten Opfer holt, — der Himmel ist klar, es weht Südostwind, das Barometer steht hoch. — In einer andern 10 Stunden entlegenen Stadt y tritt die Seuche 8 Tage später auf — unter heftigen Regengüßen, das Thermometer zeigt nur 6 Grade über Null, Barometerstand auffallend tief, Nordwestwind. — Man schreibt aus x an die offizielle Zeitung: x den 1.: — „Mehrere aufeinander folgende überaus schöne aber heiße Tage rc. rc. haben in unserer Stadt die Cholera zum Ausbruche gebracht.“ — Man schreibt aus y den 8.: „Nachdem die schönen Tage, welche uns in den ersten Tagen dieses Monats erfreuten, und während welcher unsere Stadt den besten Gesundheitszustand genoß, durch einen kalten Nordwestwind mit heftigen Regengüßen plötzlich in der Nacht vom 7. auf den 8. in das unfreundlichste Wetter umschlugen, ist auch bei uns in Folge dieses empfindlichen Witterungswechsels die Seuche ausgebrochen.“ — Zwischen x und y liegt auf einer kleinen Anhöhe, welche durch eine Parthie Felsen gebildet wird, ein Ort z, durch welchen nicht nur die gleichen Windströmungen, sondern auch die nämlichen Verkehrswege, wie durch x und y gehen, — und dieses z bleibt von der Epidemie verschont. Man schreibt aus z: „Die reine Luft, welche auf unserer Anhöhe weht, hat uns glücklich vor der Seuche bewahrt, welche bereits bis auf die Nähe einer Stunde nach N-Dorf von x her vorgedrungen war. Von Seite der k. Behörden, der Geistlichkeit und der Aerzte wurde aber auch alles aufgeboten, um den Ausbruch dieser schrecklichen Seuche zu verhüten.“

(d. h. man hat in dieser Beziehung in z vielleicht nicht weniger gethan als in y und x.)

Angesichts solcher Thatsachen ist dieser meteorologische Glaube so geduldig und so rührend, als der Glaube der Kinder, daß ihnen wirklich der Oster-Hase die Eier in das Nest gelegt habe. Nur Schade, daß ein solcher Glaube in der Medicin nicht ebenso unschuldig und unschädlich ist. Von den meteorologischen Einflüßen auf den Gang der Cholera-Epidemien kann man bei genauester Betrachtung vielleicht keine andere Spur entdecken, als daß, wenn überhaupt einmal ein Ort epidemisch ergriffen ist, bedeutender Wechsel in Temperatur und Feuchtigkeit der Luft sich an der Intensität einzelner Tage, die einem gleichen Stadium der Epidemie angehören, etwas bemerkbar macht. Ich werde auf den Einfluß der Temperatur beim Schlusse noch einmal zu sprechen kommen.

Ich glaube deßhalb von der Wahrheit nicht ferne zu seyn, wenn ich das auffallende Erlöschen der begonnenen Epidemie in Regensburg davon ableite, daß die Terrainverhältnisse dieses Ortes die Hauptrolle dabei spielten, von den beiden Thatsachen ausgehend, daß felsiger und trockener Grund auch anderwärts überall getroffen werden, wo die Cholera auffallender Weise nicht zur Epidemie geworden ist, und daß alle stark ergriffenen Orte auf lockerem oder feuchtem Grunde liegen. — Daß es viele Orte gibt, welche denselben Grund, wie stark ergriffene Orte haben, aber dennoch keine Cholera-Epidemie erhalten haben, beweist nichts dagegen; denn es ist erstlich nicht nothwendig, daß der Keim zu dieser Krankheit, der nach den neueren Erfahrungen offenbar von den Menschen verschleppt wird, an alle Orte, die dafür empfänglich sind, hingebracht werde; und dann zweitens ist es nicht nothwendig, daß ein solcher Keim selbst auf empfänglichen

Boden gebracht, stets auch zu seiner Weiterentwicklung disponirte Menschen zunächst um sich habe. All das verringert nicht den Werth der Thatsache, daß meines Wissens noch kein einziger Ort, soweit er auf Felsen erbaut ist, von einer Cholera-Epidemie befallen wurde, obwohl der Keim dazu offenbar und unleugbar reichlich dahin gebracht worden ist. — Ich freue mich, bereits nicht mehr der einzige zu seyn, der eine solche Behauptung mit Bestimmtheit ausspricht: ich ersehe aus der Gazette medicale vom 3. Nov. 1854, daß man in Frankreich bei Untersuchung des Ganges der Cholera in den Pyrenäen ganz ähnliche Wahrnehmungen gemacht hat.

Daß Regensburg kein günstiger Boden für die Cholera war, spricht sich in allen Details der kleinen Epidemie aus. Wir sehen namhafte Erkrankungszahlen bloß in den Häusern Nr. 160 Lit. A und Nr. 140 Lit. A; in dem ersten ereigneten sich 9 Cholerafälle, in dem andern 4. In dem Hause 160, dem Hauptgebäude der Porzellanfabrik, wohnte der krank von München gekommene Buchhalter in dem Flügel a — mit noch mehrern anderen Bediensteten der Fabrik; — die Familie des Fabrikherrn wohnte in dem Flügel b, wo wir die Krankheit in ungleich heftigerem Grade auftreten sehen. Zwischen diesen beiden Flügeln befinden sich vorzüglich die Comptoirs- und Arbeits-Lokale, aus welchen Niemand erkrankte. Hingegen zeigte sich die Krankheit wieder sehr heftig in Nr. 161, welches Haus dem Flügel b zunächst liegt

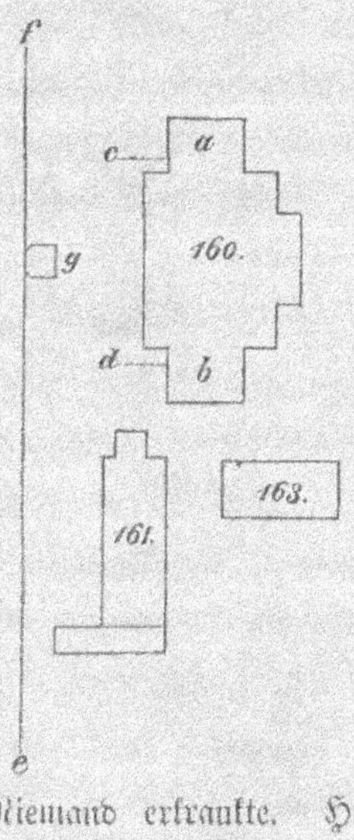

und die Porzellanöfen enthält. Es ist höchst auffallend, daß von den 4 erkrankten Fabrikarbeitern 3 aus der Kategorie der Brenner waren, und daß die Brenner gleichzeitig mit den Bewohnern des Flügels b vom Hauptgebäude erkrankten. (Am 19. August erkrankten die beiden Brenner Franz Eckert und Michael Wack und die Fabrikbesitzersfrau Regina Schwerdtner.) Der Krankheitskeim wurde aus dem Flügel a nach b möglicher Weise durch diejenigen Personen des Hauses getragen, welche den kranken Buchhalter theils bedienten, theils besuchten, und er fand dort jedenfalls einen sehr fruchtbaren Boden zu seiner Entwickelung. Das Haus 160 hat an den Punkten c und d gewöhnlich construirte Abtritte mit Gruben, welche nicht wasserdicht gemauert sind, so daß von diesen aus das umgebende Erdreich jedenfalls mehr oder weniger mit Excrementenstoffen verunreinigt werden muß. Die Linie e f bezeichnet den Lauf der Stadtmauer, auf welche der oben erwähnte Stadt-Graben folgt: g ist ein Waschhaus. Zwischen der Stadtmauer und dem Hauptgebäude scheint nur aufgefüllte Erde zu seyn — ich konnte nicht erfahren, ob man beim Graben der Senkgruben auf compakte Unterlage gestoßen sey.

Die Erkrankungen der Brenner sind um so auffallender, als diese mit dem Buchhalter nicht im mindesten in Berührung kamen. Nach seiner Ankunft am 15. August ging dieser einmal durch die Brennerei, ohne sich darin aufzuhalten, und die Arbeiter sahen ihn nur aus der Ferne. Als nun die Brenner so auffallend erkrankten, bemächtigte sich der meisten Einwohner des Hauses eine große Furcht, indem sie die Ansicht hegten, jedem drohe der Tod, den der Buchhalter nur angeblickt habe. — Wenn wir aber annehmen, daß sich in der Umgebung des Punktes d von Nr. 160 in Folge dahin gebrachten Cholerafermentes ein Miasma in die

Luft entwickelte, so ist klar, daß dieses großentheils nach dem Brennhause Nr. 161 zog, welches mit seiner Thüre in unmittelbarer Nähe liegt, und 3 Porzellanöfen im Innern enthält, von denen einer fast stets im Gange ist, so daß dieses Lokal immer eine bedeutende Quantität Luft einsaugen muß. Ich nehme an, daß für das Haus Nr. 160 das nämliche Choleraferment gedient habe, wie für das Haus Nr. 52 Lit. B, in welchem der bereits kranke Buchhalter nichts weiter als seine Entleerungen zurückgelassen hatte. Wohin das Ferment von Personen, die offenbar durch den Verkehr mit Nr. 160 dasselbe verschleppten, in Regensburg sonst gebracht worden war, fiel es auf einen ziemlich unfruchtbaren Boden; etwa mit Ausnahme des Hauses Nr. 140 am Judenstein, über dessen Empfänglichkeit mir Herr Dr. Popp wichtige Aufschlüße gab. — Der Hof dieses Hauses liegt höher als die Straße, in dem Hofe befindet sich eine Abtritt- und Schwind-Grube, welche bis vor einem halben Jahre bei jedem heftigen Regenguß überlief, und den unsaubern Inhalt über Hof- und Hausflur ergoß, beide damit imprägnirend. Erst in neuester Zeit wurde diesem Uebelstande durch Führung eines Kanals durch das Haus nach dem Straßenkanale im Wesentlichen abgeholfen.

Sehr gelinde war der Verlauf der Cholera im Pfründhofe im Vergleich mit den Pfründneranstalten anderer epidemisch ergriffener Orte. Es herrscht dort allerdings eine große Reinlichkeit, von der ich mich bei Gelegenheit eines Besuches mit dem behandelnden Arzte Dr. Herrich-Schäffer selbst überzeugte, — wie sie aber auch anderwärts angetroffen wird, wo die Krankheit unverhältnißmäßig mehr Opfer forderte. Ich will nichts davon sagen, daß z. B. während dieser Epidemie in einer Pfründner-Anstalt Münchens 27, in einer andern 16, in einer dritten abermals 27 Menschen starben; es mag dieses wesentlich mit der Größe der Anstalten zusammenhängen; — aber ich erwähne, daß in der Pfründneranstalt von Ingolstadt, dem hl. Geistspital, welches kaum eine größere Ausdehnung haben dürfte als der Regensburger-Pfründhof, der nur 2 Menschen verlor, 10 Angehörige starben, und daß sich in der Pfründneranstalt der kleinen Stadt Freysing 10 Cholerafälle ereigneten. Es sprechen alle Erscheinungen dafür, daß die örtliche Disposition für eine Choleraepidemie in Regensburg durchgehends nur eine geringe war.

Als interessante Details zur Geschichte des Hauses Nr. 160 Lit. A erwähne ich noch, was mir Dr. Popp mitgetheilt, daß nahezu die ganze Familie des Fabrikbesitzers Schwerdtner wenn auch theilweise in leichterem Grade an Cholera erkrankte; er selbst, seine Frau, seine Schwester, die Ladnerin, die Köchin nebst ihren 2 Schwestern und die Hausmagd; diejenigen, welche nicht von wirklicher Cholera befallen wurden, litten an Cholerine mit nachfolgender febris gastrica. Es concurrirt dieses Haus mit den gefährlichsten Häusern in Augsburg und München, und es war ein trauriger Zufall, daß gerade auf diesem Platze der Keim der Krankheit niedergelegt werden mußte. An einem andern Platze von Regensburg wäre dieser Buchhalter vielleicht ganz einzeln gestorben, wie manche andere dort. Interessant ist auch, daß die in Nr. 61 Lit. F verstorbene alte Frau ein Jahr früher schon einmal von Cholera nostras befallen war.

Es scheint, daß den Typhus ähnliche Bodenverhältniße begünstigen, wie die Cholera. Dr. Schuch in Regensburg erzählte mir eine interessante Beobachtung. Als vor mehrern Jahren die vollständige Kanalisirung der Straßen in Angriff genommen worden war, zeigten sich in der untern und mittlern Stadt stets in jenen Straßen Typhus-Fälle, wo das Pflaster aufgerissen und die darunter liegende Erde bis zur erforderlichen Tiefe ausgehoben und so im vertheilten Zustande der Luft dargeboten worden war. Es sollen die Typhusfälle genau mit den Kanalisirungs-Arbeiten gewandert seyn.

Was die diesem Berichte angehängten Tabellen betrifft, so sind sie ganz nach dem Schema von Ingolstadt und Gaimersheim gearbeitet. Bei dem geringen Umfange der Epidemie hielt ich es nicht für nothwendig, für die Todesfälle eigene Tabellen anzufertigen; es finden sich diejenigen der Erkrankten, welche gestorben sind, in der Tabelle, welche Namen und Alter der einzelnen nach Hausnummern geordneten Fälle enthält, mit einem Kreuze † bezeichnet.

# Tabelle

## über die Erkrankungen an Cholera in Regensburg.

| Haus-No. | Lit. | Tag der Erkrankung. | Tauf- und Familien-Name. | Stand. | Alter. | Bemerkungen. |
|---|---|---|---|---|---|---|
| 140 | A. | 23. Aug. | Lorenz Gatz, | | 21 J. † | War der Sohn einer in der Porzellanfabrik A. 160 arbeitenden Taglöhnerin, die aber selbst nicht erkrankte. — Lorenz Gatz selbst soll nicht in die Porzellanfabrik gekommen seyn. |
| „ | „ | 31. „ | Maria Rödl, | | 72 J. † | |
| „ | „ | 1. Spt. | Margar. Mehrmann, | | 68 J. † | |
| „ | „ | 2. „ | Marie Brunner, | | ⅓ J. † | |
| 142 | „ | 22. Aug. | Katharina Kalchgruber, | | 60 J. † | Wärterin des Johann Ingruber (A. 160). |
| 160 | „ | 16. „ | Anton Ainöder, | Buchhalter in der Porzellanfabrik des Schwerdtner, | 45 J. † | Am 15. August mit Diarrhöe von München angekommen. |

| Haus-No. | Lit. | Tag der Erkrankung. | Tauf- und Familien-Name. | Stand. | Alter. | Bemerkungen. |
|---|---|---|---|---|---|---|
| 160 | A. | 19. Aug. | Franz Eckert, | Brenner in der Porzellanfabrik, | | |
| " | " | 19. " | Michael Wack, | Brenner in der Porzellanfabrik, | 27 J. † | War der erste in's Krankenhaus verbrachte Cholerakranke. (Krankenhaus Lit. C. 168). |
| " | " | 19. " | Regina Schwerdtner, | Porzellanfabriksbesitzersgattin, | 57 J. † | |
| " | " | 20. " | Johann Ingruber, | Brenner in der Porzellanfabrik, | 65 J. † | |
| " | " | 21. " | Margaretha Fischer, | Köchin bei Schwerdtner, | 62 J. † | |
| " | " | 24. " | Henriette Stirner, | Schwester des Fabrikbesitzers Schwerdtner, | 58 J. | |
| " | " | 28. " | Friedrich Rausch, | Arbeiter in der Porzellanfabr., | 34 J. | Dessen Wohnung A. 215. |
| " | " | 31. " | Justina Fischer, | | 70 J. † | Schwester und Wärterin der am 21. Aug. erkrankten Köchin Margaretha Fischer. (Sie wohnte gewöhnlich in A. 75.) |

| Haus-No. | Lit. | Tag der Erkrankung. | Tauf- und Familien-Name. | Stand. | Alter. | Bemerkungen. |
|---|---|---|---|---|---|---|
| 163 | A. | 28. Aug. | Barbara Hopf, | | 45 J. † | Hat die Wäsche des Ainöder und der Regina Schwerdtner gewaschen. |
| „ | „ | 31. „ | Marie Dirl, | Magd, | 19 J. † | Magd bei der Barbara Hopf. |
| 176 | „ | 28. „ | Maria Limmert, | | 58 J. † | Wärterin der Katharina Kalchgruber (A. 142). |
| „ | „ | 1. Spt. | Franziska Lang, | | 54 J. † | Wärterin und Hausgenossin der vorigen. Nach Angabe des Krankenhauses wohnten die beiden A. 97. |
| 4 | B. | 24. Aug. | Magdalena Kraus, | | 24 J. | |
| 52 | „ | 23. „ | Leopoldine Auer, | | 1¼ J. | In diesem Hause hatte Ant. Ainöder (A. 160) das erste Erbrechen mit Durchfall (aber bei einer andern Familie) Majorswittwe Hofmann. |
| „ | „ | 27. „ | Maria Schmelz, | | 28 J. | Tante der Leopoldine Auer. |
| „ | „ | 27. „ | Rosa Auer, | Buchdruckereifaktors-Gattin, | 34 J. † | Mutter der Leopoldine Auer. |
| 86 | „ | 24. „ | Kunigunde Riedl, | | 75 J. † | Wohnt gegenüber von B. 52 und stand im Verkehr mit der Familie Auer. |

| Haus-No. | Lit. | Tag der Erkrankung. | Tauf- und Familien-Name. | Stand. | Alter. | Bemerkungen. |
|---|---|---|---|---|---|---|
| 27 | C. | 17. Aug. | Maria Fuchs, | | 56 J. | |
| 168 | " | 24. " | Johann Dietl, | Hausknecht im Krankenhause, | 40 J. | Der erste Kranke an Cholera wurde am 19. Sept. in's Krankenhaus gebracht (Wack von A. 160). |
| " | " | 6. Spt. | Theresia Königer, | Dienstmagd im Krankenhause, | 21 J. | |
| " | " | 8. " | Josepha Hugl, | Patientin an febris gastrica des Krankenhauses, | 27 J. † | |
| " | " | 9. Okt. | Joseph Hoch, | Patient an Contusis flemoris | 33 J. | Arbeitete in einem Steinbruche bei Winzer, und wohnte auch dort. In diesem Dorfe hatten sich bereits früher einige Cholerafälle ereignet. |
| 91 | D. | 19. Aug. | Michael Holzer, | | 45 J. | Weingasse. |
| 132 | " | 24. " | Joseph Wolfseer, | | 47 J. | |
| 53 | E. | 27. " | Joseph Gallhuber, | | 25 J. | Von Augsburg zugereist. |
| 61 | F. | 22. " | Rosina Mehrmann, | Gastwirthin, | 77 J. † | Litt vor 1 Jahre an Cholera nostras. |

| Haus-No. | Lit. | Tag der Erkrankung. | Tauf- und Familien-Name. | Stand. | Alter. | Bemerkungen. |
|---|---|---|---|---|---|---|
| 94 | F. | 31. Aug. | Maria Marr, | | 39 J. † | Erkrankten beide zugleich in einer kleinen Wohnung, wo die eine starb — die andere wurde noch in den Pfründhof (Lit. H. 63) gebracht, wo sie gleichfalls starb. |
| " | " | 31. " | Sophie Marr, | | 44 J. † | |
| 114 | " | 27. " | Karolina Strobl, | | 6 J. | Mit Diarrhöe von Augsburg gekommen. |
| 93 | G. | 24. " | Maria Nothaft, | | 61 J. | |
| 63 | H. | 17. Spt. | Elisabeth Brunner, | Pfründnerin, | 30 J. | In den Pfründhof wurde eine Cholerakranke Lit. F. 94 am 31. Aug. eingebracht. — Ebenso der erkrankte Wildfeuer am 4. Spt. Lit. H 156. |
| " | " | 19. " | Magdalena Hochreiner, | Pfründnerin, | 68 J. † | |
| " | " | 23. " | Michael Hartenberger, | Pfründner. | 77 J. † | |

| Haus-No. | Lit. | Tag der Erkrankung. | Tauf- und Familien-Name. | Stand. | Alter. | Bemerkungen. |
|---|---|---|---|---|---|---|
| 93 | H. | 1. Spt. | Barbara Wanderer, | Dienstmagd, | 19 J. | In's Krankenhaus gebracht genas sie von einem Anfalle — wurde am 9. Spt. recidiv und genas wieder. Am 10. Spt. besuchte sie im Krankenhause ihr Vater, welcher dann am 18. Spt. in Stadtamhof an Cholera erkrankte und starb. |
| 156 | „ | 4. „ | Joseph Wildfeuer, | Wasserbauarbeiter, | 35 J. † | |
| 177 | „ | 31. Aug. | Joseph Schmidbauer, | Schlosserlehrling, | 14 J. | |
| 178 | „ | 28. „ | Johann Hofmann, | Dienstknecht, | 30 J. | |
| — | „ | 4. Spt. | Joseph Spranger, | Schiffsknecht, | † | Auf der Donaufahrt von Deggendorf nach Regensburg erkrankt. |

# Ta

der während der Cholera-Epidemie im Jahre 1854 im

| Nummer. | Name und Alter. | Eintritt in's Krankenhaus. | Vorläufer. | Eintritt und Verlauf der Krankheit. |
|---|---|---|---|---|
| 1 | Wack Michael, 27 J. | 19/8 Mitt. 1 U. | Keine. | Am 18/8 Abends 8 Uhr erkrankt mit Erbrechen und Durchfall, am 19. früh bereits cyanotisch und pulslos, vom 21. früh an etwas Reaktion, am 22. Anfang des Typhoids, am 23. Abends 9 Uhr gestorben. |
| 2 | Gatz Lorenz, 21 J. | 22/8 Mitt. 1 U. | Keine. | Am 22/8 früh 9 Uhr erkrankt, mit Erbrechen und Durchfall, Mittags 1 Uhr bereits asphyktisch, am 24. etwas Reaktion, am 25. Beginn des Typhoids, am 30. früh 2 Uhr gestorben. |
| 3 | Dietl Johann, 40 J. | 24/8 Morg. | Reichliche Diarrhöe seit dem 23/8 fr. | In der Nacht vom 23—24 Erbrechen bei fortwährendem Durchfall. Entleerungen spezifisch, Spuren beginnender Asphyxie, doch schon Nachmittags gute Reaktion; genesen am 31/8. Nachfolgender Hydrops anasarca vom 7—12 September. |
| 4 | Schmelz Maria 28 J. | 26/8 Vorm. 10 U. | Durchfall in der Nacht vom 25. bis 26. | Etwas Erbrechen und reichliche Durchfälle von spezifischer Beschaffenheit; nicht in's asphyktische Stadium getreten. Dauer der Diarrhöe bis zum 1. September, darauf allmählige Reconvalescenz. |
| 5 | Rausch Friedr., 35 J. | 28/8 früh 6 U. | Diarrhöe seit 23/8 (in mäßigem Grade). | In der Nacht vom 27—28 erkrankt an Brechdurchfall, früh 6 Uhr bereits asphyktisch, Nachmittags Reaktions-Eintritt, vom 30/8 bis 3/9 leichtes Typhoid, am 4. reconvaleszent. |
| 6 | Hofmann Joh., 30 J. | 28/8 früh. | Durchfall seit dem 26/8. | In der Nacht vom 27—28 erkrankt mit Erbrechen heller Flüssigkeit, früh bereits etwas cyanotisch, Nachmitags gute Reaktion, alsbaldige Besserung. |
| 7 | Schmidbauer Johann, 14 J. | 1/9 früh 7 U. | Mäßige Diarrhöe seit dem 27/8. | Beim Eintritt in's Krankenhaus am 1/9 früh 7 Uhr bereits leicht asphyktisch; nach wenigen Stunden gute Reaktion, den 3/9 reconvaleszent. |

## belle

## Krankenhaus zu Regensburg behandelten Cholerakranken.

| Krankheits-Ursache. | Genesen | Entlassen. | Gestorben. | Bemerkungen. |
|---|---|---|---|---|
| Unbekannt. | — | — | 23/8 Abends 9 U. | War Arbeiter der Porzellanfabrik, von welcher die ersten und heftigsten Fälle der hiesigen Epidemie ausgegangen sind. Seine Wohnung, woselbst die Krankheit zum Ausbruche kam, befand sich in der Wollwirkerstraße Lit. A Nr. 181 über 4 Stiegen. |
| Unbekannt. | — | — | 30/8 früh 2 U. | Kam durchaus in keine Berührung mit Cholerakranken; seine Mutter jedoch, bei welcher er wohnte, ist Arbeiterin der Porzellanfabrik. Die Wohnung, woselbst Gatz erkrankte und die ersten 4 Stunden verblieb, war am Judenstein Lit. A Nr. 140, in welchem Hause alsbald noch 3 Personen erkrankten und starben. |
| Unbekannt. | 31/8 | 5/9 | — | War Wärter im Krankenhaus, und kam seit dem 21. Abends in das Zimmer der Cholerakranken. |
| Unbekannt. | 4/9 | 11/9 | — | War Magd bei Faktor Auer dessen Kind am 21/8 an der Cholera starb; später erkrankte und starb auch noch dessen Frau. Rothe Hahngasse Lit. B Nr. 52. |
| Unbekannt. | 7/9 | 17/9 | — | War Arbeiter in der Porzellanfabrik. Wohnte im Kreuzgäßchen Lit. A Nr. 215. |
| Unbekannt. | 31/8 | 2/9 | — | War Dienstknecht in der Ostengasse Lit. H Nr. 178. |
| Unbekannt. | 4 9 | 17/9 | — | War Schlosserlehrling in der Ostengasse Lit. H Nr. 177. |

| Nummer. | Name und Alter. | Eintritt in's Krankenhaus. | Vorläufer. | Eintritt und Verlauf der Krankheit. |
|---|---|---|---|---|
| 8 | Wanderer Barbara, 19 J. | 1/9 früh 9 U. | Seit dem 29/8 etwas wässeriges Erbrechen u. Unterleibs-Grimmen. | In der Nacht vom 31/8—1/9 heftigeres Erbrechen und Durchfälle spezifischer Art, Morgens 9 Uhr etwas cyanotisch, Reaktion in wenigen Stunden, baldige Besserung. |
| 9 | Mehrmann Marg. 65 J. | 1/9 Abends 5 U. | Am 29/8 allgemeines Uebelbefinden. | Am 30/8 früh 2 Uhr Brechdurchfall und Wadenkrämpfe; das Erbrechen sistirte sich bald, seröse Durchfälle und Krämpfe dauerten fort; beim Eintritte in's Krankenhaus am 1/9 kalt und cyanotisch, am 2. Reaktion, Abends Beginn des Typhoids, am 3. früh 3 Uhr Pulslosigkeit und neuerdings Kälte, Vormittags 10 Uhr Tod. |
| 10 | Lang Franziska, 54 J. | 1/9 Abends 8 U. | Brechdurchfall seit dem 28/8, wobei die Kranke aber sich außer Bette befand und keine ärztliche Hilfe in Anspruch nahm. | Am 1/9 Nachmittags schmerzhafte Wadenkrämpfe nebst Pulslosigkeit und Kälte; keine Reaktion; am 3/9 Mittags halb 1 Uhr Tod. |
| 11 | Spranger Joh., 54 J. | 4/9 Abends 9 U. | Auf der Donaufahrt von Deggendorf hieher seit dem 28/8 krank an Erbrechen und Durchfall, wobei aber der Kranke bis zum 1/9 arbeitete und am 2/9 noch ausging. | Am 4/9 ärztlich besucht, typhöse Krankheitserscheinungen bietend; Abends 9 Uhr asphyktisch in's Krankenhaus gebracht; keine Reaktion; Tod am 5/9 Mittags halb 1 Uhr. |
| 12 | Köntger Theres. 21 J. | 6/9 Morg. 9 U. | Diarrhöe seit dem 3/9. | In der Nacht vom 5—6 Erbrechen bei fortwährendem Durchfall, Entleerungen spezifisch; Abends kühle Haut und Magenschmerz, bald darauf Reaktion, am 7. und 8. Spuren von Typhoid, am 11. Reconvaleszent. |

| Krankheits-Ursache. | Genesen. | Entlassen. | Gestorben. | Bemerkungen. |
|---|---|---|---|---|
| Unbekannt. | 4/9 | 5/9 | — | War Dienstmagd in der Ostengasse Lit. H Nr. 93. |
| Unbekannt. | — | — | 3/9 Vormit. 10 U. | Wohnte am Judenstein Lit. A Nr. 140 in dem Hause, wo Gatz (sieh oben Nr. 2) erkrankte. |
| Unbekannt. | — | — | 3/9 Mittags halb 1 U. | Wohnte an der Brunnleiten Lit. A Nr. 97. War Hausgenossin und Wärterin einer am 26/8 erkrankten und am 3/9 verstorbenen Cholerakranken. |
| Unbekannt | — | — | 5/9 Mittags halb 1 U. | War Schiffknecht aus Deggendorf, und kam von dort zu Wasser hier zugereist. |
| Unbekannt. | 11/9 | 17/9 | — | War vom 21/8 — 30/8 an gastrischem Fieber leidend im Krankenhaus, verblieb dann als Hausmagd daselbst, fuhr am 1/9 zur Aushilfe ins Krankenhaus nach Sünching, woselbst sich aber keine Cholerakranken befanden, und kehrte, bereits von Diarrhöe befallen, am 5/9 zu Fuß hieher zurück. |

| Nummer. | Name und Alter. | Eintritt in's Krankenhaus. | Vorläufer. | Eintritt und Verlauf der Krankheit. |
|---|---|---|---|---|
| 13 | Hugl Josepha, 25 J. | 25/8 Cholera-Erscheinungen am 7/9 begonnen. | Allgemeines Uebelbefinden am 7/9 von Mittags 11 Uhr an. | Am 7/9 Abends 7 Uhr und die Nacht hindurch Anfang des Brechdurchfalls und zugleich des asphiktischen Stadiums; Spuren von Reaktion, doch fortwährendes Erbrechen und spezifische Diarrhöe mit Unterleibsschmerzen, am 11. Abends Beginn des Typhoids, am 14. früh 3 Uhr gestorben. |
| 14 | Wanderer Barbara, 19 J. | 9/9 Vorm 10 U. | Diarrhöe seit dem 6/9, | In der Nacht vom 8—9. spezifisches Erbrechen, Durchfälle und Wadenkrämpfe, beim Eintritt in's Krankenhaus bereits asphyktisch; Reaktion in wenigen Stunden, reconvaleszent am 13. |
| 15 | Hoch Joseph, 33 J. | 5/10 Abend | Leichte Diarrhöe seit dem 6/10 Abends. | Am 9/10 Mittags spezifischer Brechdurchfall und Krämpfe; Abends Eintritt des asphyktischen Stadiums; am 10. Beginn der Reaktion, und darauf baldige Reconvalescenz ohne Typhoid. |

| Krankheits-Ursache. | Genesen. | Entlassen. | Gestorben. | Bemerkungen. |
| --- | --- | --- | --- | --- |
| Unbekannt. | — | — | 14/9 früh 3 U. | Befand sich seit dem 25/8 an gastrischem Fieber leidend und seit dem 2/9 reconvaleszent im Krankenhaus. |
| Unbekannt. | 14/9 | 17/9 | — | War bereits vom 1/9—5/9 cholerakrank (sieh oben Nr. 8), eine Veranlassung der Rezidive konnte nicht eruirt werden. — Wurde am 10. September von ihrem Vater besucht, welcher darauf zu Stadtamhof am 18. Mittags erkrankte und am 19. früh starb (an Cholera). |
| Unbekannt. | 15/9 | Noch nicht entlassen | — | War vom 2. Sept. früh bis 5. Nachmittags in einem Steinbruche bei Winzer beschäftigt, und hatte während dieser Zeit sein Nachtquartier zu Winzer, in welchem Dorfe kurz vorher Cholerafälle mit tödtlichem Ausgange vorgekommen waren. Kam wegen einer Contusion des linken Oberschenkels am 5/10 ins Krankenhaus, und hatte am 6. und 7. Emphysem des Unterhautzellgewebes über den ganzen Oberschenkel verbreitet. |

# Traunstein.

# Traunstein.

Traunstein, ein freundliches Städtchen an der Traun im bayerischen Gebirge, nicht ferne von Salzburg gelegen, zählt mit dem Salinenbezirke Au 3267 Einwohner, von denen auf die Saline 708 treffen. Die Stadt wurde vielfach nach Ausbruch der Cholera in München von Choleraflüchtigen besucht, bis diese am 28. August auch von dort durch den Ausbruch der Krankheit verscheucht wurden, welche bis Oktober 72 Menschen dahinraffte. Man nimmt gewöhnlich an, daß ein Handelsmann aus München, welcher zum Jahrmarkte am 24. August bereits mit Diarrhöe dort angekommen war, am 29. August an wirklicher Cholera erkrankte und starb, die Krankheit dahin verschleppt habe. — Aber bereits am 28. August erkrankte ein pensionirter Soldat — der Gewohnheits-Schnapstrinker gewesen seyn soll, und in der Schrödelgasse wohnte, die später auf's heftigste von der Krankheit ergriffen wurde, an exquisiter Cholera, und starb nach 12 Stunden. Der nächste Todesfall betraf einen wohlhabenden Metzger gleichfalls aus der Schrödel-Gasse und in wenigen Tagen hatte sich die Krankheit auf einen Grad bedeutender Intensität erhoben. — Ein höchst auffallendes Phänomen beim weitern Verlauf war die strenge lokale Begränzung. Die Krankheit griff den Haupttheil der Stadt, welcher seit etwa 5 Jahren, wo er fast gänzlich abgebrannt war, neu aufgebaut ist, durchaus nicht an, — und bewegte sich in der Schrödel-Gasse und in den angränzenden, aber von dem Centrum der Stadt sich entfernenden Theilen auf der Höhe, und in den am Wasser gelegenen Theilen z. B. der sogenannten Wiese in der Tiefe. Der Salinenbezirk Au, welcher mit der eigentlichen Stadt sehr wenig Verkehr hat, überhaupt eine abgeschlossene Gemeinde in der Gemeinde bildet und sogar ihren eigenen Gemeinde-Vorsteher hat, blieb während der Epidemie der Stadt gänzlich frei von Cholera-Todesfällen, so daß man schon mehrseitig einen günstigen präservirenden Einfluß der Salzdämpfe, welche das Sudhaus in die Atmosphäre verbreitet, anzunehmen geneigt war.

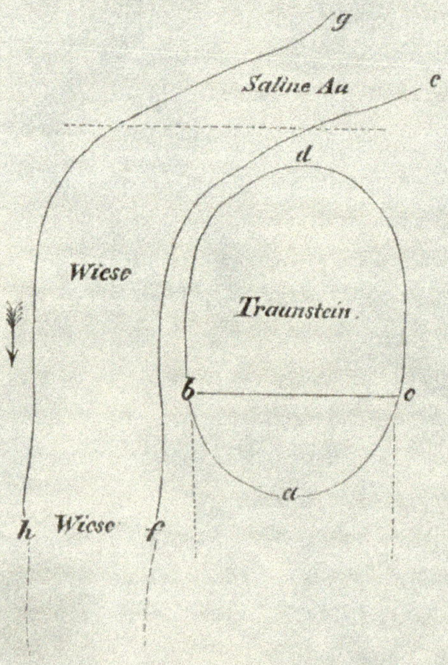


Nebenstehende allerdings rohe Zeichnung gibt ein Bild von den allgemeinen Conturen Traunsteins. Das Ovale abdc soll der Hügel seyn, auf welchem der Hauptheil der Stadt steht. Dieser erhebt sich etwa 80 — 100 Fuß über den Spiegel des der Traun (gh) entnommenen Baches (ef). Zwischen g, e und d breitet sich die k. Saline Au aus, dann folgt die Vorstadt, Wiese genannt, zwischen dem den Traunfelsen umfließenden Bach und der wesentlich tiefer gelegenen Traun. Bei dem Punkte a mündet die Straße von München ein, welche sich auf einer etwas abwärts geschleiften Ebene von einer Anhöhe her bewegt; bei d steigt man sehr steil in die Saline hinab. Der steile Abhang von b a nach dem Bache zu ist gleichfalls mit Häusern besetzt. Das Ovale der eigentlichen Stadt besteht von d bis zur Linie b c aus festem Gestein, nach Angabe des als Geognosten bekannten Gerichtsarztes Dr. Hell aus Grauwackenfelsen. Nach b c (einige Schritte nach der Pfarrkirche) geht der Grund in Geröll über — ganz ähnlich dem Grunde, worauf die Stadt München ruht, — welcher Grund sich dann auch am Abhange nach dem Bache e f, und auf der Wiese und in der Au findet. Conform mit den Beobachtungen in Nürnberg, Fürth, Würzburg, und dem, was ich in meinem Berichte über Regensburg erwähnt habe, hat auch in Traunstein sich das Resultat ergeben, daß die Stadt, soweit die Häuser auf Felsen fundirt sind, frei von der Epidemie — gänzlich frei geblieben ist. Unmittelbar nach der Linie b c beginnt die Schrödel-Gasse auf Dammerde, Gerölle und Sand liegend, und sich über den Abhang nach e f bewegend; man sah dort die Krankheit auf das heftigste wüthen.

Nach den neuesten Berichten aus Frankreich, wo man den Verlauf der Cholera in den Pyrenäen genauer untersuchte, haben sich dort ähnliche Resultate ergeben. So erzählt Boubée in der Gazette medicale Nov. 1854, daß Touille, ein Dorf gegen 160 Meter (circa 480 Fuß) über dem Spiegel des Salat auf einem Vorgebirge von angeschwemmtem Lande gelegen, von der Cholera sehr arg mitgenommen war. Argut, ein Dorf mehr als 300 Meter über der Garonne bei St. Berat hatte gleichfalls eine Cholera-Epidemie, während

St. Berat am Rande des Flusses, in einer sehr engen Schlucht gelegen, aber durchaus auf Muschelkalk fundirt beständig verschont blieb, während die Krankheit ringsherum wüthete. Es scheint mir nach meinen Beobachtungen im Zusammenhalte mit denen des Herrn Boubée und dem, was bereits anno 1817 den Engländern in Indien in Beziehung auf felsiges Terrain häufig aufgefallen ist, erwiesen — und zögere nicht länger, es als Thatsache auszusprechen, daß felsiger Grund eines Ortes die Entwicklung einer Cholera-Epidemie unmöglich mache.

Ich habe dieses bereits ausgesprochen, als die Epidemie in Bayern noch in ihrer Blüthe war, — habe aber im allgemeinen wenig Glauben und Anklang gefunden: — man schenkt leichter dem unglaublichsten Hirngespinnste Zutrauen, als einer schmucklosen Thatsache, und ich bin überzeugt, daß das Publikum viel leichter und lieber an den schützenden Einfluß der Kupfer-Amulette und der Schäfferischen Tropfen glaubt, als daß es zugibt, daß eine einfache Thatsache — wie die erwähnte — wirklich in Wahrheit bestehe. Mit einem Falle, der als schlagendes Beispiel gegen die Untergrundtheorie, wie sie mehrere nennen, dienen sollte, hat man sich in gewissen Kreisen Münchens viel getragen.

Einer meiner Freunde theilte mir einstens mit, daß man eine Stadt entdeckt habe, die ganz auf Felsen liege, und wo dennoch die Cholera sehr gewüthet habe. Mein Freund hatte aber den Namen der Stadt vergessen. Ich ersuchte ihn natürlich angelegentlichst, mir diesen Stein der Weisen näher zu bezeichnen. Das Resultat seiner Erkundigungen war, daß diese Stadt ein Dorf mit einem herrschaftlichen Schlosse im Landgerichte Neuburg an der Donau sey, mit Namen Bertholsheim, welches ich mir bereits unter die Rubrik von Nürnberg und Traunstein gebracht hatte, denn es liegt theilweise auf Felsen und theilweise auf Gerölle und Sand, und epidemisch waren auch in Bertholsheim nur jene Theile ergriffen, welche nicht auf Felsen liegen.

Als ich in den ersten Tagen des November in Traunstein ankam, war die Epidemie bereits seit fast 4 Wochen gänzlich erloschen, — da zeigten sich plötzlich in dem bisher verschonten Salinenbezirke Au mehrere Cholerafälle. Sie waren vorläufig auf einen einzigen Hausstock beschränkt geblieben, welcher 19 kleine Wohnungen mit einer Gesammtzahl von 94 Personen enthielt. Die Arbeiter der dortigen Saline sind durchweg in kasernenartigen Häusern untergebracht, ähnlich dem eben erwähnten. Dieser von der Cholera ergriffene Hausstock hat unter allen die ungünstigste, feuchteste Lage. Halb bogenförmig zieht sich ein Bach an denselben heran, der das Gebäude zuletzt durchströmt. Da das Erdreich nur Geröll ist, so senkt sich das Druckwasser von dem höhern Theile des Baches nothwendig nach der Stelle, wo dieser sogenannte Alberti-Stock steht, und muß den Grund dieses Hauses stets feuchter erhalten, als er ohne dieses wäre. — Den Ausbruch der Cholera im Albertistock benutzte ich zu einem Versuche, ob es vielleicht gelingen könnte durch vollständige Desinfektion aller jener Stellen und Theile der Wohnungen, welche Excrementen-Stoffe anzusaugen im Stande sind, die Krankheit auf den bereits ergriffenen Hausstock zu beschränken, und vielleicht auch in diesem zum Erlöschen zu bringen, in welchem Vorhaben ich vom Gerichtsarzt Dr. Hell und Salineninspektor Schenk auf das kräftigste unterstützt wurde. — Die bezeichneten Hausstöcke haben in der Regel keine Abtritte für die einzelnen Wohnungen, sondern Nachtstühle — deren Inhalt in den durch den Albertistock fließenden Bach entleert wird. Wo sich Abtritte befinden, münden dieselben nicht in Gruben sondern in Bäche oder Kanäle, welche mit diesen in Verbindung gesetzt werden können. Die Abtritt-Röhren sind aus Holz. — Am 6. und theilweise auch am 7. November wurden sämmtliche Nachtstühle mit brennendem Schwefel desinficirt, alle Abtritte und sonstige Aborte, ebenso die Plätze, in den einzelnen Wohnungen, wo gewöhnlich die Nachtstühle stehen, mit Eisenvitriollösung gehörig ausgespült, bis sie geruchlos waren, und dieses Verfahren wurde nicht nur auf den bereits von der Krankheit ergriffenen Hausstock angewendet, sondern auch namentlich auf die übrigen Hausstöcke ausgedehnt, in denen vorläufig noch keine Erkrankungen an Cholera sich zeigten. Durch eine Nachvisitation, Wohnung für Wohnung, überzeugten wir uns, ob den Anordnungen genau entsprochen worden sey.

Bei dieser Gelegenheit wurde mir sehr klar, welch großes Wort es wäre, wenn man eine solche Desinfektion für eine ganze größere Stadt aussprechen wollte. Es wird dieses nur gelingen, entweder wenn die einzelnen Bewohner selbst aus Ueberzeugung die Sache verrichten, was allgemein nicht zu erwarten steht, oder wenn die Desinfektion bis in's Kleinste auf Kosten der Bewohner durch eine von der Polizei organisirte und streng überwachte Truppe zwangsweise ausgeführt wird.

Der Verlauf der Cholera in der Saline war folgender: Während die Stadt Traunstein von der Epidemie heimgesucht war, zeigten sich in der Au nur Cholerinen, nach Mittheilung des Gerichtsarztes, 60 an der Zahl — 28 Fälle bei Männern und 32 bei Weibern, zwei Dritttheile davon sollen ziemlich heftig gewesen seyn. — Am 28. Oktober zeigte sich die erste Cholera-Erkrankung in dem mittlern Theile des Albertistockes. Aus der nämlichen Wohnung — die übrigens gerade zu den bestgehaltenen und geräumigsten gehörte, erkrankten drei weitere Glieder der nämlichen Familie am 29. und 30. Oktober. Am 31. folgten abermals 2 Erkrankungen, und am 4. ergriff die Krankheit eine weitere Familie, in der bis zum 8. November 5 Personen theils heftiger theils leichter erkrankten. — Im Ganzen erkrankten in dem Salinenbezirke Au an Cholera 8 Individuen männlichen und weiblichen Geschlechts. Von diesen starben 3 Kinder männlichen, 1 Kind weiblichen Geschlechts und 2 alte Weiber von 73 und 78 Jahren. — 2 Tage nach der vollständig durchgeführten Desinfektion erkrankte und starb das letzte Individuum (am 8. November), — und nach diesem Niemand mehr.

Diese Nachepidemie in Traunstein ist in mehrfacher Beziehung interessant. Erstlich beseitigt sie die Möglichkeit eines Irrthums, der in Bezug auf den schützenden Einfluß der Salinen gehegt werden konnte, wenn die Au ganz frei geblieben wäre. Hiegegen hätten wir allerdings auch bereits anderweitige gewichtige Argumente gehabt, z. B. die heftige Epidemie in Halle in Preußen. Wenn bisher viele Salinen von der Cholera verschont geblieben sind, so hat das höchst wahrscheinlich zweierlei Gründe — einmal liegen dieselben sehr häufig entfernt von dem allgemeinen Verkehrszuge, und dann meistens im Gebirge, so daß es sich oft treffen kann, daß sie auf Felsen, auf festes Gestein fundirt sind.

Ein zweiter interessanter Umstand ist, daß die eigentlichen Cholerafälle auf ein einziges Haus — den sogenannten Albertistock beschränkt geblieben sind. Dieser Hausstock hat auch nach dem Urtheile des kgl. Salineninspektors im Vergleich mit den andern die ungünstigste, namentlich feuchteste Lage, und in ihm entwickelte sich die Krankheit zuerst — ganz ähnlich wie wir sie auch in München ihren Weg so häufig an den tieferen Punkten der

Quartiere ihren Marsch eröffnen und allmählig nach den höheren fortrücken sehen. Dieses Verhalten in der Au hat deßhalb einen besondern Werth, weil in den übrigen Hausstöcken sonst die gleichen Verhältnisse obwalten, wie im Albertistock, gleiche Bauart und Vertheilung der Wohnungen, gleiche Dichtigkeit und gleiche Standesklassen der Bewohner, — auch Diät und Lebensweise bieten keine wesentlichen Differenzen dar.

Der verhältnißmäßig milde Verlauf in der Au fodert gleichfalls zu einigen Betrachtungen auf, denn die Krankheit tödtete unter 708 Menschen nur 4 Kinder und 2 mehr als 70jährige Greisinnen. Größer allerdings erscheint die Sterblichkeit, wenn wir die 6 Todten auf die 94 Bewohner des ergriffenen Albertistockes ausschlagen, — aber immerhin noch auffallend gelinde im Vergleich mit Gaimersheim, wo wir gesehen haben, daß von den Bewohnern der ergriffenen Häuser 28 Procent getödtet worden sind, mithin viermal mehr, als im Albertistock der Au. — Nehmen wir dieses als ein Zeichen für eine geringere Entwicklung des die Cholera verursachenden Stoffes, so lassen sich auch hiefür Gründe finden, welche mit dem übereinstimmen, was anderwärts beobachtet worden ist. Von all diesen Arbeiterwohnungen kann nur eine geringe Verunreinigung des Bodens, obwohl er durchschnittlich locker und feucht ist, ausgehen, weil nirgend die Excremente u. s. w. in größern Massen aufgespeichert, sondern stets in das rasch fließende Wasser entleert worden. Diese Arbeiterbevölkerung treibt weder Ackerbau noch Viehzucht. Die Wiese in Traunstein, welche die gleiche Terrainbeschaffenheit mit der Saline theilt, zeigte sich in viel höherem und intensiverem Grade ergriffen, wo wir bei den Häusern wieder Mist- und Schwindgruben finden, und diesem Theile sicher auch von der Stadt aus, dem

Laufe des Wassers entsprechend, viel Stoff der Verwesung zugeführt wird. — Mir ist es nicht unwahrscheinlich, daß lediglich aus diesem Grunde die Epidemie der Au so gelinde verlief, und es dort nur zu Cholerinen kam, während in allen Stadttheilen von Traunstein, so weit es nicht auf Felsen fundirt ist, intensive Cholerafälle bei jedem Alter und Geschlecht vorkamen.

Endlich bietet noch das Aufhören der Epidemie nach der Durchführung einer vollständigen Desinfektion, nachdem sie 10 Tage gedauert, und binnen dieser Zeit 6 Menschen getödtet hatte, einige Gesichtspunkte dar. — Daß ein ergriffenes gewöhnliches Wohnhaus nach 10 Tagen von Todesfällen frei wird, ist eine Erscheinung, die uns in München, man darf sagen, mehrere hundertmal begegnet. Ein solches Wohnhaus, wie diesen Alberti-Stock aber, müssen wir mehr vom Standpunkte der Pfründner-Anstalten und Kasernen aus betrachten, und da bleibt die kurze Dauer der Erkrankungen und der Sterblichkeit immerhin sehr auffallend. Wir treffen unter ähnlichen Umständen bei empfänglichem Boden die Dauer der Epidemien solcher einzelner Häuser nicht unter 4 Wochen. Selbst bei wenig empfänglichem Boden, wie in Regensburg sehen wir im Krankenhause und im Pfründ-Hofe einen mehr in die Länge gezogenen Verlauf.

Auffallend bleibt ferner, daß von den andern Hausstöcken keiner von der Krankheit ergriffen wurde. — Ich will hier mich nicht in Vermuthungen ergehen, wie viel an dieser Erscheinung die vorgenommene vollständige Desinfektion Antheil haben mag, und wie viel etwa auf Rechnung anderer Verhältnisse gehört — ich begnüge mich, die Thatsache mitgetheilt zu haben, — indem ich nur noch erwähne, daß nach meiner Ansicht die rechte Zeit zur Desinfektion ist, sobald sich in der Gegend die ersten Anzeichen der Cholera zeigen, — aber nicht mehr, wenn sich bereits mehrere Fälle in einem Hause ereignet haben, wo die meisten disponirten Individuen den Keim zur Krankheit bereits in sich aufgenommen haben. Wie sehr sich der wirkliche Ausbruch bei einzelnen oft verzögern kann, davon habe ich bereits mehrere auffallende Beispiele erzählt (siehe meinen Bericht über Ebrach.)

Daß man die Cholera in ihren Anfängen an einzelnen Orten sehr häufig übersehen hat, und den Ausbruch der Krankheit in der Regel zu spät vom ersten asphyktischen Falle an datirt, glaube ich in meinem Berichte über München durch die Nachweise über die Aufseher der Industrie-Ausstellungscommission klar gemacht zu haben.

Wie sehr sich die Maaßregel der Desinfektion vor Ausbruch einer Epidemie in ihren praktischen Folgen von der Anwendung nach Ausbruch derselben unterscheidet, davon habe ich außer Ebrach und Kaisheim auch noch von anderwärts Belege erhalten. Herr Dr. Wimmer in Landshut hat diesen Gegenstand dort etwas näher in's Auge gefaßt, und mir seine Erhebungen eingesendet. — Es ist in allen jenen Häusern, deren Abtritte und Düngerstätten mit Eisenvitriollösung gehörig begossen worden sind, ehe sich ein Krankheitsfall unter den Bewohnern zeigte, wo also die Desinfektion prophylaktisch angewendet wurde, Niemand an Cholera erkrankt. — Ich würde auf diese Thatsache ein noch viel größeres Gewicht legen, wenn die Cholera in Landshut eine weitere Ausbreitung erlangt hätte, als dieß wirklich der Fall war; von den dort befindlichen Wohnhäusern (nach älterer Angabe 750 an der Zahl) hatten nur 19 Choleratodesfälle. — In der Beilage zu diesem Berichte befindet sich wörtlich der Bericht des Dr. Wimmer mitgetheilt. — Es geht aus ihm jedenfalls mit Bestimmtheit hervor, daß auch in Landshut der Verlauf der Krankheit nichts zum Vorscheine gebracht hat, was den Beobachtungen über die Terrainverhältnisse anderer Orte widerspräche, — im Gegentheile bietet sich eine völlige Uebereinstimmung dar.

## Bericht

### über die Resultate der des Dr. Wimmer über den Infektionsheerd der Cholera ausgeführten Untersuchungen.

„Nach mit dem k. Kreis- und Stadtgerichtsarzte Dr. Syller dahier gepflogener Rücksprache über die Bezeichnung jener Häuser hiesiger Stadt, in welchen Choleraerkrankungsfälle vorgekommen sind, entwarf ich mir zunächst eine Tabelle, um hienach sämmtliche Untersuchungen in völlig übereinstimmender Weise durchzuführen.

„Diese Tabelle, welche ich nebst einem motivirten Berichte dem genannten k. Stadtgerichtsarzte behufs der Uebermachung an die k. Regierung demnächst übergeben werde, enthält außer der Bezeichnung der Straße, der betreffenden Hausnummer und Angabe der Zahl der in dem bezeichneten Hause an der Brechruhr Erkrankten, der hievon Genesenen und Verstorbenen, auch noch folgende Rubriken: I. Bezeichnung des relativen Terrains des Hauses, ob muldenförmig, erhöht oder flach. II. Bezeichnung der Bodenbeschaffenheit. III. Bezeichnung der Lage und Beschaffenheit der Abtritte und Düngerstätten. IV. Bemerkungen über das Absickern der Düngstättflüssigkeiten. V. Benennung der angewendeten Desinfektionsmittel, nebst Angabe der Zeit, der Dauer und des Erfolges ihrer Anwendung. VI. Bezeichnung jener Fälle, in welchen trotz Anwendung von Desinfektionsmitteln dennoch neue Brechruhrerkrankungsfälle vorgekommen sind, und VII. eine Rubrik für besonders auffallende, nicht vorgesehene Erscheinungen.

„Ich habe nun in hiesiger Stadt die mir bezeichneten Häuser, 19 an der Zahl, in vollkommen gleicher, eben beschriebener Weise mit der größten Genauigkeit untersucht, und bin hiedurch zu folgenden Resultaten gelangt:

„I. Von den untersuchten 19 Häusern, in welchen Cholera-Erkrankungsfälle vorgekommen sind, haben 10 Häuser eine muldenförmige Lage. Unter diesen befinden sich gerade diejenigen, in welchen die Cholera zuerst, so wie diejenigen, in welchen sie am meisten intensiv aufgetreten ist. — Alle übrigen untersuchten Häuser haben eine flache, nicht eines aber eine erhöhte Lage.

„II. Der Boden, auf welchem die untersuchten Häuser gebaut sind, ist, wie dieß bei allen Häusern hiesiger Stadt der Fall, lockerer Kies, und zwar Kalkkies. — Sämmtliche Häuser sind, 6 Fälle ausgenommen, vollkommen trocken. Letztere 6 Häuser haben ohne Ausnahme eine muldenförmige Lage und rührt das Feuchtsein in allen Fällen von vorbeiführenden Gossen her.

„III. Die Abtritte und Düngstätten der untersuchten Häuser befinden sich in 13 Fällen im Hause selbst, in 5 Fällen in einem von nahen Mauern umschlossenen Hofraume und nur in einem einzigen Falle ganz im Freien. Sämmtliche Abtritte und Düngstätten sind, so weit ersichtlich, in gutem Zustande und letztere ohne Ausnahme ausgemauert. Keine einzige dieser Düngstätten ist mit einem Abzugskanale in Verbindung gesetzt, so daß die in diesen sich ansammelnden Excremente und Flüssigkeiten zeitweise ausgeleert werden müssen, großentheils aber in dem lockeren Erdreiche versickern. — Nur in einem einzigen Falle münden die im Hause befindlichen Abtritte in einen Kanal, der aber ein so schlechtes Gefälle hat, daß von den Excrementen beinahe gar nichts abfließt, weßwegen derselbe öfters geräumt werden muß; nur bei sehr hohem Wasserstande der Isar, wird der Kanal von letzterer ausgespült.

„Daß die Abtritte und Düngstätten irgendwie mit der Küche communiciren, so daß die aus ersteren aufsteigenden Dünste und Gasarten in diese gelangen, ist in keinem Falle bemerkt worden. Die von der Cholera am meisten heimgesuchten Häuser sind ohne Ausnahme nur solche, deren Düngstätten im Hause selbst sich befinden.

„IV. Nur in 2 Fällen ist mir das Absickern der Düngstätt-Flüssigkeit in einen nahe gelegenen Brunnen zugestanden worden. Wahrscheinlich aber dürfte dieses in allen Fällen mehr oder weniger der Fall sein, da hiefür theils der lockere Untergrund, in Folge dessen auch alle diese Brunnen mit der Isar communiciren, theils der Umstand spricht, daß die Ziehbrunnen hiesiger Stadt, und zwar ohne Ausnahme, ein an salpetersauren Salzen reiches Wasser liefern.

„V. Von den 19 untersuchten Fällen wurden in 13 Fällen Desinfektions-Mittel angewendet, und zwar in 9 Fällen Eisenvitriollösung, mit welcher auch die Abtrittsschläuche und Nachtstühle ausgespült wurden, und in 4 Fällen Chlorkalk, welcher aber ohne Ausnahme nur als Luft-Reinigungsmittel in den Krankenzimmern und auf benachbarten Gängen aufgestellt, in keinem Falle aber als Desinfektions-Mittel der Abtritte und Düngstätten angewendet wurde. — Die Dauer der Anwendung dieser Desinfektions-Mittel anlangend, wurden sie 2—3 Wochen lange und in Zwischenräumen von circa 8 Tagen angewendet; ja in einigen Fällen erstreckt sich die Anwendung des Eisenvitriols in der angedeuteten Weise bis auf den heutigen Tag.

„Hiebei wurden nun ferners folgende, gewiß nicht uninteressante Erfahrungen gewonnen:

1) Die genannten Desinfektions-Mittel wurden ohne Ausnahme erst nach der Erkrankung oder erst nach dem Tode der von der Cholera befallenen Individuen angewendet.

2) In allen jenen Fällen, in welchen Eisenvitriol als Desinfektions-Mittel der Abtritte und Düngstätten angewendet wurde, wurde von diesem Augenblicke an, ein neuer Cholera-Erkrankungsfall nicht mehr wahrgenommen.

3) In jenen Häusern, in welchen Chlorkalk in der oben beschriebenen Weise angewendet wurde, sind auch nach dessen Anwendung neue Erkrankungsfälle vorgekommen.

4) In jenen Häusern, in welchem keinerlei Desinfektions-Mittel in Anwendung kamen, wurden die Düngstätten, aber immer erst nach der Erkrankung oder nach dem Tode der betreffenden Individuen ausgeräumt.

5) Um meine dießfallsigen Untersuchungen möglichst zu vervollständigen, habe ich auch solche Häuser besucht, in welchen auf mein Anrathen hin die Eisenvitriollösung auf die angedeutete Weise als Prophylacticum angewendet wurde. Die dießfalls gepflogenen Recherchen lieferten die Tatsache, daß in allen diesen Häusern auch nicht ein Brechruhrerkrankungsfall vorgekommen ist.

6) In einem hiesigen Bürgerhause, in welchem Vater, Mutter und Tochter an der Cholera starben, begab sich der ältere Sohn, ein gesunder, kräftiger, junger Mann bald darauf,

als die Excremente, seines bereits verstorbenen Vaters, in den im Hause befindlichen Abtritt ohne vorhergegangene Desinficirung geleert waren, auf diesen. Noch während er sich in diesem Abtritte befand, befiel ihn ein bedeutendes Unwohlsein mit allen Symptomen der Choleraerkrankung, wurde aber durch rasch angewendete Heilmittel wieder hergestellt, was bei seiner Mutter und Schwester, die auf die gleiche Weise erkrankten, leider nicht der Fall war. — Die Düngstätte wurde erst nach Erkrankung dieser Individuen geräumt.

7) Wenn nun endlich in jenem Falle, in welchem 3 Individuen an der Cholera verstorben sind, sich aber der Abtritt und die Düngstätte ganz im Freien befinden, diese als Infektionsheerd nicht angenommen werden kann, indem unter allen übrigen Bewohnern dieses Hauses, trotz dem daß sie zum Besuche dieses im Freien befindlichen Abtrittes gezwungen sind, und kein Desinfektions-Mittel angewendet wurde, auch nicht ein Choleraerkrankungsfall vorgekommen ist, muß ich bemerken, daß in diesem Falle der Infektions-Heerd in der zu ebener Erde befindlichen Wohnung der Verstorbenen zu suchen ist. Diese nämlich ist nicht nur außerordentlich feucht, sondern die Verstorbenen hatten ihre Wohnung in so ferne in einen Schweinestall verwandelt, als sie das zur Nahrung für Schweine gesammelte, aus geronnenem Blute und Küchenspülicht bestehende Trank oft mehrere Wochen lange in ihrer Stube offen stehen ließen, wobei nothwendiger Weise eine die Luft verpestende Fäulniß eintreten mußte.

„Ohne mich nun mit den Contagionisten und Anticontagionisten in einen Streit einzulassen, und ohne das Entstehen und die Verbreitung der Cholera kosmisch-lunarisch-planetarisch-elektro-magnetischen Strömungen zuschreiben zu wollen, dürften die von mir eruirten Fakta jedenfalls beweisen, daß

1) die von Professor Dr. Pettenkofer ausgesprochene Ansicht über den Infektionsheerd der Cholera als unbestreitbare Thatsache feststeht, daß

2) Chlor-Räucherungen für den Fall, als man das Wesen der Cholera in der Luft verbreitet wissen will, ohne Wirkung auf letzteres sind, und

3) daß endlich der Eisenvitriol ein vollkommen zweckentsprechendes Desinfektions-Mittel der Abtritte und Düngstätten, dieser Cholera-Heerde bleibt."

# Freysing.

# Freysing.

Freysing, eine kleine Stadt an der Mosach, in der Nähe, wo diese in die Isar mündet, gelegen, 8 Stunden von München, wurde gegen Ende des August von einer ziemlich heftigen Cholera-

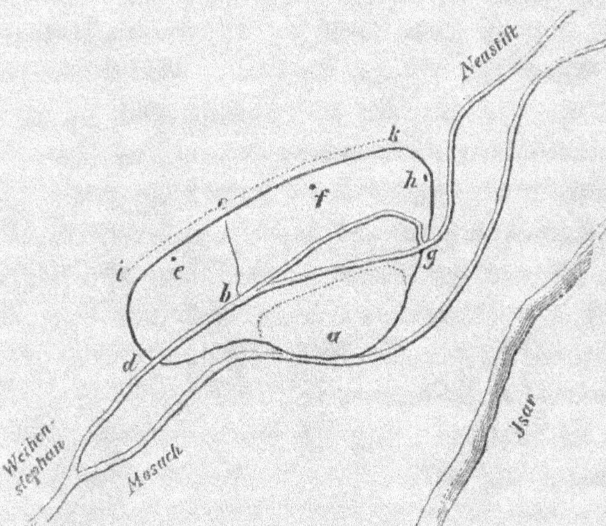


Epidemie ergriffen. Der Verlauf der Krankheit bot an diesem Orte vielfaches Interesse dar, so daß ich mich zu einer genaueren lokalen Untersuchung an Ort und Stelle begab. Freysing liegt am süd-östlichen Abhange jener Hügelreihe, welche das Dachauer-Moor und das flache linke Isarufer begränzt. Voraussstehender Holzschnitt versinnlicht in rohen Umrissen das Flächenbild von Freysing (d c g a). Bei d strömt ein Wasserarm der Mosach ein, deren Hauptströmung von diesem rechts ab um die Stadt geht. Der eine Arm theilt sich bei b wieder in 2, wovon der eine in der Richtung b h überwölbt durch die Hauptstraße der Stadt, der andere unbedeckt nach g läuft, wo sie sich wieder vereinigen. — Der Spiegel dieser Wasserfäden ist allenthalben tiefer als die Straßenflächen, so daß sie nirgends aufgedämmt erscheinen. Die theilweise punktirte ovale Linie um a zeigt einen an der Mosach sehr steil sich erhebenden Sandkegel, den Domberg, an, dessen höchster Punkt 109 Fuß über dem Wasserspiegel der Mosach liegt. Bis zum Punkte b — eine Wegesentfernung von circa 1300 Fuß fällt die Bodenfläche wieder um 100 Fuß und erhebt sich in der Richtung der Linie bc bei c (dem Ziegel-Thore, einer Entfernung von 640 Fuß von b) wieder um nahezu 18 Fuß. Die Punkte d und h (das Veits- und Juden-Thor) verbindet die eben und fast geradlienig verlaufende Hauptstraße. Der süd-östliche Punkt a (der Domberg) und der nordwestliche Rand der Stadt d c h (obere Graben, Schwarzeneggergasse und untere Graben) bilden somit die höchst gelegenen Stadttheile, dazwischen in der Tiefe liegt die Hauptstraße, einige Fuß über dem Spiegel der Mosach-Bäche. — Die Höhe von c setzt sich in der Richtung von c e und c f nicht nur auf der ganzen nordwestlichen Linie der Stadt gleichmäßig fort, sondern erhebt sich am Punkte e des obern Grabens 12 Fuß und am Punkte f des untern Grabens 4 Fuß über den Punkt c, so daß die Straßenlinie b c (Ziegelgasse) als eine tiefe Rinne angesehen werden kann zwischen den Hügeln o und f, welche Fortsetzungen der nordwestlich von der Linie dh ansteigenden Hügelreihe sind, während eb die Fortsetzung des Thal-Einschnittes zwischen zwei Hügeln bildet, die an dem nordwestlich gegen Obergartelshausen führenden Wege liegen. Die Vorstadt Neustift liegt entweder unmittelbar an den steilen Abfall dieser fortgesetzten Hügelreihe angedrängt, oder tiefer als der aus der Stadt kommende Mosach-Bach auf sumpfigen Wiesen. — Der Baugrund der Stadt besteht auf dem Domberge aus Sand (Quarzsand), der ziemlich fein ist und wie sich beim Treiben eines Brunnenschachtes ergab, hinab bis auf den Wasserspiegel der Mosach geht, in den übrigen Theilen der Stadt findet sich Kalkkies, Geröll und Sand, es kommt sogar Moorgrund vor, auf welchem namentlich die in Neustift gelegene Sonnenstraße steht. — Nirgends stoßt man auf compaktes Gestein, auf Felsen. — Die Bodenfläche der eigentlichen Stadt kann als eine Mulde betrachtet werden, welche nicht geschlossen, sondern an ihren tiefsten Punkten in der Richtung von d nach g offen, und von einem rasch fließenden Bache durchströmt ist. Die Ränder der Mulde bilden auf der einen Seite der steile Domberg, auf der andern die nach Nordwest ansteigende Hügelreihe, wo zunächst der obere und untere Graben und die Schwarzenegger-Gasse liegen.

Der Verlauf der Cholera hat nun das merkwürdige Resultat ergeben, daß die Epidemie ihre größte Intensität auf dem Domberge und seinem Abhange, ferner in der Schwarzenegger-Gasse, dem obern und untern Graben und in der Ziegelgasse zeigte. — Die Vorstadt Neustift war gleichfalls sehr heftig ergriffen; aber dort bot der Verlauf nichts auffallendes, denn es finden sich dort die aus meinen Berichten über München, Augsburg und deren Umgebung bereits hinlänglich bekannten Verhältnisse.

Ich wurde in München von den verschiedensten Seiten auf das dringlichste auf den Verlauf der Epidemie in Freysing aufmerksam gemacht, welcher alle meine bisher angenommenen Gesichtspunkte vollkommen umstoßen sollte; denn dort sey die größte Intensität der Krankheit theils auf dem hoch und trocken gelegenen Domberge, theils auf dem hohen Rande des Grabens zu beobachten gewesen, während gerade der tiefste Punkt des muldenförmigen Terrains auffallend verschont geblieben sey, durch welchen überdieß die Hauptstraße, mithin auch der Hauptverkehr sich ziehe. Nachdem ich von Traunstein zurückgekehrt, begab ich mich sofort nach Freysing, trotzdem daß ich mich seit zwei Monaten wahrhaft müde gereist hatte, und ich mich herzlich nach dem Ende einer Arbeit sehnte, die mich ebenso sehr meinem gewöhnlichen Berufe entfremdete, als sie auch anfing, den Reiz der Neuheit für mich zu verlieren.

Man hatte bereits vielfach meine Geduld mit falsch oder mangelhaft beobachteten oder erzählten Thatsachen, wie sie ja allenthalben zu Hause sind, auf mitunter harte Proben gestellt, und ich muß mich jetzt selbst darüber wundern, daß ich nie irre geworden bin.

Ich ersuche nun meine Leser, mir noch einmal auf meinem letzten Gange nach Freysing zu folgen.

Die Untersuchung des Domberges ergab, daß die Gebäude selbst auf der Spitze des Berges — z. B. die alte erzbischöfliche Residenz — stellenweise 3 — selbst 4 Fuß hoch vom Grunde aus feucht waren. Das klingt allerdings sonderbar, wenn man weiß, daß der ganze Berg keine Wasserquelle in sich schließt, sondern alles Wasser von einem Brunnwerke aus, welches an der Mosach gelegen ist, hinaufgedrückt werden muß. — Ich habe Stellen in Gärten des Dombergs getroffen, wo sich Rasen und Bäume befanden, die sich wenig von einem Moorgrunde unterschieden. Vor etwa zwei Jahren ereignete sich an der südlichen Seite des Berges ein Erdrutsch, der ein nicht unbedeutendes Stück einer der ringförmigen Umfassungs-Mauern einstürzte. — Mehrere Versitz-Gruben, welche ich auf dem Domberge antraf, haben die Eigenschaft, der sie ihren Namen verdanken, bereits ziemlich verloren, trotzdem, daß sie nur roh aus gebrannten Ziegeln und mit gewöhnlichem Mörtel hergestellt sind. — Man hat deßhalb in neuerer Zeit, wo die Flüssigkeiten weniger mehr versitzen als sonst, von diesen Gruben weg Rinnen geführt, welche das Ueberfließende an den steilen Abhängen über die Dammerde des Berges ausgießen, so daß sich deren Spur bis an den Fuß desselben hinab zieht. Was mögen nun die Ursachen dieser unverkennbaren Anzeichen von Feuchtigkeit eines so hoch gelegenen Punktes, wie des Domberges in Freysing seyn?

Der ganze kegelförmige Berg besteht aus Sand, und ist mit einer Schichte von Dammerde in wechselnden Höhen überzogen. Um an den allseitigen steilen Abhängen ebene Flächen zu gewinnen, sind rings um den Berg in den verschiedensten Höhen terassenförmig Mauern gezogen, so daß der ganze Berg gewissermaßen als ein konisches Gefäß erscheint, dessen Wandungen Mauerwerk und dessen Ausfüllung Sand ist. — Durch diesen Sandkegel werden nun seit vielen Jahrhunderten nicht nur die atmosphärischen Niederschläge, sondern auch großentheils die unreinen Wasser der Wohnplätze der Menschen filtrirt, und es wäre zu verwundern, wenn sich dieses Filter nicht allmählig verschlammt, und diese kegelförmige Versitz-Anstalt nicht nach und nach unthätig geworden wäre, da man keine Anstalten getroffen hat, diesen unvermeidlichen Uebeln der längeren Benützung eines solchen Platzes durch verhältnißmäßige Nachhilfe sowohl in der Drainage, als auch in Vermeidung oder doch Beschränkung jener Ursachen, welche eine beständige Verunreinigung und Befeuchtung des Bodens hervorrufen, gleichmäßig zu begegnen. Die Drainage ist im Lauf der Zeit nicht besser, jedenfalls aber schlechter geworden, wie mich einige Beobachtungen überzeugten. — Das Regen-Wasser aus den Dachrinnen der zahlreichen und großen Gebäude ergießt sich unumschränkt auf die Bodenfläche und hat sich dann seinen ferneren Verlauf selbst zu suchen, wobei demselben oft der möglichst lange Weg und eine möglichst große Ausbreitung frei steht. — Viele Abzüge über den Berg bestehen aus halb vermoderten hölzernen Rinnen. Nahezu am höchsten Punkte, unmittelbar vor der ehemaligen fürstbischöflichen Residenz befindet sich ein größeres Bassin mit lebhaftem Zuflusse aus den Röhren eines Springbrunnens, das früher als Pferdeschwemme gedient hat. Dieses Bassin hat auch eine Röhre für den Abfluß, der in einen gemauerten Abzugskanal münden soll, — aber ich fand den Wasserspiegel in diesem Bassin 4 Zoll unter der Oeffnung des Abflußrohres liegen, ein sicheres Zeichen, daß das fortwährend zuströmende Wasser andere Wege gefunden haben und sich im Boden des Domhofes verbreiten mußte. Der Domberg ist jetzt stärker bewohnt, als er es in früheren Zeiten gewesen ist, es befindet sich gegenwärtig dort ein Klerikal-Seminar, ein Knaben-Seminar, ein Schullehrer-Seminar, die Landwirthschafts- und Gewerbs-Schule, ein gewerbliches Erziehungs-Institut ꝛc. — und jedermann sieht ein, daß die Verunreinigung und Befeuchtung eines Platzes mit der Bevölkerung proportional zunimmt. — Seit Jahren zeigen sich deßhalb auch andere Krankheits-Erscheinungen auf diesem hochgelegenen Domberge, wie sie sonst nur in tiefen und unreinen Lagen gewöhnlich sind. So mußte das Schullehrer-Seminar in einem Zeitraume von 4 Jahren während der Unterrichtsdauer zweimal entleert und auf längere Zeit geschlossen werden, weil in demselben zweimal sehr heftige Typhusepidemien ausgebrochen waren.

Aehnliche Verhältnisse finden wir am entgegengesetzten Höhen-Rande der Stadt. Auf dem kleinen Umrisse von Freysing ist die punktirte Linie i k ersichtlich, welche einen alten in Wiesen und Gärten umgewandelten Stadtgraben bedeutet, dessen Gefäll von i gegen c fast Null, und von c nach k sehr gering ist. Die Oberfläche dieses Stadtgrabens liegt durchschnittlich 4 Fuß tiefer, als die längs ihm verlaufende Straßenlinie oberer Graben, Schwarzenegger-Gäßchen ꝛc. ꝛc. Da das Terrain von b nach c um 18 Fuß steigt, und im Stadtgraben nur um 4 Fuß fällt, so ergibt sich, daß das Niveau des Stadtgrabens 14 Fuß höher liegt als die Hauptstraße. Alle Flüssigkeiten, die in den Stadtgraben gebracht werden, müssen deßhalb das Bestreben haben, sich gegen die Linie der Hauptstraße herabzusenken. In diesen Stadtgraben münden nun alle Abtritte, Düngerstätten und Abwasser der ganzen nordwestlichen Häuserreihe — aber kaum hinausgebracht, haben dieselben das Bestreben, wieder nach den Häusern zu sich zu senken, und den Grund derselben zu durchdringen. Von diesem Kloakensumpfe — denn etwas anderes ist dieser Stadtgraben nicht — haben natürlich die ihm zunächst auf lockerem Grunde stehenden Häuser am meisten zu leiden, um so mehr, da das Terrain nordwestlich in der Richtung der Linie b c in einem ähnlichen Maaße fortwährend ansteigt, wie von b nach c.

Nach der Ziegelgasse (b c) fällt das Terrain von 2 Seiten (von e und f) ab. Durch diese Straße führt zwar ein seichter gemauerter Kanal, aber ohne Wasserspülung. Man hat mir von mehreren Seiten versichert, daß dieser Kanal schon zu vielen Verdrießlichkeiten Anlaß gegeben habe, indem er sich öfter verstopfe, und dadurch mehr zur Verunreinigung, als zur Reinigung des Bodens beitrage.

Ich habe nun noch den letzten Punkt zu besprechen, der in dem Verlauf der Epidemie in Freysing aufgefallen ist, — nämlich die Hauptstraße, den tiefsten Punkt zwischen Domberg und Graben, welcher daher, wenn man will, der tiefste Punkt einer Mulde ist. Da aber gerade am tiefsten Punkte der rasch strömende Mosach-Bach verläuft, so ist diese Mulde nicht geschlossen, sondern an zwei Seiten offen, und es wird auf diese Art alles, was sich hier sonst im Boden ansammeln würde, auf die beste Art rasch entfernt. — Die Mulden erweisen sich ja nicht verderblich wegen ihrer Form, sondern weil sich dort die Verunreinigungen des Bodens gewöhnlich vorwaltend ansammeln und zur Verwesung kommen; sind die Verhältnisse einer Mulde aber der Art, daß eine solche Ansammlung nicht möglich ist, so fällt der Grund ihrer Verderblichkeit weg. So liegt auch das Wesen eines Beutels ja nicht etwa in seiner ovalen Form, sondern darin, daß eine Anzahl Münzen, die sich sonst leicht zerstreuen würden, in demselben leicht zusammengehalten werden können. Hat aber der Beutel ein Loch, so hört er auf ein Beutel zu seyn, und wir halten die Münzen überall sicherer zusammen, als in einem durchlöcherten Beutel. Wie viel es ausmacht, ob eine Mulde ganz oder mehr oder weniger geschlossen ist, davon habe ich bereits ein Beispiel in meinem Berichte über München erwähnt, nämlich die Grube und die

Greppe in Haidhausen, zwei Quartiere, die beide in tiefen Mulden mit steilen Rändern liegen. Die Grube ist von allen Seiten geschlossen, die Greppe ist von einer Seite nach einem noch tiefer liegenden Thale hin offen, hat sogar einen kleinen gemauerten Kanal, der die Abwasser in sich aufnimmt, — während die übrigen Verhältnisse mit denen der Grube vollkommen übereinstimmen; die Klasse und Dichte der Bevölkerung ist bei beiden ganz gleichmäßig. — In der Greppe aber ist die Cholera wesentlich milder verlaufen, als in der Grube. Freysing ist ein höchst interessanter Beleg dafür, daß der Verlauf einer Cholera-Epidemie wesentlich an bestimmte Bodenverhältnisse gebunden ist, und diesen treu bleibt, selbst wenn sich alle Neben-Umstände, welche dieselben gewöhnlich begleiten, in's gerade Gegentheil umkehren sollten. Von den gewöhnlichen Nebenumständen wieder begleitet, gewahren wir den Verlauf in Neustift, wo wir an der Stelle, wo der durch die Stadt an den tiefsten Punkten verlaufende Mosachbach aufgedämmt erscheint, die Sonnenstraße, welche hier tiefer liegt als der Spiegel dieses Baches, wieder auf das heftigste ergriffen sehen, so daß in den dort befindlichen 14 Häusern 19 Cholerafälle verzeichnet sind, welche sich wieder lediglich auf die 9 tiefst gelegenen Häuser vertheilen.

Ich glaube gezeigt zu haben, daß der Widerspruch, in welchem der Verlauf der Cholera in Freysing mit dem an andern Orten stehen soll, nicht nur ein scheinbarer gewesen ist, sondern daß sich im Gegentheile dadurch der Einfluß bestimmter Bodenzustände in's klarste Licht gesetzt hat.

Weitere Details über die Epidemie in Freysing werde ich im Generalberichte geben, wofür ich nebst den amtlichen Angaben des Physikates auch interessante Mittheilungen von Dr. Holg und Dr. Primbs erhalten habe.

# Schlußbetrachtungen.

## Schlußbetrachtungen.

Die örtliche Bewegung der Cholera-Epidemien hat von jeher die Aufmerksamkeit nicht nur der Aerzte, sondern auch der Laien in hohem Grade auf sich gezogen. — Die Seuche verbreitet sich weder nach den Gesetzen der rein contagiosen, noch nach den Gesetzen der rein epidemisch-miasmatischen Krankheiten. — Dieses kann schon allein aus dem Umstande gefolgert werden, daß bis zur Stunde trotz mehr als dreißigjähriger fast ununterbrochener Beobachtung der Streit über die Verbreitungsart noch zu keinem definitiven Schlusse gekommen ist, da man dieselbe entweder lediglich in die Berührung mit Kranken, oder lediglich in allgemeine epidemische Einflüsse legen wollte. Jede dieser beiden Partheien, welche sich gebildet hatten, richtete ihr Augenmerk hauptsächlich nur auf die Schwächen des Gegners, und glaubte, aus den Widersprüchen in einer fremden Annahme ergebe sich die Unfehlbarkeit der eigenen. Dieser Schluß ist so lange richtig, als nur zwei Ansichten möglich sind, was die Aerzte auch anzunehmen schienen. Wenn dem aber nicht so ist, so muß der Kampf mit der Niederlage beider Streiter enden. Es sagen die Nicht-Contagionisten: „Wenn die Krankheit contagios ist, warum werden die Aerzte und Wärter nicht mehr ergriffen, als andere Bewohner eines Ortes, die nie mit einem Kranken in Berührung kommen?« Auf diese Frage sind alle Anhänger der Contagiosität eine Antwort, die ein unbefangener Mann gelten lassen könnte, schuldig geblieben. Ebenso auf die Frage: »Wie entsteht eine Cholera-Epidemie an einem Orte, der auf keinerlei Weise mit Cholera-Kranken in Berührung kam?« — und es sind solche Fälle constatirt, wo kein Kranker zuvor den Ort berührt hatte, obschon Verkehr mit Gesunden, welche aus ergriffenen Gegenden kamen, nicht zu läugnen war. Nun fragen aber die Contagionisten: »Woher kommt es, daß die Cholera in ihrer Verbreitung so auffallend den Verkehrswegen folgt? durch Indien, durch Rußland und ganz Europa? Warum geht sie so regelmäßig mit dem Zuge nicht nur der Karawanen und Kriegsheere, sondern auch der Schiffe und Eisenbahnen? Warum dringt sie von Hafen- und Stapelplätzen der Inseln regelmäßig erst später ins Innere derselben? Warum bricht die Seuche aus auf Inseln, welche von Schiffen aus cholerakranken Gegenden besucht werden, und nicht auch auf jenen, welche zu dieser Zeit keine solchen Besuche erhalten?« — Auf diese Fragen, zu denen vieljährige Erfahrung und eine reiche Anzahl der schlagendsten Thatsachen ein unbestreitbares Recht geben, haben die Nicht-Contagionisten nie eine befriedigende Antwort zu geben gewußt. Die besseren Kräfte des ärztlichen Standes scheinen nach und nach an diesem unfruchtbaren Streite und seinem ewigen Widerspruche erlahmt zu seyn, denn kein offizielles Organ desselben in irgend einem Staate getraut sich heut zu Tage mit Bestimmtheit den Ausspruch zu thun: das eine ist, und das andere ist nicht. Angesichts unleugbarer Thatsachen und der Widersprüche der theoretischen Ansichten hat sich im Laufe des letzten Dezenniums eine bequeme, unbestimmte und weite Verstellung von Verschleppung der Krankheit von einem Orte zum andern allgemein geltend gemacht, welcher Verschleppung man aber weder durch Cordone, noch durch Quarantaine Einhalt zu thun vermöchte, und so betrachtet man das Uebel als eine Völker-Geißel, die kein Flehen der Unschuldigen erweicht, der kein Alter, kein Rang und kein Erdenglück heilig ist, und der keine menschliche Gewalt etwas anhaben kann.

Die Engländer haben in Folge ihrer Beobachtungen während der Epidemien in den Jahren 1848 und 1849 ihre Aufmerksamkeit vorzüglich auf die Momente gerichtet, welche die Intensität der Cholera an einem Orte zu begünstigen pflegen und hier schöne Resultate erzielt — die ich später hervorheben werde; aber Anhaltspunkte für die eigentliche Verbreitungsart der Krankheit haben sie nicht gewonnen. Daß die Cholera aber in England ebenso wie in Indien vorzüglich dem menschlichen Verkehre folgte, wird an verschiedenen Stellen des Report on the mortality of cholera in the years 1848 and 1849 ausdrücklich hervorgehoben. In Frankreich huldigt man großentheils einer gleichen Meinung. Die Ansicht — ich möchte sagen: die Empfindung von der Verbreitung der Cholera durch den persönlichen Verkehr geht gegenwärtig durch die ganze Welt, und ein so allgemeines Gefühl, welches etwa nicht theoretisch gehegt und gepflegt, allgemein gepredigt und uns aufgedrungen worden ist, sondern welches trotz aller entgegengesetzten theoretischen Lehren sich in den Völkern entwickelt hat, — ist am Ende mehr Beweis für die Berechtigung einer Sache, als ein Buch voll der gelehrtesten und scharfsinnigsten Erwägungen.

Ich glaube mich der Mühe überheben und dem Leser seine Zeit ersparen zu können, wenn ich die Aufzählung der bekannten

Marschronten der Cholera unterlasse.*) Ich will auch nicht untersuchen, durch welche Personen die Krankheit im vergangenen Sommer etwa aus Italien über die Alpen nach München gebracht worden ist, wo bereits vor der Eröffnung der allgemeinen deutschen Industrie-Ausstellung am 15. Juli ein großer Zusammenfluß von Fremden aus allen Ländern statt gefunden hatte; ich will nur daran erinnern, daß ich nachgewiesen habe, daß sich der Einfluß des persönlichen Verkehrs auf die Entwicklung einer Orts-Epidemie auch bis in's kleinste Detail verfolgen und finden läßt, wie ich an 253 Aufsehern des Glaspallastes in meinem Berichte über München gezeigt habe. — Ebenso klar spricht sich dieser Einfluß in dem Verlaufe der Epidemie von Regensburg aus, wo die Fäden des Verkehrs lediglich aus dem Grunde leicht sichtbar geblieben sind, weil der Ort an und für sich wenig für Cholera empfänglich war, mithin der Verlauf ein einfacher und leicht zu verfolgender geblieben ist. Solche Fälle eignen sich aber gerade am besten, wenn es sich um Feststellung principieller Ansichten handelt, und sehr complizirte Fälle eignen sich absolut nie dafür. — Aus gleichen Gründen stellt man in den übrigen Naturwissenschaften Versuche stets in kleinem Maaßstabe an, weil es nur dann gelingt, alle wesentlichen Bedingungen genau überblicken und sicher beherrschen zu können. — In dieser Hinsicht hat die Untersuchung des Auftretens und des Verlaufes der Cholera in zwei Gefängnissen viel mehr Werth, als in zwanzig großen Städten, und gewiß wird Niemand das Gewicht der Thatsachen verkennen, welche ich

*) Man vergleiche Natur und Behandlung der Krankheiten der Tropenländer von Dr. Hasper. Bd. 1. p. 243—272. Itinerarium der indischen Cholera-Epidemie von Dr. Wierrer — Würzburg 1837.

in meinem Berichte über das Zwangsarbeitshaus Kloster Ebrach mitgetheilt habe.

Aber auch den Einfluß des persönlichen Verkehres zugegeben, bleibt noch eine wichtige Frage — ob die Verbreitung nur durch Cholerakranke, oder überhaupt durch alle möglich ist, welche aus einem von Cholera epidemisch ergriffenen Orte kommen. Daß die Krankheit durch Individuen, welche mit den vor und während der Epidemie herrschenden Diarrhöen behaftet sind, verbreitet wird, das bezeugen die Aufseher des Industrie-Palastes, und der Ausbruch der Epidemie auf der weiblichen Abtheilung der Gefangenen in Ebrach, wo die Wäscherin des Hemdes desjenigen, welcher mit leichter Diarrhöe dort aus München über Nürnberg ankam, nach 8 Tagen fast gleichzeitig mit dem Eigenthümer des Hemdes an heftiger Cholerine erkrankte. In Regensburg (Haus Nr. 140 Lit. A) erkrankte und starb zuerst der 21jährige Sohn einer Arbeiterin aus der stark heimgesuchten Porzellanfabrik; nach ihm starben noch 3 Personen aus diesem Hause, — die Mutter des jungen Menschen aber blieb beständig gesund, während viele Angehörige des Hauses an Diarrhöen litten, deren Zusammenhang mit der Cholera kein gebildeter Arzt in Abrede stellt. — Ich nehme zwar keinen Anstand zu erklären, daß ich die Cholera für verschleppbar halte durch Personen, welche an den während einer Cholera-Epidemie sehr gewöhnlichen Diarrhöen leiden, da sich dieses an den Aufsehern des Glaspalastes und einigen andern Fällen so evident erweist, — aber ich trage noch ein kleines Bedenken, die Möglichkeit der Verschleppung durch Personen zuzugeben, welche sich ganz wohl zu befinden glauben; obwohl man nicht in Abrede stellen kann, daß die Verbreitung durch Menschen, welche etwa nur das eigenthümliche Kollern im Leibe ohne Diarrhöe haben, am

Ende ebenso wahrscheinlich ist, als durch Diarrhöe und ausgebildete Cholera. Einen bestimmten Ausspruch zu thun, habe ich nicht genug sichere und feste Anhaltspunkte. Was die praktischen Folgerungen anlangt, ist es auch gleichgiltig, ob dieses so ist, oder nicht.

Ein fernerer wichtiger Punkt ist, wie lange die Zeitdauer zwischen der Einschleppung und dem Ausbruche der Krankheit an einem Orte währt. Es stehen mir nur 2 Beispiele zu Gebote, wo der Verkehr genau controlirt ist — und das sind die beiden Strafanstalten Ebrach und Kaisheim. In Ebrach erfolgte nach 8 Tagen der erste Cholerafall — in Kaisheim nach 21 Tagen. Will man annehmen, daß in Regensburg die erste Einschleppung durch den Buchhalter der Porzellanfabrik stattgefunden habe; der am 15. August dort aus München ankam, und am 16. August erkrankte und starb, so treffen wir die erste weitere Erkrankung, welche der Porzellanfabrik angehört am 19. August, mithin am 4. Tage. Es scheint mir aus diesem Umstande kaum wahrscheinlich, daß der Buchhalter die erste Veranlassung zu der bedeutenden Epidemie des Hauses Lit. A Nr. 160 gegeben habe, denn am 19. August erkrankten bereits 3 erwachsene Personen aus diesem Hause, von denen 2 in gar keine Berührung mit dem Buchhalter gekommen waren. Viel sicherer ist die Annahme, daß die Krankheit durch den Buchhalter oder dessen Begleiterin in das Haus Lit. B Nr. 52 gebracht worden ist, wo am 23. August — somit nach 7 Tagen, ein Kind von 1¼ Jahren erkrankte, und erst am 27. August (nach 11 Tagen) 2 erwachsene Personen. Interessante Aufschlüsse hierüber finden sich in den indischen Berichten, welche ich in den Citaten unter der Aufschrift Dauer und Verlauf der Epidemien nachzusehen bitte. Wir lesen dort, daß eine gesunde Truppenabtheilung am 16. August die bereits von der Krankheit ergriffene Stadt Chandore erreichte, nach 2 Rasttagen weiter marschirte, und daß am 24. August die Epidemie unter der Truppe ausbrach. Am 3. September erlosch sie wieder. — Aus der ergreifenden Erzählung von Jameson über die Epidemie des Centrums der Armee unter dem Oberbefehle des Marquis Hastings geht hervor, daß dort die Krankheit sich am 7. oder 8. November zu zeigen begann, vom 14. bis 22. auf ihrer Höhe war, und der letzte Todesfall am 8. Dezember erfolgte. Jameson gibt an, daß die Seuche auch in keinem der andern Lager, die sie in der Folge besuchte, länger als 10 bis 15 Tage in voller Kraft geblieben ist, und daß sie unabänderlich einen regelmäßigen Verlauf der Zunahme, der Reife, der Abnahme und des Verschwindens befolgte. — Er führt nur 2 Ausnahmen an, indem er mittheilt: „Das Heer von Nagpore hatte es etwas anders; es kam auf einmal in ein Medium, welches von dem Gifte schon ganz angeschwängert war, und bekam die Seuche gleich auf die heftigste Art, ohne durch den ersten Zeitraum der Zunahme hindurch zu gehen; das hatte aber die Folge, daß die gewöhnliche Zeit ihres Bestehens verkürzt wurde; denn nachdem sie am 31. Mai angefangen hatte, verminderte sie sich schon vor dem 5. Juni und verschwand beinahe bald nach dem 18. Ebenso verlief sie im Rajpotana-Heer zwischen den 14. September und 21. Oktober.

Das nämliche, was sich in Indien bei compakten Heerhaufen zeigte, sehen wir in Europa an den Bewohnern der einzelnen Häuser, und dieses führt uns auf einen anderen interessanten Punkt, nämlich auf die Dauer der Epidemie in einem einzelnen Hause. Wir können ähnlich wie Jameson von Truppenabtheilungen, so von Häusern sagen, daß die Sterblichkeit in gewöhnlichen Wohnhäusern durchschnittlich nicht länger als 10 bis 15 Tage dauert. Es steht mir eine sehr große Anzahl von Beispielen aus München zu Gebot, ebenso aus London, wo die Noten der Registrars in dem mehrfach erwähnten Report das nämliche beurkunden. Zur Untersuchung nach dieser Richtung hin eignen sich alle Häuser, in denen mehr als ein Todesfall sich ereignete. Die Zeit-Differenz zwischen dem ersten und letzten Todesfall in einem Hause gibt den Maaßstab. So starben z. B. in der Amalienstraße in München, welche 77 Wohnhäuser hat, 36 Menschen binnen 41 Tagen. In mehreren Häusern erfolgten mehrfache Todesfälle, denn diese 36 Todte vertheilen sich auf 22 Häuser.

Wir hatten

| | | | | | | | | | |
|---|---|---|---|---|---|---|---|---|---|
| in Nr. | 14 | 4 | Todesfälle | binnen | 17 | Tagen | 19. Aug. | bis | 4. Sept. |
| „ „ | 20 | 2 | „ | „ | 13 | „ | 4. Spt. | „ | 17. „ |
| „ „ | 29 | 2 | „ | „ | 7 | „ | 27. Aug. | „ | 2. „ |
| „ „ | 31 | 4 | „ | „ | 11 | „ | 17. „ | „ | 28. „ |
| „ „ | 46 | 3 | „ | „ | 6 | „ | 13. „ | „ | 19. „ |
| „ „ | 50 | 4 | „ | „ | 9 | „ | 20. „ | „ | 30. „ |
| „ „ | 52 | 2 | „ | an | 1 | Tag | 20. „ | | |

Ferner in der Türkenstraße

| | | | | | | | | | |
|---|---|---|---|---|---|---|---|---|---|
| in Nr. | 5 | 2 | Todesfälle | binnen | 13 | Tagen | 6. Aug. | bis | 19. Aug. |
| „ „ | 10 | 2 | „ | „ | 10 | „ | 16. „ | „ | 27. „ |
| „ „ | 11 | 4 | „ | „ | 12 | „ | 17. „ | „ | 29. „ |
| „ „ | 12 | 3 | „ | „ | 6 | „ | 24. „ | „ | 30. „ |
| „ „ | 28 | 2 | „ | an | 1 | Tag | 18. „ | „ | 19. „ |
| „ „ | 42 | 2 | „ | binnen | 4 | „ | 15. „ | „ | 18. „ |
| „ „ | 59 | 3 | „ | „ | 10 | „ | 12. Sept. | „ | 22. Spt. |
| „ „ | 62 | 3 | „ | „ | 6 | „ | 30. Aug. | „ | 5. „ |

In der Müllerstraße

| | | | | | | | |
|---|---|---|---|---|---|---|---|
| in Nr. | 14 | 4 Todesfälle | binnen | 23 Tagen | 30. Aug. | bis | 22. Spt. |
| „ „ | 16 | 2 „ | „ | 2 „ | 31. „ | „ | 2. „ |
| „ „ | 18 | 3 „ | „ | 11 „ | 15. „ | „ | 26. Aug. |
| „ „ | 21 | 2 „ | an | 1 Tag | 22. „ | | |
| „ „ | 26 | 3 „ | binnen | 2 Tagen | 15. „ | „ | 17. „ |
| „ „ | 37 | 4 „ | „ | 13 „ | 17. „ | „ | 30. „ |
| „ „ | 38 | 4 „ | „ | 12 „ | 9. „ | „ | 21. „ |
| „ „ | 46b | 2 „ | „ | 15 „ | 14. „ | „ | 29. „ |
| „ „ | 49 | 2 „ | „ | 6 „ | 7. „ | „ | 13. „ |

während die eigentliche Epidemie in der Müllerstraße doch volle 46 Tage dauerte.

Um auch ein Beispiel aus der alten Stadt zu nehmen, wähle ich den schwer ergriffenen Heumarkt. Dort hatten wir

| | | | | | | | |
|---|---|---|---|---|---|---|---|
| in Nr. | 2 | 3 Todesfälle | an | 1 Tage | 19. Aug. | | |
| „ „ | 5 | 2 „ | binnen | 19 Tagen | 26. „ | bis | 14. Spt. |
| „ „ | 7 | 5 „ | „ | 13 „ | 20. „ | „ | 2. „ |
| „ „ | 8 | 4 „ | „ | 10 „ | 17. „ | „ | 27. Aug. |
| „ „ | 9 | 3 „ | „ | 4 „ | 17. „ | „ | 21. „ |
| „ „ | 10 | 5 „ | „ | 15 „ | 9. „ | „ | 24. „ |
| „ „ | 12 | 3 „ | „ | 10 „ | 16. „ | „ | 25. „ |
| „ „ | 14 | 5 „ | „ | 5 „ | 19. „ | „ | 24. „ |

während die Epidemie auf diesem Platze 34 Tage lang herrschte.

Eine solche Regel hindert aber nicht Ausnahmen, obwohl sie im Ganzen selten sind, und ich werde später auf diese zu sprechen kommen.

Dieser zeitliche Verlauf läßt sich auch in größeren von vielen Menschen bewohnten Anstalten verfolgen, wenn auch nicht mit dieser Präzision, wie in den Wohnhäusern einzelner Familien.

So wird z. B. in einigen Pfründner-Anstalten die Abtheilung der Männer eine Anzahl von Tagen früher ergriffen als die der Weiber. In einer andern derartigen Anstalt werden hingegen die Weiber früher als die Männer ergriffen. Auf derjenigen Abtheilung, welche zuerst ergriffen wird, erlischt die Krankheit auch proportional früher, als auf der andern, worüber ich die Tafel 6 von München, ferner den Verlauf der Cholera in dem hl. Geist-Spitale zu Ingolstadt und in dem Pfründhofe zu Regensburg nachzusehen bitte. Dieses Verhältniß wird man in allen epidemisch von der Cholera ergriffenen Orten sich wesentlich gleich bleibend finden, sobald man sämmtliche Todesfälle nach den einzelnen Häusern zusammenstellt. Eine solche Thatsache spricht mehr als alles andere gegen die Annahme einer über einen Ort, oder auch nur über eine einzige Straße eines Ortes allgemein ausgebreitete Schädlichkeit, welche die Cholera hervorrufen sollte, und von welcher die Menschen allerdings nach Disposition, Alter, Geschlecht, Wohlstand ꝛc. in einer gewissen Reihenfolge, aber nun und nimmermehr nach Häusern ergriffen werden könnten, was sich doch allenthalben kund gibt.

Die Häuser Nr. 37 und 38 in der Müllerstraße haben jedes 4 Menschen durch die Cholera verloren, und zwar Nr. 37 vom 17. bis 30. August und Nr. 38 vom 9. bis 21. August. Die Epidemie des Hauses Nr. 38 eilt der des Nachbarhauses um mehr als eine Woche voraus und schließt auch eine Woche früher ab. Beachtet man noch die Personen, welche gestorben sind, so hätte das Haus Nr. 37 gemäß der Disposition durch Alter der Todten früher ergriffen seyn müssen als Nr. 38.

In Nr. 38 starben nämlich

1) ein magistratischer Bierbeschauer mit . 54 Jahren

2) dessen Gattin mit . . . . . . . . 52 Jahren
3) eine Stadt-Musikers-Tochter mit. . . 24 "
4) eine Stadt-Musikers-Gattin mit. . . 54 "

Im Hause Nr. 37 starben

1) eine Magd mit . . . . . . . . . 14 Jahren
2) eine Köchin mit . . . . . . . . 72 "
3) ein Benefiziat mit . . . . . . . . 74 "
4) ein Tischler mit . . . . . . . . . 36 "

Zwei ganz gleiche Nachbarhäuser treffen wir auch in der Tattenbachstraße Nr. 8 und Nr. 9; im ersteren erfolgten vom 4. bis 16. September 5, in letzterem vom 26. August bis 9. September 6 Todesfälle. Altersklasse und Stand der Bewohner in beiden Häusern völlig analog. Ich übertreibe nicht im mindesten, wenn ich behaupte, von solchen Beispielen nebeneinander stehender Häuser, wo 2 oder 3 Personen starben, deren Todesfälle aber durch ebenso sichtbare Zeitintervallen geschieden sind, wie Nr. 37 und 38 in der Müllerstraße, mehr als hundert allein in München aufweisen zu können.

Ich war auch bemüht zu eruiren, ob die verschiedenen Stockwerke eines Hauses einen Einfluß äußern, entweder auf Zeitfolge oder Intensität — und habe deßhalb auch bei jedem Todten die Etage seiner Wohnung verzeichnet, aber durchweg ein negatives Resultat erhalten. Es schien mir zuletzt auch aus andern Gründen nicht mehr wahrscheinlich, daß ein merklicher und namentlich constanter Unterschied zwischen den einzelnen Stockwerken bestehen könnte, da wir in unseren Treppenhäusern und Abtritt-Röhren Kanäle haben, durch welche die Gasarten, die sich im Grunde eines Hauses entwickeln, sich verbreiten und wodurch alle Stockwerke ungehindert communiciren können.

Diese unverkennbare Regelmäßigkeit des Verlaufes der Epidemie nach einzelnen Häusern kann nicht anders gedeutet werden, als daß die Entwicklung der Schädlichkeit im Hause selbst oder dessen unmittelbarer Nähe vor sich geht, daß die Bewohner gleichzeitig derselben ausgesetzt sind, und dann nach Disposition schneller oder langsamer oder gar nicht ergriffen werden.

Der Verlauf der Epidemie in den einzelnen Häusern, im Zusammenhalte mit dem Einfluß, welchen die 253 Aufseher des Glaspalastes auf ihre Wohnhäuser ausgeübt haben, läßt keinen Zweifel übrig, daß die Ausbreitung einer Cholera-Epidemie in einem Orte ebenso sehr mit dem persönlichen Verkehre zusammenhängt, wie die Fortpflanzung der Seuche von einer Ortschaft zur andern. Wenn er nicht überall nachgewiesen werden kann, so liegt das an der Schwierigkeit, welche meist zur Unmöglichkeit wird, den Verkehr selbst einer kleineren Ortschaft genau zu controliren.

Es ist nun aber Thatsache, daß selbst der lebhafteste Verkehr an manchen Orten keine Cholera-Epidemie hervorruft, während sie hinwiederum oft an Orten ausgebrochen ist, deren Verkehr mit cholerakranken Gegenden gar nicht constatirbar, mithin jedenfalls äußerst gering gewesen ist. Diese beiden Thatsachen sind stets beliebte Waffen gewesen, mit denen sich die Anhänger der Nichtcontagiosität gegen die empfindlichen Hiebe ihrer Gegner gewehrt haben. In den Berichten habe ich bereits hervorgehoben, daß Felsengrund der Häuser das Entstehen einer Ortsepidemie ausschließe. Das ist eine Thatsache, welche ohne Ausnahme durchgeht, und die selbst vor vielen Jahren bereits in Indien sich so auffallend kund gab, daß Jameson mehrmals darauf zu sprechen kommt, obschon dieser vortreffliche Beobachter Ansichten huldigte, welche eine derartige Erscheinung nicht im mindesten zu verwerthen im Stande waren, ja im Gegentheile konnte sie denselben nur ungelegen kommen. — Aber Jameson geht so weit, daß er gegen das Ende seines Berichtes über die entfernten Ursachen der Seuche von einer gänzlichen Immunität der hohen gebirgigen Stellen spricht. Er stellt sich die Frage: „Ist die gänzliche Immunität der hohen, gebirgigen Lagen lediglich dem zuzuschreiben, daß sie weniger von solchen Dämpfen umgeben, und weniger solchen äußern Umständen ausgesetzt sind, welche das niedrige Land dem Einfluß der Krankheit aussetzen, oder ist das dieser Seuche eigene Gift auf die niedrigen Schichten der Atmosphäre beschränkt? Daß das nicht immer der Fall war, erhellt daraus, daß diese Pestilenz über die hohe Kette herüber kam, welche Nepaul von Tirhoot und Munipore von Sylhet trennt. Da sie aber mit Schwierigkeit diese Höhen erstieg und die hohen Festungen von Rhotas,*) Ajngur und Calinjur, Coomaum, Dhastoon und die gebirgigen (rocky) Theile von Rajpootana vollkommen frei geblieben sind, während alles rund umher angesteckt worden ist, so sind wir eher geneigt zu glauben, daß die Luft der Höhen etwas enthalte, was an sich dem Gifte feindlich entgegensteht.“

Andere hieher bezügliche Stellen bitte ich in den Citaten aus den indischen Berichten unter der Aufschrift: Einfluß hoher Lage und felsigen Grundes — nachzulesen. Leider ist in keinem Berichte weder aus Indien noch aus irgend einem Theile Europas

*) „Während die Dörfer, die an dem waldreichen Fuße des Rhotasgebirges liegen, fürchterlich litten, erkrankte nur ein einziger Mann, der nahe an dem Gipfel des Berges wohnt, nachdem er herunter gekommen war, und die Krankheit in der Ebene bekommen hatte.“

genaue Rücksicht auf den Baugrund der Häuser der einzelnen ergriffenen Orte genommen worden, so daß mir zu meinen Betrachtungen nur die Resultate der Epidemien in Bayern zu Gebote stehen; diese sind aber jedenfalls so zahlreich, und namentlich so klar und übereinstimmend, daß ich die volle Ueberzeugung hege, man wird in der ganzen Welt keinen Ort, dessen Häuser auf Felsen fundirt sind, auffinden, wo die Cholera je als Epidemie aufgetreten wäre. Die Epidemie einzelner Häuser kann hier allerdings manchmal vorkommen (wie ich zeigen werde durch mangelhafte Reinlichkeit in der Pflege, durch sorglose Behandlung der Wäsche von Cholerakranken rc.) aber nie wird eine Ortsepidemie daraus entstehen. Schlagende Beispiele sind die vereinzelten Fälle in Fürth und Würzburg und theilweise auch in Nürnberg, so weit dieses auf Felsen liegt. Nach Fürth sind vier Personen aus inficirten Gegenden gekommen und dort an Cholera gestorben, wie viele mögen mit Cholera-Diarrhöen dahin gelangt seyn? aber die Stadt erhielt keine Epidemie. In Nürnberg liegt die Lorenzer-Seite, die eine Hälfte der Stadt, größtentheils auf einem mächtigen Sandlager, während die andere, die Sebalder-Seite größtentheils auf Felsen liegt. Nach einer Mittheilung des Professors Dr. Dietz von dort, hat sich nach Ablauf der Epidemie das überraschende Resultat ergeben, daß auf der Lorenzer-Seite fünfmal mehr Menschen gestorben sind, als auf der Sebalder-Seite, und eine nachträgliche Untersuchung wird ergeben, wie viele von den Häusern der Sebalder-Seite, welche Todesfälle gehabt haben, solche gewesen sind, welche nicht auf Felsen liegen. Dazu gehört, wie ich bereits aus eigener Anschauung weiß, der schwer heimgesuchte Grundherrn-Garten. Wenn die Untersuchung zu Ende ist, so werden in Nürnberg die auf Felsen fundirten

Häuser, welche Cholerafälle aufzuweisen haben, so einzeln stehen, wie das Haus des Indiers am Rhotasberge, der sich die Krankheit durch zu langen Aufenthalt im Thale zugezogen hatte. Wie schlagend ist ferner der Verlauf der Epidemie in Traunstein gewesen!

Gleichwie es eine Bodenbeschaffenheit gibt, welche die Entwicklung einer Ortsepidemie absolut hindert, so gibt es auch Verhältnisse des Bodens, in deren Folge eine Epidemie constant sich schneller oder langsamer, heftiger oder gelinder entwickelt, einen kürzeren oder längeren Verlauf nimmt. Wir ersehen aus dem Verlaufe in München, daß im Allgemeinen ein Vorrücken der Krankheit von tieferen und feuchteren Stellen nach höheren und trockneren unverkennbar ist, — ebenso deutlich spricht es sich aus, daß an tieferen und feuchteren Stellen die Entwicklung heftiger und der Verlauf rascher ist, als an höher und trockner gelegenen, wo die Entwicklung gelinder, aber der Verlauf sehr in die Länge gezogen erscheint. — Wir sehen auf Tafel 1 von München, welche mit Straßen von tieferer Lage beginnt, und mit solchen von höherer Lage endet, die Anzahl jener Fälle, welche noch nach dem letzten September in den einzelnen Straßen erscheinen, augenfällig zunehmen mit der Erhebung des Terrains, was um so auffallender ist, weil die Größe und Bevölkerung der Straßen gerade im umgekehrten Verhältniß steht, und man daher auf dem Karls- und Maximiliansplatze einen beschränkteren zeitlichen Verlauf als in der Ludwigs- und Amalienstraße erwarten sollte. Man kann mit vollem Rechte sagen, daß die Straßen auf der ersten Terrainstufe, und auch die auf der zweiten am tiefsten gelagerten entschieden und regelmäßig einen frühern Verlauf zeigen, als die auf den höheren Theilen der zweiten Stufe gelegenen. —

Wie ich in meinem Berichte über München bereits das Thal und die Neuhausergasse verglichen habe, so möge man noch die Müller-Straße (Tafel 2) mit der Dachauerstraße (Tafel 1) vergleichen, wovon die letztere, als die höher gelegene, die Epidemie entschieden später hat und einen längeren Verlauf zeigt, so daß wir im Dezember noch 2 Todesfälle verzeichnet finden.

Dieser mit der Erhebung gemeiniglich zusammenfallende gedehntere Verlauf spricht sich in den Straßen des höchsten Theiles der Altstadt München, welcher zugleich der höchste bewohnte Punkt der 2. Terrainstufe im allgemeinen ist, auf das entschiedenste aus. Einen Theil dieser Straßen sehen wir auf Tafel 3, in der sich unverkennbar vom Promenadeplatz bis zum Färbergraben im Oktober und November eine wirkliche zweite Epidemie entwickelt zeigt. Zu diesem Theile Münchens gehören noch die auf Tafel 5 verzeichnete Glocken = Damenstifts = und Kreuz = Gasse und der westliche Theil der Sendlinger = Straße (Nr. 47—89), wo sich gleichfalls die Erscheinung einer Nach = Epidemie auf das klarste kund gibt.

Obschon diese Regelmäßigkeit in der Configuration der Einzel-Epidemien eines Ortes nach den Erhebungen und Senkungen des Bodens auf constant wirkende Ursachen schließen läßt, so muß man sich doch hüten, für alle Fälle allgemeine Formeln sowohl für die Zeitdauer, als auch für die Intensität der Epidemie etwa nach Niveau = Verhältnissen eines einzelnen Ortes entwerfen zu wollen, wie es z. B. die Engländer, auf die Ergebniße der Epidemie in London in den Jahren $18^{48}/_{49}$ gestützt, gethan haben. (Siehe im Anhang: Elevation.) Solche strenge Maaßstäbe können nur für die gleiche Bodenart, meist nur für einen einzigen Ort gelten, und die englische Formel, die für London gegeben worden ist, paßt nicht im mindesten z. B. auf Freysing, wo die Epidemie in der Tiefe gelinder als auf der Höhe war. In Augsburg verlief die Epidemie in den hoch gelegenen Stadttheilen ebenso intensiv und rasch, wie in der Tiefe. In Augsburg zeigte sich auch nirgend eine Nach-Epidemie, so wenig als im Thale, und in der Westenriederstraße in München, welche Straßen doch zu den volkreichsten gehören; die hohen Theile von Augsburg verhielten sich mithin ebenso, wie die tiefen in München, was ich im Generalberichte durch Zahlen beweisen werde; die hohen Theile von Augsburg sind durch das mächtige und ausgedehnte Lager von plastischem Thon (Lehm) aber auch ebenso feucht gehalten, als die tiefen durch die zahlreichen in Geröll und Sand aufgedämmten Bäche, und so möchte es scheinen, daß man sich mit mehr Sicherheit von dem Grade der Feuchtigkeit des Bodens, als von dessen relativem oder absolutem Niveau leiten lassen könnte, wenn man die Mortalität verschiedener Stellen eines epidemisch ergriffenen Ortes im voraus bestimmen oder schätzen wollte. Da nun der Grund der Erscheinung, daß bei hohen Lagen die Epidemie durchschnittlich milder verläuft, als in der Tiefe, nicht das Niveau an und für sich ist, sondern die Sache darin liegt, daß gewisse Zustände des Bodens, welche die Entwicklung der Cholera begünstigen, an relativ tief gelegenen Orten öfter und ausgebildeter angetroffen werden, als auf hohen, so darf man das Niveau, einen unwesentlichen Nebenumstand, nie für einen exakten Maaßstab nehmen, um ihn an eine Erscheinung zu legen, die von ganz andern Ursachen bedingt wird. Daß die Höhe als Höhe für den Verlauf einer Cholera-Epidemie ganz gleichgiltig ist, zeigt sich am deutlichsten auf der Sebalder-Seite in Nürnberg, wo Häuser-Reihen, welche in der Inundationslinie der Pegnitz, aber auf

Felsen liegen, ebenso wenig von Cholera befallen wurden, als die 100 Fuß höher um die Burg stehenden, während dort in dem hinter der Burg, hoch über dem Flußspiegel in einer Sand-Mulde liegenden Grundherrn-Garten die Krankheit auf das schrecklichste gewüthet hat. So lange wir nicht genaue Ausdrücke für die Größe der Porosität, der Verunreinigung und der Feuchtigkeit der verschiedenen Bodenarten besitzen, und zugleich die Größe des Verkehres solcher Plätze mit Cholera-Keim tragenden Individuen kennen, — so lange mögen wir alle Berechnungen der Mortalität im voraus einstellen, da ihre Resultate immer vom Zufalle abhängen werden. Deßhalb aber verkenne ich nicht im mindesten die Genialität und Eleganz der Londoner-Formel, welche ihrer Zeit weit vorausgeeilt ist, und uns zeigt, zu welch großer Sicherheit es künftig die Medizin noch bringen kann, wann sie einmal alle Theile, welche zu ihren Gleichungen gehören, kennen und in Zahlen ausdrücken gelernt haben wird.

Ich schwankte lange darüber, ob ich den unverkennbaren und constanten Einfluß des Bodens bloß auf die individuelle Disposition zur Krankheit beziehen, oder mit der wirklichen Entstehung des Giftes in Zusammenhang bringen sollte. Nach ersterer Ansicht, in welcher unzweifelhaft viel Gefälliges und Anziehendes liegt, würde das Gift in einer Stadt, welche theils auf Felsen, theils auf lockerem und feuchtem Erdreiche ruht, gleich verbreitet und entwickelt seyn, aber ungleich krank machen können, weil an den auf Felsen liegenden Theilen das disponirende Moment fehlt. Nachdem ich aber als constanten Unterschied beobachtet hatte, daß an höher und trocken gelegenen Theilen in der That die Entwicklung des Giftes längere Zeit andauert, als an tiefer und feucht gelegenen, was sich namentlich an den Nachkrankungen und Nachepidemien der höhern Stadttheile Münchens deutlich zeigt; nachdem ich ferner bei sonst gleichen Bodenverhältnissen Münchens die Epidemie in ihrem Gange fast sklavisch an die Erhebungen und Senkungen des Grundes und der Wasserspiegel gebunden sah, welche Thatsache schwer anders zu erklären ist, als daß der Keim zur Entstehung des Giftes wohl ziemlich gleichzeitig verbreitet worden ist, sich aber entsprechend der Ungleichheit der Bodenfläche ungleichzeitig entwickelt hat; nachdem ich weiters den Einfluß der hölzernen Nachtkübel, der feuchten Wäsche, den Verlauf in geschlossenen Anstalten und einzelnen Quartieren näher in's Auge gefaßt hatte, so sah ich mich gezwungen, von einem bloßen Einflusse der Bodenbeschaffenheit auf die Disposition der Menschen abzugehen, Krankheitsheerde im Boden anzunehmen und den Boden als maaßgebend für die Entwicklung des Giftes selbst zu betrachten. Hiezu kommt noch, daß von verläßigen Beobachtern, wie mir Professor Schönbein brieflich mittheilt, gar nicht selten das gänzliche Verschwinden des atmosphärischen Ozons aus dem Luftkreise einer Stadt, (wenigstens gewisser Stellen derselben) beobachtet worden ist, sobald die Cholera als Epidemie dort aufzutreten begann. Dieses factum weist auf das Bestimmteste darauf hin, daß wenigstens an der Stelle, wo die Beobachtung angestellt wurde, Ursachen vorhanden seyn mußten, welche das Ozon zum Verschwinden brachten. Die einzige möglich denkbare Ursache dieser Art scheint mir nur in der massenhafteren örtlichen Entwicklung von Miasmen aus dem Ortsgrunde gesucht werden zu können. Diese Zerstörung des Ozons in der Atmosphäre ist auch nur eine ganz örtliche Erscheinung; denn Ortschaften, welche vor und nach einem epidemisch ergriffenen Orte in gleicher Windströmung liegen, aber keine Cholera-Epidemie erhalten haben, zeigen nicht im mindesten das Verschwinden des Ozons. Solche Erscheinungen sind nur erklärlich, wenn wir zu dieser Zeit massenhaftere Effluvien aus dem Erdreiche annehmen, mit deren Auftreten die Epidemie erscheint und das Ozon verschwindet, mit deren allmähliger Abnahme die Ozonreaktion wieder hervorzutreten und die Cholera sich zu verlieren beginnt.*)

Wenn wir nun auf der einen Seite zugeben, daß die Verbreitung der Cholera durch den persönlichen Verkehr der Menschen erfolgt, und auf der andern Seite als Thatsache feststeht, daß zur Entwicklung einer Orts-Epidemie eine Bodenbeschaffenheit nothwendig ist, welche die Ausbreitung und feine Vertheilung von Flüssigkeiten im Boden ermöglichet, während felsige und sonst compakt steinige Unterlage der Häuser die Entwicklung einer Orts-Epidemie constant verhindert, wenn wir damit die Entwicklung des Giftes von Prozessen im Boden ableiten, so sehen wir uns zu weiteren Betrachtungen gezwungen, in welchem Zusammenhange der menschliche Verkehr mit dem Boden stehen könnte.

Frage: Was bringt der Mensch bei seinem persönlichen Verkehre in den Boden?

Antwort: Harn und Koth, seine Excremente, nichts anderes.

Das ist keine Hypothese, das ist ein naturnothwendiger Schluß, den wir machen müssen. Für den Fall also, daß die ersten Sätze richtig und wahr sind, bleibt uns kein anderer Ausweg für die Annahme materieller Träger zur Verbreitung der Cholera, als

*) Auf das Verhältniß des Ozons zur Cholera komme ich später wieder zu sprechen.

Harn und Koth jener Individuen, welche entweder an Symptomen der Cholera leiden, oder aus epidemisch von der Krankheit ergriffenen Orten kommen. Wir haben deßhalb nur noch zu untersuchen, wie solche Excremente eine Epidemie hervorrufen können. — Von hier an wird nun allerdings der Hypothese wieder ein Spielraum gelassen, welcher aber durch die beiden Hauptsätze und andere Thatsachen doch so beschränkt ist, daß wir in den praktischen Folgerungen wohl kaum mehr einen Fehltritt machen können, namentlich wenn wir uns entschließen, strenge Anforderungen an die einzelnen Beobachter, die ihre Meinungen vorbringen wollen, zu stellen, und niemals genau untersuchte Thatsachen in die gleiche Wagschaale zu oberflächlichen oder einseitigen Wahrnehmungen und unbestimmten Ideen werfen. — Wer wird ein Loth Gold nicht höher anschlagen, als das gleiche Gewicht eines gewöhnlichen unedlen Metalles?

Was die Thatsachen von einer Hypothese außer der Berücksichtigung der obigen 2 Sätze noch verlangen, ist, daß wir einen Prozeß im Boden, und zwar in einer Tiefe anzunehmen haben, welche nie von der Temperatur erreicht wird, bei welcher das Wasser gefriert, oder die Erde völlig ausgetrocknet wird, da sonst die Epidemien während des Winters in unseren und noch nördlicheren Klimaten und während der heißen Jahreszeit im Süden, wo die Oberfläche der Erde oft ganz ausgedörrt ist, unerklärlich bleiben. — Eine solche Annahme hat um so mehr Warhscheinlichkeit für sich, als die Behälter, welche die Excremente der Menschen aufnehmen, ohnehin meist bis zu einer solchen Tiefe in die Erde gelegt sind, daß sie weit unter diese Linien fallen, und wenigstens die Kellertiefe unserer Häuser erreichen; oder sie befinden sich in den Wohnungen selbst, und sind dadurch gegen solche Extreme geschützt. — An solchen Stellen würde im Winter der Boden auch leichter dem Froste widerstehen, selbst bei mehr oberflächlicher Lage, weil rasch verwesende Substanzen stets viel Wärme entwickeln, so daß wir z. B. durch Bedecken mit Pferdemist die Oberfläche des Bodens leicht vor dem Gefrieren zu schützen vermögen. Wie wir uns nun das übrige bei der Entwicklung einer Orts-Epidemie erklären wollen, das ist noch dem gegenwärtigen Stande der Thatsachen der Hypothese und Vermuthung preisgegeben. Jeder mag hierüber sich seine eigenen Gedanken machen; ich lege auf die Hypothese, welche mir die beste dünkt, zwar durchaus kein Gewicht (wie überhaupt auf Hypothesen, welche, so lange sie keinen constatirten Thatsachen widersprechen, sehr unschuldige und harmlose Dinge sind), aber ich glaube dem Leser vielleicht ein Vergnügen zu machen, wenn ich mittheile, wie sich die Sache in meiner Vorstellung gestaltet hat.

Entsprechend dem constanten und überall sichtbaren Einfluß des Bodens denke ich mir, daß die cholerakeimtragenden Excremente, welche sich in das poröse, bereits sonst imprägnirte Erdreich verbreiten, durch die feine Vertheilung, welche sie hiebei erleiden, den stetig fortgehenden Fäulniß- und Verwesungs-Prozeß in einer Art und Weise abändern, daß sich außer den gewöhnlichen Gasarten hiebei ein Cholera-Miasma entwickelt, welches sich dann mit den übrigen Exhalationen in den Häusern verbreitet.*) Diese Entwicklung scheint schneller und vehementer einzutreten bei feuchterem und mehr verunreinigtem Boden, als bei trocknerem und reinerem. Das Material, woraus der poröse

*) Ein interessantes Beispiel der Verbreitungsfähigkeit von Stoffen im Boden, von der Steinkohlengasfabrik in München ausgehend, siehe im Anhang.

Boden besteht, ist jedenfalls ganz gleichgiltig, denn wir treffen die Cholera sowohl auf Kalksand, als auch auf Quarzsand an; und daß letzterer irgend einen Antheil am Prozesse als Quarz nehme, ist unmöglich, da derselbe sich weder zu lösen, noch mit den hier in Frage kommenden Stoffen zu verbinden vermag; es kann deßhalb bloß seine Oberfläche wirken, welche von Feuchtigkeit und verwesenden Substanzen bis zu einer gewissen Tiefe umgeben ist. Wie tief eine solche Erdschichte zu seyn habe, darüber fehlen nähere Anhaltspunkte — jedenfalls aber scheint sie mehr als 10 Fuß betragen zu müssen. (Regensburg.) Ebenso ist es gleichgiltig, aus welcher Substanz der Felsen ist (Nürnberg und Traunstein), wenn er nur so weit dicht ist, daß er eine rasche und weiter greifende Infiltration verhindert. Die Dichtigkeit eines Sandsteinlagers (wie in Fürth) von 20 bis 30 Fuß Mächtigkeit genügt bereits. So ist auch sandiger Mergel viel unempfänglicher, als alle anderen nicht compakten Bodenarten. Ueber das Verhalten des Lehmes — plastischen Thones — habe ich in meinem Berichte über Gaimersheim gesprochen.*)

*) Um es in einem Beispiele zu veranschaulichen, um wie viel ein gut gebrannter Ziegelstein poröser ist als Sandstein (aus der Gegend von Nürnberg), ließ ich aus beiden Materialien 2 gleiche kleine Cylinder fertigen, wog sie im trockenen Zustande, brachte sie in einer Schaale mit Wasser unter die Luftpumpe, und verdünnte so lange, bis alle Luft in den Steinen durch Wasser verdrängt war. Der Ziegel-Cylinder wog vor dem Versuche 109,286 Grammen, und hatte nach dem Versuche 16,106 Grammen Wasser, oder 14,7 pCt. seines Gewichtes aufgenommen. Der Sandstein-Cylinder von gleicher Größe wog 160,334 Grammen und hatte um 2,889 Gramen, d. i. 1,8 pCt. zugenommen. In runden Zahlen kann man daher sagen: ein Ziegelstein verschluckt dem Gewichte nach 7mal, und dem Volumen nach 5mal mehr Wasser, als Sandstein.

Das Cholera-Miasma verliert bereits in sehr geringer Entfernung vom Orte seiner Entwicklung durch Verdünnung mit Luft wesentlich an Kraft — denn während oft in einem Hause oder in einer Häuser-Reihe die Cholera auf das heftigste wüthet, bleibt die Nachbarschaft auffallend verschont, so daß oft auf einer Seite der Straßen constant die Hälfte Menschen mehr starben als auf der andern — (Straßenlinie vom Rosenthal, Färbergraben, Schäffler- und Schrammergasse, rechte und linke Seite der Sendlingerstraße in München — Lorenzer- und Sebalder-Seite in Nürnberg — Schrödelgasse und Hauptstraße in Traunstein). Die Verdünnung durch die Bewegung der freien Luft ist außerordentlich, und die wenigsten Menschen haben eine Vorstellung davon, daß die mittlere Geschwindigkeit derselben, wo es uns ganz windstill dünkt, 2½ Fuß in der Sekunde beträgt. — Wie oft wechselt somit die Luftmasse über einem Orte binnen 24 Stunden! und wie lächerlich erscheinen Vorschläge zur Luftreinigung durch Blasbälge und Windflügel und angezündete Feuer!

Eine weitere Frage, die sich jeder Denkende stellen wird, ist, wie lange ein Mensch wohl dem Einfluß des Miasma's, und in welchem Grade ausgesetzt seyn muß, um bei vorhandener Disposition ergriffen zu werden. Es ist natürlich zu erwarten, daß sich hier große Verschiedenheiten zeigen werden, indem, abgesehen von dem verschiedenen Grade der Disposition, sich kurze aber heftige Einwirkungen mit langdauernden aber gelinden in allen möglichen Abstufungen die Wagschaale halten können. Wir besitzen über diese Frage leider gar keine verläßigen Anhaltspunkte, um uns nur annähernd einen Maaßstab zu bilden, indem die bisher herrschenden Ansichten unsere Aufmerksamkeit stets von diesem Punkte fern gehalten haben. Das einzige, was uns hier

Vermuthungen mit einiger Wahrscheinlichkeit machen läßt, ist die Thatsache, daß die Menschen vorwaltend nach Wohnhäusern ergriffen werden. Es kommt mithin jedenfalls viel darauf an, wo jemand wohnt, d. i. wo man sich ununterbrochen mehrere Stunden des Tages aufhält. — Das berechtigt uns auch zu der Annahme, daß ein sehr kurzer, vorübergehender Aufenthalt in einem inficirten Medium nicht viel schaden kann, ja daß vielleicht gerade eine mehrere Stunden ununterbrochen, in einem fortdauernde Einwirkung wesentliche Bedingung ist. Wir haben hievon sehr viele analoge Beispiele von Aufenthalt in anderen schädlichen Atmosphären. Wenn ich z. B. in einem mit Kohlensäure beladenen Luftkreise eines schlecht ventilirten Laboratoriums einige Stunden gearbeitet habe — so empfinde ich ein Unbehagen, das mich mahnt, diesen Raum zu verlassen. — Lasse ich diese Mahnung unbeachtet vorübergehen, so werde ich sicher krank werden; — gehe ich aber nur für einige Minuten in die frische Luft, oder in einen sonstigen Raum, wo die Luft minder verdorben ist, so kann ich wieder ohne Nachtheil für längere Zeit in diesen verdorbenen Luftkreis zurückkehren, und wenn ich mich zeitweise durch frische Luft stärke, so bleibe ich vollkommen gesund.

Besonders aber ist die Zeit des Schlafens den verderblichen Wirkungen der Miasmen jeder Art am günstigsten. In Beziehung auf die Malaria ist es in Italien sprichwörtlich geworden, „in den pontinischen Sümpfen nicht zu schlafen.“ Wie viele Menschen benützen während des Tages in vollkommen geschlossenen Räumen zur Winterszeit Kohlenpfannen, um den Raum etwas zu erwärmen, — aber sie leiden nicht davon, während die traurigen Erfahrungen mit Kohlenpfannen in Schlafzimmern nur zu häufig zeigen, daß schlafende Menschen davon getödtet werden.

Wir können einen ganzen Abend auf das angenehmste in einem Salon verbringen, ohne uns nur einmal daraus zu entfernen, der auf das reichlichste mit duftenden Blumen ausgestattet ist — aber es ist lebensgefährlich in einem Zimmer, wo viele Blumen sind, zu schlafen. In unseren Bierhäusern sitzen eine Anzahl Menschen oft von Abends 7 Uhr bis Nachts 12 Uhr enge Mann an Mann gedrängt, jeder mit seiner Cigarre oder seiner Tabakspfeife im Munde, und befinden sich am nächsten Morgen vollkommen wohl, vorausgesetzt, daß sie nicht unmäßig getrunken haben. Aber wie möchte es ihnen ergehen, wenn eine ganze solche Gesellschaft anstatt um 12 Uhr nach ihren einzelnen Schlaf-Gemächern sich zu zerstreuen, in dem Kneipzimmer beisammen bleiben und dort 5 Stunden lang schlafen müßte, wo oft nicht soviel Raum vorhanden ist, daß sich alle ausgestreckt auf den Boden legen könnten, die in demselben gesessen oder gestanden haben! Im Schlafe hat unser Organismus entschieden viel weniger Widerstandskraft als im Wachen. — Die meisten Unwohlseyne empfinden wir zuerst, unmittelbar wenn wir vom Schlafe erwachen, und fast jeder Kranke beginnt seine Anamnese mit der Mittheilung einer Empfindung nach dem Erwachen aus einem Schlafe. — Ohne Zweifel werden die Menschen von dem Cholera-Miasma ebenso vorwaltend zur Nachtzeit und im Schlafe vergiftet, als die Krankheit zur nämlichen Zeit zum Ausbruche gelangt, indem von 100 Cholera-Erkrankungen meist 90 zwischen Nachts 11 Uhr und Morgens 6 Uhr erfolgen. — Es wird somit der Ort, wo man schläft, jedenfalls obenan zu setzen seyn, und erst in zweite Linie der Ort, wo man sich während des Tages zunächst am meisten aufhält und arbeitet. — Ich bedaure sehr, in der verwichenen Cholera-Epidemie keine speziellen Nachweise über diese im Ganzen ohne Zweifel richtigen, und auch für die Gesundheit im allgemeinen höchst wichtigen Ideen gesammelt zu haben. Wenn wir auch Anhaltspunkte gewinnen können darüber, wie viel Zeit die Cholera von dem Augenblicke der ersten Möglichkeit einer Infektion bis zu ihrer vollen Entwicklung durchschnittlich braucht, so wird es immer sehr problematisch bleiben, den Zeitpunkt einer wirklich erfolgten Vergiftung zu bestimmen, und von dem gesammten Inkubations-Stadium zu trennen.

Was nun die weitere Ausbreitung einer Cholera-Epidemie anlangt, so kann durch den Verkehr mit cholerakranken Orten der Keim der Krankheit sowohl an mehreren Stellen eines bisher gesunden Ortes zugleich, als auch nur an einer einzigen Stelle desselben niedergelegt werden, und es wird das Zustandekommen einer Epidemie nun davon abhängen, ob die Umstände, namentlich die Bodenbeschaffenheit der Art sind, daß das Miasma in erheblicher Menge zur Entwicklung kommt. Entwickelt es sich an einer Stelle eines Ortes, so kommt es darauf an, daß Menschen an diese Stelle kommen, welche das Miasma in sich aufnehmen, und daß mehrere davon so weit erkranken, oder doch alterirt werden, daß ihre Exkremente ebenfalls keim- oder fermenttragend werden. Mit diesen bilden sie dann Heerde zunächst für ihre eigenen Wohnhäuser, wo dann ein solcher sekundärer Heerd wieder primär für andere Häuser seyn kann. Eine solche Annahme wird durch die den Orts-Epidemien meist vorausgehenden Diarrhöen sehr wahrscheinlich gemacht. Je lebhafter der persönliche Verkehr, desto schneller und allgemeiner die Ausbreitung der Krankheit auf allen empfänglichen Stellen, — und desto massenhafter die Entwicklung des Miasmas in einer gegebenen Zeit. — Dieser Gährungs-, Fäulniß- oder Verwesungs-Prozeß — oder wie man sich denselben vorstellen mag — erreicht schnell seine Höhe und nimmt dann allmälig ab, — schneller an tief und feucht gelegenen Stellen, langsamer auf höher und trocken gelegenen. Er erlischt theils durch seinen eigenen Verlauf, theils dadurch daß nach einer gewissen Zeit die durchseuchte Bevölkerung des Ortes die Fähigkeit der Reproduktion des Keimes verliert. Ich stelle mir den Verlauf dieses Prozesses im Boden vor, wie den Verlauf der Gährung eines großen Fasses voll Most oder Bierwürze, dessen Gährung, wenn sie einmal beginnt, unmittelbar auf eine bedeutende Höhe gelangt, dann langsam abnimmt — und die letzten Mengen von Kohlensäure oft erst nach einem Jahre entwickelt. Wie wir durch allerlei Umstände eine zeitweise Steigerung in der Nachgährung herbeiführen und beobachten können, z. B. die lebhaftere Nachgährung des jungen Weines zur Zeit, wo die Rebe blüht, d. i. zur Zeit wo die Temperatur in unseren Kellern steigt, so besteht auch die gleiche Möglichkeit für die Gährungen im Boden.

Was die individuelle Empfänglichkeit wesentlich bedingt, wissen wir nicht, — daß eine solche aber besteht, ist Thatsache. Wenn der Leser die angehängten Noten aus dem Berichte von Jameson unter der Aufschrift Rezidiven nachlesen will, so wird er finden, wie verschieden die Empfänglichkeit bei der Vermischung verschiedener Heerhaufen sich zeigt, wo z. B. diejenigen, welche etwa vor einem Jahre heftig von der Seuche gelitten hatten, stets sehr wenig oder gar nicht angegriffen werden, während solche, welche dem Einflusse derselben noch nie ausgesetzt waren, auf das empfindlichste zu leiden haben. So befinden sich die Bewohner eines Hauses nach einiger Dauer der Epidemie völlig frei von allen Symptomen der Cholera — da kommt unter dieselben jemand, der während der Epidemie abwesend z. B. Cholera-

Flüchtling gewesen war, er erkrankt nach 8—12 oder mehr Tagen an Cholera. Solche Beispiele waren in München zahlreich, und namentlich in Häusern, welche während der Epidemie stark ergriffen waren, sehr auffallend (Ludwigsstraße Nr. 10 — Promenadeplatz Nr. 15 — Damenstiftsgasse Nr. 15 ꝛc. ꝛc.). — Durch neue Erkrankungen wird auch neuer Keim produzirt, und es kommt auf diese Weise wieder zu einer Steigerung in der Entwicklung des Miasmas, so daß Menschen, die nie den Ort verlassen haben, in denen sich aber nach und nach die Disposition gesteigert hat, bei einer solchen theilweisen Steigerung in der Entwicklung des Miasmas nun ergriffen werden, während sie geringeren Quantitäten fortwährend widerstanden hätten. Ebenso ist der Fall denkbar, daß sich bei fortwährender Abnahme des Miasmas in einzelnen Personen durch beliebige Umstände die Disposition in einem solchen Grade steigert, daß nun sehr geringe Mengen, vielleicht die letzten sich entwickelnden Reste hinreichen, die Cholera in ihnen hervorzurufen, während sie früher den größten Mengen Widerstand geleistet haben.

Es würde mich interessiren, genau untersuchen zu können, wie weit die Nachepidemie, welche München von Mitte Oktober bis Ende November unleugbar hatte, mit der Rückkehr der Cholerаflüchtlinge, mit dem Wohnungs- und Dienstbothen-Wechsel zu Michaeli und dem Schlusse der Industrie-Ausstellung zusammenhängt.

Man sieht aus dieser Darstellung jedenfalls, wie sich in einer volkreichen Stadt mit lebhaftem Verkehre die Seuche oft Jahrelang halten, und nach Umständen in manchen Quartieren und Bezirken wieder mit erneuter Heftigkeit ausbrechen kann, namentlich in solchen, welche vorher nicht, oder nur theilweise epidemisch ergriffen waren.

Ich glaube hier ein Bild gegeben zu haben, welchem keine genau untersuchte Thatsache widerspricht, und welches der Wahrheit in manchem Punkte vielleicht sogar sehr nahe kommen mag. Ich wiederhole aber, daß ich keinen Werth auf wissenschaftliche Bilder lege, an denen die Fantasie viel gearbeitet hat, obschon solche bloße Fantasie-Bilder die meisten medizinischen und pathologisch-physiologischen Lehren sind, welche in der Praxis und auf den Kathedern kursiren, und in ihnen wuchert oft ein solches Uebermaaß geistreicher Conjekturen, daß selbst für den entschlossensten Fuß ein Fortschreiten unmöglich wird, und man sich nach der Einsamkeit der nüchternen Wüste sehnt, wo es weniger wuchert von vielfältigem Einerlei. Es wird mich freuen, wenn aus den von mir vorgetragenen Thatsachen ein anderer ein farbenreicheres Bild zu entwerfen im Stande ist, welches dem Leser mehr gefällt, als das meinige. Das muß jedem bis zu der Gränze, welche die Thatsachen erlauben, frei gestellt bleiben; aber nicht zugeben darf man, daß angenehmen und gefälligen Vorstellungen Thatsachen zum Opfer gebracht werden, deren Kenntniß nur mit vieler Mühe und Ausdauer errungen worden ist.

Ueber die speziellen Vorgänge sowohl bei der Entwicklung des Giftes als auch der Wirkung desselben auf die einzelnen Individuen können zuletzt nur ganz in's einzelne gehende Beobachtungen über den Verlauf der Epidemien unter den Bewohnern einzelner Häuser, und ferners Infektions-Versuche an Thieren volles Licht verbreiten, z. B. Versuche, wie sie von Professor Dr. Thiersch während der letzten Epidemie angestellt worden sind. — Meine Ansicht erheischt allerdings von diesen Versuchen, um auf die Infektionsweise der Menschen anwendbar zu seyn, eine andere Interpretation, als ihnen der Autor, mein sehr verehrter Freund, gegeben hat, wie der Leser bereits beobachtet haben wird, und unsere Ansichten kreuzen sich hier wesentlich; doch Ansichten ändern nichts am praktischen Werthe gewissenhafter Versuche, und die wahre Theorie erscheint jederzeit wie von selbst, sobald die nothwendige Anzahl von Thatsachen festgestellt ist. Im Uebrigen wird es Niemand tadeln, wenn es gelingen sollte, die Cholera mit Stumpf und Stiel auszurotten, ohne in der Erforschung ihrer Natur weiter gekommen zu seyn, als wir gegenwärtig sind, wo allerdings noch sehr viele wissenschaftlich interessante Fragen zu lösen wären.

Ich habe noch einen Gegenstand zu besprechen, auf welchen gewiß alle, die nicht meiner Ansicht sind, längst gespannt waren, da ich ihn in meinen Berichten ein paarmal nur angedeutet habe, nämlich die Cholera auf Schiffen, und ich will nun versuchen wo ich einen Boden auf offener See finde. — Ich habe bereits erörtert, daß es gleichgiltig sey, ob ein poröser Boden aus Kalk- oder Quarz-Sand bestehe, wenn er nur feucht und mit verwesenden cholera-keimtragenden Excrementen imprägnirt ist. — Warum sollten Holz und Leinwand unter den gleichen Umständen nicht die nämlichen Dienste verrichten können, als ein Haufen Erde? In der Strafanstalt Kloster Ebrach haben wir 2 auffallende Beispiele gesehen und daraus geschlossen, daß hölzerne Nachtkübel, obschon sie täglich auf das fleißigste entleert und ausgewaschen werden, und ebenso die mit Wasser befeuchtete durch Cholera-Diarrhöe verunreinigte Wäsche, welche einen Tag später, nachdem sie abgelegt worden, gewaschen wurde, verderblich werden können. Die Fälle, daß die Reinigung der Wäsche von Cholera-Kranken gefahrbringend ist, sind nicht nur in Deutschland und Frankreich, sondern auch in England so häufig beobachtet worden, daß die Engländer, welche grundsätzlich gegen alles sind, was der Cholera einen contagiösen Anstrich geben könnte, in ihren 15 Schlußfolgerungen*), die sie aus den Erfahrungen in den Jahren 1848 und 1849 gezogen, die Worte gebrauchen: „Es ist offenbar nicht gefahrlos, die Wäsche von Cholera-Kranken auf gewöhnliche Weise zu waschen.“ Ich habe auf meiner Reise für diesen Satz sehr lehrreiche Belege erhalten. — Es ist z. B. sehr merkwürdig, daß in München bei dieser bedeutenden Epidemie niemand von dem Personale erkrankte, welches die Reinigung und Bekleidung der Todten besorgte, auch Niemand vom Leichenaufsichtspersonale. Als ich nach Ingolstadt, Gaimersheim und Regensburg kam, hielt man mir überall die Todtenscheine dieses Personals entgegen, und sagte contagiös, wie man in München aus gleicher Ueberzeugung, nicht contagiös sagte. Die Sache dürfte sich einfach so verhalten: Die Leichenbesorgerinnen — hier zu Land Seelnonnen genannt — sind in München so beschäftigt und so bezahlt, daß sie sowohl ihre eigene Leibwäsche, als auch die der Todten, welche sie oft geschenkt erhalten, nicht selbst reinigen, sondern durch andere Personen waschen lassen. — An kleineren Orten, wo diese Leute minder beschäftigt sind, reinigen sie namentlich jene Wäsche, welche sie von der Leichenbesorgung erhalten, selbst — so war es wenigstens in Ingolstadt und Gaimersheim, wo diese Personen sogar das Recht haben, Hemde und Leintuch des Todten zu beanspruchen. In meinem Berichte über Regensburg finden sich gleichfalls einige auffallende Beispiele von Wäscherinnen solcher Hemden und Betttücher er-

*) Die 15 Schlußbetrachtungen sind wörtlich in den angehängten Noten enthalten.

zählt. Die gleiche Beobachtung hat man in Paris gemacht — wo die Wäschermädchen auffallend ergriffen waren, während andere Personen, welche in Fabriken, z. B. in Kattundruckereien ganz der gleichen Durchnässung ausgesetzt sind, sich durchaus nicht so verhalten. In Augsburg sind die Fälle von Lit. G Nr. 241 wenigstens theilweise gleichfalls hieher zu zählen. — Wie sich somit auf festem Lande Heerde für einzelne Menschen und Familien durch die Wäsche Cholera-Inficirter bilden können, ebenso auf Schiffen, wo man sich viel schwerer zum augenblicklichen Vertilgen oder Wegwerfen von Wäsche entschließen wird, als auf festem Lande.

Ferner ist zu erwähnen, daß die Reinlichkeit und die Geruchlosigkeit der Aborte auf Schiffen meist sehr viel zu wünschen übrig läßt, ein sicheres Zeichen, daß dort Stellen mit verwesenden Excrementen imprägnirt vorhanden sind. Da bei dem Bau der Schiffe Raum-Ersparniß ein Grundprincip ist, so wird die Zahl und Ausdehnung der Aborte immer geringer seyn, als es eine mit Diarrhöe behaftete Mannschaft verlangt, so daß unter solchen Eventualitäten die Unreinlichkeit zur Nothwendigkeit wird. Die Luftverderbniß von solchen Orten aus ist auf Schiffen viel bedenklicher als in Häusern auf dem Lande, weil der in einem Schiffe eingeschlossene Luftkubus im Verhältniß zu der Mannschaft viel geringer ist, als in jedem Hause, und die Lufterneuerung auf Schiffen viel mangelhafter ist, als in Häusern auf dem Lande, indem die Wandungen eines Schiffes nicht nur wasserdicht, sondern wohl meist auch luftdicht schließen. Wäre die Lufterneuerung in den Schiffsräumen nicht um ein bedeutendes geringer als in Häusern, so würde die Mannschaft weniger oft an Skorbut leiden, und es könnten sich keine so fürchterlichen Scenen ereignen, wie

Liebig eine in seinen chemischen Briefen (Seite 395) erzählt, wo dadurch, daß der Kapitän eines Auswandererschiffes während eines heftigen Sturmes die Lucken der Kajüten schließen ließ, um das Eindringen des Wassers zu hindern, mehr als die Hälfte der Mannschaft nach einigen Stunden erstickt angetroffen wurde. Wo ersticken in einem Hause auf dem Lande die Bewohner desselben, wenn man auch alle Fenster und Thüren auf das sorgfältigste schließen läßt? Es ist offenbar, das eine geringe Luft-Verderbniß auf Schiffen viel heftigere Folgen nach sich ziehen muß, als auf festem Lande, weil in den Räumen eines Schiffes jede entwickelte gasförmige Schädlichkeit viel concentrirter bleibt, als in den Wohnhäusern auf dem Lande, so daß Einflüsse, welche auf plattem Lande noch nicht im mindesten ausreichend sind, eine Cholera-Epidemie unter den Bewohnern eines Hauses herbei zu führen, dieselbe auf Schiffen möglicher Weise erfolgreich bewerkstelligen können. Aber trotzdem, daß die Möglichkeit der Entwicklung einer Cholera-Epidemie auf Schiffen nach meinen Ansichten nicht in Abrede gestellt werden kann, selbst wenn nur ein einziges cholera-keimtragendes Individuum auf dasselbe kommt, so glaube ich doch, daß bei weitem in der Mehrzahl der Fälle die Infektion des größern Theiles der Mannschaft auf dem Lande vor der Einschiffung erfolgt, und die Krankheit während der Fahrt auf offener See nur ihren Verlauf nimmt. So auffallende Thatsachen, daß z. B. ein Schiff auf der Fahrt von Europa nach Amerika auf offener See 14 Tage nach seiner Abfahrt von der Cholera befallen wird, haben für uns nichts befremdendes mehr, wenn wir bedenken, daß dieses eine sehr gewöhnliche Inkubations-Zeit für den Choleraprozeß ist, den wir eigentlich regelmäßig nie unter 8 Tagen ausbrechen sehen, und je nach Nebenumständen oft noch bedeutend später, (z. B. bei dem Gefangenen in Kaisheim nach 22 Tagen). — Bereits Jameson erwähnt, daß die Schiffe auf dem Ganges auffallend verschont blieben, deren Mannschaft absolut kein Verkehr mit dem Lande gestattet wurde, während die ergriffenen meist solche waren, die mit dem Lande verkehrten. Einen andern Fall erzählt er, wo ein Schiff auf offener See ergriffen wird, welcher viel Aehnlichkeit mit dem jüngst in der allgemeinen Zeitung mitgetheilten hat, der so großes Aufsehen erregte. Ich habe die Erzählung von Jameson hierüber in den Noten abdrucken lassen (Verbreitung durch Verkehr II S. 183). Auch in neuester Zeit sprechen die Engländer in Beziehung auf die Cholera noch von schmutzigen und verpesteten Schiffen (dirty and pestilencial) und von reinen — (clean) — und können den reinen Schiffen keinen bessern Rath geben, als vom Lande zu stechen, und in die offene See zu gehen, wenn sich die Cholera in der Nähe zeigt. (Vergleiche Conclusion in dem englischen Report 1849).

Die Verbreitung der Cholera durch Schiffe wird ebenso wenig als das Vorkommen der Krankheit auf ihnen irgend etwas auffallendes mehr darbieten.

Die Verbreitung der Cholera durch Schiffe nach Inseln und nach dem Festlande ist von der Zeit abhängig, während welcher sich ein Schiff auf offener See hält. — Wenn ein inficirtes Schiff ausläuft, nach einigen Tagen auf offener See von Cholera ergriffen wird, — aber darnach noch viele Wochen lang zu segeln hat, bis es landet, so wird die ausgeschiffte Mannschaft wohl schwerlich den Bewohnern des Landungsplatzes eine Gefahr bringen. — Wenn das Schiff aber landet, ehvor in der Mannschaft alle Disposition für Cholera erloschen ist, dann kann der

Landungsplatz bei geeigneter Bodenbeschaffenheit leicht von einer Epidemie befallen werden. Wir wissen allerdings nicht genau die Zeit, binnen welcher ein Schiff gänzlich cholerarein wird: die Erfahrung aber lehrt, daß dieser Punkt zwischen der Dauer einer Fahrt von Europa nach Amerika, welche noch nicht schützt, und zwischen der Dauer einer Fahrt von Europa um das Cap von Afrika nach Ostindien liegen müsse, welche schützt: denn noch nie hat England eine Epidemie durch Ostindienfahrer empfangen, sondern stets vom europäischen Continente aus. Zu Lande hingegen pflanzt sich die Seuche, die zu ihrer Fortpflanzung des Bodens bedarf, bis an die Polarzone fort, wenn sie auch jahrelang zu einem solchen Zuge braucht. — Neben den ununterbrochen sich erneuernden Schwankungen und Aenderungen im persönlichen Verkehre zu Lande spielt die Bodenbeschaffenheit die nächste Hauptrolle, denn wir sehen, daß breite Gebirgszüge, vorausgesetzt, daß die Ortschaften auf felsigem Grunde liegen, der Ausbreitung oft ein sichtliches Hinderniß entgegensetzen, indem die Krankheit die jenseitigen Niederungen auch bei lebhaftem Verkehre oft nur langsam und schwierig erreicht, und auf Felsen gelegene Orte regelmäßig verschont.

Bei dieser Gelegenheit möchte ich auch hervorheben, daß ich mir den Verlauf der Cholera in einem marschirenden Heerhaufen ähnlich wie bei einem segelnden Schiffe vorstelle, wo die Infektion nicht auf dem Marsche, sondern auf den Lagerplätzen und bei Gelegenheit von Rasttagen erfolgt, wofür die Thatsachen aus Indien so klar sprechen. Die Thatsache, welche die Engländer in ihren 15 Schlußsätzen aufgenommen haben, daß ein marschirender Heerestheil stets mehr zu leiden hat, als ein garnisonirender, erklärt sich einfach dadurch, daß die Soldaten mit dem Gift im Leibe, in Folge der Anstrengungen auf einem Marsche dem endlichen wirklichen Ausbruche viel weniger Widerstand zu leisten vermögen, als in der Garnison — abgerechnet alle Uebelstände mit Reinigung der Wäsche 2c. 2c. während eines Marsches.

Ehvor ich auf die praktischen Schlußfolgerungen eingehe, will ich noch einiger Ansichten Erwähnung thun, welche bisher bei unsern Vorstellungen über die Verbreitungsart der Cholera eine Rolle gespielt haben.

Die Annahme der Verbreitung durch Contagion im engern Sinne des Wortes und der Schule hat von jeher heftigen Widerspruch gefunden, und konnte sich nie eine allgemeinere Geltung verschaffen. Wenn man die unbefangen und gründlich beobachteten Thatsachen nach der Contagionslehre erklären wollte, so müßte man zu so abentheuerlichen und unwahrscheinlichen Hypothesen greifen, die vor jedem einfachen und gesunden Verstande unhaltbar erscheinen. Ich erinnere nur an den Basilisken-Blick des Buchhalters in der Porzellanfabrik zu Regensburg, wo zwei Menschen gestorben seyn sollen, nur weil er sie angeblickt hat. Was hat in den Cholera-Quarantaine-Anstalten alles Räuchern und Desinficiren von Kleidern und Waaren genützt, als daß die Kleider einen üblen Geruch bekamen, und die Waaren verdorben wurden? Wie kommt es, daß die ersten exquisiten Cholerafälle eines Ortes so häufig Personen betreffen, die weder mit Kranken, noch Fremden den mindesten Verkehr hatten? Diejenigen, welche sich mit vernünftiger Anstrengung ihrer Kräfte ausschließlich der Krankenpflege widmen, sind der Cholera nicht mehr preis gegeben, als diejenigen, welche sich in ihren Zimmern auf das sorgfältigste einschließen. Andere glauben, direkt von den Stühlen der Cholerakranken ströme das Gift aus, können aber die Beweise dafür nicht finden, ja es will sogar scheinen, als ginge von den Darmentleerungen wirklich Cholerakranker viel weniger Gefahr aus, als von unschuldig aussehenden Diarrhöen. Andere scheuen sich, einen Cholerakranken nur irgendwie zu berühren oder ihm gar den Todesschweiß von der Stirne zu wischen, werden aber von hunderten beschämt. Es hat sich zum Heil der Menschheit ein starrer Contagionsglaube in der Cholera nie entwickeln können; man denke sich das Elend dieser ohnehin so elenden Kranken, wenn sie von den Ihrigen auch noch geflohen und verlassen würden. Es ist allerdings schrecklich, so oft mit ansehen zu müssen, wie die Hand, welche heute noch im Dienste der Barmherzigkeit und Nächstenliebe sich abmüht, morgen dem gleichen Tode als Opfer fällt; aber das darf das Gewissen des Gepflegten nicht bedrücken, denn der Pfleger trug bereits den Tod im Leibe, ehe er nur eine Hand an seinen kranken Bruder zu legen brauchte, und wäre seinem Schicksale nicht mehr entgangen, wenn er auch seit gestern hundert Meilen weit geflohen wäre. Was Jameson von den Indiern sagt, können wir von den Europäern sagen: Nie ist die Contagiosität Volksglaube geworden. So wenig sich aber die Indier vor den Kranken scheuen, so sehr scheuen sie den Boden eines epidemisch ergriffenen Ortes; denn Jameson selbst führt Beispiele an, wie massenhaft die Indier beim Ausbruch oder Herannahen der Seuche ihre Wohn- und Lagerplätze fliehen, oft die Wege, die sie genommen, mit Leichen bezeichnend und die Krankheit in bisher gesunde Orte bringend. Sollte es uns wider mein Erwarten auch künftig nicht gelingen, diese Geißel der Menschheit in ihrem Keime zu ersticken, so wird es jedenfalls sehr nützlich seyn, auf unsere nunmehrigen Erfahrungen gestützt, die Wege zu bezeichnen, welche die Choleraflüchtlinge eines Ortes einzuhalten haben. Dadurch, daß ein einziger angstgescheucht seinen Platz verläßt, wenn es bereits zu spät ist, kann er die Pest über tausend andere bringen, und doch selbst dem Tode nicht entgehen.

Ueber die Verbreitung der Cholera durch Windströmungen habe ich mich bereits mehrfach geäußert, und ich sehe keine Veranlassung noch weiter darauf einzugehen. Auch über den Einfluß sonstiger allgemeiner atmosphärischer Zustände auf die Entwicklung der Cholera habe ich nur wenige Worte noch zu sprechen. Die Ursachen, welche diese Krankheit in den heißesten Sommern und den strengsten Wintern wüthen lassen, können unmöglich in der Atmosphäre liegen, und durch einige Grade Wärme oder Feuchtigkeit mehr oder weniger in Thätigkeit gesetzt werden. Ich weiß zwar, daß ich mit einem solchen Ausspruche Vielen wehe thue, bei welchen sich eine derartige Ansicht durch jahrelange Gewöhnung eingeschmeichelt und eingefleischt hat, — aber ich glaube, daß mir die Mehrzahl doch endlich beistimmen wird, wenn ich sage, ich kann nicht anders. — Wie wenig das Steigen und Fallen der Temperatur Einfluß auf die Krankheit hat, kann man an jedem Orte sehen, wenn man den Verlauf der Epidemie in seinen einzelnen wesentlichen Theilen betrachtet. Nehmen wir z. B. den Verlauf der Epidemie in der Müller- und Dachauer-Straße in München, den der Leser am Ende der Tafeln 1 und 2 verzeichnet findet, und welche Straßen unter sich viele Analogien darbieten. Am 17. und 18. August starben in der Müllerstraße sieben Menschen, an diesen beiden Tagen starb in der Dachauerstraße nicht ein einziger, wie auch keiner in den 6 vorausgehenden Tagen gestorben war, während die Krankheit in der Müllerstraße bereits neun himweggerafft hatte. 6 Tage später (am 23/24 August) starben aus der Dachauerstraße gleichfalls sieben Menschen zumal, aber gleichzeitig in der Müllerstraße nur zwei. Die Sterblichkeit in der Müllerstraße erhebt sich am 29/30. August abermals bis auf sechs Todesfälle — und da stirbt in der Dachauerstraße nur ein Mensch. Und ebenso, wie in der Müllerstraße erreicht die Epidemie auch in der Dachauerstraße einen zweiten Gipfelpunkt, aber erst am 4/5. September, wo dort 4 Menschen starben, während gleichzeitig in der Müllerstraße nur mehr einer starb. Wenn der meteorologisch gesinnte Leser alle 6 Tafeln von München durchgeht, so wird er nicht einen einzigen heißen oder kalten Tag finden, an dem gleichmäßig in allen Straßen eine größere Sterblichkeit sich kund gäbe, als nach der Entwicklungsstufe der örtlichen Epidemie überhaupt zu erwarten stünde. Ich überlasse es daher getrost jedem, sich selbst sein Urtheil über den Einfluß der Temperatur auf den Verlauf der Cholera zu bilden. Die unbestreitbare Thatsache, daß die Verbreitung der Epidemien und deren Ausbruch viel öfter im Sommer als Winter beobachtet wird, läßt sich ganz ungezwungen mit der ungleich größern Steigerung des persönlichen Verkehres zur guten Jahreszeit in Verbindung bringen, während im Winter der Landweg aus Indien nach Europa fast gänzlich unbetreten, und der Seeweg gleichfalls nur wenig benützt ist. Die Verwesungsprozesse im Boden gehen bis zu einer solchen Tiefe vor sich, daß höchstens warme und feuchte Luft auf der Oberfläche des Bodens die Entwicklung des Miasmas begünstigen kann. Gerade die plötzliche Wirkung, welche die meteorologischen Veränderungen stets haben sollen, spricht mehr als alles dagegen, daß ihnen etwas anderes, als ein sehr untergeordneter Einfluß zugestanden werden könnte, wodurch sie in die Reihe der mitwirkenden Ursachen, als z. B. Diätfehler, Erkältung, Furcht rc. rc. verwiesen werden, ja noch weit unter diese gesetzt werden müssen;

solche Einflüsse können allerdings zum wirklichen Ausbruch des vorbereiteten Krankheitsprozesses beitragen, sind aber für sich nun und nimmermehr im Stande, ihn zu verursachen.

Es gibt noch andere Erscheinungen in der Atmosphäre, welche häufig mit dem Auftreten von Epidemien in Zusammenhang gebracht werden, als da sind seltene Infusorien, Pilze und Insekten-Schwärme. Besonders von letzteren erzählen glaubwürdige Beobachter nicht selten. Es kann seyn, daß sie wirklich mit den Epidemien zusammenhängen — und Schleiden erzählt einige hübsche Fälle in seinen Studien (Leipzig 1855), aber man darf deßhalb nicht sagen, daß auch nur Wahrscheinlichkeit vorhanden sey, daß diese Wesen eine Seuche hervorrufen. „Wo immer ein Aas ist, da versammeln sich die Adler." Wenn ich im Sommer Honig vor mein Fenster stelle oder Früchte einkoche, so versammle ich bald einen Schwarm von Insekten, von dessen Daseyn ich eine halbe Stunde früher noch keine Ahnung hatte: sie haben mir aber nicht den Honig gebracht, sondern dieser hat sie angelockt, und so kann es seyn, daß gewisse Prozesse im Boden diese atmosphärischen Nomaden an manchen Punkten massenhaft zusammenführen, oder unter Umständen auch vertreiben.

Soll ich auch etwas von dem Einflusse der Luftelektrizität, und der erdmagnetischen Strömungen sagen? — Doch lieber nicht, da man bisher so wenig darüber auf die Cholera bezügliches weiß, und so wenig davon verspürt hat, als von einem Einflusse der Politik des Mondes auf unsere irdischen Kämpfe und Tagesfragen. Die Physiker und Meteorologen von Fach haben auch noch jederzeit gelächelt, so oft man sich in Cholera-Nöthen an sie gewandt hat.

Wichtiger ist der von mehrern Seiten behauptete Einfluß

des Ozon-Gehaltes der Luft. Schönbein hat diesen merkwürdigen Zustand eines Theiles des atmosphärischen Sauerstoffes bekanntlich zuerst entdeckt und zur unumstößlichen Thatsache erhoben. Es ist natürlich, daß die Medizin sofort darauf ausgeht, praktische Folgerungen aus derselben zu ziehen, ebenso, wie sie es aus der sonstigen Zusammensetzung des Luftkreises, aus dessen Temperatur, Feuchtigkeit, Elektrizität u. s. w. unablässig, bald mit Glück, bald mit Unglück versucht hat. Bei jeder neuen Erscheinung, die wir im Luftkreise wahrnehmen, wird jeder Arzt an die Möglichkeit eines Einflusses derselben auf unsere Gesundheit denken. Leider, daß sich die meisten mit einem bloßen solchen Gedanken begnügen, anstatt genaue Prüfungen und Untersuchungen anzustellen; es hat sich auf diese Weise eine große Anzahl grundloser und unberechtigter Vorstellungen in die Medizin eingeschlichen, welche wenigstens theilweise oft sogar das praktische Handeln und Nicht-Handeln bestimmen, und wie eine Krankheit sich von einer Generation zur andern forterben. So wird vielfach behauptet, daß der Ozon-Gehalt der Luft während einer Cholera-Epidemie eines Ortes geringer als gewöhnlich, ja oft sogar völlig verschwunden sey, und erst bei dem Verschwinden der Epidemie wieder erscheine. Von anderen wird diesen Angaben mit entgegengesetzten Thatsachen geradezu widersprochen. Professor Dr. Seitz in München, welcher seit Jahren regelmäßige Ozon-Beobachtungen macht, hat den Ozon-Gehalt der Luft während der letzten doch so heftigen Epidemie in München nicht verändert gefunden.

Die Richtigkeit beider entgegengesetzten Angaben ist nicht zu bezweifeln, da die Ausführung der Beobachtung ebenso leicht, als sicher ist, so lange es sich bloß darum handelt, ob überhaupt

Ozon in der Atmosphäre vorhanden ist, oder nicht, und wir können keinen andern Schluß ziehen, als daß der Mangel an Ozon weder Cholera erzeugen, noch sein Vorhandenseyn dieselbe verhindern kann. Eine andere Frage ist aber, ob die Schwankungen der Beobachtungen über den Ozongehalt nicht dennoch mit dem Cholera-Prozeß eines Ortes zusammenhängen? Die Möglichkeit muß nach meiner Ansicht von vorneherein zugestanden werden. — Wir wissen, daß der Ozon-Gehalt der Luft im Winter größer als im Sommer, ebenso, daß er auf hohen besonders felsigen Lagen im Gebirge bedeutender, als in der Tiefe und auf der bewohnten Ebene ist; daß übelriechende Gasarten z. B. aus faulendem Fleische, von sehr ozonreicher Luft zerstört werden, daß hiedurch aber auch Ozon verbraucht wird. Nimmt man nun als richtig an, daß die Cholera zunächst durch ein aus dem Grunde der Häuser oder deren unmittelbarer Umgebung sich entwickelndes Miasma verursacht werde, so ist der ganze Widerspruch gelöst. Es lassen sich quantitative Verhältnisse zwischen Miasma und Ozon denken, wo eines das Verschwinden des andern zur Folge haben kann, und es wird zunächst darauf ankommen, wo der Ozon-Beobachter seinen Platz gewählt hat. Ist es ein Platz, wo sich viel Miasma entwickelt, so kann dieses den Ozongehalt der Luft beständig so weit absorbiren, daß das Ozonometer nichts mehr anzuzeigen vermag; — hat der Beobachter zufällig einen Platz inne, wo sich wenig, oder kein derartiges Miasma entwickelt, so wird das Ozon auf den Jodkalimukleister wirken. In einer Stadt macht gewöhnlich ein einziger Mensch an einer einzigen Stelle solche Beobachtungen — würde man sie an vielen und verschiedenen Stellen ein und derselben Ortschaft machen, so würde man erstaunt seyn über den verschiedenen Grad der Bläuung der

Papiere während gleicher Zeiträume. Wenn man einmal den Ozongehalt der freien Luft genauer kennen wird, so werden wir an dem Ozonometer ein werthvolles Mittel haben, den Grad der Verunreinigung einer Luft mit organischen Gasen zu beurtheilen.

Die Verbreitung durch das Trinkwasser, glaube ich in meinem Berichte über München ein und für allemal erledigt zu haben.

Da ich den Satz aufgestellt habe, daß die alleinige Verbreitung der Cholera durch Harn und Koth der Menschen geschehe, so habe ich auch die Verpflichtung auf mich genommen, mich nach Mitteln umzusehen, einer solchen Verbreitung Einhalt zu thun. Da die Entleerung der natürlichen Bedürfnisse, wenn auch nicht überall erlaubt, doch nirgend ganz verboten werden kann, so müssen wir uns auf Unschädlichmachung derselben verlegen, was man mit dem allgemeinen Ausdrucke Desinfektion bezeichnet. Dem Laien gilt als Desinfektion alles, was die Verbreitung des üblen Geruches von den Aborten aus verhindert; die Chemiker verstehen darunter eine Behandlung, welche die Zersetzung der Excremente verhindert, und sie erzielen dieselbe durch Beimischung von Substanzen, welche die Prozesse der Gährung und Fäulniß hindern. Diese Hindernisse der chemischen Bewegung in den desinficirten Excrementen werden nach einiger Zeit von dem unaufhörlichen Streben der organischen Substanzen, in einfachere Verbindungen unter dem Einflusse des Wassers und der Luft zu zerfallen, wieder überwunden, und die Zersetzung oder Bewegung beginnt von neuem, aber nach einer andern Richtung als die ursprüngliche war. Wenn wir den Saft der Zuckerrübe sich selbst überlassen, so beginnt bald eine Gährung, bei welcher sich Kohlensäure entwickelt und Alkohol bildet, setzen wir aber zuvor eine Quantität Kreide oder kohlensauren Kalk hinzu, so wird die Gährung in der Art abgeändert, daß sich aus dem Zucker anstatt Kohlensäure und Alkohol vorwaltend Milchsäure bildet. Der Most, in dem wir die Gährung durch Beimischung gewisser Substanzen (z. B. einer Mineralsäure) zum gänzlichen Stillstand gebracht haben, liefert uns keinen Wein mehr — obwohl die Veränderung in der Flüssigkeit nach einiger Zeit wieder weiter geht, wo wir dann nach Umständen sagen, sie fault, sie schimmelt oder sie wird sauer u. s. w. und in einer langen Reihe von Jahren haben wir nichts mehr als die unverbrennlichen Theile — die Aschenbestandtheile — in der Flüssigkeit, wenn wir sie nicht austrocknen, oder vor jedem Luftzutritte vollkommen verwahren. So kann man die Milch Jahre lang vor dem Sauerwerden und Gerinnen schützen dadurch, daß man sie täglich ein paarmal bis zum Siedpunkte in einer Vorrichtung, die kein Wasser verdunsten läßt, erhitzt. — Man sieht, daß die chemische Bewegung in einem organischen Körper durch gewisse Gegengewichte nur gehemmt oder abgeändert, nie aber ganz aufgehoben werden kann, so lange Wasser und Luft nicht aus dem Spiele kommen. Hievon hat uns Liebig durch seine lichtvollen Darstellungen dessen, was man Gährung und Verwesung nennt, die klarste Einsicht und Ueberzeugung verschafft. Wir dürfen deßhalb von vorneherein nicht erwarten, ein praktisches Verfahren zu finden, welches der Zersetzung der Excremente für immer vorbeugt, sondern wir müssen das Ziel unserer Bestrebungen auf Mittel richten, welche im Stande sind, die Zersetzung in einer Art und Weise abzuändern, daß sie für uns gefahrlos, so zu sagen ihr Angriffspunkt von uns abgelenkt wird. — Und dazu reichen vielleicht geringe Anstrengungen aus.

Ich glaube den meisten meiner Leser die Ueberzeugung verschafft zu haben, daß die Cholera durch Entwicklung eines Gases bei Zersetzung flüssiger Excremententheile (gleichviel ob aus Harn oder Koth stammend) in feuchtem, porösem Erdreich (oder Stoffen welche dieses ersetzen) verursacht wird. Diese Excremente müssen von Menschen stammen, welche entweder mehr oder minder an Symptomen der Cholera leiden, vielleicht sogar nur aus von Cholera epidemisch ergriffenen Orten zu kommen brauchen. Es ist nicht unwahrscheinlich, daß diese Stoffe, indem sie im Boden wie ein Ferment wirken, in ihren eigenthümlichen Zersetzungsprozeß auch die Masse der bereits vorhandenen gesunden Excremente hineinzuziehen im Stande sind, welche sich ohne dieses Hinzukommen in anderer, gewöhnlicher Weise zersetzen würden, wo sie keine Cholera verursachen.

Stoffe, welche auf alle Prozesse der Gährung, Fäulniß und Verwesung hindernd, und den Verlauf modificirend einwirken, sind sämmtliche lösliche Metallsalze, und für die Praxis sind unter diesen die wichtigsten die Eisen- und Zinksalze, weil sie am billigsten zu haben sind. Eisenvitriollösung mit in Zersetzung begriffenen Excrementen gemischt, sistirt augenblicklich die Zersetzung, hemmt sie eine Zeit lang, und ertheilt der zuletzt wieder beginnenden Bewegung eine etwas andere Richtung. — Ich glaube, daß eine ergiebige Verwendung von Eisenvitriol die nachtheilige Wirkung der Excremente, so weit sie Cholera hervorrufen, vollkommen beseitigen könnte. — Liebig hat im Interesse der Landwirthschaft einen andern Körper vorgeschlagen, mit dem der sanitätspolizeyliche Punkt eben so gut, wo nicht besser erreicht wird, und zugleich die Excremente der vollen Ausnützung als Felddünger erhalten bleiben: dieses Mittel ist schwefelige Säure, welches Liebig in der Form von sauren schwefligsauren

Salzen in Lösungen anzuwenden vorschlägt. Schweflige Säure muß ohne Widerrede unter die wirksamsten Desinfektionsmittel gezählt werden, das wissen unsere Weinhändler und viele andere Gewerbe, welche von dem brennenden Schwefel — dem sogenannten Schwefeln — Gebrauch machen, wodurch man seit ältester Zeit mit bestem Erfolge theils Schimmelbildung, theils Fäulniß, theils sonstige organische Verderbniß verhindert oder wieder zerstört. Auch als Luftreinigungsmittel ist brennender Schwefel schon in den ältesten Zeiten bekannt gewesen.

Da aber die sauren schwefligsauren Salze als Handelswaare schwierig zu handhaben seyn dürften, indem sie sich rasch verändern und fortwährend schweflige Säure abdunsten lassen, so möchte ich eine ähnliche Form dafür, wie bei dem Chlor, dessen Wirkungen manche Analogien mit der schwefligen Säure haben, vorschlagen — nämlich die eines alkalischen Kalksalzes. Auf ähnliche Weise, wie die Fabrikanten gebrannten und gelöschten Kalk mit Chlor sättigen, so könnten sie es mit schwefliger Säure thun. Um aus diesem basischen schwefligsauren Kalke bei der Anwendung die schweflige Säure in Wirksamkeit zu setzen, brauchte das Präparat nur in Wasser zertheilt mit Salzsäure oder Schwefelsäure vermischt zu werden. Ich gebe dem Kalksalze vor allen anderen den Vorzug, weil dadurch die Phosphorsäure aus den Kloakenflüssigkeiten in einer Form erhalten werden würde, welche den Zwecken der Landwirthschaft am meisten entspricht.

Sehr günstige Resultate habe ich in neuester Zeit auch von der Anwendung des rohen Holzessiges gesehen.

Doch das sind Fragen, die sich leicht erledigen werden, sobald man allgemein die Ansicht gewonnen haben wird, daß wir wirklich den Keim zur Verschleppung der Cholera lediglich in Harn und

Noth zu suchen haben, worüber es sich vorerst allein handeln kann. Es muß sich zuerst entscheiden, ob der Grund, auf dem wir bauen wollen, wirklich ein sicherer und tragfähiger ist, ehe wir einzelne Bau- und Kosten-Voranschläge machen. Eine viel wichtigere Frage ist, wann der rechte Zeitpunkt, und wo der rechte Ort für Anwendung der Desinfektion gegeben seyn würde. — Ich habe die Ueberzeugung, daß jede Desinfektion in einer Stadt, wann sich die Krankheit bereits als Epidemie zeigt, erfolglos seyn muß. Keinerlei Desinfektion nimmt jenen Menschen das Gift wieder aus dem Leibe, die es bereits aufgenommen haben, und erreicht auch kaum die bereits in den Boden ausgesickerten Stoffe, ehe sie ihre verderblichen Wege durchlaufen haben. — Eine Desinfektion während einer Epidemie kann nur in sehr beschränktem Maaße Erfolg versprechen, etwa soweit das Verderben von Wäsche und sonstigen unsauberen Geräthen ausgeht, was im Verhältniß zum Ganzen ja nur ein sehr geringer Theil ist.

Eine Desinfektion, welche nützen, welche uns die Entwicklung einer Orts-Epidemie ferne halten soll, muß vorläufig, muß prophylaktisch seyn. Sobald sich in Italien, oder Frankreich oder Rußland Ortschaften epidemisch ergriffen zeigen, sollten in jedem Orte Deutschlands, der für Cholera empfänglich ist, die sorgfältigsten Desinfektionsmaaßregeln getroffen werden, besonders dort, wo Fremde möglicherweise ihre Excremente (Harn und Koth) deponiren könnten. Aus diesem Gesichtspunkte ist auch die Erfolglosigkeit aller Quarantainen und Militärcordone bisher zu beurtheilen. Wie unzureichend eine 14tägige Quarantaine bei der Cholera ist, davon habe ich im Berichte über Ebrach einige Beispiele mitgetheilt.

Wenn es gelingt, die Ansicht zu befestigen, daß die Verwesung menschlicher Auswurfstoffe im Boden unter gewissen Umständen eine so fürchterliche Krankheit, wie die Cholera ist, zur Folge haben kann, so werden wir ohne Zweifel damit auch die Quelle anderer epidemischer Krankheiten, z. B. höchst wahrscheinlich des Typhus, aufgefunden haben. — Eine solche Ueberzeugung wird die heilsamsten Folgen für alle von Menschen bewohnten Plätze nach sich ziehen, denn jeder wird im Interesse der eigenen Sicherheit seinen Nachbar zwingen, daß er den Boden, auf dem sie beide zusammen leben müssen, rein erhalte, und namentlich das Eindringen und die Ausbreitung von Stoffen verhindere, deren Verwesung bei großer Vertheilung das Leben auf so heimtückische und unvermeidliche Art gefährden kann. Es werden trotz aller Schwierigkeiten der Ausführung zuletzt Methoden erfunden und Gesetze erlassen werden, welche nicht nur die Verunreinigung und Imprägnirung des Bodens mit menschlichen und thierischen Auswurfstoffen, sondern auch die Zersetzung derselben überhaupt, so lange bis sie gänzlich aus der Nähe menschlicher Wohnungen fortgeschafft werden, zu verhindern im Stande sind. Die großen Vortheile, welche bisher auf Felsen liegende Ortschaften genossen haben, können durch die Einsicht und Kunstfertigkeit des Menschen auch jenen, und gewiß noch in erhöhterem Maaße zugewendet werden, welche auf lockerem, angeschwemmtem Lande liegen.

So weit ich die Geschichte der Krankheit kenne, um welche es sich gegenwärtig handelt, will mich bedünken, als wären alle bedeutenden Aerzte der civilisirten Welt darüber einig, daß diese Seuche nur ein Kind des Delta des indischen Ganges sey, von wo aus allein sie ihre verheerenden Wanderungen beginne. Wenn es sich so verhält, wie bereits Jameson angibt, daß bei den Verkehrs-Verhältnissen, wie sie eben in Indien bestehen, die Krankheit sich im Durchschnitt täglich um eine geographische Meile weiter verbreitet, so darf es uns nicht wundern, wenn wir sie Jahre lang zu ihrem Zuge durch die Länder Europa's brauchen sehen; eine so auffallende Erscheinung, daß sie von jeher die wunderlichsten Erklärungs-Versuche und Hypothesen hervorgerufen hat.

Falls es mir gelungen ist, meine Ueberzeugung auch zu der Ueberzeugung anderer Menschen zu machen, deren Beruf und Urtheil sie befähigt, hierin einen Ausspruch zu thun, so werden die Engländer gewiß kein Opfer und keine Anstrengung scheuen, die Entstehung dieser Pest in Indien zu verhindern, oder zu unterdrücken. Sie werden sich den Dank der ganzen Menschheit erwerben. Ebenso werden alle europäischen Regierungen bedacht seyn, das Leben ihrer Angehörigen sicher zu stellen, indem sie Anordnungen treffen, welche theils ein erneutes Eindringen der Seuche aus Asien verhindern, theils die noch in Europa vorhandenen Reste derselben vertilgen, und das Wiederaufleben und die Weiterverbreitung von einheimischen Krankheitsheerden aus verhindern werden. Bevor man aber zu Berathungen der Maaßregeln hiefür schreitet, muß wenigstens die Majorität der Regierungen eine bestimmte Ansicht über die Verbreitungsart der Cholera gewonnen haben, welche sich wesentlich auf die Aussprüche ihrer verschiedenen Sanitäts-Organe gründen muß. — Eine solche von nebelhaften Vorstellungen entkleidete, und unbegründete Behauptungen zurückweisende Ansicht hervorzurufen, bezeichne ich als den alleinigen Zweck meiner vorgetragenen Untersuchungen und Betrachtungen.

Nun lege ich dieses kleine Buch, wenn auch nicht mit völlig unbewegter, aber doch mit furchtloser Hand vor seinen Richtern nieder. Ich wünsche, daß es viel Kampf erregen möge, und ich werde mich meinem Tagwerke dabei nicht entziehen; es ist ein Kampf für unser Aller Wohl. Zwar werde ich nie selbst gegen den größten Schwarm von unbegründeten Vermuthungen und bodenlosen Behauptungen eine Erwiderung machen, er mag kommen, woher er immer will; — aber jederzeit werde ich mich beugen vor gründlich und ehrlich untersuchten Thatsachen.

# Anhang.

# Nachschrift.

Als die Vorrede und ein Theil des vorliegenden Buches bereits gedruckt war, hat die kgl. Kommission für wissenschaftliche Erforschung der asiatischen Brechruhr den Beschluß gefaßt, meine Arbeit in dieser berichtlichen Form, die ich ihr der Bequemlichkeit wegen gegeben hatte, bereits als einen Theil des Generalberichtes, so weit sich dieser über lokale Disposition zu verbreiten hat, anzusehen, der einstweilen selbstständig erscheint. Daher die zu Anfang des Buches stehende Vorbemerkung. Ehe dieser Beschluß gefaßt war, habe ich öfter auf Nachträge, Erweiterungen und Berichtigungen verwiesen, welche ich beim Erscheinen des Generalberichtes zu realisiren versprach. Obwohl nun diese Gelegenheit wegfallen wird, so hoffe ich nichts desto weniger auf andere Weise meine Versprechen in nicht zu langer Zeit erfüllen zu können.

Die Nachträge zu meinem Berichte über Gaimersheim habe ich von Dr. Schwarzmaier erhalten, konnte sie aber nicht mehr benützen, da der Druck bereits zu weit vorgeschritten war. — Es hat sich durch diese höchst genauen und detaillirten Nachweisungen nichts ergeben, was eine Aenderung in meinen Grundansichten erheischte. Ich hatte zwar — obschon vergeblich — gehofft, es würden sich durch eine ganz detaillirte Untersuchung der örtlichen Verhältnisse von Gaimersheim Anhaltspunkte ergeben, warum einzelne Häuserpartbien so stark ergriffen, hingegen andere verschont geblieben sind; da aber ganz Gaimersheim (mit Ausnahme einer kleinen Häuserparthie, welche auf felsigem Gesteine ruht und verschont geblieben ist) als disponirt für Cholera angesehen werden muß, so halte ich für das entscheidende Moment, ob ein Haus von Cholera befallen wurde, oder nicht, den Einfluß des persönlichen Verkehres, in der Art und Weise, wie ich ihn an mehrern Stellen meiner Berichte erörtert habe.

Bezüglich meiner über das Verschwinden des Ozons aus der Atmosphäre geäußerten Ansicht, nach welcher die Erscheinung nur eine lokale Bedeutung hätte, habe ich von Professor Schönbein in Basel nachträglich bestätigende Beobachtungen des Dr. Conraux zu Thann im Elsaß erhalten, welche darthun, daß das Ozon während eines Stadiums der Epidemie in Thann wirklich gänzlich verschwunden war, während es in $^1/_4$ Stunden davon entlegenen Ortschaften (zwischen Leimbach und Rodern, und in Bitschweiler) zur nämlichen Zeit constant beobachtet wurde. Ich habe den Bericht des Dr. Conraux in den nun folgenden Noten abdrucken lassen.

Was diese Noten anlangt, so stammt der größte Theil aus den Berichten indischer Aerzte in den Jahren 1817 bis 1819, die ich in der Uebersetzung von Reuß benützte. Ich habe die: „Nachrichten über die Cholera-Seuche, wie sie in Hindostan und in der indischen Halbinsel in den Jahren 1817, 1818 und 1819 geherrscht hat. Gesammelt und auf Verordnung der Regierung herausgegeben von der Medicinalbehörde zu Bombay.“ stets mit der Bezeichnung: Indische Berichte Band I bezeichnet, und als Band II den „Bericht über die Cholera-Seuche, welche das Gebiet der Präsidentschaft von Bengalen in den Jahren 1817, 1818 und 1819 heimgesucht hat. Auf Befehl der Regierung, unter der Aufsicht der Medicinal-Behörde aufgesetzt von Jacob Jameson, Wundarzt-Gehilfen und Secretär der Medicinal-Behörde.“

Ich habe die Stellen aus diesen Berichten wörtlich wieder gegeben, ohne jeden Zusatz oder Bemerkung, und glaube selten versäumt zu haben, namentlich jene Stellen anzuführen, welche von Beobachtungen handeln, welche meiner Ansicht zu widersprechen scheinen. — Der Leser mag selbst entscheiden, wer genauer beobachtet, und wer strenger und einfacher geurtheilt hat. — Ich für meinen Theil habe in allem Thatsächlichen, was bisher constatirt worden ist, keinen Widerspruch mit meinen Grundansichten finden können. Ich hätte zu meinen Folgerungen eben so gut die bisher bekannten Thatsachen benützen können, anstatt auf's Neue Erhebungen anzustellen, — und es hätte das Resultat vielleicht nicht weniger präcis ausfallen können. Wenn es etwa ein Verdienst für mich seyn und bleiben sollte, meine eigenen Beobachtungen gemacht zu haben, so kann dieses nur in der Art und Weise, und nur in der Genauigkeit liegen, womit dieselben angestellt worden sind. — Ich wünsche, daß man sie so finden möge, daß sie auch anderen keine anderen Schlußfolgerungen gestatten, als ich daraus ziehen zu müssen glaubte. Sollte dieses der Fall seyn, so würde ich es für ein großes Glück betrachten; denn es würde sanitätspolizeyliche Maaßnahmen hervorrufen, die auch in vielen anderen Beziehungen von der größten Tragweite seyn würden, es würde ein Exempel seyn, welch gegründete Ansprüche die Gesundheitspflege hat, von den Regierungen und Aerzten auf das Sorgfältigste gepflegt zu werden, und im obersten Rathe mitzusprechen, dereinst bestimmte Anforderungen nicht nur an die Viktualienpolizey, sondern auch an die Baubehörden und Gemeindeverwaltungen, an die Gerichtshöfe und Truppenbefehlshaber zu stellen. Wenn es die Regierungen für ihre vornehmste Aufgabe halten, über Besitz und Eigenthum der Angehörigen mit aller Strenge zu wachen, so können sie nicht gleichgiltig bleiben für das theuerste Gut, für die Gesundheit ihrer Völker. Jede Einrichtung, welche Krankheiten verhindert, hebt den nationalen Wohlstand ebenso, als sie die Streitkraft eines Heeres vermehrt, und nicht minder häufig, als Kriegsheere durch Krankheit Verluste und Niederlagen erleiden, untergräbt und vernichtet Krankheit den Wohlstand von ganzen Familien. Alle Anstrengungen, den National-Wohlstand zu heben, werden theilweise wieder vergeblich gemacht werden, wenn die Gesundheitspflege mit den übrigen Fortschritten nicht auch gleichen Schritt hält. So hat den Bewohnern der Stadt München die letzte Cholera-Epidemie weit mehr Schaden zugefügt, als ihnen die Industrie-Ausstellung selbst im günstigsten Falle Nutzen gebracht hätte.

# Citate
## aus den indischen Choleraberichten der Medizinalbehörde von Bombay (Band I) und des Jacob Jameson (Band II) übersetzt von Reuß.

## Verbreitungsart der Cholera.

### Contagiosität.

I. 5. Die bisher erzählten Umstände scheinen anzudeuten, daß diese Seuche nicht nur ihrem Wesen nach von den anderen bis jetzt beobachteten Seuchen verschieden ist, sondern auch, daß sie ganz allein steht in Hinsicht einiger wesentlicher Charaktere, welche gewöhnlich solche Krankheiten bezeichnen.

Erstens hat sie mit gleicher Heftigkeit in allen Jahreszeiten geherrscht, in Temperaturen von 4 oder 8° Reaumur bis 40 oder 45°, während der Monate lang anhaltenden fast unaufhörlichen Regen, und während der Dürre, die kaum eine Spur von Vegetation übrig läßt. Zweitens ist es, wie wir dafür halten, unbestreitbar, daß die Krankheit von einem Ort in den andern übergetragen werden kann, wie andere Contagionen oder Infectionen, und daß sie sich eben so, wie andere anerkannt ansteckende Krankheiten, fortpflanzt, nämlich durch Erlangung frischer Materialien, die sie sich assimilirt, wobei sie vielleicht besonderen Gesetzen unterworfen ist, die uns wohl immer unbekannt bleiben können.

I. 124. Die erregenden und nächsten Ursachen dieser merkwürdigen Seuche liegen wie die der meisten Epidemien im tiefsten Dunkel »atra caligine mersae.« Ob sie anstecke oder nicht anstecke, darüber bestehet große Meinungs-Verschiedenheit unter den praktischen Aerzten, was bei der Schwierigkeit der Frage nicht zu verwundern ist. Eben so verschieden und einander entgegengesetzt waren die Meinungen der erfahrensten Aerzte in Europa über die Ansteckung der Influenza vom Jahre 1803, und wie lange war man nicht verschiedener Meinung über die Ansteckung des gelben Fiebers und selbst des Typhus. Wir wagen es darum noch nicht über einen so wichtigen Punkt zu entscheiden. Verschiedene unwiderstehliche Thatsachen, die bereits angezeigt worden, oder in den einzelnen Berichten enthalten sind, und die ausgezeichnete Verschiedenheit dieser Seuche von allen bis jetzt bekannten einfachen (nicht ansteckenden) Epidemien, sprechen wohl für die Ansteckung, währenddem die Behauptung der Nichtansteckung nur eine Art von negativem Zeugniß für sich hat. Man sollte indessen eine so wichtige Sache weder zu eilig als erwiesen annehmen, noch als ungegründet verwerfen; man sollte ihr vielmehr mit großem Fleiße und vorsichtigen Schlüßen nachspüren, und wir hoffen zuversichtlich, daß die weite Ausbreitung dieser Seuche in Indien anderen Gelehrten vollkommenere Mittel zur Entscheidung dieser Frage, als wir besitzen, dargeboten haben werde.

II. 77. Darum werden in Zeiten der Gefahr die Quarantainegesetze angewendet. Hätte die Form und das Fortschreiten der jetzigen Seuche solche Sicherheitsmaßregeln räthlich gemacht, so würden sie ohne Zweifel vorgeschlagen und allgemein angewendet worden seyn; aber, ausgenommen den weisen Schritt, den man in einigen Lagern gethan hat, wo die Krankheit stark herrschte, von den Verstorbenen sich zu entfernen, um einen höheren Boden und reinere Luft zu erhalten, einen Schritt, welcher der Ansteckung keinen Einhalt thun konnte, da viele der Kranken und die ganze Bagage dem Hauptcorps folgte, — scheint man in keinem Fall an Anwendung von Sicherheitsmaßregeln gedacht zu haben. Es war in der That Jedermann überzeugt, daß sie ganz unnöthig waren.

II. 78—82. Die Meinung der Aerzte gründete sich allerwärts auf die folgenden Thatsachen. Bei der Pflege der Cholerakranken fanden sie weder sich selbst, noch ihre Gehülfen der Krankheit mehr ausgesetzt als diejenigen, die mit den Inficirten keine Gemeinschaft hatten. (Von 253 Aerzten, von denen die meisten sehr viele solche Kranke gesehen haben, sind nur drei erkrankt, und ein einziger [in der Centraldivision] ist gestorben). Sie konnten das nicht ihrer Vorsicht zuschreiben, denn sie wendeten keine an; auch nicht einer beschränkten Gemeinschaft mit den Kranken, denn man war genöthigt den Körper des Leidenden beständig zu behandeln und konnte in der Höhe der Krankheit sein Bett nicht mit Sicherheit verlassen. Man kann sogar sagen, daß in jedem Fall der Kranke und der Arzt einander anhauchten, so daß, wenn die Ausdünstung der Lungen oder der Haut des Kranken wirklich auch in dem geringsten Grade ansteckend gewesen wäre, der Arzt nicht hoffen konnte, unangesteckt zu bleiben. Ueberdem sah man, daß wenn ein Glied einer Familie erkrankt war, die übrigen dem Erkranken nicht mehr ausgesetzt waren, als eine gleiche Anzahl anderer Personen des Orts. Diese Beobachtung muß mit einiger Nachsicht genommen werden, zuweilen wurden zwei oder mehrere Glieder einer Familie ergriffen, aber in solchen Fällen erkrankten sie gemeiniglich alle zusammen, lebten in derselben ungesunden Lage, und waren offenbar derselben stark excitirenden Ursache, als schädlicher Nahrung, plötzlichen Veränderungen der Temperatur und dergleichen, ausgesezt gewesen. In den seltenen Fällen, wo einer nach dem andern erkrankte, ist, wenn man es nicht für einen bloßen Zufall halten will, die Erklärung nicht schwer, wenn man an die schwächende Wirkung der Krankenpflege, der Furcht, des Mitleids, lauter mächtiger prädisponirender Ursachen, denkt. Ein auffallendes Beispiel von Nichtansteckung durch Berührung gab des Obersten Gardners irreguläre Reiterei im August 1818. Es wurden nicht zwei Mann in derselben Hütte befallen, obgleich 20 bis 30 Soldaten in jeder schliefen. Das Gegentheil davon ereignete sich in Lord Hastings Lager in Gorruckpore. Ein Seapoy starb an der Seuche; 5 Leute des Corps, an denen kein Zeichen der Krankheit zu sehen war, wurden gebraucht, den Leichnam zu Grabe zu tragen; sie wurden alle in der darauf folgenden Nacht krank, und starben alle. Das sieht gewiß sehr verdächtig aus; aber wir wissen nichts von den dabei stattgehabten Umständen, welche, wie in andern Beispielen von offenbar zweifelhaftem Ursprung, möchten ausgereicht haben, um jeden Verdacht von stattgehabter Contagion aufzuheben.

In den Lagern, wo das Hauptcorps dichter stand, und die Kranken zahlreicher und in einen engen Raum zusammengepreßt waren, hatte man noch mehr Gelegenheit, die Wahrheit dieser Bemerkungen zu bestätigen. In keinem einzigen Fall waren die Lastträger, die indischen Arzneimischer (Compounders), oder irgend andere Leute bei den großen Hospitaleinrichtungen, deren man damals bedurfte, häufiger erkrankt als andere Leute vom Troß, obgleich sie alle so viel zu thun hatten, daß sie vor Ermüdung kaum aufrecht stehen konnten. Auch die Soldaten, welche beständig in den Hospitälern zusammenliefen, um ihre kranken Kameraden zu sehen und zu pflegen, erkrankten darum nicht mehr als andere. Und die Kranken, die an andern Krankheiten litten, waren darum, daß sie von den an der Cholera Darniederliegenden umgeben waren, dem Anfall derselben nicht mehr ausgesetzt; wenn nicht etwa in Betreff der Convalescenten eine Ausnahme gemacht werden muß, welche aus Schwäche stets sehr geneigt sind, in eine neue Krankheit zu verfallen. In der Division des Centrums bemerkte man das alles insonderheit. In der Woche, da die Seuche so heftig wüthete, da das Lager ein Krankensaal und jedes Zelt von Todten und Sterbenden voll oder umgeben war, litten die Offiziere verhältnißmäßig sehr wenig; es waren ihrer schwerlich weniger als 300, und doch starben nur 5 oder 6, und die Offiziere jeder Art waren zu der Zeit nicht weniger als die Aerzte ausgesetzt, weil die Zahl der Kranken so groß geworden war, daß auch die Hülfeleistung Aller nicht zureichte, sie gehörig zu pflegen, und die nöthigen Mittel, wie sich's gehörte, darzureichen.

Sehen wir jetzt, ob diese aus allgemeiner Erfahrung im Großen abgeleiteten Folgerungen durch einzelne, der ansteckenden Natur des Giftes widersprechende Thatsachen bestätiget werden. Da wird uns nur die Auswahl der stärksten aus einer großen Menge von Beispielen schwer: fangen wir bei den verschiedenen Divisionen der Armee an.

Wenige Tage vor dem Ausbruch der Seuche in der Centraldivision, wurde eine kleine Truppe, bestehend aus drei leichten Compagnien Seapoys u. s. w., in die Nachbarschaft entsendet. Bald darauf wurde eine Schwadron Cavalerie zur Verstärkung derselben aus dem Lager, in dem die Seuche schon überhand genommen hatte, dahin geschickt; sie führte das Gift mit sich fort, und verlor mehrere Leute daran nach ihrer Verbindung mit dem erstgenannten Detachement; aber dieses blieb dessen ungeachtet vollkommen gesund.

Ein noch stärkeres Beispiel der Nichtmittheilung der Ansteckung von einem kranken Corps an ein gesundes ist das folgende. Am Morgen des 11. Mai's 1818 marschirte ein Detachement von 90 Mann des 26. indischen Infanterie-Regiments von einem untern Posten aus, um sich mit dem Hauptcorps, welches bei Saugor lagerte, zu vereinigen. Nach einem gewöhnlichen Marsch machten sie auf dem halben Wege Halt, in vollkommener Gesundheit; unter dem Schatten einiger Bäume am Ufer eines kleinen Sees, in der Mitte eines offenen von niedrigen, bewaldeten Hügeln umgebenen Raums von etwa 3 Meilen im Umfang. Sie befanden sich alle wohl bis zum Eintritte der Nacht; aber um Mitternacht bekam einer die Cholera und starb in einer Stunde, bald darauf erkrankten Mehrere, und vor Sonnenaufgang waren 20 von den 90 befallen. Das Lager von Saugor war nur noch 5 oder 6 Meilen entfernt; man schickte von da Karren und Sänften, die Kranken wurden darauf hingebracht, aber vor 11 Uhr Vormittags, da sie den Lagerplatz erreichten, waren fünf todt und zwei Andere sterbend. Am folgenden Morgen wurde einer von derselben Partie, als er seine Sachen reinigte, befallen, verlor sogleich das Bewußtseyn, und verschied in wenigen Minuten. In den folgenden drei Tagen erkrankten noch mehrere Andere, und ehe die Woche zu Ende war, war nicht ein einziger Mann von dem ganzen Detachement übrig, der nicht an Cholera- oder an andern Darmbeschwerden im Hospitale lag. Die Leute dieser Partie vermischten sich ohne Unterschied mit den Truppen im Lager; und doch bekam von diesen kein einziger die Krankheit.

II. 180. Der Wundarzt des Regiments war der Meinung, daß die Seuche zuletzt ansteckend geworden sey. Diese Meinung gründete sich darauf, daß der Apotheker des Regiments, der Hospital-Sergeant und ein Lehrling mit einander befallen worden, und daß verschiedene Männer erkrankt sind, indem sie ihre sterbenden Kameraden pflegten. Man muß aber bedenken, daß alle diese Leute durch das Wachen, durch unaufhörliche Arbeit, Verzweiflung und Kummer besonders empfänglich waren. Und da die Aerzte ganz frei geblieben sind, obgleich sie die Kranken beständig pflegten, und die Todten oft behandelten, so ist schwer an Ansteckung zu glauben. Und die unerklärbare Entstehung und schnelle Ausbreitung der Krankheit, ihre schnelle Zunahme und eben so schnelle Abnahme, die engen Gränzen, in denen sie sich, bei einem ununterbrochenen Verkehr, gehalten hat; ihre beschränkte Dauer, und, mehr als Alles, ihr plötzliches und gänzliches Verschwinden, da man doch kein Mittel gegen ihre weitere Ausbreitung anwendete, sind Thatsachen, welche nicht auf Contagion, sondern auf rein epidemischen Einfluß deuten.

## Verkehrswege.

I. 73. Es kommt mir nicht zu, über den Ursprung und die Natur der Krankheit ein Gutachten zu geben. Daß aber ihr Fortschreiten nicht von der Luft abhängt, das deuten meines Erachtens mehrere Umstände an, Erstens sehen wir sie von Jumna nach Punderpoor herabkommen gegen einen beständigen Südwestwind. Sie zeigte sich nicht zur nämlichen Zeit im Lande, sondern rückte langsam vor, täglich etwa um 15 oder 20 Meilen, wie wenn sie durch Leute, die von einer Stadt zur andern reisen, nach und nach mitgetheilt worden wäre. Ihre vorzüglichsten Verwüstungen hier herum haben sich auf die Landstrassen von Punderpoor und auf die großen Dörfer in der Nachbarschaft beschränkt, und ich darf behaupten, daß man darthun könnte, daß sie in keinem Dorfe ausbrach, bis es mit einem Ort in der Nachbarschaft, wo die Krankheit herrschte, Verkehr hatte. Das bestätigen die Beobachtungen, die ich am 17 Julius in Natapoota machte. An diesem Tage kam ich den Mahadoo ghaut von der Stadt Signapoor herab, in welcher die Krankheit unbekannt war, und marschirte sechs Meilen bis nach Natapoota, wo die Seuche an eben diesem Tage zum erstenmale erschienen war. In Punderpoor war sie zuerst am 14. erschienen, hatte also drei Tage gebraucht, um 40 oder 50 Meilen weit bis nach Natapoota zu gehen. Es sprechen noch andere Umstände für die Meinung, daß sie ansteckt. In meiner leichten Compagnie wurden drei oder vier Mann auf Einmal befallen, sie bekamen Wärter aus der Compagnie, und die Kranken vermehrten sich in ihr, mehr als in irgend einer anderen. Einer meiner Bedienten wurde ergriffen, und nach und nach fünf andere. Einem Officier in Punderpoor erkrankten sieben Bediente, einer nach dem andern; der Officier im nächsten Zelte hatte keinen einzigen Kranken. Einen ähnlichen Fall habe ich in unserem Corps gesehen. Dieses Fortschreiten der Krankheit in einzelnen Compagnien eines Heerhaufens, oder unter einer Anzahl von Bedienten, welche einander beistehen, und beständig in dem engen Raum eines kleinen Zeltes beisammensitzen oder schlafen, läßt schließen, daß die Krankheit durch Berührung oder durch die Luft in der Nähe des Kranken mitgetheilt wird. Ich sehe jedoch, daß es auch wieder sehr starke Gründe gegen die Ansteckung gibt, indem Leute davon frei bleiben, welche mit den Kranken steten Umgang pflegen und die Luft der Cholerahospitäler einathmen. Ich glaube aber nicht, daß ich mich selbst als ein solches Beispiel anführen kann, denn ich bin fest überzeugt, daß ich den Anfall bekommen hätte, wenn ich nicht bei Zeiten Arzneien gebraucht hätte.

I. 99. Eine Krankheit, wie diese, die sich wie eine Pest vom Ganges fast bis zum Indus ausgebreitet hat, und vom nördlichen Bengalen bis zu dem größten Theil der indischen Halbinsel, erheischt gewiß eine genaue Untersuchung ihres Ursprungs und der Art ihrer Ausbreitung. Ich kenne fast nichts von dem, was darüber in Bengalen geschrieben worden, und habe mit vielen Andern an dieser Seite von Indien bedauert, daß wir über die Sache so wenig unterrichtet worden sind. Man hat jedoch allgemein bemerkt, daß die Krankheit nicht ansteckt, und wenn die Sache bis jetzt noch unter den Aerzten zweifelhaft ist, so muß noch eine große Dunkelheit die Beschaffenheit der Krankheit verdecken. Andere besser unterrichtete mögen ihre früheren Fortschritte beschreiben; ich will in Kürze ihre Ausbreitung auf der Westseite der Halbinsel, und insbesondere ihr Herankommen zu unserm Gebiet anzeigen.

Ein sehr unterrichteter Officier, der sich in Jaulna befand, als dort die Seuche erschienen war, und der hernach selbst einen Anfall ausgehalten hat, hat mir angezeigt, daß die Epidemie in diesen Cantonnements früh im Julius ausbrach, gleich nach der Ankunft eines Detachements von Nagpoor, wo sie einen Monat früher geherrscht zu haben scheint. Sie kam nach Seroor, ich glaube am 18. Julius, als sie daselbst noch sehr wenig Regen gehabt hatten; man glaubte allgemein, daß eine der Jahreszeit mehr angemessene Witterung, das ist, etwas Regen, geneigt sey, die Seuche zu dämpfen. Hier hoffte man, daß, weil die Seuche einige Monate lang allmählich nach Südwest vorrückte, als wenn sie durch den Nordost-Monsoon fortgeführt würde, sie durch die heftigen Südwestwinde gehemmt werden möchte, welche zu dieser Zeit an unserer Küste wehen. Wir wurden nicht lange in Zweifel gelassen; am 6. August erschien sie in Panwell, und sehr bald darnach hörten wir, wie sie von diesem Punkte nach Nord und nach Süden ausstrahlte, und jetzt breitet sie sich durch das Concan aus. Es wird Ihrer Beobachtung nicht entgangen seyn, daß die Seuche auf der Landstraße von Deccan nach Panwell fortzog, und ich habe noch von keinem Dorfe im Concan gehört, welches die Krankheit gehabt hätte, ohne Verkehr mit den Orten, die davon heimgesucht waren. Die erste Person, welche hier am 13. August daran erkrankte, war der oben erwähnte Naig, von einem Detachement, welches Seroor am 28. Juli verlassen hatte, als die Krankheit daselbst ganz allgemein war; und mehrere

Leute dieses Detachements erkrankten daran auf dem Marsche, und wurden nach Poona geschickt. Das Detachement, welches den Staatsgefangenen Trimbuckjee nach Tannah führte, kam zur See von Panwell, und landete in Chundnee am Abend des 12. August. Und zu Chundnee zeigte sich die Krankheit zuerst auf dieser Insel (Tannah). Einer starb daselbst am 15. und zwar nach dem mir gegebenen Bericht offenbar an Cholera. Am 16. erkrankten allhier mehrere, und die Seuche wurde sehr bald allgemein in Tannah. Ich habe keinen Grund gehabt, die Krankheit für ansteckend zu halten. Weder ich, noch einer meiner Gehülfen, welche beständig um die Kranken waren, noch einer der Hospitalwärter haben sie bekommen. Sie ging nicht auf Familien über, wenn Einer erkrankt war. Sie unterscheidet sich in manchen Stücken von der Ansteckung. Im Allgemeinen ließ sich wohl bemerken, daß überall die größte Anzahl von Leuten in den ersten Tagen nach dem Erscheinen der Krankheit befallen wurde; bei einer Ansteckung würde gerade das Gegentheil geschehen. Es ist sehr Vieles sehr dunkel bei dieser sehr sonderbaren Krankheit, und die Gesetze, nach denen sie sich von Ort zu Ort neuerlich fortbewegt hat, sind denen der gewöhnlichen epidemischen Krankheiten nicht gleich.

II. 26. Das Hülfsheer von Nagpoore unter dem Obersten Adams gab das erste auffallende Beispiel eines großen Haufens von Menschen, der beim Eintritt in das verpestete Medium, von vorheriger vollkommener Gesundheit auf Einmal in einen elenden, krankhaften Zustand verfiel. Dieses Heer war in der ersten Hälfte des Mai's zur Belagerung der wichtigen Festung Chanda gebraucht worden; allein obgleich es außerordentliche Strapazen bestanden, und von dem steten Verweilen in der Sonne einige wenige Sterbefälle gehabt hatte, so hatte es doch nichts von einer merklichen Krankheit, bis es am Morgen seines letzten Marsches auf dem Rückzuge nach Nagpoore sich bei Gaungong, einem Dorf 9 Meilen südlich von der Stadt, lagerte. Hier hatten sie kaum vernommen, daß die Seuche in der Nachbarschaft wüthe, als sie selbst ihren verderblichen Besuch zu erfahren anfingen. Wie gewöhnlich, waren ihre ersten Anfälle sehr heftig.

viele der Befallenen wurden, da sie in die nahen Bäche nach Wasser gegangen waren, sterbend, einige todt eingebracht; von 70 Fällen, die während der Nacht und am darauf folgenden Tage aufgenommen worden, starben gegen zwanzig. Am 31. waren die Fälle eben so zahlreich, aber die Erschöpfung war nicht so plötzlich, und die folgenden Symptome waren weniger heftig. Am 1. Junius rückte das Heer von Nagpoore gegen die Cantonements bei Hoshungabad; die Krankheit nahm nach und nach ab, und verschwand fast ganz am 17. und 18. nach einigen willkommenen Regen. Die Truppen von Madras, welche einen Theil des Belagerungsheeres ausmachten, sollen gleichfalls gelitten haben.

II. 74. Da aber weder die allgemeine Meinung des Volks, noch das einmüthige Zeugniß der Aerzte, für wichtig genug gehalten werden mag, um die Frage zu entscheiden, so wollen wir untersuchen, ob der Glaube an die ansteckende Beschaffenheit der Krankheit sich mit den Thatsachen verträgt. Da ist zuerst zu bemerken, daß die Seuche beinahe zur selbigen Zeit an manchen verschiedenen Orten ausbrach, und daß sie in dem nämlichen Monat, ja in derselben Woche in dem nicht miteinander verbundenen und weit von einander entfernten Distrikten, von Behar und Dacca herrschte. Man kann nicht sagen, daß das Gift in wenigen Tagen die Hunderte von Meilen zwischen den Städten Patna und Dacca zurücklegte, weil da, wo es wirklich von Ort zu Ort fortgeführt wurde, wie längs dem Laufe des Jumna, ihr Gang äußerst langsam war, kaum einige Meilen täglich betragend. Einige Beispiele mögen die Distanzen und die auf einander folgenden Zeiten des Ausbruchs der Seuche andeuten. Von Allahabad nach Cawnpore, vielleicht 120 Meilen von einander entfernt, reiste sie von Ende des März bis zur zweiten Woche des Aprils; von Allahabad nach Etavah, 180 Meilen, einen Monat; von Etavah nach Futigur, 60 Meilen, 14 Tage; von Etavah nach Agra, 70 Meilen, einen Monat; von Agra nach Coel 40 Meilen, 10 Tage; von Agra nach Delhi, 100 Meilen, 20 Tage; von Delhi nach Meerut, 28 Meilen, 9 Tage; von Delhi nach Jeypore, 150 Meilen, einen Monat; von Jeypore in das

Lager des Rajpootana-Heeres, 25 Meilen, 14 Tage; von Jubbulpore nach Nagpore, 180 Meilen, 40 Tage. Die Distanzen sind nur muthmaßlich angegeben.

Zur Bestätigung dieser Lehren wollen wir noch einmal einen Blick auf den Gang der damaligen Seuche im ersten Jahr ihrer Entstehung werfen. Professor Reuß hat die von Herrn Jameson angezeigten Zeiten des Ausbruchs derselben an den verschiedenen Orten, wo sie zuerst erschienen ist, nebst der aus einer guten Karte ersehenen Lage und Entfernung derselben in eine tabellarische Uebersicht gebracht.

| Zeit des Ausbruchs. | Ort. | Lage. | Entfernung vom nächsten angesteckten Ort, in geogr. Meilen. |
|---|---|---|---|
| Mai 1817 | Der südöstliche Theil des Momensing | am Burremputer | 35, NO. von Kishnagur. |
| Juni | Nussceerabad | im Momensing | 30, S. von Momensing. |
| Juli | Sunergong | im Dacca-Distrikt am Megna | 30, OSO. von Kishnagur. |
| August 17 | Sylhet | an der östl. Grenze von Bengalen | 20, O. von Burremputer. |
| Mai 1817 | Eine Abtheilung d. Kishnagur-Distrikts | im Delta des Ganges | 35, SW. vom Momensing. |
| Juli | Acht Abtheilungen d. Kishnagur-Distrikts. | | |
| Juli 11. | Patna | am Ganges rechts | 56, NW. von Kishnagur. |
| Juli | Die Fähren u. Märkte | auf dem Wege von Sunergong nach Dacca | |
| Aug. erste Woche | Dacca | an einem Arm des Ganges | 12, N. von Sunergong. |
| „ „ | Calcutta | am Houghly, einem Arm des Ganges | 12, S. von Kishnagur. |

| Zeit des Ausbruchs. | Ort. | Lage. | Entfernung vom nächsten angesteckten Ort, in geogr. Meilen. |
|---|---|---|---|
| Aug. erste Woche | Dinapore | am Ganges rechts | 3, W. von Patna. |
| „ Mitte | Nattore | 5 Meilen vom Ganges links | 17, N. von Kishnagur. |
| „ 19. | Jessore | im Delta des Ganges | 12, O. von Kishnagur. |
| „ Ende | Monghyr | am Ganges rechts | 18, O. von Patna. |
| Sept. 15. | Balasore | an der Bai von Bengalen | 27, SW. von Calcutta. |
| | Burdwan | beim Delta d. Ganges | 10, W. von Kishnagur. |
| „ 17. | Buxar | am Ganges rechts | 14, W. von Dinapore. |
| „ 18. | Chupra | „ „ links | 4, W. von Dinapore. |
| | Ghazeepore | „ „ „ | 4, W. von Buxar. |
| „ Ende | Moozufferpore | „ „ „ | 8, O. von Monghyr. |
| Oktob. | Baulea | „ „ „ | 6, W. von Nattore. |
| „ 15. | Berhampore | „ „ „ | neben Baulea. |
| | Rungpore | 11 Meil. links v. Ganges 8 Meil. v. Burremputer. | 10, N. von Nattore. |

## Cholera auf Schiffen.

II. 183. Die Schiffe der Compagnie auf dem neuen Ankerplatze wurden wieder heimgesucht. Wie das erste Mal blieben einige Schiffe ganz frei, und andere litten heftig. Aber der Fall des Carnatic war besonder. Dieses Schiff ankerte in Madras Roads am 5. August rein und mit einer gesunden Mannschaft. Indem es vor Anker lag, hatte es 6 Cholerafälle, welche glücklich abliefen. Es ging unter Segel am 20. bei gutem Wetter und leichtem Wind. In der Nacht vom 27. bekam ein starker Mann, der sich in Madras von einem Anfall erholt und den Dienst wieder angetreten hatte, einen Rückfall, und starb am 28. um 2 Uhr, vor Mittag. Um 8 Uhr nach Mittag am 29. wurde der Tischler befallen, und starb um 8 Uhr v. M. am 30. Um 4 Uhr v. M. des

30. wurde ein gesunder Matrose, 35 Jahre alt, befallen, und starb am Mittag. An demselben Morgen erkrankten 2 andere gesunde Bursche, und starben, der eine um 3 Uhr, der andere um 6 Uhr n. M. Ein anderer Mann wurde in der folgenden Nacht befallen, und starb in 7 Stunden. Am 31. um 8 Uhr v. M. fiel ein gesunder starker Matrose von mittlerem Alter mit Convulsionen nieder, und starb um 6 Uhr n. M. Darauf erkrankten noch 6 andere, kamen aber alle davon. Das plötzliche Sterben wurde in diesem Fall offenbar durch den ungünstigen Zustand der Atmosphäre hervorgebracht; das Schiff scheint auf seinem Wege, die Bay herauf, sich dicht am Ufer gehalten zu haben, und war am 20. auf der Höhe von Ganjam 15 Meilen vom Land, bei einem kalten, feuchten, den ganzen Tag fortdauernden Landwind. Die Krankheit hatte nichts Ansteckendes; sie war nur unter den Matrosen, obgleich unter diesen und den Soldaten nur der Unterschied statt hatte, daß sie auf dem Gun schließen, die Soldaten aber auf dem Mittelverdeck. Einige wurden befallen, welche mit den Kranken keine Gemeinschaft hatten, andere blieben frei, die von den Hängebetten derselben nicht weggingen. Die Schiffsmannschaft befand sich unter keinen besondern Umständen; sie hatte frische Lebensmittel, wurde nicht unnöthiger Weise ausgesetzt, denn es war hinten und vorn eine Decke ausgespannt; alle Erkrankten waren nüchterne, ordentliche Leute. Sie hatten alle vor ihrem Krankwerden viel kalt Wasser getrunken. Bei denen, die genasen, folgte dem Anfall ein gallichter Durchfall; das Aderlassen schlug bei mehreren fehl.

## Atmosphäre und Luftströmungen.

I. 84. Hier war die Seuche bis jetzt weniger giftig, als sie nach der Beschreibung an andern Orten gewesen ist. Die Ursache derselben ist unbekannt; sie soll in der Luft seyn, weil die Seuche sich überall hin so weit ausbreitet; wie kommt es aber, daß sie gegen einen steten Luftstrom, wie der Südwest-Monsoon, fortschreitet. An Ansteckung denken so Wenige daß es kaum lohnt darauf zu merken.

I. 101. Wenn die Veranlassung irgend Etwas in der Atmosphäre wäre, welches von Bengalen bis zum Deckan seine Wirkung ausübte, wie geht es zu, daß dasselbe gerade gegen den Südwest-Wind herabkam, welcher auf dieser Küste seit dem Junius geweht hat? Wie geht es zu, daß die vom Ocean her wehenden Winde die Krankheit verbreiten, und daß dieses Etwas bis jetzt noch nie an zwei entfernten Theilen des Landes zur nämlichen Zeit erschienen ist? Man hat, so viel ich weiß, nichts der Art bemerkt; die Krankheit scheint immer von Dorf zu Dorf zu schleichen, herrscht wenige Tage, und nimmt dann wieder ab. Es wird allgemein erzählt, daß hier vor 25 oder 30 Jahren eine ähnliche Krankheit herrschte, und daß sie eben so wie die jetzige aus dem Mahrattaland eingeführt worden; vielleicht könnten die Archive der Medicinalbehörde, oder die der Regierung darüber einiges Licht geben.

Um nichts auszulassen, habe ich nur noch zu sagen, daß das Wetter allhier nichts Besonderes hatte; das Barometer stand weder besonders hoch noch niedrig; das Thermometer änderte sich im vergangenen Monate kaum mehr als von 19 bis 22° R., und an manchen Tagen blieb es fast unabänderlich bei $20\frac{1}{2}$° oder 21° stehen; Leslies Hygrometer stand an verschiedenen Tagen zwischen 8 und 20; im August fiel ungewöhnlich viel Regen; über 48 Zoll nach Howards Regenmesser.

I. 112. Ob diese Krankheit ansteckend ist, oder durch eine besondere Beschaffenheit der Atmosphäre verursacht wird, ist eine Frage, über die schon viel gestritten ist. Ihr Fortschreiten von einem Ende Indiens bis zum andern, ungehindert durch die Veränderungen der Jahreszeiten und der Wärmegrade, dem gewaltigen Passatwinde entgegen, von Ort zu Ort längs der Landstraßen, ist als ein gewisser Beweis der Ansteckung betrachtet worden. Ihr Ursprung und ihre Ausbreitung an unserem Orte gibt dieser Meinung einige Wahrscheinlichkeit. Es liegt am Tage, daß sie in Bombay eingeführt wurde durch eine Person, die aus dem Deckan über Panwell, wo die Seuche eben herrschte, angekommen war, und wo hier die Krankheit an irgend einer Stelle oder in einer Familie erschienen ist, da erkrankten sehr bald nacheinander Viele aus der Familie oder von den Nachbarn; ich habe oft drei oder vier Personen einer Familie auf Einmal daran darnieder liegen gesehen. Indessen muß ich dabei auch erwähnen, daß von meinen 44 Gehülfen nur drei erkrankt sind.

## Von der entfernten Ursache der Cholerafeuche.

II. 62 — 69. Was wir darüber herausgebracht haben, besteht darin, daß alle bisher aufgestellten Vermuthungen unzureichend sind, und daß wir vielmehr sagen können, was diese Seuche nicht erzeugt und ausgebreitet habe, als was ihre Ursache sey, und daß wir besondere Gesetze ihres Fortschreitens angeben können.

In höheren Breiten ist warme Witterung zur Erzeugung der sporadischen Cholera nöthig, und an den Küsten von Ceylon und in anderen Theilen von Indien, wo sie von Zeit zu Zeit epidemisch vorkam, war ein großer und schneller Wechsel der Temperatur der Luft offenbar die Ursache der Anfälle. Man meinte deßhalb, die jetzige Seuche sey bloß durch das äußerst veränderliche Wetter erzeugt worden, welches vor dem Ausbruche und beim Anfange der Seuche herrschte. Obgleich aber die plötzlichen Veränderungen der Temperatur die Krankheit sogleich herbeiführen, an Orten wo sie vorher nicht existirte, und da wo sie eine Zeit lang aufgehört hatte, wieder hervorriefen, so erhellt doch aus den folgenden, so wie aus vielen andern Gründen, daß noch etwas Anderes zur Erzeugung und Unterhaltung dieser Seuche nöthig war. Der Wechsel der Wärme und Feuchtigkeit der Luft, den man beschuldigt, ist dem Klima von Indien eigenthümlich und mit dem Wechsel der Jahreszeiten wesentlich verbunden, aber von einer solchen, irgend einen beträchtlichen Theil des Landes heimsuchenden Krankheit hat man bis zum Jahr 1817 nichts gewußt, und während der Menge von Kriegszügen, die seit der brittischen Niederlassung in Indien unternommen worden, ist unter den Truppen nie eine solche Pest ausgebrochen, wie im Lager des Marquis Hastings. Die Hülfstruppen von Nagpore hatten keine Cholerakranken während der Belagerung von Chanda, wo sie unter einer Reihe von steinichten Hügeln der großen Hitze des Tages und, oft ohne Obdach, dem Thau der Nacht ausgesetzt waren; kaum hatten sie aber die Grenzen von Nagpore erreicht, so brach sie unter ihnen aus wie eine Pest. Die Truppen der linken Division der Armee waren seit dem Anfang des März fast in beständiger Bewegung, und mußten sich am Ende dieses Monats und in der ersten Woche des Aprils, beim Begleiten eines schweren Artillerie-Trains und einer grossen Wagenburg während der kalten Nächte und heißen Tage, in einem bergigen und schwierigen Lande, grossen Mühen und Entbehrungen aussetzen. Aber die Seuche that ihnen nichts zu Leide, bis sie am 9. und 10. April die Stadt Jubbulpore erreichten, wo sie einige Wochen lang geherrscht hatte, und seitdem erkrankte daran eine große Zahl. — Fast alle Truppenabtheilungen, welche nach Hansi und Hissar marschirten, um das Corps des Brigadiers Arnold zu bilden, hatten Regenwetter bei ihrem Vorrücken von verschiedenen Punkten des Doab; das erste Bataillon des 29. Regiments indischer Infanterie war auf dem ganzen Marsch von Aligur äußerst nassem Wetter ausgesetzt, und doch blieb es ganz frei, bis es sich in Hansi mit den Abtheilungen vereinigte, welche bei ihrem Marsch durch Delhi die Seuche empfangen hatten. Aber auch die ganze Geschichte des Fortschreitens der Seuche widerstritt dieser Meinung. In Bengalen stieg und fiel sie und kam wieder, während aller Zeiten des Jahres und bei jeder möglichen Veränderung der Wärme, Kälte, Trockenheit und Feuchtigkeit. In Oberindien, Benares, Bundlecund, Oude, und in den südlichen Gegenden des Doab, wüthete die Seuche während der trockenen Monate des heißen Wetters; dagegen kam sie nach Delhi, Meerut, Jeypore und in die Umgegend erst nach dem Eintritt der Regenzeit. Von den fünf Lagern, die sie heimgesucht hat, wurde das Centrum in der kalten Jahreszeit, die Division Nagpore und Saugor zur Zeit der heißen Winde, die Divisionen Rajpootana und Kurnaul während der Regenzeit angefallen.

Die Meinung, daß schlechte Nahrung, namentlich schlechter Reiß, die Ursache der Seuche sey, verdient kaum die Erwähnung, sie verstößt offenbar gegen die gemeine Regel, allgemeine Wirkungen keiner partiellen Ursache zuzuschreiben.

Die Seuche ergriff mehrmals die Matrosen von Schiffen, die so eben in den Fluß eingelaufen waren, und ehe sie mit dem Ufer in Verbindung gekommen sind.

Wir müssen demnach die Frage nach der entfernten Ursache der Krankheit, als unauflösbar, wenigstens im gegenwärtigen Zustand der Wissenschaft, unbeantwortet lassen. Aus den Witterungsbeobachtungen, die diesem Berichte beigefügt sind, läßt sich nur das ersehen, daß mehrere Jahre vor dem Anfang der Seuche die Jahreszeiten von ihrem gewöhnlichen Verlauf ganz außerordentlich abgewichen sind; daß Ostwinde in einem ungewöhnlichen Grade geherrscht haben, und daß zur Zeit ihrer Entstehung die Luft in ganz Bengalen von den vorhergegangenen großen und lang anhaltenden Regen äußerst feucht war; ob aber dieses unzeitige, feuchte Wetter selbst die fehlerhafte Beschaffenheit der Luft hervorbrachte und ausmachte, oder ob es gewisse geheimere Arten des Verderbnisses bloß zufällig begleitete und unterstützte, das können wir nicht sagen. Uebrigens verdient bemerkt zu werden, daß damals Bengalen in einem dem niedern Aegypten während seiner jährlichen Ueberschwemmung ganz ähnlichen Zustand sich befand, und daß Aegypten und das nahe Aethiopien zu allen Zeiten für die Grundursache und Pflanzstätte der Pest gehalten worden.

Untersuchen wir jetzt, durch welche Mittel die Seuche fortgepflanzt wurde, und welche Umstände sie am ehesten in Wirkung setzten, da wo die Atmosphäre zu ihrer Aufnahme geeignet war.

Die Neigung der Krankheit, in einer besonderen Richtung fortzugehen, ist vielleicht das sonderbarste Factum ihrer Geschichte. Von ihrem ersten Erscheinen an in den östlichen Theilen von Bengalen im Herbst 1817, bis zur Stunde ihrer Ankunft an der Küste von Malabar, ging sie fast immer von Osten nach Westen, und wenn wir so sagen dürfen, sie schien an diesen westlichen Gang so gebunden zu seyn, daß, anstatt eine andere Richtung einzuschlagen, sie eher einen Landstrich eine Zeit lang verließ, um stärker unter günstigeren Umständen dahin zurückzukommen. Zum Beispiel, nachdem sie Anfangs Novembers 1817 an beiden Ufern des Jumna erschienen war, bei Shergur, so ging sie nicht ostwärts durch das Doab, sondern ließ diese Seite des Flusses unberührt, und breitete sich weit und breit aus im Bundlekund und allen westlichen Distrikten. Gleicherweise nachdem sie im folgenden Frühling Cawnpore erreicht hatte, wollte sie nicht nach Bareilly und den andern im Osten des Ganges gelegenen Strichen, sondern durch das Doab nach Agra, Coel, Delhi und Meerut, und von da weiter nach Westen durch Hissar, Jeypore und dem detachirten Lager des Rajpootana-Heeres. Um noch ein Beispiel zu geben: Obgleich Allahabad und dieser ganze Distrikt im März sehr litten, so wurde damals die Infektion nicht mitgetheilt nach Sooltanpore, Fyzabad, Oude, und die Distrikte längs des Gogra und Goomtee, aber von Südost her, auf dem Weg von Tirhoot und Gorruckpore. Der Fall des kleinen Cantonnements von Mulhye an der östlichen Grenze von Tirhoot, welches die Krankheit von Westen bekommen zu haben schien, so wie einer oder zwei andere Plätze, wo die Weite der Abweichung sehr beschränkt war, heben diese Regel nicht auf, die der allgemeine Gang durch mehrere tausend Meilen andeutet.

Da man weiß, daß bei früheren Pestseuchen die Ausbreitung des Giftes oft von besonderen Luftströmungen abgeleitet werden konnte, so war es natürlich, daß man sich nach einer Erklärung dieser außerordentlichen Regelmäßigkeit des Fortschreitens der Seuche durch die herrschenden Winde umsah. Und aus den verschiedenen Berichten erhellt, daß in den meisten Fällen, zur Zeit des Ausbruches der Seuche Ost- oder Südostwinde herrschten. In Bengalen geschah das fast ohne Ausnahme, in Calcutta, Nuddeea, und einigen andern Plätzen war der Einfluß des Windes so auffallend, daß man das Steigen und Fallen der Seuche nach der Richtung des Windes fast vorher sagen konnte. Man muß aber zugeben, daß es verschiedene starke Ausnahmen von dieser Regel gab: in Benares, Caunpore und andern Orten weheten die heißen Westwinde während der ganzen Dauer der Seuche im April und Mai, in Futigur brach sie an dem Tage aus, da ein strenger Nordwestwind auf den Ostwind folgte, der vorher lang geherrscht hatte, und in Delhi in dem Augenblick, da der Ostwind, der während der vorherigen Monate sehr unzeitig gewehet hatte, dem Westwinde Platz machte; und so wie dieser Wind aufhörte, hörte auch die Seuche auf. Dieser Ausnahmen aber sind nicht sehr viele; in Vergleichung mit der unzähligen Menge der Fälle, welche andeuten, daß die Erscheinung der Seuche an einzelnen Orten gewöhnlich bei oder nach Westwinden geschah, und daß die Ausstreuung des pestilentialischen Giftes mit dem Vorherrschen dieser Winde in einiger Verbindung stand. Ob diese Winde als ein Vehiculum des giftigen Stoffes denselben von einer inficirten Stelle zu einer andern bis dahin gesunden fortführen; oder ob sie nur durch ihre größere Feuchtigkeit als eine starke, excitirende Ursache wirken und die Krankheit an Stellen hervorlocken, wo das Gift zuvor schon vorhanden gewesen, aber noch nicht zur Wirkung gekommen, das können wir nicht sagen. Man kann zu Gunsten der ersten Vermuthung das Fortschreiten der Seuche in den oberen Provinzen anführen; hier brach die Seuche in verschiedenen Plätzen, in solchen Zeiträumen, und in einer so regelmäßigen Stufenfolge aus, daß man fast denken mußte, daß sie von Stadt zu Stadt mitgetheilt worden sey, nach den gewöhnlichen Gesetzen der successiven Fortpflanzung. Wir wollen hier die Menge von Fällen nicht wiederholen, da die Krankheit auf diese Art von Ort zu Ort weiter reisete. Aus einem früheren Abschnitt ist zu ersehen, daß sie längs der Ufer der Jumna und von da westwärts nach Jeypore, Bundlekund und nach den Mahratta-Staaten stets auf diese Weise fortschritt, und daß wenigstens hier das Gift durch die Winde zerstreut und fortgetrieben seyn mußte. In Bengalen hingegen ist es schwer zu begreifen, daß die Seuche auf eine solche Weise verbreitet wurde. In dieser Gegend nahm sie fast zu einer und derselben Zeit in vielen von einander entfernten Theilen der Provinz überhand, und schien fast ganz unabhängig von allen Hülfsmitteln der Ausbreitung. Es läßt sich vermuthen, daß, da die unteren Provinzen unzweifelhaft der ursprüngliche Sitz und die Pflanzstätte der Krankheit waren, die ganze Luftmasse daselbst in einem solchen Zustand von Schädlichkeit sich befand, daß nur die gewöhnlichen excitirenden Ursachen nöthig waren, um das Gift an verschiedenen Orten in Thätigkeit zu setzen, während in Oberindien die Luft weniger verdorben war, und zur Hervorbringung der Seuche eine durch die Winde herbeigeführte Beimischung von mehr verdorbenen Strömen nöthig hatte. Nach dieser Ansicht würde die Wirkung des Windes, abgesehen von der Wirkung seiner Feuchtigkeit, eine bloß mechanische seyn.

Welcher Ursache sollen wir die auffallende Neigung der Seuche dem Lauf der Ströme zu folgen, zuschreiben? Sie ist in so vielen Fällen beobachtet worden, daß man es unmöglich für einen bloßen Zufall halten kann. Seit der Entstehung der Seuche an den Ufern des Ganges und Burremputers bis zu ihrer Ankunft am Ausfluß des Nerbudda und Taptee hat sie den Beobachter in Erstaunen gesetzt. Von Soonergong, im Distrikt von Dacca, wo die Seuche im Julius 1817 ausbrach, schlich sie längs den Ufern des Megna nach Narringung und Dacca und hielt sich hauptsächlich bei den Ueberfuhrten und Markplätzen in seiner Nachbarschaft auf. Auf gleiche Weise ging sie nachmals schrittweise am Burremputer hinauf und besuchte die Dörfer zu beiden Seiten desselben. Dasselbe geschah am Hooghy, von seinem Ausfluß bis zu seinem Ende im Ganges neben Moorshedabad. Die Schiffe im neuen Ankerplatz im Diamanthafen und längs des ganzen Canals des Hooghly wurden vorzüglich angegriffen, und fast jedes Dorf an seinen Ufern begrub viele seiner Einwohner. (Die ersten Fälle in den Schiffen zeigten sich am Bord des Astells am 20. September, hernach in der ersten Oktoberwoche am Bord des Phönix. Der erste Todesfall ereignete sich am 7. Oktober im Warrenttastings. Der Fall dieses Schiffes ist etwas sonderbar. Ein Matrose erkrankte am Morgen des 10. und starb um 10 Uhr; am Nachmittag ging eine Partie an's Ufer, um ihn zu begraben. Als sie in das Boot zurückkamen, fanden sie den, der zur Bewachung des Bootes zurückgelassen war, darin liegen mit

Krämpfen, und er starb am folgenden Morgen; darauf wurde der Bootsmann krank, der sich bis zum 15. schleppte und auch starb. In den folgenden 5 Tagen erkrankten noch acht; es ist nicht gesagt, ob sie zu der Partie des Begräbnisses gehörten; kamen aber Alle davon. Zu dieser Zeit hatten die anderen Schiffe nur einen oder zwei Fälle ein jedes, und der General Hewett blieb vollkommen gesund, was man keiner anderen Ursache zuschreiben konnte, als daß der Mannschaft nicht erlaubt worden war, ans Ufer und in den morastigen Reißfeldern herumzugehen, und daß sie noch auf andere Weise vor der Sonne und Feuchtigkeit geschützt wurden).

## Einfluß von Witterungswechsel.

I. 6. Nach der Mitte des Dezembers, da wir uns schmeichelten, daß die Krankheit beim Vorrücken der kalten Jahreszeit verschwinde, erregte die Menge von Erkrankten auf dieser Insel, auf Salsett und im Konkan große Bestürzung; in einigen Fällen beschränkte sich das Erkranken auf besondere Stellen, manchmal auf besondere Häuser; wo die Krankheit, der Reihe nach, ganze Familien von drei, vier oder fünf Personen befallen und getödtet hat, währenddem in andern nur einige oder höchstens nur einige wenige erkrankten. Wir kennen durchaus keine örtliche Ursache dieser Erscheinung; und wenn man nicht annimmt, daß die Kälte der Luft, der man sich ausgesetzt hat, einige verborgene Reste eines kräftigen Giftes in Wirkung gesetzt hat, so möchte man schwerlich im Stande seyn, diese Thatsachen mit dem Verlaufe gewöhnlicher Epidemien in Uebereinstimmung zu bringen.

II. 117. In Agra und anderen Städten von Oberindien, wo sie auf den flachen Dächern ihrer Häuser während der großen Sonnenhitze zu schlafen pflegen, bestand die größere Zahl der Erkrankten aus denen, die sich auf diese Weise der Kälte und dem großen Thau ausgesetzt hatten; und von denen, die sich am Tage erhitzt hatten, und in der Nacht schlecht oder gar nicht bedeckt waren, blieben Wenige am Leben. Dagegen blieben fast alle Bedienten der Gentlemen, welche bei Wetterveränderung Wolle anzogen, ganz gesund.

Endlich das lange Fasten, wodurch der Magen verdorben und der Indigestion der Weg gebahnt wird, ging häufig der Krankheit vorher, und verursachte sie. In Delhi, wo die Seuche während des Ramasan herrschte, während dessen die Mahomedaner vor Sonnenuntergang nicht essen dürfen, erkrankten weit mehr von diesen als von den Hindus, welche diese Einschränkung nicht kennen. Avicenna hat überhaupt bemerkt, daß die Krankheit im Ramasan häufiger ist.

Leute, welche jeden Tag mäßig arbeiten, besonders unter einem Obdach, waren weit weniger ausgesetzt als diejenigen, die bald müßig gehen, bald schwere Arbeit verrichten. Die Arbeiter in den Seidenspinnereien der verschiedenen Theile von Bengalen, die von Morgen bis Abend eine leichte Arbeit verrichten, litten sehr wenig, aber die Taglöhner, Lastträger u. s. w. kamen häufig um.

Einen Inbegriff alles dessen, was die excitirenden Ursachen der Cholera ausmacht, stellt der Distrikt von Citagong während der heißen Jahreszeit alljährlich dar. Dieser Distrikt besteht aus einem schmalen Landstreifen, der sich gegen 200 Meilen von Norden nach Süden ausdehnt, westwärts von der See, nach Osten und Nordosten von hohen Bergreihen begrenzt. Die Oberfläche ist unregelmäßig, mit dazwischen gestreuten niedrigen Hügeln und hohen Feldern, bedeckt mit Strauchholz, Bambus und Waldbäumen. Die dazwischen liegenden Ebenen sind sehr cultivirt und, da der Reiß das Hauptproduct ist, sehr trocken während der heißen Jahreszeit. Der Boden ist sehr leicht und sandig, ohne Sümpfe oder Moräste. Vom Monat März an, wann die Sonne heraufkommt, herrschen starke Südwinde; die Luft wird feucht und trüb bei großer Hitze, und zeitweise Regen während des Tages; die Nächte sind ruhig und schwül im Anfang und kalt mit einem frostigen Luftzug von Osten gegen den Morgen. Die Wirkung dieser großen täglichen Abwechselungen auf den menschlichen Körper ist sehr auffallend. Der feuchte Seewind und die stockende Luft des Abends machen triefenden Schweiß, Erschlaffung und große Nervenreizbarkeit, wodurch der Körper während des Schlafes außerordentlich empfindlich wird für die Eindrücke von außen, und geneigt eine Krankheit anzunehmen. Wirkt in diesem Zustande der kalte Wind und Thau des Morgens auf ihn ein, so werden die zuvor heftigen Schweiße heftig unterbrochen, das Blut wird nach innen getrieben und die Störung des Umlaufes, welches eines der Hauptsymptome der Cholera ist, hervorgebracht. Darum ist diese Krankheit in diesem Distrikt während des heißen Wetters jedes Jahr endemisch, und hört nicht auf, bis die Luft abgekühlt und die Temperatur der Tage und Nächte gleicher geworden ist, nach dem Eintreten der regelmäßigen Regen.

Eben so waren große und plötzliche Veränderungen des Wetters von der Hitze zur Kälte, und von Trockenheit zu Feuchtigkeit, mit Abwechselungen der Winde, fast immer vorhanden, wo sich die Epidemie gezeigt hat, und gingen ihrem Erscheinen gemeiniglich unmittelbar vorher. In Calcutta und anderen Theilen von Bengalen hatte, als sie sich einstellte, ungewöhnlich feuchtes und schwüles Wetter lange Zeit geherrscht, und ihr nachmaliges Steigen und Fallen war immer durch Wetterveränderungen modificirt; im Februar 1818 und im April 1819, den zwei ausgezeichnetsten Perioden ihrer Verschlimmerung, waren die Tage schwül und die Nächte kalt und rauh, mit schweren Stürmen aus Süden und Osten. Eben so verhielt es sich fast in jedem Theile der unteren Provinzen. In Patna war das Wetter einige Zeit vor ihrer Erscheinung sehr heiß und trocken gewesen. In Buxar war einen Monat lang fast kein Regen gefallen; die Tage waren äußerst erdrückend und die Nächte frostig, mit schwerem Thau. In Allahabad schwankte das Thermometer zwischen 84 und 91; die Luft war sehr schwül und kühlte sich in der Nacht wenig ab. In Cawnpore stand das Thermometer zwischen 72 und 112, während des ganzen Aprils und Mai's, da die Seuche in der Stadt herrschte; und in Lord Hastings Lager in Gorruckpore zeigte das Thermometer bei Sonnenaufgang 80, und 110 am Mittage. In Futigur war das Wetter unerträglich heiß gewesen, und einen Monat lang kein Tropfen Regen gefallen, als ein schwerer Nord-Westwind am Nachmittag des

9. Junius sich erhob, und am darauffolgenden Morgen die Seuche erschien. In Agra war der erste Junius am Morgen und am Tage äußerst heiß, 96 im Schatten, und kein Hauch wehte; um 6 Uhr Nachmittags kam plötzlich ein frischer Ostwind, die Luft wurde auf einmal kalt und frostig, und am Morgen darauf wurden viele Leute von der Seuche weggerafft; und so lange sie anhielt, waren die Tage sehr heiß und die Nächte kalt und feucht, mit einem starken, durchdringenden Wind, und das Thermometer stand zwischen 84 und 94; als aber der Wind wieder aus Westen blies, und das Wetter beständig geworden war, so zog die Seuche ab. In Delhi waren seit dem 20. Junius sehr reichliche Regen gefallen, mit Ostwind. Das ganze Land stand in Wasser, und die Luft war voll Feuchtigkeit; in dieser Zeit ereignete sich kein Fall von Cholera; sobald aber der Wind sich nach Westen drehte, und schwüle Tage bei frostigen Nächten eintraten, so daß das Thermometer bei Sonnenaufgang 72 und am Mittage 96 zeigte, fing das Sterben an, und dauerte unvermindert fort bis der wiederkommende Ostwind und reichlicher Regen die Seuche weggetrieben. So blieb die Stadt frei, so lang bloß Feuchtigkeit bei mäßiger, gleicher Wärme vorherrschte; sie wurde aber gleich wieder krank, als der Westwind starke Evaporation und einen Wechsel von Hitze und Kälte herbeiführte. In Meerut war das Wetter vollkommen gelegen mit häufigen, schweren Regen, während der ersten drei Juliuswochen; aber vom 24. bis zum 29., wo die Seuche ausbrach, war nicht ein einziger Schauer; das Thermometer fiel um 4 Grade unter das Mittel des Monats, und die Nächte wurden beträchtlich kühler, mit schwerem Thau. Jeypore wurde angegriffen unmittelbar nach dem Aufhören der schweren Regen; Saugor und alle Städte und Posten in seiner Nachbarschaft während der heißen Winde, bei sehr warmen Tagen und so kalten Nächten, daß man Matratzen und wollene Decken gebrauchte.

## Einfluß von Alter und Geschlecht.

I. 98. Obgleich die herrschende Seuche kein Alter und keinen Stand verschont, so scheinen doch die schwachen und gebrechlichen, durch Alter,

Armuth oder andere Ursachen, ihr mehr empfänglich zu seyn und heftiger angegriffen zu werden. Reisende und Andere, die dem bösen Wetter bloßgestellt sind, die Arbeiter in den Reißfeldern u. s. w. scheinen der Krankheit sehr ausgesetzt zu seyn.

II. 126. Die Seuche war am verderblichsten im Anfang. Der männlichen Erkrankten waren zweimal so viel als der weiblichen, und ihre Krankheit war tödtlicher.

II. 128. Von 600 im großen Bazar wohnenden Menschen wurden 200 krank, deren 50 = 1/4 starben, und zwar 29 Männer, 15 Weiber, 3 junge Personen und 3 Kinder.

II. 130. Die große Sterblichkeit unter den Europäern kommt wohl davon her, daß ihre Constitution durch unregelmäßiges Leben und das ungewohnte Klima geschwächt war, so wie von der Heftigkeit des Anfalls und dem größeren Kampf in vollblütigen und fleischichten Körpern. Die Weiber waren der Krankheit ebenso wie die Männer ausgesetzt, und starben in demselben Verhältniß.

II. 132. Aus allen diesen Angaben lassen sich vielleicht folgende Schlüsse ziehen: 1) daß die Sterblichkeit in dieser Seuche viel geringer war, als sie von der allgemeinen Stimme zur Zeit des Schreckens angegeben worden; 2) daß die Sterblichkeit verhältnißmäßig viel größer war unter großen und dichten, als unter kleinen und zerstreuten Menschenhaufen; 3) daß sie gemeiniglich größer war beim Anfang und in der Mitte der Epidemie als am Ende derselben; 4) daß sie gemeiniglich 1/2 und zuweilen 2/3 der Erkrankten betrug, wenn sie nicht durch Arzneimittel beschränkt wurde; 5) daß sie bei gehöriger ärztlicher Hülfe selten bis zu 1/3 stieg, und meistens nur 1/5 der Erkrankten betrug; 6) daß die Männer im Allgemeinen mehr litten als die Weiber, und daß Kinder und Säuglinge frei ausgingen.

## Einfluß von Nahrung.

I. 32. Von den geneigtmachenden Ursachen ist unter den Europäern Völlerei und Unmäßigkeit, wobei sie sich, im Rausch eingeschlummert, der Nachtluft aussetzen, die entschiedenste. Die Ermattung und das Leben unter freiem Himmel bei den inländischen Nachzüglern, nebst Mangel an Bekleidung, schlechter Nahrung, dem Genuß der kalten Früchte, Melonen, Gurken, roher Gemüse, sind bekannte Krankheitsursachen, welche in dieser Jahreszeit immer mehr oder weniger Fieber und Darmkrankheiten veranlassen.

II. 122. Eine andere Reihe von Ursachen war in ihren Wirkungen auf einzelne Individuen beschränkt, als: das Trinken von vielem gutem oder schlechtem Wasser bei erhitztem Körper; viel Essen nach langem Fasten; schädliche Speisen; plötzlicher Uebertritt aus einer heißen in eine kalte Atmosphäre; Zugluft bei geöffneten Hautporen und freiem Schweiß. Nichts war häufiger als Einen plötzlich erkranken zu sehen beim Trinken einer großen Menge Wassers, nach langem Gehen oder Verweilen in der Sonne. Im Lager der Central-Division, wo das Wasser faul, selten und weit zu holen war, wurden Hunderte von Seapoys und Troßknechten auf diese Weise befallen, wenn sie auf ihrem Marsch aus jeder schmutzigen Pfütze gierig tranken. Beim Nagpore-Heere, wo die Hitze und der Durst der Leute außerordentlich war, wurden die schwersten Kranken aus den Betten der Bäche gebracht, in welche die Seapoys auf dem Marsche hineingefallen waren. — Die übeln Folgen des Genusses schlechter, roher und unverdaulicher Speisen waren gleichfalls bemerklich. In dem ersten Jahre der Seuche war in Bengalen viel schlechter Reiß gewachsen, und es ist nicht zu bezweifeln, daß er nicht in dem Magen eines zu der Krankheit prädisponirten den Anfall oft herbeigeführt hat. Zur nämlichen Zeit war überall großer Mangel in den oberen Provinzen; alle Arten von Korn waren sehr theuer, und die geringeren Volksklassen, die sich nur schlechte und ungesunde Sorten verschaffen konnten, wurden oft das Opfer einer unnahrhaften und unverdaulichen Mahlzeit. In Futigur wurden Viele gleich nach dem Genuß von Wassermelonen ergriffen. (Avicenna hat schon die Neigung der Melonen und Mandeln die Krankheit herbeizuführen angezeigt, und Galen sagt: Das ganze Geschlecht der Kürbisarten ist kalt und feucht und bringt im Leibe einen schlechten Saft hervor und macht ihn besonders zur Cholera geneigt). In Agra wurde das unmäßige Essen derselben Frucht, von welcher damals das trockene Bett der Jumna voll war, für eine der Hauptursachen der Krankheit gehalten. Auch glaubte man, daß das Essen des Bajru (Holcus Indicus), des Joar (Holcus Sorgum) und anderer Arten von rohem, unreifem Korn, welche die Soldaten auf dem Marsch im Felde pflückten, in der linken Division die Zahl der Kranken vermehrt habe, und bei der Division des Centrums hielt man es für die einzige Ursache des Unglücks, und verbot es strenge im Lager, da man die wahre Natur der Pestseuche noch nicht kannte.

## Einfluß von schlechten Abtritten.

II. 179. Es lassen sich einige Gründe angeben, warum das Cantonnement von Meerut zu dieser Zeit die Seuche wieder bekam, und warum das 14. englische Regiment so besonders ausgezeichnet und so heftig mitgenommen worden. Die Cantonnements-Bazar waren in einem sehr unreinen Zustand, die Wege verdorben und die Wassergräben eine Reihe stinkender Pfützen. Die Reinigung der Straßen und der Misthaufen war den Thieren und Raubvögeln überlassen, und zwar während der großen Hitze im Junius und Julius, und des feuchten Wetters im Julius und August. Der Zustand desjenigen Theiles des Cantonnements, welcher dem 14. Regiment angewiesen worden war, war nicht besser; die Barraken, obgleich rein und gut gelüftet, waren zu eng; es befanden sich darin gegen 70 Weiber mit ihren Kindern, und durch die Verschläge, die deßhalb darin angebracht waren, war der Raum noch mehr beengt. Der Abtritte waren zu wenig, sie konnten nicht rein gehalten werden und verbreiteten zuweilen einen heftigen Gestank auf große Entfernungen; und viele der schlimmsten Kranken waren Leute, die man daselbst mit heftigen Krämpfen und Brechen aufgenommen hatte. Der Bazar des Regiments, in welchem die Krankheit zuerst ausgebrochen ist, war ein abscheuliches, schmutziges, enges Loch. Ueberdem hatten die Leute des 14. Regiments die Gewohnheit, in der offenen Luft zu schlafen, und beständig auf den Sudder-Bazar, den allerschädlichsten von allen schmutzigen und erstickenden Plätzen, zu gehen.

## Behandlung.

I. 32. Gleich wenn der Kranke hergebracht ist, schütte ich ihm 20 Gran Calomel auf die Zunge und schwemme sie mit 60 Minima oder 120 Tropfen Laudanum, 40 Tropfen Pfeffermünzöl und 2 Unzen Wasser hinunter. Das Aderlassen nutzte nichts bei meinen Indiern; und ich weiß, daß es bei Europäern half. Weil es aber so sehr empfohlen worden, so würde ich kein Bedenken tragen, einem Jeden Blut zu lassen, dessen Puls stark genug ist, um es zu vertragen, und ich glaube, 30 bis 40 Unzen würden nicht zu viel seyn. Wenn die erste Gabe von Calomel und der Mixtur ausgebrochen wird, so muß man sie zum zweiten Mal eingeben; ist sie aber eine kurze Zeit im Magen geblieben, so ist es vollkommen genug, die Hälfte von beiden zu geben. Von nun an muß man jede Stunde 30 Minima Laudanum, 10 Minima Pfeffermünz-Essenz und 2 Unzen Wasser geben, bis die Zufälle nachlassen, oder bis der Kranke einschläft, wo dann wahrscheinlich die Extremitäten warm werden, und der Kranke nach dem Erwachen beinahe genesen erscheint. Wenn das Erbrechen anhielt, so that ein Theelöffel voll Eau de Cologne oder Aether, mit dem Opiat zusammen gegeben, sehr gut. Auch bleibt die Arznei oft im Magen, wenn man sie in dem Augenblick gibt, da der Magen etwas ruhig ist, nach vorhergegangenem Brechen. — Gegen die Kälte der Hände und Füße muß man schmerzstillende Bähungen, heiße Bedeckung, Bouteillen mit heißem Wasser, Reibungen mit Flanell u. dgl., in Einem fort anwenden. Der Krampf wird sehr gelindert durch Einreibungen mit reizenden Oelen und flüssiger Salbe.

I. 108. Die Heilart, die ich nach vorläufiger Berathung mit dem Präsidenten der Medicinalbehörde den indischen Gehülfen vorgeschrieben habe, war äußerst einfach. Sie waren mit Scrupeldosen von Calomel und mit einer Mixtur aus Laudanum, Pfeffermünzessenz, Branntwein und

Wasser versehen, welche in jeder Unze 50 Minima Laudanum 10 Minima Pfeffermünzessenz, 3 Drachmen Branntwein und 4 Drachmen Wasser enthielt. Das Calomel wurde auf die Zunge geschüttet und mit einer Unze Mixtur hinunter geschwemmt. Wenn darnach in 2 oder 3 Stunden keine Besserung zu bemerken war, so wurde dieselbe Dose wieder gegeben. Wurde sie ausgebrochen, was aber selten geschah, so gab man sie sogleich wieder. Wo es sich nur thun ließe, sollten sie ein warmes Bad anwenden; und wenn es, wie fast immer unmöglich war, so sollten sie den Krampf und Schmerz im Bauche durch Bähungen mit Tüchern, die in heißem Wasser ausgerungen worden, oder durch Bähungen mit warmen Backsteinen oder Ziegeln, oder mit Salz in Tücher gewickelt, zu stillen trachten. Auch Einreibungen mit warmem Spiritus wurden angewendet und thaten fast immer sehr gut. Unter die Kranken wurden Säcke (Sligras) mit warmer Asche gelegt, wo es nöthig war, und Gefäße mit warmem Wasser an die Extremitäten applicirt.

II. 167. Die Anwendung des Salzwassers wurde mit großem Erfolg von dem indischen Doctor versucht bei des Obristen Skinners Reiterei, zu Shapoor in Rajpootana, im Herbst 1818. Jeder wurde, so bald als er erkrankt war, mit Salz und Wasser zum Brechen gebracht, und bekam darauf Opiate; das Corps war stark ergriffen, und es starb doch kein einziger Mann. In einem Brief aus dem Corps wird die Behandlung also beschrieben.: „Warm Wasser und Salz werden gegeben, bis der Magen gut gereinigt ist; und darauf kleine Dosen von Laudanum und Pfeffermünze, oder Cardamom-Essenz, wenn der Magenreiz vergangen ist. Hernach kommt starker Durst, dagegen koche Anis und gib es, wenn es erkaltet ist, so oft als es der Kranke verlangt. Große Mengen sind geheilt worden durch diese Methode. — Die Eingebornen von Indore heilten große Mengen. Man kann sagen, die einzige Arznei, die sie hatten, war Zwiebelsaft und Basar-Arrack. Es wurde auch angewendet in Mow; und eine große Anzahl von Menschen wurde geheilt in den Lagern; aber mit dem Salz und Wasser, wie oben, wurde kein einziger Mann verloren in diesem Corps; und das plötzliche Anhalten durch eine große Dose des Laudanums und Calomels war ein gewisser Tod."

Die Curart der Alten in dieser Krankheit war sehr schwankend. Galenus sagt, daß Asklepiades sie geheilt hat durch Pastillen aus Nardus Indica, Hyosciamus, Aloë und Ruta mit Rosensaft in herbem Wein eingedickt; und daß Chrysippus und sein Schüler Erasistratus Abführungsmittel und Wein mit kaltem Wasser verdünnt gebraucht haben. Galen selbst gab Wein, vermischt mit kalten Getränken, Quitten, Granatäpfeln und andere herbe Früchte, setzte den Kranken in ein kaltes Bad, und schröpfte den Bauch sehr stark. Er gab zuweilen Münze und Quinquefolium, in Wein und heißem Wasser; er setzte aber sein Zutrauen vorzüglich auf die Theriaca, ein Nostrum aus Vipernbrühe und beinahe 100 Simplicibus, nebst Wein, Gewürzen und warmen Purganzen. (Man sehe seine Aufsätze de usu Theriaci; de compos. Pharma.; de venen. et de medic facil. parat.) Celsus ging von gesunderen Grundsätzen aus: er gab zuerst viel Diluentia, darauf Wein, wenn die Cruditäten abgegangen waren. Wenn der Krampf heftig war, so gab er Ruta und legte Sinapismen an, und Schröpfköpfe in die Magengegend; und wenn die Extremitäten kalt waren, so gebrauchte er heiße Oele und warme Bähungen. Er sagt aber, daß wenige Krankheiten allen Mitteln so sehr widerstehen. Avicenna und die Schriftsteller der arabischen Schule gaben zuerst Brechmittel, darauf heißes Wasser, Essig und Oel.

Die Uebersicht der verschiedenen bisher beschriebenen Curmethoden, und die sorgfältige Vergleichung der einander entgegengesetzten Verfahrungsarten, bei den verschiedenen Abtheilungen der Armee, scheinen folgende Folgerungen zu geben.

1) Die Krankheit ergriff zuweilen mit einer solchen Heftigkeit, daß der Kranke von Anfang an auf keine Weise zu retten war.

2) Der Unterschied der Sterblichkeit unter denen, welche Arznei nahmen, und denen, die keine nahmen, war so groß, daß nicht daran zu zweifeln ist, daß zur rechten Zeit und mit Verstand gebrauchte Arzneien den Kranken oft vom Tode erretteten.

3) Die Wahrscheinlichkeit der durch Arzneien möglichen Hülfe war desto geringer, je länger die Krankheit gewährt hatte.

4) Bei den Europäern insgemein, und bei starken Indiern war das Blutlassen anwendbar in der ersten, zweiten und vielleicht auch dritten Stunde vom Anfang des Anfalls, und unter diesen Umständen leistete es in allen Fällen mehr als jedes andere Mittel, indem es die Krankheit abschnitt, den Krampf, den Magen- und Darmreiz, und die allgemeine Unterdrückung der Kräfte aufhob.

5) Unter den Inländern war die niederdrückende Gewalt der Krankheit insgemein so groß und ihre Wirkung so schnell, daß fast sogleich die Kräfte zusammenfielen, und die Wirkung der Arterien beinahe aufgehoben wurde, daß also meistentheils das Aderlassen vom Anfang an unmöglich war.

6) In solchen Fällen wurde die Heilung am besten vollzogen durch Diluentia, kräftige Anodyna und Stimulantia, verbunden mit Calomel; darauf durch gelinde Abführung und stärkende Mittel.

7) Obgleich sich nicht behaupten läßt, daß das Calomel eine spezifische Kraft gegen die Krankheit habe, so war es doch unzweifelbar oft heilsam zur Stillung des Reizes; vielleicht mehr als irgend ein anderes Mittel.

## Recidiven.

II. 32. Die Soldaten und Troßleute, die den General-Gouverneur auf seiner Rückkehr aus den oberen Provinzen begleiteten, begegneten der Seuche von neuem am 20. oder 21. April; es wurden aber jetzt von ihr nur solche ergriffen, welche im vergangenen Herbst nicht bei der Division des Centrums gewesen waren.

II. 136. Ein anderer merkwürdiger Umstand ist der, daß Personen und ganze Gesellschaften, welche der pestilentiellen Einwirkung ausgesetzt gewesen und unangetastet geblieben sind, derselben hernach weniger empfänglich waren, als diejenigen, die dem Gifte nach gar nicht ausgesetzt gewesen sind. Mit andern Worten: ein Dorf, welches im ersten Jahr der Seuche heimgesucht worden, litt bei der Wiedererscheinung der Seuche in der Gegend weniger als ein anderes Dorf, welches vorher nicht angegriffen worden war, und wenn ein Bewohner des ersten in die inficirte Luft des letzten kam, so war seine Gefahr geringer als die der Einwohner, welche die Seuche noch nicht erlebt hatten. Diese Bemerkung hat man überall gemacht; beim Wiedererscheinen der Seuche kam sie entweder gar nicht in die früher angegriffenen Orte, oder sie war darin viel gelinder als da, wo sie noch nicht gewesen war. In Tirhoot, wo sie zweimal zu verschiedenen Zeiten erschien, kam, nach der Versicherung eines sehr guten Beobachters, kein einziger Fall im ganzen Distrikte vor, daß die Krankheit denselben Ort zweimal besucht hätte. — Allein bei den verschiedenen Heeren, deren einzelne Haufen längere Zeit unter den Augen desselben Arztes geblieben sind, hat sich dieses Gesetz am deutlichsten kund gegeben. So blieb in dem Gubbulpur-Heer das 7. Reiterregiment und das zweite Bataillon des 13. indischen Regiments, welche im November bei der Central-Division und bei der Schiffbrücke sehr gelitten hatten, ganz frei. Das 2. Bataillon des 19. Regiments, welches im August heftig mitgenommen worden, hatte im September, wo die andern Truppenmassen des Rajpootana-Heeres so stark heimgesucht wurden, nur drei Fälle. — Als die Division des Centrums nach der Beendigung des Feldzuges aufbrach, so marschirte das 24. Dragonerregiment und das 87. Regiment zu Fuß, und das erste Bataillon des 8. indischen Regiments nach Cawnpore, und standen daselbst im April und Mai, wo die Stadt und Gegend von der Seuche zu leiden hatten; das Dragonerregiment blieb ganz frei; das 87. hatte nur zwei leichte Fälle unter den Recruten, die nicht bei der Central-Division gewesen waren, und das erste Bataillon des 8. indischen Regiments hatte nach einer Angabe gar keinen, nach einer andern nur einen, und nach einer dritten nur drei oder vier leichte Fälle. Dieses Bataillon stand gerade zwischen dem 2. Bataillon des 15. indischen Regiments und Craigie's angeworbenen Soldaten, und diese beiden Haufen litten gewaltig, indem sie noch keine solche Sicherheit erlangt hatten. Die Troßleute aller Art waren eben so sicher, und nur ein einziger Mann, ein europäischer Offizier, der bei der Central-Division gewesen war, ward ein Opfer der Seuche. Ebenso verhielt es sich mit dem 2. Bataillon des 25. indischen Regiments, welches im April auf dem Marsch durch Gorruckpore, von Tirace nach Lucknow, in die Seuche hineinkam und verhältnißmäßig wenig litt; es hatte zwar 25 Kranke und 5 Todte, aber unter diesen hatte nur Einer die Krankheit zum zweitenmale bekommen und zwar sehr gelind. Aber ein noch außerordentlicherer Fall ereignete sich in dem Lager des Lords Hastings, auf dem Marsch nach Gorruckpore, Ende Aprils. Die Seuche brach zuerst unter dem Gefolge eines Gentleman's aus, der so eben zu der Partei hinzugekommen war; in wenigen Tagen befiel sie 50 bis 60 Personen von 400 größtentheils von der Klasse der Lastträger; sie verbreitete sich darauf unter die Diener verschiedener Herren vom Civildienst, welche damals den Generalgouverneur begleiteten; und bis zu ihrem Ende beschränkte sie sich auf solche Personen, welche bei der Division des Centrums nicht gewesen waren.

Dabei läßt sich an keine Verschiedenheit der Lage denken, denn die Partie änderte täglich den Lagerplatz und die neuen Ankömmlinge mischten sich ohne Unterschied mit denen, welche der Infektion vorher ausgesetzt gewesen waren. Ja, nachdem sie die erste Partei angegriffen hatte, holte die Krankheit weit aus und ergriff zunächst andre Leute, die noch nicht darin gewesen waren, am entgegengesetzten Ende der Linie, indem sie alle andern dazwischen unangefochten ließ. Wären noch mehr Beweise nöthig, so könnten wir auch das zweite Bataillon des 3. Regiments anführen, dessen größter Theil die Krankheit in Shergur gehabt hatte, und in seinem Standquartier in der Stadt Banda, welche heftig angegriffen war, gar nichts litt. Wir haben aber Beweise genug angeführt, aus denen erhellt, daß der menschliche Körper, wenn er eine Zeit lang dem pestilentiellen Gifte ausgesetzt gewesen ist, an dasselbe sich gewöhnt und in einem hohen Grade unempfänglich für seine verderbliche Einwirkung wird.

II. 172. Das erste Bataillon des 26. indischen Regiments, welches an Fieber und Ruhr vorher viel gelitten, und durch langes Liegen im

Hospital geschwächt worden war, wurde hauptsächlich angegriffen; es hatte 54 Kranke und 18 Todte, bei einer Stärke von 868; am 21. hatte es 6 Mann begraben. Dieses Bataillon war bei der linken Division, als diese im April 1818 die Seuche hatte; es hatte damals 8 Kranke und 2 Todte; aber das 2. Bataillon des 28. Regiments, welches eben damals 56 Kranke und 29 Todte hatte, blieb jetzt ganz unversehrt; ebenso verlor die zweite Rohilla-Cavallerie, welche gleichfalls im September beim Rajpootana-Heer von der Seuche heimgesucht worden, von 1125 keinen einzigen Mann, obgleich sie dicht neben dem 26. Regiment gelagert war. Das Calomel, Opium und die andern gewöhnlichen Mittel schienen hier nichts zu helfen, obgleich das erste bis zu Dosen von 60 Gran getrieben wurde. Auf die Lanzette allein konnte man sich verlassen; wenn man sie bei Zeiten anwendete, und 20 bis 40 Unzen fließen ließ, so wurde der Kranke oft gerettet.

Die Krankheit kam darauf wieder in's Rajpootana-Heer. Sie zeigte sich zuerst gelind am 8. Juni im Rampoora-Bataillon, wurde aber erst am 20. allgemein, blieb aber ziemlich gelind; außer einem Offizier, der im letzten Zeitraum der Krankheit aus Schwäche und an einem Rückfall starb, blieben die Europäer ganz frei, und von 9738 indischen Soldaten kamen in Zeit von einem Monat nur 106 in's Hospital, und 25 starben. Das Sterben traf hauptsächlich das 2. Bataillon des 7. Regiments, welches damals zum Erstenmal angegriffen wurde, und eine Abtheilung von 340 Rekruten: das erste hatte 18 Kranke und 6 Todte, die Rekruten 57 Kranke und 8 Todte. Die übrigen Sterbefälle lieferten die andern Corps. Aber das erste Bataillon des 28. Regiments, und 5. Compagnie vom 27. Regimente, welche im letzten September heftig gelitten hatten, blieben jetzt ganz unversehrt, und das zweite Bataillon des 19. Regiments, welches im August bei Mundessore viele Leute verloren hatte, hatte jetzt nur wenig Kranke, und alle genasen. In einer Abtheilung des 27. Regiments kamen 7 Kranke und 5 Todte vor, lauter Leute, die während der Seuche im September nicht beim Regiment gewesen waren.

## Fliegenschwärme.

II. 139. In der Stadt Delhi hatten große Fliegenschwärme vor dem Ausbruche der Seuche den Ort belästigt; sie verschwanden während derselben und kamen wieder, als sie abzog. Es ist wohl dem kalten, scharfen Westwind, der damals wehte, zuzuschreiben.

## Einfluß hoher Lage und felsigen Grundes.

II. 25. Im Junius hatte die Seuche Kotha erreicht, wo sie täglich 100 Menschen aufgerieben, und die Einwohner so in Schrecken gesetzt haben soll, daß sie die Stadt bestürzt verließen. Nun war sie aber in einen hohen und gebirgigen Landstrich gekommen, und da ihr eine solche Gegend immer zuwider ist, so scheint sie nun nach und nach ausgestorben zu seyn. Der Beweis ist, daß sie die Staaten von Oodeypoor und Ajeneer nie erreicht hat.

II. 30. Die Seuche kann nicht weiter über Saharunpore hinaus verfolgt werden; die hohen Bergrücken hinderten ihren weitern Fortgang und schützten die Bewohner der bergigen Distrikte vor dieser Geißel, welche bei ihrer Armuth und Blöße ihnen wahrscheinlich das größte Elend verursacht haben würde.

II. 32. Es ist schon gesagt worden, daß die Seuche nicht gern hohe und gebirgige Stellen besuchte; so vermied sie ganz und gar Koomaun, die bergigen Distrikte nördlich von Hurdwar, und den hohen steinigen Saum, welcher die Rajpootana-Staaten gegen Nordwest umgürtet. Aber diese Regel hatte auch Ausnahmen, denn im Junius ging sie über die hohe Bergkette, welche Napaul gegen Osten begränzt, und kam nach Catmandhoo, Patun und Bhadgoon, in dem dahinterliegenden Thale; und im folgenden Oktober ging sie von Sylhet in die unabhängigen Länder von Cashar und Munipore, an den östlichen Gränzen von Bengalen. Doch konnte man auch hier sehen, daß ihr hohe Gegenden nicht geneigt sind; denn sie war nicht im Stande über die Berge hinüber zu kommen, ehe sie nicht in dem Distrikt von Sylhet große Kraft gewonnen hatte. — Dasselbe läßt sich wohl von ihrem theilweisen Hereinkommen zwischen die Berge von Ramgur und Sirgooja sagen, währenddem Sonepoor und Sumbhulpore stark angegriffen waren, von Cuttack her längs des Mahanuddee.

Das war der Lauf dieser sonderbaren, herumirrenden und verderblichen Seuche. — Ob das Gift auf seinem Gang durch diese Länder seine ganze Kraft ausgelassen und sich selbst verzehrt habe, und nun als fast ganz verschwunden zu betrachten, oder ob es noch schlummernd vorhanden sey, nur auf den gelegenen Augenblick wartend, um mit erneuter Kraft in diesem oder einem andern, noch nicht heimgesuchten Lande, wieder aufzutreten, dieß ist nicht möglich zu sagen. Indessen da die Krankheit immer noch Calcutta und manche andere Orte in Bengalen dann und wann besucht, obschon in einem unendlich kleineren Grade als vordem, so ist doch zu befürchten, daß die Atmosphäre ihren natürlichen gesunden Zustand noch nicht wieder erlangt hat, und daß weiter nichts nöthig ist, als ein so anhaltend schlechtes Wetter, wie das dem ersten Ausbruche der Seuche vorhergegangene, um sie mit ihrer früheren Gewalt wieder hervorzubringen.

II. 63. Die Hilfstruppen von Nagpore hatten keine Cholera-Kranken während der Belagerung von Chanda, wo sie unter einer Reihe von steinichten Hügeln der großen Hitze des Tages und oft ohne Obdach, dem Thau der Nacht ausgesetzt waren; kaum hatten sie aber die Grenzen von Nagpore erreicht, so brach sie unter ihnen aus wie eine Pest. Die Truppen der linken Division der Armee waren seit dem Anfange des März fast in beständiger Bewegung, und mußten sich am Ende dieses Monats und in der ersten Woche des Aprils, beim Begleiten eines schweren Artillerie-Trains und einer großen Wagenburg während der kalten Nächte und heißen Tage in einem bergigen und schwierigen Lande, großen Mühen und Entbehrungen aussetzen. Aber die Seuche that ihnen nichts zu Leide, bis sie am 9. und 10. April die Stadt Jubbulpore erreichten, wo sie einige Wochen lang geherrscht hatte, und seitdem erkrankte daran eine große Zahl.

II. 70. An hohen, trockenen und gesunden Stellen war die Krankheit weniger häufig, weniger allgemein und tödtlich als an niedrigen und offenbar ungesunden Orten. In dem niedrigen und feuchten Bengalen blieb sie Jahre lang stehen, nachdem sie sich einmal festgesetzt hatte; aber in der reinen und elastischen Atmosphäre der oberen Provinzen wurde sie langsam angenommen und verging bald. Es erhellt aus den Berichten der Polizei-Offiziere, daß die Dörfer, in welchen die Seuche am meisten gewüthet hat, von den Indiern für ungesund und kalten Fiebern unterworfen gehalten werden, weil sie den Ausdünstungen von Sümpfen und großen Seen ausgesetzt sind. Dagegen hatten die Seapoy-Linien, welche 60 bis 100 Fuß über dem allgemeinen Niveau des Landes liegen, fast keinen Kranken, diejenigen, welche auf den verschiedenen Wachposten standen, ausgenommen.

II. 71. Uebrigens ist nicht zu läugnen, daß es auch Ausnahmen von dieser Regel gab. So gab es ganze Distrikte, wie Cawnpore und Juanpore, wo alle Theile ohne Unterschied der Höhen und Tiefen, der feuchten oder trockenen Orte gleich stark litten. In anderen Gegenden folgte die Seuche zwar auch besonderen Linien und Dörfern; man konnte aber im Allgemeinen der besonderen Lage und Salubrität der Orte nicht Schuld geben. Es hat sogar Fälle gegeben, wo die Seuche trockene und gesunde Lagen vorzuziehen schien vor feuchten und fieberischen. In Allahabad zum Beispiel liegen die Linien der indischen Artillerie in den niedrigen und morastigen Vorstädten faulen Ausdünstungen sehr ausgesetzt, und diese wurden allein verschont, währenddem die Linien der europäischen Invaliden, welche hoch und trocken standen und Alles rund umher von dem Gifte stark angesteckt wurde. Aber dieser Ausnahmen gibt es verhältnißmäßig nicht viele, so daß sie den aus einer Menge von Erfahrungen abgeleiteten Satz nicht umstoßen können: daß die Gewalt und Ausbreitung der Seuche, wenn das Gift einmal in Bewegung ist, stets durch diejenigen Ursachen vermehrt wird, welche der Entstehung und Ausbreitung der Gefängniß- und Gallenfieber, der remittirenden und intermittirenden Fieber, entschieden förderlich sind.

Ist die gänzliche Immunität der hohen, gebirgigen Lagen lediglich dem zuzuschreiben, daß sie weniger von solchen Dämpfen umgeben und weniger solchen äußern Umständen ausgesetzt sind, welche das niedrige Land dem Einfluß der Krankheit aussetzen? oder ist das dieser Seuche eigene Gift auf die niedrigen Schichten der Atmosphäre beschränkt? Daß das nicht immer der Fall war, erhellt daraus, daß diese Pestilenz über die hohe Kette herüber kam, welche Nepaul von Tirhoot und Munipore von Sylhet trennt. Da sie aber mit Schwierigkeit diese Höhen erstieg und die hohen Festungen von Rhotas, Ajngur und Calinjur, Coomann, Dhastoon und die gebirgigen Theile von Rajpootana vollkommen frei geblieben sind, während Alles rund umher angesteckt worden ist, so sind wir eher geneigt zu glauben, daß die Luft der Höhen etwas enthalte, was an sich dem Gifte feindlich entgegen stehet.

## Dauer und Verlauf der Epidemie.

I. 88. Wir kamen in Chandore am 16. August an, blieben da am 17. und 18., und marschirten am 19. über Nassiek, Akola, Narsaungaum und Corygaum nach Poona, das wir am 7. September erreichten. Beim Uebergang über den Ghaut bei Chandore erfuhren wir eine große Aenderung des Klima's; das Thermometer fiel um $4\frac{1}{2}$°, und anstatt der Feuchtigkeit im Candeish hatte die Luft die Kälte und Elasticität der von Poona. Wir hatten tägliche Regenschauer während des Restes der Reise, manchmal kam ein schwerer Regen, und unser Gefolge ermüdete.

Die Seuche hatte Chandore vor uns erreicht, und während unsers Aufenthaltes daselbst kamen einige wenige Fälle vor; sie waren aber nicht heftig, und man beunruhigte sich nicht. Dieser Posten stand im Verkehre mit dem Lager des Obristen M'Dovall. Den Tag, nachdem wir Chandore verlassen hatten, wurde ein Diener eines der Braminen in unserm Lager am Abend befallen und Morgens um 3 Uhr zu mir gebracht. Sein Herr hatte ihm eine Dose Opium gegeben, und er litt nicht viel an Krämpfen und Würgen. Ich gab ihm 20 Gran Calomel und 40 Tropfen Laudanum, und verordnete Wärme rc. Bei Tagesanbruch wurde mir gemeldet, daß er besser und auf einem Kameel in die Fronte geschickt worden sey. Als wir zu unserm Lagerplatze gekommen waren, war sein Puls kaum zu fühlen, und die Glieder kalt; es wurde ihm eine zweite Dose der Arznei gegeben, Reibungen und warme Bähungen angewendet; er schien sich ein wenig zu bessern, starb aber am Abend. Wir kamen am 21. in Nassiek an, hielten Rasttag am 22. und zogen wieder ab am 23.

Die Seuche hatte hier heftig gewüthet, und man meinte, sie habe 200 oder 300 Einwohner getödtet; sie war in der Abnahme, doch kamen frische Fälle stündlich vor während unsers Aufenthaltes. Einige von den Braminen sagten mir ungefragt, daß einige Sebundee Peons die Krankheit aus Ahmednuggur gebracht haben. Nassiek hat vielleicht 25,000 Einwohner, ist etwas tief gelegen, gegen starke Winde geschützt, die Straßen sind eng und schmutzig, und insgemein abhängig gegen den Godavery, an welchem der Tank gebaut ist. Unsere Truppen cantonnirten im NW. des Tank, in einer Entfernung von einigen 100 Ruthen auf einem hohen, trockenen, lustigen Platz. Obgleich sie freien Verkehr mit der Stadt hatten, so erkrankte doch keiner unter ihnen. Herr Warner, der Wundarzt der Truppen in Nassiek, sorgte auch für die Einwohner mit großem Eifer und Liebe, und ich vernahm, daß fast Alle, die frühzeitig zu ihm gebracht wurden, davon kamen. Er schien dem Calomel nicht viel zu trauen; er gab Laudanum, Kamphermixtur und Cardiaca, und ließ den Kranken in ein warmes Zimmer mit einem Feuer legen, den Durst mit warmem Reißwasser stillen, und gab so bald als möglich eine Abführung. Das Wetter war rauh und feucht während unseres Rastens in Nassiek, und alle Braminen, nebst ihrem Gefolge, wie auch manche der Unsrigen, besuchten Häuser in der Stadt. Am 24., den Tag nach unserm Abzug von Nassiek erkrankte Einer vom Gefolge eines Vakeels an der Seuche, den Tag darauf zwei Andere, und die Zahl der Kranken nahm bis 28 täglich zu; seit dem nahm sie bis zum 3. September wieder ab, nach welchem keiner mehr erkrankt ist; die Zahl der Erkrankten betrug 32 oder 33. Es waren darunter drei Seapois, einer von der Hülfsreiterei, zwei Bediente von englischen Herren, zwei Palankinträger, ein Sänftenträger und zwei Jossoosos; die Uebrigen waren Bettler im Gefolge der Vakeel's. Gestorben sieben. Einer dieser Fälle ist schon erzählt; zwei starben, ehe ich sie sehen konnte, aber beide hatten eine Dose Calomel und Laudanum bekommen; drei hatten die gewöhnlichen Arzneien bekommen, und einem derselben war zur Ader gelassen worden, aber es fehlte ihnen an einer warmen Wohnung und an guter Pflege; einer starb am dritten Tage nach dem Anfall, da ich meinte, er sey schon außer Gefahr; ich glaube, er ist an Schwäche gestorben, und vielmehr durch den langen Marsch als durch die Krankheit überwältigt worden. Nach dem 3. September, da die Seuche aufgehört zu haben schien, kamen noch an einigen Stationen einige außerordentliche und gefährliche Fälle vor.

Diese und andere Thatsachen bestimmen mich, die Seuche für a n s t e c k e n d zu halten. Wenn aber auch diese Meinung gut gegründet ist, so braucht man sich darum nicht zu beunruhigen, denn das Gift wirkt nur auf gewisse besondere Constitutionen, und zwar glücklicherweise mit vieler Beschränkung.

In unserm Lager wurde etwa Einer von Vierzig befallen, ich glaube aber, daß das über dem gewöhnlichen Verhältniß ist. Wenn die Krankheit bloß durch einen schädlichen Zustand der Luft verursacht würde, so hätte sie sich mit einiger Regelmäßigkeit über das Land ausbreiten müssen; allein die Seuche scheint insgemein längs der Poststraßen fortgegangen zu seyn, und eine Reihe von Subjekten zu ihrer Fortpflanzung nöthig gehabt zu haben. Im Candeish, welches nicht genug bevölkert ist, und wo zwischen den Dörfern wenig Verkehr ist, ging sie langsam weiter. In Punderpoor erschien sie zur Zeit des großen Jatra und wurde durch die heimkehrenden Pilgrime auf Einmal nach allen Richtungen hin ausgebreitet. Das Gift schien hier auch concentrirter gewesen zu seyn, weil es an so vielen Orten zugleich erzeugt wurde; denn man schätzte die Zahl der Todesfälle in Zeit von einigen Tagen auf 3000, und man sagt, sie seyen todt niedergestürzt, wie vom Blitz getroffen.

Wir kennen den Zustand nicht, der zu der Krankheit geneigt macht.

Alle Classen und Geschlechter sind ihr auf gleiche Weise ausgesetzt. In unserm Lager schien es, daß die Seapoys und unsere Diener, welche gut genährt und gekleidet sind, weniger davon litten als die Bettler und Diener der Braminen. Philo, der Arzt, hat in seinem wohl abgefaßten Briefe geäußert, daß Mangel an Galle die prädisponirende Ursache seyn möge, allein an Galle fehlt es nicht, sie wird nur durch den Krampf zurückgehalten. Ich möchte sagen, daß die Krankheit in einem besonderen Zustand des Nervensystems bestehe, welches die Einwirkung eines besonderen Giftes erlitten hat, und aus diesem Zustande erfolgt eine Störung in den Muskeln der willkührlichen und unwillkürlichen Bewegung. Das ist freilich auch nur ein Geständniß der Unwissenheit, weil wir vom Nervensystem nicht viel mehr als von diesem Angriff desselben wissen.

II. 20. Obgleich die Seuche gegen die Mitte des Novembers Zila Mirzapore besetzt hatte, und zu Oonchara leicht erschienen war, so wie im Lager des 17. Regiments zu Fuß und des 2. Bataillons des 8. indischen Regiments, zu Mongawa, so that sie doch keinen großen Schaden, bis sie am Ende der ersten Woche dieses Monats die Division des Centrums der großen Armee erreichte, welche unter dem eigenen Befehl des Marquis Hastings an den Ufern des Sind im Bundlekund gelagert war.

Hier nahm die Krankheit ihre schrecklichste und tödtlichste Gestalt an. Es ist ungewiß, ob sie am 6., 7. oder 8. in dieses Lager einfiel. Sie war nach ihrer gewöhnlichen hinterlistigen Art einige Tage lang unter den niedrigen Classen der Troßleute herumgeschlichen, und wie wenn sie in einem Augenblick Kraft gewonnen hätte, brach sie auf Einmal mit unwiderstehlicher Gewalt überall aus. Nicht gebunden an die Gesetze der Berührung und der Nähe, welche von andern Pest-Seuchen beobachtet werden und ihren Lauf aufhalten, übertraf sie die Pest in der Weite ihres Wirkungskreises, so wie in der Schnelligkeit ihrer zerstörenden Fortschritte die aller schlimmsten bis jetzt bekannten Krankheiten. Vor dem 14. hatte sie schon jeden Theil des Lagers überzogen, kein Geschlecht und kein Alter mit ihrem Gifte verschonend. Alte und Junge, Europäer und Indier, Soldaten und

Troßleute, fielen alle auf gleiche Weise in wenigen Stunden unter ihrer Gewalt. Vom 14. bis zum 20. oder 22. war das Sterben so allgemein geworden, daß auch die Kräftigsten den Muth verloren. Die Kranken nahmen so überhand und strömten so schnell von jeder Seite herzu, daß die Aerzte, obgleich Tag und Nacht auf ihren Posten, nicht mehr im Stande waren ihren Bedürfnissen abzuhelfen. Das ganze Lager sah aus wie ein Hospital. Das Geräusch und der Lärm, welche bei großen Versammlungen fast nie fehlen, hatten fast ganz aufgehört. Nichts war zu sehen als Leute, welche ängstlich von einem Theil des Lagers zum andern eilten, um sich nach ihren gestorbenen oder sterbenden Kameraden zu erkundigen, und traurige Haufen von Indiern, welche die Särge ihrer verschiedenen Freunde an den Fluß trugen. Zuletzt wurde ihnen auch dieser Trost versagt; denn das Sterben wurde so groß, daß man weder Zeit noch Hände hatte, um die Leichname wegzuführen, sie wurden in die nächsten Schluchten gezogen, oder eiligst da, wo sie verschieden, eingegraben; selbst rund um die Wälle der Offizierszelte herum. Man sorgte für nichts, als für die Leidenden. Kein Lächeln war zu sehen, kein Ton zu hören, als das Stöhnen der Sterbenden, und das Wehklagen über den Todten. Während der Nacht insonderheit herrschte traurige Stille, nur von den wohlbekannten schrecklichen Tönen der Elenden unterbrochen, die an den eigenthümlichen Zufällen der Krankheit litten. Mancher Kranke starb, ehe er das Hospital erreichte; und selbst die Kameraden, indem sie die Kranken von den Vorposten herbeibrachten, fielen plötzlich von der Seuche ergriffen dahin. Es war, wie die Schrift sagt: „Mitten im Leben sind wir im Tode.“ Jugend und Kraft gab keine Sicherheit, auch der gesundeste Mann konnte am Morgen nicht sagen, daß er nicht vor der Nacht eine Leiche seyn werde. Die Begebenheiten dieser Tage waren so fürchterlich, daß auch lange hernach die Augenzeugen nicht ohne Schauder davon reden konnten. — Die Indier meinten, daß sie nur durch Flucht Sicherheit gewinnen könnten, und fingen an, in großer Zahl davon zu laufen; und die Landstraßen und Felder waren viele Meilen rund umher mit den

Leichnamen derer besäet, welche mit dem Gift im Leibe dem Lager entflohen und der Gewalt der Krankheit unterlegen waren. Es war klar, daß ein so furchtbarer Zustand der Dinge nicht lange fortdauern konnte, und daß die Seuche, wenn ihr nicht schnell Einhalt gethan wurde, das Lager bald entvölkern müsse. Es wurde daher vom Oberbefehlshaber weislich beschlossen, aufzubrechen, um einen gesunderen Boden und reinere Luft aufzusuchen. Die Division marschirte demnach am 13. in südöstlicher Richtung gegen Talgong und Sileia und setzte, nachdem sie einigemale Halt gemacht hatte, am 19. über den hellen Strom Betwah; und auf seinen hohen und trocknen Ufern bei Erich wurde sie bald frei von der Pestilenz, und bekam ihre Gesundheit wieder. Aber ihre Zuglinie stellte während dieser ganzen Bewegung ein höchst bedauernswürdiges Schauspiel dar. Obgleich alle möglichen Mittel angewendet worden waren, durch Abtretung der Ammunitions-Karren und Herbeitreiben von Elephanten und Zugvieh, um hinlängliches Fuhrwerk zu haben, so waren doch der Kranken zu viele, um fortgebracht zu werden; man mußte einen Theil derselben nothwendig zurücklassen. Und da viele von denen, welche die Karren, von der Krankheit plötzlich genöthiget, verließen, nicht im Stande waren, wieder aufzustehen, und an jedem folgenden Tagmarsch Hunderte umfielen, und die Straßen mit Todten und Sterbenden bedeckt wurden, so hatte der Lagerplatz und die Zuglinie das Ansehen eines Schlachtfeldes und eines geschlagenen Heeres, welches mit allen Zeichen des Unglücks und Elends zurückzog. Die Zahl der in diesen wenigen jammervollen Tagen Gestorbenen konnte wegen der Verwirrung und allgemeinen Unordnung nicht genau angegeben werden. Es erhellt indessen aus den Militärverzeichnissen, daß in dieser unglücklichen Woche, von 11,500 Streitern aller Art, 764 als Opfer der Krankheit gefallen sind. Die Menge der gefallenen Troßleute wurde zu 8000, oder zu $^1/_{10}$ ihrer Zahl geschätzt. Die Zahl der Streiter im Lager ist hier um ein gut Theil zu groß angeschlagen; denn ein Detachement hatte das Lager verlassen vor dem Ausbruche der Seuche; und ein anderes viel größeres schon am 18., beide zusammen betrugen nahe an 3000 Mann.

Da dieses Heer, bald nachdem es die hohen und gesunden Ufer des Betwah erreicht hatte, von der Krankheit frei ward (denn am 22. oder 23. hörte sie auf epidemisch zu seyn, und es kamen nachher nur noch wenige gelinde Fälle bis zum Ende des Monats täglich vor, und nach dem 8. des folgenden Monats keiner mehr), so hielt man allgemein dafür, daß es seine Genesung bloß der Veränderung des Orts und der Luft zu verdanken hatte. Es ist aber zu bezweifeln, ob die Seuche viel länger stehen geblieben wäre, selbst wenn man den Lagerplatz nicht verändert hätte; denn seit der Zeit fing sie an mit großer Schnelligkeit ihre Wirkung zu thun, und nie lange an einem Platz zu bleiben; wir werden hernach sehen, daß sie in keinem der anderen Lager, die sie in der Folge besucht hat, länger als 10 oder 15 Tage in voller Kraft geblieben ist. Der Medicinalstab des Central-Heeres war ganz getheilt in seiner Meinung über den Ursprung der Seuche in diesem Quartier. Nach Einigen hatte sie schon am 2. November bei der Schiffbrücke zu Sheer-Gur angefangen, über welche die Armee zu Ende Oktobers gegangen war; sie soll dann dem Lager zu Terayt durch das Detachement, welches den Brückenkopf zu bewachen hatte, mitgetheilt worden seyn. Wir werden später untersuchen, wie weit diese Vermuthung mit den Thatsachen übereinstimmt. Nach einer andern Meinung hat das Heer die Krankheit in den Dörfern auf seinem Marsch vom Jumna her bekommen. Und fast eben so viel Stimmen behaupteten, daß sie von einer unbekannten Ursache im Lager selbst entstanden, und von da den zuvor gesunden Städtchen der Nachbarschaft mitgetheilt worden sey. Das Wahrscheinlichste scheint zu seyn, daß der besondere, fehlerhafte, diese Krankheit erzeugende Zustand der Luft, welcher mehrere Monate vorher in Unter-Indien da gewesen, jetzt die oberen Provinzen zu erreichen anfing; und daß er zwar jetzt noch nicht so viel Kraft hatte, um durch die verhältnißmässig leichten Ursachen, die ihn hernach zu erregen im Stande waren, in Wirkung gesetzt zu werden, doch schon fähig war, durch die Menge der in diesem ungeheuren Heerhaufen begünstigenden Umstände aufgeregt zu werden.

Dem sey wie ihm wolle, so ist ganz gewiß, daß die Seuche, die östlichen und nördlichen Theile des Landes immer noch vermeidend, jetzt entschieden eine südwestliche Richtung nahm; und nachdem sie längs der Hauptflüsse und großen Straßen fast zu jedem Städtchen und Dorfe im Bundlekund und Saugor gekommen war, so theilte sie sich nach und nach den Provinzen Berar, Malwah und Khandeish, und endlich fast dem ganzen Deckan mit.

II. 29. Weder zwischen Agra und Delhi, noch auf ihrem Wege von Delhi nach Meerut, ließ sich die Krankheit in den dazwischen liegenden Städten und Dörfern sehen. Viele derselben liegen sehr tief, und sind sehr ausgesetzt einer Menge von faulendem, animalischem und vegetabilischem Stoff, und jeder anderen Quelle von Miasmen und Contagien; ihr Freibleiben von der Seuche kann also schwerlich ihrer besonders gesunden Lage zugeschrieben werden. Es scheint vielmehr, daß entweder die Reinheit und Elasticität der Luft in den nördlichen Provinzen der Seuche weniger günstig war als das dicke, dumpfige Klima von Bengalen, oder daß sie dem allgemeinen Gesetze der Natur folgen mußte, nach welchem Krankheiten, so wie alle andern Dinge eben sowohl abnehmen als entstehen und zunehmen; oder daß die Seuche aus irgend einer verborgenen Einwirkung jetzt abzusterben anfing, und nur durch stark excitirende Ursachen, durch große in Lagern und Städten versammelte Menschenhaufen unterhalten werden konnte. Daher finden wir, daß zwischen Delhi und Meerut, in einer Entfernung von 30 Meilen, einem sehr bevölkerten Strich, voll ansehnlicher Städtchen und Dörfer, kein einziger Krankheitsfall vorgekommen ist, einige wenige in Ghazeeabad und Mooradunggur ausgenommen, währenddem Meerut und die dazu gehörigen Cantonnements vom 28. Julius bis zum 20. August gelitten haben. In der Stadt wurden nicht Viele befallen und noch weniger in den Linien, und in beiden war die Sterblichkeit weit unter 300. Zwischen Meerut und Saharunpur blieb das Gift gleichfalls ruhig; aber die letzte Stadt, ein niedriger und schmutziger Ort, voll von zertrümmerten Gebäuden, und durchschnitten von faulen Canälen mit schlamnigen Ufern, litt sehr; die Seuche kam dahin am Ende des Septembers, war in voller Kraft in der Mitte des Oktobers, nahm dann ab bis zur letzten Woche dieses Monats, wo sie ganz verschwand. Es ist aber möglich, daß das Gift nicht in einer Bogenlinie von Delhi nach Saharunpore fortging, sondern längs dem Laufe des Jumna; denn Tanna, eine beträchtliche Stadt, nur 16 Meilen vom Fluß und 20 Meilen südlich von Saharunpore, wurde früher als diese angegriffen.

II. 75. Wenn die Seuche in eine Stadt oder in ein Lager gekommen war, so beobachtete sie unabänderlich einen regelmäßigen Verlauf der Zunahme, der Reife, der Abnahme und des Verschwindens. In der Central-Division fing sie am 7. an, war auf ihrer größten Höhe vom 16. bis 22., nahm ab bis zum Ende des Monats, und verschwand endlich am 2. oder 3. Dezember. In der linken Division fing sie an am 10. April, war auf ihrer Höhe in der Mitte des Monats, nahm ab bis zum 21., und erstarb vor dem Anfang des Mai's. Das Heer von Nagpore hatte es etwas anders, es kam auf einmal ein Medium, welches von dem Gift schon ganz angeschwängert war, und bekam die Seuche gleich auf die heftigste Art, ohne durch den ersten Zeitraum der Zunahme hindurch zu gehen; das hatte aber die Folge, daß die gewöhnliche Zeit ihres Bestehens verkürzt wurde; denn nachdem sie am 31. Mai angefangen hatte, verminderte sie sich schon vor dem 5. Junius und verschwand beinahe bald nach dem 18. Im Rajpootana-Heer war ihre Zeit noch kürzer, sie erschien am 14. Sept., war heftig bis zum 20., und nahm ab bis zum 21. Oktober, wo sie ganz verschwand. Endlich in der Hansi-Division fing sie an am 6. August, nahm eine Zeit lang an Heftigkeit zu, und verging allmählig gegen das Ende des Monats. Dieses gleichförmige Steigen und Fallen ist ganz unerklärbar, wenn man die Contagion annimmt. Denn wenn das Gift sich wieder erzeugen kann durch die Ausflüsse der Absonderungen der Kranken, so mußte es sich vermehren, bis es entweder keinen mehr hatte, an dem es seine Wirkung ausüben konnte, oder bis es eine dasselbe überwältigende Gegenwirkung erfuhr.

II. 176. Am 8. August zeigte sich im 14. Regiment der erste Cholerafall; dasselbe hatte, die Invaliden und Convalescenten mitgerechnet, damals 200 Kranke andrer Art im Hospital.

Am 12. kamen 2 Fälle vor; am 13. und 14. gegen 10. Der Morgen des 15. war schwüler als irgend ein anderer in diesem Monat; 800 Mann vom Regiment gingen in die Kirche in den Dragoner-Linien; Einige wurden in der Kirche befallen; Einige auf dem Rückmarsch, und Einige in den Barraken nach dem Frühstük. Mehrere starben vor Nacht. Am Nachmittag fiel ein starker Regen und kühlte die Luft ab; es kamen keine anderen Fälle vor, und die Symptome der schon Erkrankten, die noch nicht zu weit gekommen waren, wurden leichter. Am 16. kam ein leichter Regen, und es zeigten sich neue, aber gelinde Fälle. Am 17. und 18. kamen die Kranken so schnell, daß das Hospital äußerst überfüllt wurde; man mußte die neuen Kranken in das Schulzimmer, und die Convalescenten in eine leere Barrake der Dragoner-Linien legen. Es regnete stark am 19., und es kamen wenig neue Kranke; aber in der sehr schwülen Nacht mehr als je. Die Seuche war auf ihrer größten Höhe am 20.; der Tag war neblicht, feucht und drückend; Viele wurden hoffnungslos eingebracht, alle Lebenskraft war schon fast ganz erloschen. Es erkrankten jetzt viele Invaliden im Hospital, und starben, durch frühere Krankheit geschwächt, fast ohne Gegenwirkung. Am Morgen des 21. kam Ostwind und brachte helles Wetter; seitdem nahm die Seuche schnell ab und verging bald darauf ganz; zwei leichte Fälle kamen in der folgenden Nacht, und einer oder zwei am nächsten Tag. Am 23. rückte das Regiment aus den Barraken und lagerte sich auf dem Rennplatz bis zum 29.; die Barraken, Abtritte u. s. w. wurden vollkommen gereiniget und gewaschen. Im Lager erkrankten 3 oder 4; das Wetter war naß, das Gras lang, und der Boden, obgleich hoch, doch von Regen durchdrungen, und die Ruhr wurde bald herrschend mit Heftigkeit.

In der ganzen Zeit befiel die Seuche in diesem Regiment 221 Mann, und tödtete 41, von einer Anzahl von 1200 Mann, d. i. 1 von 5¼, welches auch ungefähr das Verhältniß der Sterblichkeit war. Es kamen einige Rückfälle vor und liefen tödtlich ab. Die Krankheit hatte angefangen im östlichen Flügel der Barraken und schritt fort in westlicher Richtung, blieb aber bei der 9. Compagnie plötzlich stehen, und die leichte Infanterie kam mit einem oder zwei leichten Fällen durch. Das 8. Dragonerregiment lag links oder westlich, die Cavallerie-Brigade rechts vom 14. Regiment.

---

# Citate
## aus Report on the mortality of cholera in England. 1848—1849.

---

### Höhe (Elevation).

(pag. LXII.)

Trotz des störenden Einflusses der Thätigkeit anderer Ursachen zeigte die Sterblichkeit an Cholera in London eine bestimmte constante Beziehung zu der Erhebung des Bodens, was augenfällig wird, wenn man die Distrikte gruppenweise nach ihrer Höhe ordnet. Wir stellen die Distrikte zusammen, welche im Durchschnitt nicht 20 Fuß über der Themse liegen und finden, daß auf diesem Theile des Londoner-Bassins die Sterblichkeit durchschnittlich 102 auf 10,000 Einwohner ist; in der zweiten Gruppe von 20—40 Fuß Höhe, oder auf der zweiten Stufe betrug die Sterblichkeit 65 auf 10,000; in der dritten Gruppe, oder auf der dritten Stufe, 40—60 Fuß hoch, war die Sterblichkeit an Cholera 34 auf 10,000; in der vierten Gruppe — 60—80 Fuß hoch, 27; in der fünften — 80—100 Fuß hoch, 22; in einem Distrikt 100 Fuß hoch betrug die Sterblichkeit 17 auf 10,000, und in Hampestead, etwa 350 Fuß hoch, 8, oder mit Abzug des stärker inficirten Wandsworth starben dort nur 7 von 10,000 Einwohnern.

Steigt man von der Tiefe auf die dritte Stufe, so verringert sich die Sterblichkeit von 102 auf 34, und auf der sechsten Stufe bis auf 17.

Man beobachtet, daß die Zahl, welche die Sterblichkeit auf der 3. Stufe repräsentirt, ein Drittheil, und auf der sechsten ein Sechstheil der Sterblichkeit auf der ersten Stufe ist. Man erhält eine Reihe, welche sich nahezu an die die Sterblichkeit an Cholera repräsentirenden Zahlen anschließt, wenn man 102 der Reihe nach durch die Zahlen 2, 3, 4, 5, 6 dividirt.

Die Sterblichkeit an Cholera auf einer Bodenfläche unter 20 Fuß hoch als 1 angenommen ergibt sich die relative Sterblichkeit auf jeder folgenden Stufe als $\frac{1}{2}$, $\frac{1}{3}$, $\frac{1}{4}$, $\frac{1}{5}$, $\frac{1}{6}$; oder die Sterblichkeit auf jeder folgenden Stufe ist gleich $\frac{1}{2}$, $\frac{2}{3}$, $\frac{3}{4}$, $\frac{4}{5}$, $\frac{5}{6}$ 2c. 2c. der Sterblichkeit auf der unmittelbar tiefer gelegenen Stufe.

Die Erhebung der 5 Stufen soll 10, 30, 50, 70, 90 Fuß seyn. Die Erhebung der zwei höhern Distrikte ist 100 und 350 Fuß. Man sieht, daß die Sterblichkeit bei 100 Fuß 17, bei 50 Fuß 34 auf 10,000 ist; folglich verdoppelt sich die Sterblichkeit bei der halben Höhe. Die Hälfte von 50 ist 25 Fuß, und die doppelte Sterblichkeit von 34 ist 68. Die Beobachtung ergibt 65 auf 10,000 als Sterblichkeit bei einer Erhebung von 30 Fuß. Da die Division der Höhe und die Multiplikation der Sterblichkeit mit der Zahl 2 ins Unendliche fortgeführt werden kann, so ist offenbar, daß die Sterblichkeit sich nicht genau im umgekehrten Verhältnisse zur Höhe des Bodens verhält; denn sonst würde bei Erhöhungen von 12,5 — 6,25 — 3,125 Fuß die Sterblichkeit 136, 272 und 544 betragen müssen.

Es sey e' irgend eine Erhöhung innerhalb der beobachteten Gränzen 0 und 350 und c sey der durchschnittliche Betrag der Sterblichkeit an Cholera bei dieser Erhöhung; ebenso sey e' irgend eine höhere Erhebung und c' die Sterblichkeit bei dieser höhern Erhebung. Wenn nun die Sterblichkeit an Cholera sich umgekehrt wie die Erhebung des Bodens verhält so haben wir die Proportion

$$c : e' :: c' : c = \frac{e'}{e} . c'.$$

Fügt man einen constanten Faktor a hinzu, so kann die Schnelligkeit, mit der die Sterblichkeit zunimmt, namentlich bei den geringeren Erhebungen, bis zu einer beliebigen Ausdehnung verfolgt werden; dann nimmt die Gleichung folgende Form an: $\frac{e' + a}{e + a} \cdot c' = c$. Der Werth von a kann sehr leicht erhalten werden, wenn man e' = 90, wo die Sterblichkeit 22; und e = 0 nimmt, wo in 3 Distrikten, welche in gleichem Niveau mit der Themse bei Hochwasser liegen, die Sterblichkeit durchschnittlich 177 auf 10,000 betrug.

Aus dieser Gleichung findet man den Werth von a in allgemeinen Ausdrücken $a = \frac{e'c' - ec}{c - c'}$. Wenn man die obigen Zahlen einsetzt, so hat man $a = \frac{90 \times 22 - 0 \times 177}{177 - 22} = \frac{1980}{155} = 12{,}8$.

Da die Reihe nicht vollkommen gleichförmig ist, so kann man verschiedene Werthe für a erhalten; und 13 ist ein mittlerer Werth von a, welcher bei der Ausarbeitung der folgenden Tafel benützt worden ist, indem man e successive als 0, 5, 10, 15 . . . . . 110, 150, 200, 250, 300, 350 in die Gleichung einsetzt

$$c = \frac{90 + 13}{e + 13} \cdot 22 = \frac{103 \times 22}{e + 13} = \frac{2266}{e + 13}.$$

Bei Vergleichung der Zahlen dieser Reihe mit der in den Distrikten von 8 verschiedenen Erhebungen des Bodens beobachteten mittleren Sterblichkeit ersieht man, daß die einzige beträchtliche Abweichung bei der Zwischenerhebung von 20 zu 40 sich kund gibt, welche zu 30 Fuß angenommen wurde. Eine größere Sterblichkeit ergibt sich in Wandsworth, West-London und Bethnal Green.

| Mittlere Erhebung des Bodens über dem Hochwasser-Pegel. | Mittlere Sterblichkeit an Cholera beobachtet. | berechnet. |
|---|---|---|
| 0 | 177 | 174 |
| 10 | 102 | 99 |
| 30 | 65 | 35 |

| Mitlere Erhebung des Bodens über dem Hochwasser-Pegel. | Mitlere Sterblichkeit an Cholera beobachtet. | berechnet. |
|---|---|---|
| 50 | 34 | 34 |
| 70 | 27 | 27 |
| 90 | 22 | 22 |
| 100 | 17 | 20 |
| 350 | 7 | 6 |

## Schlußfolgerung. (Conclusion.)

(pag. xcii—civ.)

Die Geschichte der Cholera und die Kenntniß, welche wir von den Umständen erworben haben, unter welchen Seuchen tödtlich sind, veranlassen uns zu einigen nützlichen praktischen Regeln und Anordnungen.

1.

Personen, welche die Mittel haben, können durch eine frühzeitige Entfernung von einem inficirten Distrikte stets Sicherheit finden in solchen gesunden Distrikten wo, wie die Tafeln zeigen, in dem Jahre 1849 Todesfälle weder an Diarrhöe noch an Cholera erfolgt sind. Die Jäger in den Mooren und die Leute nahe an den Quellen der Flüsse des Landes waren in diesen hohen Lagen in der ersten Woche des Septembers, wo die Cholera 2157 Menschen in London und 4991 Menschen an anderen Orten tödtete, nicht in der geringsten Gefahr eines Anfalles. Viele Leute verließen London und gingen wie gewöhnlich an die Seeküste. Das war ein Irrthum; manchmal entwickelte sich die Krankheit in ihnen in der Niederung; manchmal wurden sie ergriffen nicht nur in den Städten sondern auch in den Dörfern an der Seeküste.

2.

Fremde, welche es vermeiden können, sollen eine Stadt während einer Epidemie nicht besuchen. Sie erscheinen einem Anfalle sehr ausgesetzt. Die Personen, deren Pflichten sie in einer inficirten Stadt zurückhalten, werden finden, daß die Entfernung von Distrikten, in welchen die Epidemie wüthet, nach höheren reinen Distrikten derselben Stadt einen großen Grad von Sicherheit gewährt.

3.

Beim Ausbruch, wo es nothwendig seyn kann, eine große Anzahl von Menschen zu dislociren, sollen diese in hoch und trocken gelegene Theile geschickt werden, wo sie gutes Wasser haben können. Reine Schiffe finden im Allgemeinen Sicherheit, wenn sie in die offene See gehen; Armeen, wenn sie sich von dem Lager, in welchem sie angefallen worden sind, entfernen und auf hohem Grunde lagern.

4.

Hoch gelegene Plätze sind ebenso im Allgemeinen sichere Zufluchtsorte vor Pest, gelbem Fieber, kaltem Fieber ꝛc. ꝛc. Bei Epidemien wie bei der Cholera ist es nothwendig, sich ferne von Sümpfen und Flüssen in den niederen Theilen ihres Laufes zu halten und Wasser wo möglich von nicht verunreinigten Quellen zu haben.

5.

Armeen leiden von der Cholera mehr auf dem Marsche oder unmittelbar nachher, als in Standquartieren. Die Gefahr von jeder Art Seuchen verringert sich, wenn man die Truppen auf hohem Grunde hält. . . .

6.

Reisende in unbekannten Ländern sollen nie an tiefen und moorigen Stellen lagern; sie haben die beste Ansicht ihre Gesundheit und die ihrer Pferde zu erhalten, wenn sie die Nacht auf hochgelegenem Grunde in der Nähe von Quellen, oder kleinen, rasch fließenden Flüssen zubringen.

7.

Verkehr. Es zeigt sich nicht, daß die Quarantaine bei der Cholera von irgend einem Nutzen war. Aber die Anordnungen bezüglich aller

Fahrzeuge untergeordneten Ranges sind weit entfernt, befriedigend zu seyn, und die Hin- und Herfahrt von schmutzigen und verpesteten Schiffen, ähnlich dem Eclair von einem See-Hafen in den andern, ist nicht ohne Gefahr für die Gesundheit des Allgemeinen. Die verwerflichen und abergläubischen Gebräuche der Lazarethe sind ebenso verächtlich in den Augen der Wissenschaft, als sie verderblich für den Handel sind. Heerde aber sind die verpesteten Landschiffe und sie führen Krankheiten und gährende Gifte ebenso wie Ungeziefer und Laster nach Wirthshäusern, Arbeitshäusern und Gefängnissen, über das ganze Land. Diese eigenthümliche und gesunkene Klasse kann nur durch spezielle Maaßregeln behandelt werden.

8.

Nahrung. Der mäßige Genuß von gesundem Fleische, Brod, Reis, Kartoffeln, Trauben, Aepfeln und andern Früchten als Nahrung, mit Bewegung, und gutes Wasser, Bier, Aepfelwein, Wein als Getränk sind ausgezeichnete Präservative vor und während einer Seuche. Der ersten großen Cholera-Epidemie in Indien ging ein Mangel und eine Verschlechterung der Reis-Ernte voraus, und in England beweisen die großen Einfuhren von Korn während 3 Jahren vor 1832 und vor 1849, daß die Ernte im eigenen Lande mißrathen und von schlechter Qualität war. Die vegetabilischen Säuren und andere Verbindungen in den Getreid-Früchten sind ein wesentlicher Theil der Nahrung; daß der Mangel derselben Scorbut verursacht, die allgemeine Gesundheit untergräbt, und den Weg für zymotische Krankheiten vorbereitet, zeigen die Erfahrungen der Flotte und die entscheidensten Beobachtungen.

Das Freibleiben von Herefordshire von Cholera ist ein offenbarer Beweis, daß Aepfelwein trotz des allgemeinen Vorurtheiles ein viel sichereres Getränk zur Zeit einer Epidemie ist, als der Brantwein, welcher so reichlich während der Dauer der Cholera an Orten consumirt wurde, wo dieselbe höchst verderbenbringend war.

9.

Wasser. Die Vorsichtsmaaßregeln gegen Cholera bezüglich des Wassers sind von Dr. Snow wohl begründet werden, und sie sind so einfacher Art, daß Niemand vernünftiger Weise sie vernachläßigen kann.

a) Wasser, in welches Kloaken fließen, oder welches von in Booten lebenden Menschen befahren wird, oder welches auf irgend eine Weise durch den Inhalt von Abzugskanälen oder Schwindgruben verunreinigt ist, sollte gänzlich außer Gebrauch gelassen werden.

Es möchte nutzlos erscheinen, jede Klasse von Menschen vor dem Genusse eines unreinen mit Excrementenstoffen versehenen Wassers zu warnen, selbst wenn es filtrirt ist. Aber es ist nun bekannt, daß solches Wasser den Bedarf selbst einiger der größten Städte Europa's deckt und nicht minder das Zuckerwasser von Paris als das Hauswasser von London verunreiniget. Die unangenehme und empörende Seite dieser Wahrheit ist wahrscheinlich die Ursache von der Unterdrückung derselben bisher und des consequenten Beharrens bei einem unleidlichen Nachtheil gewesen.

b) Waschschüsseln und Handtücher nebst hinreichendem Wasser sollten in den Krankenzimmern beständig in Bereitschaft seyn, wo Jedermann strenge Reinlichkeit beobachten sollte: Wärterinnen und andere Leute sollten jederzeit ihre Hände waschen bevor sie etwas essen.

c) Die Gesunden sollen von den Kranken getrennt und in einen andern Aufenthaltsort gebracht werden, wenn sie kein anderes als das Krankenzimmer haben, um ihre Mahlzeit zu bereiten und einzunehmen.

d) Beschmutzte Leinwand soll in Wasser eingelegt werden bis sie gebrüht und gewaschen werden kann; das Waschen von Leinwand von Cholerakranken in der gewöhnlichen Weise ist offenbar nicht gefahrlos.

Der Werth von reinem Wasser für unsere Gesundheit ist ebenso wie die Gefahr des täglichen Gebrauches von Wasser, welches organische Stoffe von irgend einer Art in Auflösung hat, seit den frühesten Zeiten bekannt. Instinkt und Wissenschaft halten Quellen und Ströme von lebendigem Wasser heilig. Es ist eine schwierige bauliche Aufgabe, große Städte hinlänglich bis in das Bereich einer jeden Haushaltung mit Wasser zu versehen, aber es ist zugleich eine Aufgabe von so wesentlicher Wichtigkeit, daß man sie nicht vernachlässigen kann, und das Ziel, dieselbe in London, Paris und jeder Stadt durchzuführen, ist ein zu wohlthätiges, als daß es von Staatsmännern übersehen werden könnte.

Die Qualität des besten Wassers kann nur durch Erfahrung gefunden und aus Analysen des Wassers gesunder Ländereien mit der hinlänglichen Genauigkeit erlernt werden.

10.

Abfälle. Wasser, Vegetabilien, Heu, Korn, Vieh, Nahrung jeder Art im Werthe von vielen tausend Pfunden Sterling werden wöchentlich vom Lande in die Städte des Königreiches gebracht. Der Verbrauch dieser Stoffe durch Menschen und Thiere benimmt ihnen einen großen Theil ihres Werthes und die Gewohnheit hat gemacht, den Abfall auf die Straße zu werfen oder in Schwindgruben zu schütten oder sie durch die Kloaken in die Bäche zu schwemmen. Letzteres ist die neuere Praxis in England und wo das Wasser nicht zum Trinken benützt wird wie in kleineren Städten, ist es das geringste Uebel. Aber es hat folgende unerträgliche Nachtheile: daß die Kanäle fortwährend giftige Dünste ausstossen, die Bäche verunreinigt werden und die organische Substanz verloren geht. Es ist hienach eine große Frage, ob wir durch den Gebrauch von Asche, Holzkohlenklein oder anderer Stoffe, durch eine Modifikation des alten Systems der Nachtmänner, mechanische Vorrichtungen und den Gebrauch der Eisenbahnen und Kanäle den Dünger der Städte nicht wieder dem Lande zuführen könnten, um dessen Felder anstatt mit Guano zu befruchten, für den er ein vollkommener Ersatz sein würde.

11.

Luft, nicht stagnirend, mild, rein und mehr trocken als feucht, ist die gesündeste und ist oft ein Präservativ gegen Seuchen auf sonst ungünstig gelagerten und bewässerten Plätzen; aber reine Luft und reines Wasser sind fast unzertrennlich, und unreine Luft und unreines Wasser umgekehrt ebenso. Die Luft von London und vieler größerer Städte der Insel ist feucht und nebelig. Die tiefe Lage von Theilen des Bodens und die große Ausdehnung der verdunstenden Oberfläche der Bäche, welche oft unreiner sind als die Luft, sind die Ursachen des Uebermaaßes von Nebel. Es sollte deshalb kein Wasser künstlich in die Atmosphäre von London gebracht werden. Fontainen an feuchten Plätzen sind Uebelstände. Seen, welche zwischen Reihen von Bergen liegen, von heftigen Winden getroffen und von Flüssen durchströmt werden, wie der Genfer See von der Rhone, sind schön und gesund. Die letztere Eigenschaft wenigstens muß für stagnirende Wässer in niederen Lagen verneint werden.

## 12.

Der Boden. Wenn es wichtig ist, daß Reisende, Truppen und alle in Bewegung begriffenen Menschenmassen feuchte tiefe Lagen vermeiden sollen, so ist es offenbar von noch größerer Wichtigkeit, daß die Wohnplätze einer Bevölkerung sich auf trockenem, entwässertem Lande in einer gewissen Höhe befinden sollen, welches von den Regen gewaschen und von den Lüften des Himmels ventilirt wird. Die Lage mehrerer englischen Städte ist untadelhaft. Sie liegen schön an den Abhängen von Hügeln gegen die Sonne, ihre Kirchthurmspitzen ragen gegen den Himmel. Die Lage anderer Städte und einzelner Theile von fast Allen ist ausgezeichnet schlecht, wie wir gesehen haben, und sollte nie als Bauplatz gewählt worden sein. Die Lage von Städten ist eben so sehr Gegenstand des öffentlichen Interesse, als die Linien von Straßen, Kanälen und Eisenbahnen, und die Gesetzgebung kann sich nicht nützlicher beschäftigen, als wenn sie die Auswahl leitet und erleichtert. Das gegenwärtige Ansiedelungsgesetz und der gemischte vielfache und unbestimmte Zusammenhang des Landes erschwert sehr wesentlich die Wahl des Bodens und schließt die Menschen aus von vielen der besten Lagen in der unmittelbaren Nachbarschaft der Plätze, auf welchen sie wohnen. Dieses Uebel kann geheilt werden. Die Eisenbahnen gewähren nun eine außerordentliche Erleichterung zur Vertheilung der Bevölkerung über ein größeres Areale, und wie die Kanäle und schiffbaren Flüsse die Bevölkerung in die Niederung gezogen haben, so mögen nun Straßen, Stationshäuser, Waarenhäuser so hoch als möglich angelegt, diesem Streben entgegenarbeiten und die Menschen auf ein höheres Niveau bringen und zugleich die Entwässerung und die Anwendung der Kanalisirung für landwirthschaftliche Zwecke erleichtern.

13.

In den Colonien ist die Wahl der Plätze für die Anlage neuer Städte eine Sache von voranstehender Wichtigkeit. Die Plätze, welche sehr bequem für den Handel sind, sind oft tief und ungesund; da aber niedrige Ufer Ueberschwemmungen, Erdbeben, Seuchen, und den Einflüssen, welche das englische Blut verschlechtern, mehr ausgesetzt sind, so sollten die Reize commerzieller Bequemlichkeit, welche sich darbieten, nicht gegen die dauernden Vortheile hochgelegener, gesunder Ländereien in die Wagschaale gelegt werden.

Man muß natürlich auf die Vertheidigung, den commerziellen Verkehr und die Erträglichkeit des Landes Rücksicht nehmen; aber bei der Besitz-Ergreifung von neuen Ländern möchte es als der geeignete Weg erscheinen, die Flüsse hinlänglich hoch hinaufzusteigen, um die Kraft der Race zu sichern, und dann allmälig gegen die Delta's herabzusteigen, indem man das Land während des Weges drainirt und kultivirt. Diese Regel ist das Resultat all unsrer gegenwärtigen Forschungen, sie steht ganz im Einklange mit dem überlieferten Gange der urältesten Racen. Das Beispiel von Holland, von Amerika und einzelner Theile von England zeigt, daß niedriges Sumpf- und Moorland bewohnbar ist; und bei zureichender Drainage ist es wahrscheinlich, daß weder Krankheit noch Entartung über einen gewissen Punkt gehen werden, welcher mit einem leidlichen, wenn auch nicht mit einem geistig sehr gesteigerten und erhöhten Daseyn vollkommen verträglich ist, wenn das Land von einem gutgenährten und abgehärteten Menschenschlage dünn bevölkert ist. Eine mäßige Erhebung in einem gemäßigten Klima ist ein Schutz gegen viele Uebel, wie die Cholera in London gezeigt hat.

14.

Klima. Lange Erfahrung kann zuletzt allein bestimmen, welches Klima das gesündeste ist, und jede Oertlichkeit muß zuletzt durch die Probe einer solchen Berechnung geprüft werden, wie sie auf die Distrikte von England und Wales angewendet worden ist. Aber die Analogie rechtfertigt den Schluß aus Erfahrungen, die manchmal kurz und unvollständig sind, daß in manchen Theilen von Canada, der vereinigten Staaten von Süd-Amerika, Neu-Seeland, den Inseln des stillen Oceans, von Australien und dem südlichen Afrika die englische Race die Energie beibehält, welche sie unabänderlich in zwei oder drei Generationen in den tiefen Tropenländern der westindischen Inseln, der Westküste von Afrika und des südlichen Asiens verliert, wo viel des besten Blutes von England geopfert worden ist, ohne dauernde Ansiedelungen zu bewerkstelligen, ohne irgend einen sichtbaren Eindruck auf die ursprüngliche Bevölkerung zu machen oder irgend dauernde Früchte hervorzubringen. Nahe dem Platze, welcher vor mehreren Jahren der Mittelpunkt und die Hauptstadt der kaiserlichen Macht in Indien gewesen, wurde die verheerende epidemische Cholera erzeugt, welche zweimal diese Inseln durchwüthet und zweimal die Welt umkreist hat. Die durchschnittliche Sterblichkeit der englischen Truppen in Indien hat bisher 5 pCt. jährlich überschritten. Die Entfernung der europäischen Bevölkerung aus den Niederungen in die Hochlande, Eisenbahnen, ausgedehnte Systeme der Drainirung, und die stetige Verfolgung sanitäts-polizeilicher Maaßnahmen sind geeignet, den Credit zu rechtfertigen, welchen die Regierung von Indien zuletzt für Aufklärung und Wohlthätigkeit errungen hat.

15.

Der ärztliche Stand. Die Entwicklung der öffentlichen Gesundheitspflege ist eine Wissenschaft und eine Kunst. Die wahren Lehren müssen nicht nur entdeckt, sie müssen auch gelehrt werden; sie müssen nicht nur gelehrt, sondern auch eingeprägt werden, zur Zeit und zur Unzeit. Es ist das Amt der Medizin, die Menschen auf einen hohen Stand der Gesundheit zu erheben, und nicht nur die Kranken zu heilen . . . .

---

Ich habe die Schlußfolgerungen, welche aus den Beobachtungen in England gezogen worden sind, hier vollständig und ohne alle Bemerkungen mitgetheilt, verwahre mich aber gegen die Ansicht, als wollte ich dadurch zu erkennen geben, daß ich mit dem ganzen Inhalte derselben einverstanden wäre: im Gegentheile hätte ich von dem Standpunkte meiner Erfahrungen aus manches dagegen zu erinnern. — Ich halte aber eine Kritik hier nicht am Orte, da ich noch keine Erfahrung darüber besitze, in wie weit die englischen Aerzte auf meine Darstellungen hin vielleicht selbst ihre bisherigen Ansichten modificiren werden, und behalte mir meine Einwendungen dagegen einstweilen für etwaige spätere Diskussionen vor. Der Leser wird meine Mittheilungen aus dem Report 2c. 2c. um so mehr gut heißen, als abgesehen von der Bedeutung und Vorzüglichkeit mancher der englischen Resultate dieses Werk, welches lediglich auf Kosten der englischen Regierung veranstaltet worden ist, in Deutschland so geringe Verbreitung gefunden hat, daß es sogar einer nicht unbeträchtlichen Anzahl bedeutender Aerzte unbekannt geblieben ist.

M. P.

# Citat
## aus dem ärztlichen Intelligenz-Blatt von München 1855.

### Resultat der Untersuchungen des Trinkwassers zu Breslau.

(pag. 106.)

Bei der letzten Cholera-Epidemie in Breslau nahm die dortige Sanitäts-Kommission Veranlassung, eine Untersuchung der Brunnen in solchen Häusern anzuordnen, in welchen die Krankheit mit besonderer Heftigkeit und Allgemeinheit aufgetreten war. Mit dieser Untersuchung wurde Dr. Cohn zu Breslau beauftragt, welcher seine Resultate soeben in dem „31. Jahresberichte der schlesischen Gesellschaft für vaterländische Cultur zu Breslau, Breslau 1854. 4." veröffentlichte. Nachdem derselbe darin eine Menge Pilze und Infusorien, die er bei seinen genauen und vergleichenden Untersuchungen verschiedener Brunnen aufgefunden, aufgezählt hat, gelangt er zu dem Schlusse, daß es für jetzt wenigstens nicht gerechtfertiget ist, den im Wasser, namentlich im Trink- und Brunnenwasser lebenden Organismen, welche zum Theile zu den Thieren und zum Theile in's Pflanzenreich gehören, die Entstehung der Cholera zuzuschreiben. Aber auch accidentelle Ursache mögen sie kaum seyn, da alle diese Krebse, Würmer, Räderthiere, Infusorien und Pflänzchen alsbald absterben, sowie sie in die Verdauungswege eingetreten sind. Brunnenwasser jedoch, das in normaler Beschaffenheit mit einem gewissen Salzgehalte aus einer gewissen Tiefe der Erde hervorquillt, ist sehr arm, ja ganz frei von Organismen und die vulgäre Ansicht, daß mit jedem Glase Wasser Tausende von Infusorien hinabgeschluckt würden, ist durchaus unbegründet.

# Citat
## aus Feuille D'annonces de Thann et de Cernai 1855.

---

### Beobachtung über das Verschwinden des Ozon.

(pag. 13.)

Les espérances que l'état de l'atmosphère et le changement de température avaient fait naître sur la cessation de l'épidémie cholérique ne se sont malheureusement pas réalisées; il y a eu pendant la semaine qui vient de finir recrudescence sensible de la maladie et les nouveaux cas qui ont été signalés se sont produits dans les différents quartiers de la ville et des faubourgs.

Voici de nouvelles observations sur les expériences ozonométriques faites par M. le docteur Conraux:

Les observations ozonométriques que nous avons faites depuis le début de notre épidémie cholérique ont amené les résultats suivants:

Pendant le mois de Décembre et la première quinzaine de Janvier. l'ozonoscope a constamment indiqué zéro. Il y a donc eu constamment absence d'ozone dans l'air. Ainsi que nous avons déjà été dans le cas de le déclarer, c'est précisément à la même époque qu'a eu lieu chez nous la période ascendante de l'épidémie. Cependant, dans la nuit du 14 au 15 Janvier, l'ozone a reparu et à partir de là, aucun nouveau cas de choléra n'a plus été constaté jusqu'à la journée du 20. Mais dans la nuit du 18 au 19, l'ozone a de nouveau disparu, car l'ozonomètre marquait de nouveau zéro; aussi, c'est avec cette date que coïncide la recrudescence cholérique. Nous avions fondé des espérances sur le fait de la réapparition de l'ozone, persuadé que cet état se maintiendrait; nous avons été trompé dans notre attente: l'ozonoscope continue à indiquer l'absence complète d'ozone et journellement on nous signale de nouveaux cas de choléra; heureusement ils sont isolés

Le défaut d'oxigène électrisé est-il pour quelque chose dans l'apparition, dans l'aggravation ou dans la diminution du choléra? Nous n'oserions l'affirmer; mais la coïncidence que nous venons de signaler est digne de remarque; l'avenir prononcera.

Autre observation: a trois kilomètres de notre ville, dans une ferme située entre Leimbach et Rodern, notre confrère, M. Mairel, a constaté la présence de l'ozone, au moment où il faisait complétement défaut à Thann. Et bien! Rodern et Leimbach ont été épargnés jusqu'à ce jour. Dans une autre localité, à Bitschwiller, également éloignée de trois kilom., nous avons, à la même époque, remarqué et constatons encore journellement la présence de l'ozone; aussi voyons-nous dans cette commune peu d'accidents cholériques; ce sont, au contraire, des affections inflammatoires franches, telles que la pneumonie que nous sommes appelé à y traiter.

Pourquoi l'ozone existe-t-il à trois kilomètres de chez nous, tandis que ce gaz fait défaut à Thann? Quelles sont les circonstances ou les causes de localité qui peuvent influer sur la présence de l'ozone dans l'air? C'est là un mystère que l'avenir et la science qui marche toujours ne manqueront pas de nous dévoiler.

Des expériences comperarives faites en même temps que les nôtres par M. Kosmann, pharmacien, ont produit constamment les mêmes résultats.

---

# Beleg
## zur Verbreitungsfähigkeit von Stoffen in lockerem Erdreich.

Schon seit Jahren werden in München zeitweise von Hausbesitzern in der Maistraße, welche nahe an der Steinkohlengasfabrik, die München mit Licht versorgt, verläuft, Klagen erhoben, daß ihre Brunnen hie und da ein höchst übel riechendes und schmeckendes Wasser lieferten, welche Verunreinigung sie dem Steinkohlengase zuschreiben müßten. — In der jüngsten Sitzung des Gesundheitsrathes darauf aufmerksam gemacht, begab ich mich in die Maistraße, um die Sache näher zu untersuchen.

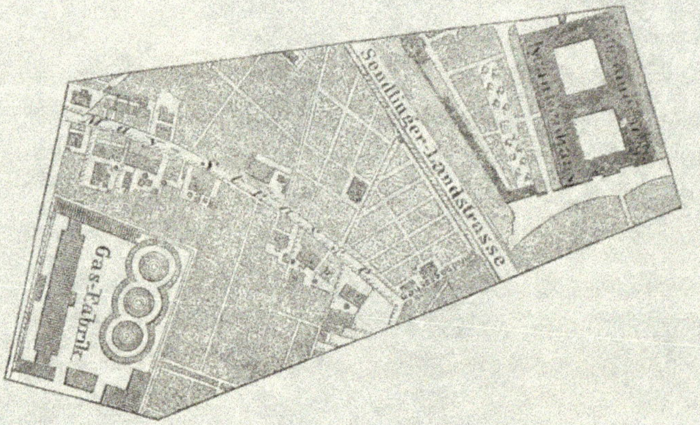


Die Situation der Steinkohlengasfabrik zur Maistraße, zum Spitalgäßchen, zur Sendlingerlandstraße und zum allgemeinen Krankenhause ist aus dem beigedruckten Holzschnitte ersichtlich. Die Häuser auf der der Gasfabrik zugekehrten Seite der Maistraße sind mit ihren betreffenden Haus-Nummern bezeichnet. Die hinter und neben diesen Häusern sichtbaren Punkte zeigen die Stellen an, wo die Brunnen gegraben sind.

Das Terrain fällt von der Gasfabrik nach dem allgemeinen Krankenhause zu, so daß wir vor dem Hause No. 14 der Maistraße 7,4 Fuß, und wo diese in das Spitalgäßchen einmündet nur mehr 5 Fuß über dem Pflaster der Frauenkirche stehen. Gegen die Sendlingerlandstraße hin und gegen das Krankenhaus steigt das Terrain wieder um mehrere Fuß. Der tiefste Punkt fällt in das Anwesen No. 1 im Spitalgäßchen, und mag circa $4\frac{1}{2}$ Fuß tiefer seyn, als die Maistraße bei dem Hause No. 14.

Die Häuser von No. 7 bis 14 haben gegrabene Brunnen, meist in den Höfen, haben aber noch nie die geringste Veranlassung gehabt, über ihr Wasser Klage zu führen — ich überzeugte mich auch persönlich, daß ihr Wasser frisch, wohlschmeckend und ohne Geruch ist. Das Haus No. 6 hat laufendes Röhrenwasser vom Wasserthurme in der Baumstraße. Die Klagen beschränkten sich auf die Häuser No. 5 bis 2 und auf das Haus No. 1 im Spitalgäßchen. Die Häuser No. 4 und 3 haben einen gemeinschaftlichen Brunnen, welcher namentlich vom Besitzer No. 4, welcher ein Pappendeckelmacher ist, stark benützt wird, so daß mehrere Stunden des Tages hindurch mittels eines Pferdegoppels Wasser gepumpt wird. Die übrigen sich zunächst anreihenden Häuser haben keine gegrabenen Brunnen, sondern werden mit Röhrenwasser versorgt.

Durch die Maistraße ist trotz der unmittelbaren Nähe der Gasfabrik keine Gasleitung gelegt, weil die Fabrik auf keine Privatabnehmer in dieser Straße rechnen kann; es kann mithin von etwaigen Undichtigkeiten der Gasröhren nicht das mindeste abgeleitet werden.

Ich habe die Beschwerdeführer einzeln besucht, und alle äußerten sich übereinstimmend in folgender Weise:

Der eigenthümliche Geruch des Brunnenwassers werde erst seit dem Bestehen der Gasfabrik wahrgenommen, oft sey er sehr stark, manchmal wieder ganz verschwunden. — Wenn er am stärksten ist, sey das Wasser nicht einmal zum Putzen der Zimmerböden zu gebrauchen, indem das ganze Haus von Gasgeruch erfüllt werde. Die Besitzer von No. 2 (ein Rothgerber) und von No. 1 im Spitalgäßchen (ein Gärtner) haben seit Jahren ihre Brunnen unbenützt gelassen und sich mit Röhrenwasser versehen. Die Frau des Gärtners erzählte mir, daß sie die Beobachtung gemacht habe, daß junge Pflanzen absterben, wenn sie mit diesem Brunnenwasser begossen werden zur Zeit, wo dasselbe eben sehr stark riecht; und sie erwähnte ferner, daß ihr Brunnen immer mehr, als alle andern stinke. Das ist um so auffallender, da dieser Brunnen gerade der am weitesten von der Gasfabrik entlegene ist. — Von der Mitte der Gasfabrik bis zu diesem Brunnen sind in ganz gerader Richtung circa 700 Fuß. Dieses

Anwesen liegt aber relativ am tiefsten. Die Eigenthümer von No. 5 und No. 3 theilten mir fernere Beobachtungen über dieses auffallende Phänomen der Brunnen mit. Am stärksten sey der Geruch im Frühlinge, wenn der Schnee schmilzt, und im Herbste, wenn es viel regnet; im Sommer sey es regelmäßig wahrzunehmen, nachdem es längere Zeit geregnet hat. — Sobald wieder gutes, trockenes Wetter werde, fange der Geruch des Wassers zu verschwinden an. Auffallend sey auch, daß der Brunnen des Hauses No. 5, (welcher der Gasfabrik näher steht) immer 4 bis 5 Tage früher zu riechen beginne, als der von No. 4 und 3. (Die Entfernung zwischen den beiden Brunnen beträgt etwa 60 Fuß.) Aber ebenso regelmäßig verliere sich der Geruch in dem Brunnen von No. 5 um die nämliche Anzahl von Tagen früher als in dem von No. 3.

Es bleibt nun nur noch zu erwägen, ob dieser Geruch wirklich nirgend anders herkomme, als von der Gasfabrik. Es wurde bereits von zwei verläßigen Analytikern Professor Dr. Buchner und Dr. Wittstein dahier, constatirt, daß der Geruch dieses Brunnen-Wassers von den condensirbaren und in Wasser löslichen Stoffen bei der Steinkohlen-Gasfabrikation herrühre. Ich habe Wasser aus dem Hause Nr. 3 in der Maistraße und aus Nr. 1 in dem Spitalgäßchen gerochen und geschmeckt, und kann die Angaben von Buchner und Wittstein nur bestätigen. Wer nur einmal in einer Steinkohlen-Gasfabrik war, der erkennt in diesem Brunnenwasser augenblicklich den Geruch und Geschmack des verdünnten Condensations- (Ammonial-) Wassers: — und es bleibt nichts zu verwundern, als daß dasselbe auf solche Entfernungen seinen Weg in die Brunnen findet. Ebenso auffallend als lehrreich ist auch, daß die Häuser von Nr. 7 bis 14, welche in der unmittelbaren Nähe der Gasfabrik, hinter deren Umfassungsmauer, aber in gleichem Niveau mit dieser liegen, nicht das mindeste zu leiden haben, eben so wenig die weiter südlich und höher gelegenen Häuser der Maistraße, und daß sich die in den Boden der Gasfabrik eindringenden Flüssigkeiten dem Niveau der Boden-Oberfläche folgend, nur nach den tiefer gelegenen Nr. 5 bis 2 und nach Nr. 1 im

Spitalgäßchen senken, ferner daß dieses letztere in einer muldenförmigen Vertiefung gelegene Haus am meisten davon zu leiden hat.

Wir sehen hier auch ganz deutlich, daß sich in Wasser lösliche Stoffe in dem Erdreiche weiter und schneller verbreiten, wenn es feucht, als wenn es trocken ist. — Bei schönem, trockenem Wetter verschwindet der Gasgeruch des Brunnenwassers, nach länger anhaltendem Regen tritt er auf. Dieses kann lediglich davon herrühren, daß der Grund und Boden der Gasfabrik bei trockener Witterung die in ihn eindringenden Flüssigkeiten zu verschlucken und zurückzuhalten im Stande ist, indem er damit das Wasser, welches zu dieser Zeit reichlich von seiner Oberfläche verdunstet, wieder ersetzt. — Ist jedoch der Boden mit viel Wasser in Folge von Regen rc. rc. bereits durchfeuchtet, so verschluckt er natürlich Flüssigkeiten, die wir sonst noch in ihn bringen, viel weniger und diese verbreiten sich mit dem übrigen Wasser weiter, und zwar ganz nach dem Gefälle des Bodens. So wenig man mit einem nassen Tuche auftrocknen kann, so wenig kann feuchtes Erdreich die gleiche Menge Flüssigkeit verschlucken und zurückhalten. als trockenes; — wir können uns den Vorgang ganz analog mit dem Verhalten eines Waschschwammes zum Wasser vorstellen.

Ich sehe hierin einen wichtigen Beleg für meine Cholera-Theorie, wo ich den rascheren und intensiveren Verlauf der Krankheit an tief und feucht gelegenen Stellen mit der Verbreitung, Ansammlung und Verwesung der aus den Schwindgruben kommenden Kloakenstoffe im Boden in Zusammenhang gesetzt habe. — Allerdings hatte ich nicht erwartet, daß eine Schwindgrube unter Umständen ihre Wirkungen auf eine Entfernung von 700 Fuß äußern könnte. — Der länger dauernde aber mildere Verlauf der Cholera auf höher und trockener gelegenen Stellen kann aus den nämlichen Gesichtspunkten betrachtet werden

Das Beispiel der Münchner Steinkohlengasfabrik ist auch noch in der Beziehung von Wichtigkeit, weil man sieht, daß die Bewegung dieser Flüssigkeiten in einer ziemlichen Tiefe unter der Oberfläche des Bodens vor sich gehen muß. — Die flüssigen Produkte der Steinkohlendestillation sind eben so wie die gasförmigen für die Vegetation der Pflanzen sehr nachtheilig. Man hat viele Beispiele, daß ganze Alleen abgestorben sind in Folge von Undichtigkeit im Boden liegender Gasröhren, und Pflanzen mit dem ungereinigten Condensations- (Amoniak-) Wasser begossen, gehen zu Grunde. Im letzten Winter war in München im kgl. Hofbräuhause der nachtheilige Einfluß von Steinkohlengas auf das Wachsthum der Gerste, wie sie zur Malzbereitung verwendet wird, sehr deutlich zu beobachten. Es war in der Hofbräuhausgasse die Gasröhre schadhaft geworden. Das ausgeströmte Gas verbreitete sich im Boden der zunächst liegenden Häuserpartien auf eine große Entfernung. Es drang auch in die Malztennen, wo 3 Wochen lang (so lange eben die Ausströmung dauerte) der Wachsthum der Gerstenhaufen höchst unvollkommen vor sich ging, indem die Würzelchen kaum etwas über 1 Linie lang geworden sich umbegen, gelb wurden und nicht weiter wuchsen. Von dem Tage an, wo die schadhafte Stelle der Gasröhre ausgebessert worden war, ging das Wachsthum der Malzhaufen wieder regelrecht vor sich. Bei dieser Gefährlichkeit des Steinkohlengases für die Vegetation müßte sich auch eine nachtheilige Einwirkung der Condensationswasser der Gasfabrik in den Gärten zeigen, welche zwischen ihr und den beschädigten Brunnen der Maistraße liegen, wenn sich diese Flüssigkeiten nahe an der Oberfläche und nicht in bedeutender Tiefe bewegen würden. Nun ist aber an der Vegetation dieser Gärten noch niemals der mindeste Schaden zu bemerken gewesen. Wenn aber der Gärtner in No. 1 des Spitalgäßchens zu gewissen Zeiten Wasser welches Gasbestandtheile enthält aus seinem Brunnen hebt und zum Begießen verwendet, so sterben junge Pflanzen davon. — An der Verbreitung des Condensationswassers aus der Gasfabrik im Erdreich haben wir ein ganz analoges Beispiel aufgefunden, wie ich Seite 267 meines Buches aus andern Thatsachen für die Verbreitung der das Cholera-Miasma erzeugenden Stoffe gefolgert habe.

Diese Beobachtung an den Brunnen der Maistraße ist auch noch in so ferne von Interesse, als sie uns sogar einen approximativen Maaßstab für die Geschwindigkeit gibt, womit die Verbreitung solcher Stoffe bei einer gegebenen Beschaffenheit des Bodens erfolgt. — Angenommen, daß der Brunnen des Hauses No. 5 stets 4 Tage früher, als der von No. 3 die Ankunft des Condensationswassers aus der Gasfabrik anzeigte, so könnten wir nach dem Abstande der beiden Brunnen (60 Fuß) sagen, daß die Imprägnirung des Bodens in einem Tage um 15 Fuß fortschreitet. Ich will übrigens hier kein absolutes Maaß gegeben haben, da ich diese Zeitdifferenz nicht selbst beobachtet habe, obschon ich mich persönlich davon überzeugte, daß der Brunnen des Hauses No. 5 bereits wieder vollkommen trinkbares geruchloses Wasser hatte, als der des Hauses No. 3 noch sehr merkbar nach Gaswasser roch und schmeckte.

Der Zufall hat uns hier mit einem großartigen Versuche über die Verbreitbarkeit von Stoffen in lockerem Boden erfreut, dessen weit tragende Resultate bezüglich ihrer Uebereinstimmung mit dem, was ich in meinen Cholera-Berichten über die Verbreitung von Kloakenflüssigkeiten aufgeführt habe, meine kühnsten Erwartungen und Voraussetzungen weit übertroffen haben. Es ist nun auch jeder Orts-Polizey ein Anhaltspunkt gegeben, nicht nur bei allen auf lockerem Grunde liegenden Gasfabriken darauf zu dringen, daß von nun an Methoden der Fabrikation in Anwendung gebracht werden, welche keine Imprägnirung des Bodens nach sich ziehen, sondern überhaupt dahin zu streben, jede Art von Verunreinigung des Grundes und Bodens menschlicher Wohnplätze zu beseitigen oder unschädlich zu machen.

München, den 19. April 1855.

# Inhalt.

## Berichtigungen.

| | | | | | | | | | |
|---|---|---|---|---|---|---|---|---|---|
| S. | 3 | Z. | 5 | von | oben | anstatt | 500,000 | lies | 5000. |
| „ | 77 | „ | 3 | „ | unten | „ | Rubrik 4 | „ | Rubrik 7. |
| „ | 78 | „ | 17 | „ | oben | „ | verhält | „ | bleibt. |
| „ | 132 | „ | 12 | „ | unten | „ | 2 andern | „ | 29 andern. |
| „ | 132 | „ | 1 | „ | unten | „ | ihrer | „ | Ihrer. |
| „ | 133 | „ | 9 | „ | oben | „ | Handlung | „ | Verhandlung. |
| „ | 268 | „ | 7 | „ | oben | „ | noch | „ | nach. |

CPSIA information can be obtained
at www.ICGtesting.com
Printed in the USA
LVHW112013030423
743357LV00006B/492

9 783382 008567